Elizabeth Kelly

Het
SPIJT ME ZO

the house of books

Oorspronkelijke titel
Apologize, Apologize!
Uitgave
Twelve, an imprint of Grand Central Publishing, Hachette Book Group Inc., New York
Published by arrangement with Lennart Sane Agency AB
Copyright © 2009 by Elizabeth Kelly
Copyright voor het Nederlandse taalgebied © 2009 The House of Books,
Vianen/Antwerpen

Vertaling
Cherie van Gelder
Omslagontwerp en -illustratie
Studio Jan de Boer BNO, Amsterdam
Foto auteur
Flannery Dean
Opmaak binnenwerk
ZetSpiegel, Best

ISBN 978 90 443 2496 9
D/2009/8899/92
NUR 302

www.thehouseofbooks.com

Voor mijn vader, Arthur J. Kelly

I

Ik ben opgegroeid op Martha's Vineyard, in een groot huis vol herrie dat als een soort lawaaierige kermis langs de hele kust van New England te horen was. Draaiorgels, jongleerstokjes, schetterende trompetten, gezoem, gestamp en geneurie, kortom een complete, georkestreerde chaos. Maar dat konden we ons veroorloven. Mijn moeder was rijk en het geld van haar vader dat als manna uit de hemel viel, kon op slinkse manieren aangewend worden om de normale gevolgen van die heisa te onderdrukken.

We woonden aan de zuidkust van het eiland, op een aantal afgelegen hectares in het district Chilmark. Ik moet nog steeds het zand uit mijn haar en van mijn voeten schudden, het zand van het strand dat in ieder kiertje in de krakende houten vloeren van ons grote, met verweerd en door de zon gebleekt hout betimmerde huis was doorgedrongen.

Squibnocket Beach was onze voortuin, een privéstrand dat voortdurend werd belaagd door de branding en door enorme golven die ons het zicht op de horizon benamen. Bij een stevige wind landden de surfers af en toe bijna in onze keuken, om vervolgens door oom Tom, de broer van mijn vader, onder het uiten van allerlei verwensingen, weer weggejaagd te worden.

Er kon nog geen mus uit een boom vallen zonder het meest uiteenlopende commentaar te ontlokken aan ma, pa en oom Tom, de volwassen leden van ons gezin. Maar in de verte doemde altijd de gestalte op van mijn moeders vader, Peregrine Lowell, een man met zo'n enorme spanwijdte dat we hem de Valk noemden, ook al omdat hij vanuit de hogere sferen waarin hij bivakkeerde altijd klaar leek te staan om zich omlaag te storten en korte metten te maken met vogels van mindere pluimage.

Mijn jongere broer Bing en ik groeiden op met de soundtrack van hun gezamenlijke gehakketak voortdurend op de achtergrond, en dat was niet bepaald een deuntje dat je zomaar even meefloot.

De fantastische Flanagans wonen vlak voor de deur waarachter je mij vindt, felgekleurde figuurtjes in iets wat op een tekenfilm van mijn eigen leven lijkt. Mijn persoontje is daarbij vergeleken maar een saai poppetje, binnen ons gezin te vergelijken met een gematigde stem in een verdeeld Ierland. Volgens pa was mijn Flanaganbloed – even katholiek als communiewijn – op cellulair niveau vervuild door een infusie met het protestantse DNA van de Lowells, de uit het noorden afkomstige Engels-Ierse stam van mijn moeder.

Herinneringen aan mijn ouderlijk huis volgen me nog steeds op de voet, hijgend om aandacht en even hardnekkig als alle honden die mijn moeder in de loop der jaren om zich heen verzamelde bij elkaar. Natte honden en de zilte geur van zeelucht – mijn verleden blijft zich in geuren en kleuren hardnekkig aan me opdringen. Dat aftandse huis en die wriemelende meute honden... als je alleen maar van de voordeur naar de zitkamer probeerde te lopen, moest je de slag om Saigon nog eens dunnetjes overdoen.

Engelse buldogs, mastino's napolitano's, shar-peis – allemaal beesten die 's nachts kunnen huilen tot je ziel zich omdraait – en jezus, die verrekte bulterriër Sykes. Mijn moeder regeerde over het hele zootje als een waanzinnige Keltische fee met een grote bos krullen. Bij haar theatrale gefleem en getier, heftige woede-uitbarstingen en aanvallen van genegenheid stond je te trillen in je schoenen.

Ik heet Collie Flanagan. Ma koos de naam Collie toen ze de boeken van Albert Payson Terhune, een vent die niet alleen honden fokte maar er ook over schreef, opnieuw had ontdekt.

Pa durfde er een eed op te doen dat ze die tijdens haar zwangerschap alleen maar las in de hoop dat ze dan misschien een jong hondje zou baren.

Tijdens mijn doopplechtigheid ontstond er ruzie bij het altaar toen de priester er bezwaar tegen maakte om mij te vernoemen naar een hondenras en zei dat er geen Sint-Collie bestond, waarop ma hem lik op stuk gaf met de opmerking dat het dan verdomme hoog tijd werd en pa opmerkte dat ik misschien wel de eerste zou worden.

Op Andover noemden ze me Lassie. Hartstikke leuk, natuurlijk.

Mijn moeder heeft altijd een dochter gewild. De dag waarop ik ben geboren, 22 november 1963, werd door ma altijd de naarste dag van haar leven genoemd, omdat de teleurstellende geboorte van een zoon nog eens werd benadrukt door de dood van haar held, JFK. Om haar woede te luchten bouwde ze op het strand een brandstapel waarop pa's complete geliefde platencollectie belandde en de glimlachende gezichten van Jo Stafford en Perry Como wegsmolten tussen het drijfhout. Ter verhoging van de feestvreugde smeet ze er ook nog maar een blik insectenverdelger bij, zodat haar knallende kwaadheid tot ver voorbij de horizon te horen was.

Negen maanden later, op de derde augustus, kreeg ze opnieuw een jongen, mijn broertje Bing, die naar een Ierse setter was vernoemd. Maar hij had de mazzel dat hij op dezelfde datum jarig was als haar andere idool, de Britse oorlogspoëet Rupert Brooke. Desondanks nam ze toch de tijd om alle roze geraniums uit de bloembakken aan de voorkant te rukken voordat ze Bing over de drempel droeg. Het valt niet te ontkennen dat ma de gave had om zelfs bloemen de stuipen op het lijf te jagen.

Ze was de enige vrouw, de vereiste teef om met oom Tom te spreken, in een verder lompe mannelijke bedoening. Zelfs de honden waren allemaal mannetjes. De kleintjes piesten op de kussens en de grote modellen kwijlden dikke slierten testosteron.

Je kunt rustig zeggen dat de relatie tussen mijn moeder en mijn grootvader een tikje eigenaardig was. Zij had de pest aan hem en hij financierde haar afkeer zonder zich daar iets van aan te trekken. Af en toe denk ik wel eens dat hij alleen maar contact met haar bleef houden om uit te vissen waarom ze zo'n hekel aan hem had. De haat voor haar vader was mijn moeders levenswerk, een studie die ze op academisch niveau bedreef. Zolang ik me kon herinneren had ze gegevens over hem verzameld, volle mappen en stapels papier die op de stoelen in de eetkamer lagen en boven de tafel uitstaken.

De muren hingen vol met kaarten en grafieken waarop het gekanker van ontslagen werknemers, voormalige vrienden en concurrerende zakenlieden in beeld was gebracht, aangevuld met zwart-witfoto's, geheime getuigenverklaringen en eindeloze lijsten met haar persoonlijke grieven in rode inkt en blokletters. Haar kantoor was versierd met een pervers wandtapijt dat als basismateriaal moest fungeren voor de sleutelroman die ze volgens eigen zeggen aan het schrijven was, onder de titel *De smeerlap*.

De hoofdpersoon, een gigantisch rijke en machtige krantenmagnaat, heeft ongestraft zijn vrouw vermoord. Daarna spendeert hij de rest van zijn leven aan pogingen om zijn dochter het leven onmogelijk te maken.

Mijn grootvader klonk altijd treurig en een tikje levensmoe als hij het over zijn enig kind had. Iedere keer als ma's naam viel, verwachtte ik onwillekeurig dat hij om een laatste sigaret zou vragen en de blinddoek af zou wijzen. Ma bracht ons groot met het idee dat zij een interessante persoon was, precies zoals het gezin van Stalin ongetwijfeld te horen kreeg dat hij nogal excentriek was. Het duurde een hele tijd voordat het tot me doordrong dat mijn moeder krankzinnig was. Haar ongefundeerde vendetta tegen de Valk was slechts een van de manieren waarop ze ons de waarheid toonde over alles wat er in haar binnenste ziedde.

Pa was een zwerver, een drankorgel en een vrouwenversierder, een beroeps-Ier van twijfelachtig allooi die ma op straat had opgepikt omdat ze helemaal lijp was van zijn haar, dat dezelfde tint had als de vacht van een roodbruine King Charles-spaniël.

'Voor geld is bijna alles te koop,' zei ze vaak tegen ons. 'Vanaf het eerste moment dat ik hem zag, met dat haar dat glansde als de zon en de maan en alle sterren bij elkaar, wist ik al dat ik er mijn hele vermogen voor over zou hebben om iedere ochtend naast die schitterende kop wakker te mogen worden.'

Ma klonk altijd extra verliefd als ze zich in abstracte termen verloor.

Het was al nacht toen ze hem voor het eerst zag. Pa was dronken en kon zich alleen maar staande houden door zich in zijn Carmen Miranda-jurk innig vast te klemmen aan een lantaarnpaal. Hij was naar een gekostumeerd bal geweest. Zij kwam net van een vergadering van marxistische sympathisanten. Ma verzamelde communisten alsof het Tupperware-bakjes waren.

Oom Tom hield vol dat pa alleen maar met ma getrouwd was om een weddenschap te winnen. Volgens hem was pa op stap met de beruchte gebroeders Dolan, ook wel bekend als 'de omkopers', toen hij op het gekostumeerde bal tegen iedereen die het horen wilde, verkondigde dat hij met de eerste de beste vrouw die hij op straat tegenkwam zou trouwen. Nadat hij in zijn Carmen Miranda-outfit naar buiten was gestrompeld keek pa op en daar was ma. Hij stak zijn hand uit om haar een banaan uit zijn hoofdtooi aan te bieden en ze was meteen verkocht, volgens oom Tom.

'Peachie "Pittsburgh" McGrath was haar nog bijna te snel afgeweest. Wat een dikke reet had dat mens... onderbroeken zo groot als de provincie Cork. Ze kwam net de hoek om waggelen, achter je moeder aan. Charlie heeft me een keer verteld dat als het Peach was geworden, hij de bruiloft wel had doorgezet om de Dolans niet voor de kop te stoten, maar dat hij dan meteen zelfmoord had gepleegd. Bruiloft en begrafenis op één dag.'

'Pa, is het echt waar dat je om een weddenschap met ma bent getrouwd?' vroeg ik hem toen ik een jaar of negen was en me over dat soort dingen druk begon te maken. Ik zat op de verandatrap naar mijn gloednieuwe sportschoenen te kijken. Het begon al een beetje donker te worden op een zomerse avond in augustus en het strand was leeg, met uitzondering van de altijd aanwezige purperzwaluwen die begeleid door het geluid van de zacht kabbelende golfjes duikend op zoek waren naar insecten.

'Ik ben met je moeder getrouwd omdat ik van haar hield,' zei pa een beetje afwezig en zonder me aan te kijken. Hij zat stil in een schommelstoel met een hoge rug, de ogen gericht op het water en zijn rode haar glanzend als de zonsondergang. Hoewel hij zich nooit leek in te houden en een soort wandelende stortvloed van woorden en emoties was, had ik nooit het gevoel dat ik pa echt kende.

Ik wist precies waar hij over wilde praten want om gespreksonderwerpen zat hij niet verlegen, maar ik wist eigenlijk nooit wat ik tegen hem moest zeggen.

Ma en pa waren weliswaar regelrechte kruidje-roer-me-niets, maar als het om openlijke genegenheidsbetuigingen ging, hadden ze net zo goed een stel accountants kunnen zijn. Zelfs toen we nog klein waren, wisten Bingo en ik al dat er altijd een bepaalde mate van spanning tussen hen bestond.

Pa verdween regelmatig een paar dagen en dan werd ma altijd stil. Meestal zette ze dan de kraan in de badkamer open, om te voorkomen dat wij haar hoorden huilen. Op dat soort momenten bleven wij altijd voor de deur staan wachten en keken elkaar aan terwijl we aan de afbladderende witte verf krabden tot ze de kraan weer dichtdeed. Vervolgens maakten we ons uit de voeten.

Als pa dan weer opdook, bracht hij altijd een amaryllisbol voor ma mee. De metalen schappen in de kas naast de stal stonden vol bloempotten met amaryllissen. Uiteindelijk werden het er zo veel dat ma ze wegens ruimtegebrek met tegenzin in de serre van mijn grootvader ging stallen.

Op een keer ging pa een weekendje naar New York, zogenaamd op zakenreis. 'Zaken die het daglicht niet kunnen velen,' zei ma en liet ons zijn lege koffertje zien. Toen we nog klein waren, ging pa om de haverklap op zakenreis. Naarmate we ouder werden, veranderden die tripjes in verlate vakanties.

'Nou en? Pa loopt altijd rond met lege koffertjes,' zei ik schouderophalend. Het leverde me een draai om mijn oren op. Pas op mijn twaalfde drong de betekenis van die amaryllissen tot me door.

'Dat zijn goedmakertjes van pa omdat hij bij andere vrouwen is geweest. Hij heeft een schuldig geweten,' zei ik tegen Bing, die niet echt overtuigd leek.

'Dit is heel bijzonder,' zei ma op een late zondagavond tegen pa, terwijl Bingo en ik in onze pyjama's op de overloop van de eerste verdieping stiekem meeluisterden. 'Twee amaryllisbollen.'

'Ach ja.' Hij kuste haar. We wisten wat die korte stilte inhield. 'Ik weet toch hoeveel je daarvan houdt.'

Ma hield ervan om ons met de neus op haar behoefte aan mooie dingen te drukken, alsof ze daardoor tot een bijzonder soort mensen hoorde, terwijl de rest van ons maar tevreden moest zijn met een onregelmatig profiel en een plaatsje aan de zijlijn. Ze had drie voorbeelden die naar haar mening de ideale mannelijke schoonheid belichaamden: pa, Bingo en Rupert Brooke. Ze werd zelfs de voorzitter van de Rupert Brooke Society en maakte af en toe een bedevaart naar zijn graf in Griekenland. Als ze daarvan thuiskwam, was ze van top tot teen in het zwart en wiegde heen en weer waarbij ze steeds opnieuw naar haar hart greep.

'Jezus,' hoorde ik pa een keer mompelen, 'ik durf te wedden dat die vrouw een behoorlijke hoeveelheid Italiaans bloed heeft.'

Bing en ik groeiden op in het enige huis op het westelijk halfrond waar een al jaren overleden dichter nog dagelijks voor spanning zorgde.

'Waarom kan ze niet gewoon gek zijn op Tom Jones, net als andere moeders?' vroeg ik aan Bingo terwijl we om de deur gluurden toen ze weer eens urenlang aan het grenen bureau in de bibliotheek – ma had iets met grenen, dat vond ze de houtsoort van het volk – naar zijn foto zat te staren en betrapt werd door pa die woedend uitriep: 'Hoe zou jij het vinden als ik het aanlegde met Virginia Woolf?'

Wat zagen mijn ouders in elkaar? Wat ma betrof, was het volgens mij gewoon een kwestie van esthetiek en wanorde. Pa was een goed uitziende anarchist die de indruk maakte dat hij tegelijkertijd in alles en niets geloofde.

Uiteraard bestaat de kans dat mijn idee te vergezocht is.

'Het is prettig om een man over de vloer te hebben,' zei ze. 'Voor het geval de afvoerpijp gaat lekken.'

Ze gingen zelfs met elkaar op de vuist, ma en pa, en jezus als oom Tom dan niet met Bingo en mij wedde op de afloop. En je moest dokken ook, want hij dreigde zelfs een keer een kogel door mijn knieschijf te schieten als ik niet over de brug kwam. Maar ik heb ze uitgebreid bestudeerd en in de gaten gehouden om aanwijzingen te vinden en ze keken elkaar wel op een speciale manier aan.

Behalve zijn onwaarschijnlijke Ierse aantrekkelijkheid, zijn hondse haarkleur en zijn aanleg om een rijke vrouw te versieren, had pa nog een kleine gave: hij kon redelijk goed goochelen. Voordat hij ma leerde kennen trad hij op onder de naam Fantastic Flanagan op kermissen, in tweederangs nachtclubs en voor bejaarden. Daarna vertoonde hij zijn kunsten voornamelijk in onze woonkamer en ik was al in de pubertijd toen ik er eindelijk achterkwam dat het trucjes waren. Zijn grootste goocheltruc was dat hij Bingo en mij ervan wist te overtuigen dat hij een bijzonder wezen was dat over bijzondere krachten beschikte. Wij maakten een uitzondering voor hem. Wat ons betrof, was zijn dronkenschap een soort penicilline, zijn manier van omgaan met de last van een normaal bestaan.

'Ach jongens, ik hoor helemaal niet op deze wereld thuis,' zei hij vaak tegen ons als we hem naar boven en naar bed sleepten, ik aan de ene en Bingo aan de andere kant. 'Charlie Flanagan veroordeeld tot leven op aarde zonder de mogelijkheid van voorwaardelijke invrijheidstelling. Dat is een wreed lot voor een man als ik.'

Maar daarna betrapte ik hem weer terwijl hij op de oprit stond te pissen na een avondje stappen en dan begon ik opnieuw te twijfelen.

Oom Tom zei altijd tegen me: 'Weet je wat het probleem is, uilskuiken? Ze zijn allemaal te stom om voor de duvel te dansen, zelfs Charlie. Ik zou God maar op m'n blote knietjes danken dat jij en Bingo mij hebben, want wat er anders van jullie terecht moet komen zou ik niet weten.'

Tom woonde bij ons, zorgde voor ons, kookte, maakte schoon en lag bijna dagelijks met pa in de clinch omdat pa hem altijd onze 'maagdelijke oom' noemde. Als je getuige was van een van hun schuimbekkende confrontaties, had je het gevoel dat je naar een bootje keek dat de Niagara over probeerde te steken. Iedere ruzie was een hulpeloze duik in het diepe.

Bij al die knokpartijen stonden Bingo en ik als geslagen hondjes toe te kijken en ons af te vragen of ze dit keer door de leuning van het balkon op de eerste verdieping zouden gaan, pa met zijn handen om Toms nek en Tom met zwaaiende armen, terwijl hun woede hen in evenwicht leek te houden. En ondertussen bleven ze maar doorruziën, een muur van driftig geouwehoer opwerpend. Hoe vaak heb ik ze niet toe willen schreeuwen: 'Hou je bek! Allebei! Hou in jezusnaam je bek!'

Het einde was onveranderlijk dat ze met een klap voor onze voeten op de grond terechtkwamen. Dan greep Bingo me bij mijn arm, opgewonden van al die stennis, terwijl bij mij het bloed in de aderen stolde.

Vechten was de gebroeders Flanagan met de paplepel ingegoten.

'Je grootvader ging geen onenigheid uit de weg,' kregen we van pa te horen. Dat zijn vader wel van een knokpartijtje hield, was een van pa's favoriete onderwerpen toen we nog klein waren. Pa had een vrij beperkte maatstaf als het om mannelijkheid ging en gebroken neuzen waren voor hem wat jaarringen voor een boom-chirurg waren.

'In zijn vaderland kreeg hij het op een zondag na de mis een keer verschrikkelijk aan de stok met de pastoor.'

'Waarover ging dat, pa?' vroeg ik dan, hoewel ik het antwoord al kende tegen de tijd dat ik in staat was om zelf mijn veters te strikken.

'Over de kwaliteit van het Amerikaanse leger, natuurlijk. Dat was een onderwerp waarvan hij echt nooit genoeg kreeg. Ik kan me al sinds de tijd dat ik in de kinderstoel zat herinneren hoe je grootvader maar bleef doorzagen over alle glorie die de Ameri-kaanse soldaat behaald had. "De Amerikanen waren geen knip voor de neus waard," zei pastoor Duffy op het moment dat hij je grootvader in het oog kreeg. Dat was voordat de Yanks zich met de oorlog gingen bemoeien. Nou, dat was met recht olie op het vuur... Zijn uitval was tot in de verste verten te horen. Ik kan je één ding vertellen over je grootvader, God hebbe zijn ziel, je kon nog geen lucifer aanstrijken als je naast hem stond.'

Iedere keer als pa over zijn ouwe heer begon, leek het alsof er ergens iets lag te smeulen. Hugh Flanagan was volgens pa bijzon-der licht ontvlambaar geweest. 'Overal waar hij liep, ontstonden bosbranden. Hij was zo fel in zijn oordeel dat hij daarmee de halve omgeving kon platbranden.'

En hij wist ook precies hoe hij een priester tegen de haren in moest strijken.

'Ik hoop dat die zoons van jou nooit een greintje geluk zullen hebben,' schreeuwde pastoor Duffy en gooide de deur met een klap dicht. Al snel daarna trokken Hugh en Loretta Flanagan samen met hun drie zoons, Tom, William en Charlie, en de twee dochters, Brigid en Rosalie, vanuit Ierland naar Boston. Dat was in 1940. Als Amerika zich met de oorlog zou gaan bemoeien wilde Hugh zijn beide oudste zoons, Tom en William, in een Amerikaans uniform zien. Pa was te jong om in dienst te gaan.

'Je grootvader heeft de schande nooit kunnen verwerken dat jul-lie oom Tom voor de keuring damesondergoed had aangetrokken,' vertelde pa me. Ik was acht jaar en stond voor hem in de woonkamer, waar hij onderuitgezakt in zijn favoriete rookstoel zat. Zijn stem klonk zo luid dat ik achteruit deinsde.

'Dat is verdomme gelogen, Charlie Flanagan, en dat weet je best. Ik wilde juist graag in dienst, maar ik werd afgekeurd vanwege mijn platvoeten. Noem mij maar eens één veteraan, dood of levend, die zoveel ellende heeft meegemaakt als ik,' schreeuwde Tom vanuit de keuken waar hij uien stond te snijden voor de hachee.

'O, dus zo wordt er tegenwoordig over lafheid gedacht? Dat het een kwestie is voor de podoloog? Zo meteen ga je me nog vertellen dat je bij je geboorte alleen maar ballen mee had moeten krijgen om de oom van deze knullen te zijn in plaats van hun tante.' Pa, die niets liever deed dan mensen tegen zich in het harnas jagen, kwam jolig naar me toe in de klassieke boksershouding en deed alsof hij me een paar stoten verkocht, waarbij hij maar net mijn kin miste.

'Je oom Tom heeft er eigenhandig voor gezorgd dat karakter een afwijking werd,' zei hij.

Oom Tom was de gezworen vijand van mijn moeder. Hij noemde haar altijd Vrouw K, een stiekeme manier om haar voor een kreng uit te maken. Hij maakte eeuwig taalgrapjes, verbasterde woorden, verzon rare uitdrukkingen en sprak woorden expres fout uit, alsof hij je uitdaagde om hem te corrigeren. Tom bleef zijn leven lang hunkeren naar negatieve aandacht, een afwijking die hij deelde met ma.

Als je nagaat dat ze een ontzettende hekel aan elkaar hadden, was het eigenlijk grappig dat hun standpunt eigenlijk nauwelijks verschilde. Tom en ma waren tegen vrijwel alles waar andere mensen vóór waren, maar toch bleven ze elkaar jaar in jaar uit als rivaliserende bendeleiders bejegenen.

'En daarvoor mogen we God op onze blote knieën danken,' verklaarde pa. 'Jezus, Collie, kun jij je voorstellen wat er zou gebeuren als ze hun krachten zouden bundelen?'

'Dan hadden we een nieuwe Abbott en Costello,' zei ik.

Ik heb het vermoeden dat mijn moeder het eens was met elke revolutie, waar ook ter wereld, die na de oorlog ondernomen werd door marxistische oproerkraaiers. Anais Lowell Flanagan bleef gedurende de jaren zeventig, toen wij opgroeiden, constant cheques uitschrijven voor elke zaak die haar aan het hart ging. Er was niets waar ma meer genoegen in schepte dan in opruiers die de gevestigde orde omver wilden werpen.

Oom Tom deed niets liever dan pogingen ondernemen om haar politieke bijeenkomsten in het honderd te laten lopen. Meestal belde hij iedereen die op de gastenlijst stond op met de mededeling dat er bij ons thuis een krentenbaardepidemie heerste, zodat mijn moeder echt woest was als er niemand kwam opdagen.

'Nou, dat was me de revolutionair wel,' zei hij dan tegen Bingo en mij met de hoorn aan zijn hoofd terwijl hij de een na de ander van de lijst streepte. 'Die is al bang voor een schimmeltje.'

Iedere keer als de telefoon ging, stoof hij ernaar toe, en als de beller hem niet beviel – hij gaf nooit een gesprek door – schreeuwde hij in de telefoon: 'Ik moet ervandoor. Er zit een eekhoorn in huis!'

Af en toe belde iemand terug.

'Hallo, met Rooie Danny. Mag ik Anais?'

'Het spijt me, maar er woont hier geen Rooie Danny. U hebt een verkeerd nummer gedraaid.'

'Nee, u begrijpt me niet. Ik ben Rooie Danny...'

'Bent u soms nog doof op de koop toe? Ik zei toch dat hier geen Rooie Danny woont.'

Hij gedroeg zich op dezelfde idiote manier tegenover Bingo en mij. Naar huis bellen leek op een poging om God aan de lijn te krijgen. Toen ik in groep zes zat, brak ik op school mijn arm en het ziekenhuis belde naar huis om toestemming te krijgen voor een operatie. Ik stierf van de pijn – het was een open breuk – en iedereen, met inbegrip van de chirurg, stond om me heen te wachten tot ze konden beginnen, toen er een verpleegkundige binnenkwam met een verbijsterd gezicht en vertelde dat er bij mij thuis kennelijk iets ernstigs aan de hand was.

'Volgens mij ging het om een eekhoorn,' zei ze.

2

*P*eregrine Lowell, mijn grootvader, was directeur en enige eigenaar van Thought-Fox Inc. Hij was een hoge pief in de Democratische Partij en bezat honderden kranten en tijdschriften in tientallen landen, waaronder een paar van de meest invloedrijke dagbladen ter wereld. Hij was een agressieve, meedogenloze eigenaar die zich altijd met de redactionele inhoud bemoeide en de opiniepagina's van zelfs het meest onbenullige huis-aan-huisblaadje als zijn privézeepkist beschouwde. Hij raakte zelfs een keer zo in de ban van een verbod om katten vrij rond te laten lopen in een stadje in Iowa dat hij als gast een redactioneel artikel schreef waarin hij opkwam voor de rechten van zangvogels.

Maar dat hij zich met alle onbenullige details van het dagelijkse bestuur van zijn imperium wenste te bemoeien was voor hem nog niet genoeg, hij beschouwde het ook als zijn taak om iedereen die voor hem werkte te minachten en te kleineren en zijn superioriteit te bewijzen door herhaaldelijke verwijzingen naar zijn handtekening op hun salarisbriefje.

Mijn grootvader eiste onderdanigheid maar vond dat tegelijkertijd iets vreselijks, waardoor hij de mensen in zijn omgeving voor behoorlijke problemen stelde. Gelukkig was werken voor hem meestal een tijdelijke kwestie. Hij had binnen zijn bedrijfstak een soort record gevestigd met betrekking tot het ontslaan van mensen, een onderscheiding die hij begroette met de opmerking: 'Goeie mensen komen en gaan,' waarbij hij erin slaagde om te klinken als een roofvogel die net een goudvinkje de kop had afgebeten.

Bingo en ik hadden hem de bijnaam de Valk gegeven (vanwege de Latijnse naam van de slechtvalk, falco peregrinus, wat we behoorlijk bijdehand vonden) en hij was inderdaad een duistere figuur, hoog in de bomen, die alles met kille ogen scherp in de gaten hield. Hij was een Engels-Ierse protestant, tijdelijk vanuit Ulster overgeplaatst naar New England, die niet in het minst geïnteresseerd was in gesprekken met veldmuisjes en dat duidelijk liet blijken ook.

Ik kan rustig stellen dat ik hem angstaanjagend maar ook boeiend vond. Toen ik tien jaar was en per ongeluk op zijn drieënzestigste verjaardag ineens alleen met hem in de provisiekamer terecht was gekomen en bevend informeerde wat hij lekkerder vond, vanille of chocola, had ik het gevoel dat ik van Dracula wilde weten welke bloedgroep hij prefereerde.

'Waar héb je het in vredesnaam over?' vroeg hij en keek op me neer met een blik vol minachting die aanvoelde als een klauw om mijn nek.

'Laat maar,' zei ik met een droge mond. Ik had hem een vraag gesteld. Het zou jaren duren voordat ik daarvoor opnieuw de moed kon opbrengen. Hij was een erkend Dickens-expert die over dat onderwerp diverse boeken had gepubliceerd, maar eigenlijk was zijn echte passie ornithologie. Dat was een familietraditie en het ging zelfs zover dat elke mannelijke erfgenaam naar een vogel werd vernoemd. Zijn vader had de naam Toekan meegekregen en Corvid, mijn betovergrootvader en een bandeloze excentriekeling van aristocratische afkomst, werd door iedereen die hem kende Cuckoo – Koekoek – Lowell genoemd. Hij hield zich vreemd genoeg bezig met ornithomancie, een vorm van waarzeggerij gebaseerd op vluchtpatronen.

De Valk had ook gewild dat wij naar vogels werden vernoemd – Larkin en Robin waren zijn suggesties, oftewel Leeuwerik en Roodborstje – maar ma haalde hem het bloed onder de nagels vandaan door ons naar honden te vernoemen.

'Eigenlijk valt dat nog best mee,' zei Bingo. 'Ze had ook voor Sacco en Vanzetti kunnen kiezen.'

De Valk woonde op een honderd jaar oud landgoed dat Cassowary heette, een paar honderd hectare vol schitterende bossen, moerassen en open velden aan de kust van New England onder de rook van Boston. Om zijn bezoek welkom te heten had hij boven het smeedijzeren hek aan het begin van de oprijlaan echt een gezellige tekst laten graveren: 'Wat is uw leven waard? Het is slechts een ademtocht die binnen de kortste keren in lucht opgaat.'

Mijn grootvader hield niet van kletspraatjes.

Cassowary had formele tuinen, met in vorm gesnoeide struiken, heggen en muren. Vier levensgrote metalen frames in de vorm van paarden, gevuld met dikke donkergroene Engelse klimop, draafden onafgebroken rond in een kring die was afgezet met buxus en leken met hun traagheid een verstikkende verwijzing naar Pompeji. Het grote in zeventiende-eeuwse stijl van grijze steen gebouwde huis was bedekt met een oude, rijk bloeiende blauwe regen, waarvan de om elkaar gedraaide takken even dik waren als boomstammen. In de lente bood het een schitterende aanblik met duizenden zachtblauwe trossen die als lantaarntjes omlaag hingen.

Onder het raam van mijn slaapkamer bevond zich een buitenvolière vol lachduiven, die 's ochtends voor kalmerende geluidjes zorgden. Hun gekoer deed me denken aan de postduiven van oom Tom, een hobby die hij van jongsaf aan had gehad.

Bingo en ik speelden het liefst in de rozentuin, waar twee levensgrote kalkstenen beelden stonden van Engelse mastiffs, een zittend en een staand. Daar vingen we dan vuurvliegjes die we vervolgens aan de koi in de door hoge siergrassen omgeven visvijver gaven. De vissen die we als kinderen hadden gevoerd, zwommen nog altijd heen en weer in die geheimzinnige, geometrische patronen, waarbij ze nog steeds even in het zonlicht bleven liggen dat door de waterval in de vijver viel.

Cassowary was beroemd vanwege de oude rozentuinen, waarin honderden soorten de hele zomer door bloeiden en verzorgd werden door een legertje Engelse tuinlieden die iedere dag zorgvuldig geselecteerde boeketten samenstelden voor in het huis. Maar de Valk slaagde er als geen ander in om van iets moois een soort militaire operatie te maken. Witte rozen in de woonkamer, rode rozen in de eetkamer, roze rozen in de bibliotheek, oranje rozen in de serre, gele rozen in de keuken en lila rozen voor de schoorsteenmantel boven de winters ogende open haard in de slaapkamer van mijn grootvader.

Op het bureau in de oude kamer van mijn moeder stonden crèmekleurige rozen naast een ingelijst portret van Rupert Brooke, die ze als jong meisje had ontdekt. Tijdens haar leven kwam er weinig verandering in de dingen waar ze wel en waar ze niet van hield, zoals ik aan den lijve heb ondervonden. Tegenwoordig ben ik helemaal niet dol meer op rozen – wat mij betreft zijn het geurende handgranaten – al blijf ik de tuinen wel onderhouden. De historische waarde overtreft mijn persoonlijke voorkeuren.

De Valk was weduwnaar en woonde alleen, afgezien van zijn personeel. Ik heb nooit meegemaakt dat hij romantische betrekkingen onderhield met een vrouw, hoewel hij zich in sociaal opzicht een waardig vertegenwoordiger toonde van de ouderwetse rijkdom en regelmatig gasten ontving of zelf op bezoek ging. Dan was het moeilijk om de charmante persoonlijkheid te rijmen met de dwarsligger die hij in zijn privéleven was.

Mijn grootmoeder, Constance Bunting, was de enige erfgename van het Ogilvy-fortuin en stierf een jaar voor mijn geboorte op eenenvijftigjarige leeftijd. Cassowary was haar ouderlijk huis. Mijn grootvader nam begin jaren dertig contact op met haar vader omdat hij het landgoed wilde kopen en toen dat geweigerd werd, besloot de Valk zijn enige dochter het hof te maken om het op die manier in handen te krijgen.

Cassowary was hun huwelijksgeschenk. En wat Constance betrof: 'Laten we het er maar op houden dat je grootmoeder de prijs was die ik ervoor moest betalen,' zei de Valk kortaf toen ik hun trouwfoto ontdekte onder een stapeltje oude kleren in een koffer die op zolder stond.

Mijn moeders mening over het huwelijk was wat minder tactvol. 'Hij heeft nooit van mijn moeder gehouden. Hij haatte haar. Hij wilde alleen maar het landgoed in handen krijgen en toen dat was gelukt besloot hij om zich van mijn lieve mama te ontdoen,' had ma Bingo en mij verteld toen we nog klein waren en zij met wapperende armen zenuwachtig heen en weer banjerde door de kamer, van de ene hoek naar de andere, en ons met haar gedoe het bloed onder de nagels vandaan haalde.

'Het lijkt wel een aflevering van Bonanza,' zei Bingo met een grijns tegen mij en smeet al zijn honkbalplaatjes uit pure verveling een voor een tegen de muur terwijl ma langzaam maar zeker het kookpunt bereikte.

Omdat ma's geheugen uiterst selectief was, ging ik met betrekking tot de familiehistorie na een poosje liever te rade bij buitenstaanders. De diverse biografen van de Valk houden het erop dat hij een paar jaar na zijn huwelijk verliefd werd op een dame uit de chique kaviaar-en-champagnekringen, een zekere Flora Hennessey, en van plan was om voor haar zijn gezin te verlaten. Maar daar kwam verandering in toen het privévliegtuigje van Flora bij het krieken van de dag ergens aan de oostkust verdween.

Het zou best waar kunnen zijn. Ik kan me nog herinneren dat Bingo en ik een keer rondsnuffelden in de bibliotheek op Cassowary en toevallig de sleutel van het bureau van de Valk vonden. Toen Bingo het ondiepe laatje open had gemaakt, vond hij een zwart-wit fotootje van een jonge vrouw met donker haar dat verstopt zat in een dun opschrijfboekje.

'Wie is dat stuk?' vroeg Bingo vrolijk toen de Valk ineens binnenkwam. In plaats van het bewijs van ons stoute gedrag te verdonkeremanen hield de elfjarige Bingo de foto dapper omhoog, terwijl ik het gevoel had dat mijn haren recht overeind stonden.

De Valk kwam zonder iets te zeggen woedend naar ons toe en pakte de foto met zijn ene hand, terwijl hij Bingo met zijn andere hand zo'n harde klap in zijn gezicht gaf, dat er een rode plek achterbleef die ik tot op de dag van vandaag in gedachten kan zien gloeien. Bingo viel achterover van de stoel en sloeg met zijn hand tegen zijn wang tegen de vloer. Hij sprong meteen weer op, bleef de woedende Valk recht in de ogen kijken en zag vervolgens zwijgend toe hoe de oude man zich met een ruk omdraaide en de gang in liep.

'Sjonge, zo kwaad heb ik hem nog nooit gezien,' zei ik, terwijl ik met knikkende knieën naast Bingo ging staan.

'Hij is toch altijd ergens kwaad over. Wie trekt zich daar nou iets van aan,' zei Bingo die zich met zijn knuisten in de ogen wreef om ongewenste tranen te verbergen.

'Ik niet,' jokte ik.

In werkelijkheid maakte ik me altijd ontzettend druk over alles wat mijn grootvader dacht en zei, al had ik me nog liever de lever uit het lijf laten snijden dan dat toe te geven. In onze familie stond dat ongeveer gelijk aan de bekentenis dat ik hondenvlees had gegeten.

'Is alles in orde?' vroeg ik aan Bingo zonder hem aan te kijken, omdat ik me geneerde voor de oprechtheid van wat er net was gebeurd. Ik had het gevoel dat ik verlamd was, alsof er een dosis pure, ongezuiverde emotie rechtstreeks in mijn ruggenmerg was gespoten.

'Best. Laat me met rust,' mompelde Bingo in de kraag van zijn overhemd die hij omhooggetrokken had om zijn gezicht te verbergen. Zijn handen trilden. Ik overwoog om mijn armen om hem heen te slaan, maar uiteindelijk was het gemakkelijker om mijn medeleven te verbergen dan te tonen.

'Hoe was grootmoeder eigenlijk?' vroeg ik een paar dagen later aan mijn moeder toen ik languit op mijn rug aan het voeteneind van het koperen bed van mijn ouders lag. Bingo en ik hadden ma niets over het voorval durven te vertellen. De gevolgen daarvan zouden de moord op aartshertog Ferdinand hebben gedegradeerd tot een onbelangrijk incidentje, een smetje op de loop van de geschiedenis.

'Ze was een heilige...' zei ma terwijl ze met haar grote amandelvormige en waterig blauwe ogen langs me heen in de verte staarde. Ze zat stram aan het hoofdeinde, de benen recht voor zich uit onder de dekens, in een houding alsof ze deelnam aan een militaire parade. De kussens in haar rug waren puur voor de sier, ma had nooit een steuntje nodig.

De warmgele muur achter haar baadde in het middaglicht. Ik staarde gefascineerd naar de schaduwen van haar kastanjebruine haar, dat zo wild en krullerig was dat het onderdak had kunnen bieden aan een halve junglefauna.

'Constance Lowell was zo mager als een lat en volslagen maf...' Pa, die naakt en rood aangelopen naast haar zat, met de dekens tot aan zijn middel opgetrokken, wreef ongelovig in zijn ogen nadat hij haar met een lachsalvo had onderbroken. 'Op haar vijfendertigste sodemieterde ze van haar paard, verstuikte haar enkel en bleef de rest van haar leven in bed liggen met de bewering dat ze niet meer kon lopen. Alleen hoorden de bedienden haar de hele nacht rondspoken, terwijl de rest van het huis in diepe rust lag.'

Bij die herinnering schoot hij opnieuw in de lach, boog zich voorover en legde zijn grote hand op mijn knie. Ik voelde een rilling van opwinding bij dat zeldzame blijk van aandacht. 'Je had haar moeten zien, Collie. Ze had lang, golvend bruin haar vol satijnen strikjes dat tot op haar middel hing. Ze was zo bleek als een geest omdat ze constant binnen zat, ze droeg alleen witte kanten nachtponnen en ze verzamelde ivoren beeldjes, met een wat eigenaardige voorkeur voor olifanten. Haar beddengoed bestond uit zijde en satijn. Ze was zo gek als een deur.'

'Heb niet het lef om gekheid te maken over mama!' Ma's bovenlip verdween en haar onderlip krulde als een minibokshandschoen naar voren. 'Ze was de meest fantastische vrouw die ooit heeft geleefd en hij heeft haar dag in dag uit beetje bij beetje vergiftigd. Ze heeft me zelf gewaarschuwd en verteld dat hij allerlei dingen in haar eten deed. Hij is een monster.' Ze kreeg op slag donkere kringen onder haar ogen.

'Goeie genade nog aan toe, Anais, iedere arts met uitzondering van de heilige Lukas heeft verklaard dat ze aan maagkanker is overleden. Jij blijft die beschuldigingen van moord maar rondstrooien alsof het rijst op een bruiloft is. Je beweert ook al jarenlang dat Tom kunstmest in je koffie doet.'

Pa keek me aan en gaf me een knipoogje, terwijl ma zo kwaad werd dat het me begon te duizelen. Uit macht der gewoonte klemde ik me vast aan de deken, want ik wist hoe dit zou aflopen.

'Mijn moeder had geen kanker. Ze is vergiftigd. Hij heeft haar vermoord en de dokters omgekocht. En wat Tom betreft, leg jij me dan maar eens uit waarom ik iedere keer als ik iets eet wat hij heeft gemaakt zulke hartkloppingen krijg. Ik was zo gezond als een vis voordat hij bij ons introk en sindsdien mankeer ik constant iets.' Haar stem zakte tot een gefluister en ze wierp een snelle blik op de deur alsof oom Tom daarachter stond met een glas tegen zijn oor – helemaal niet zo'n vergezocht idee, trouwens – en de dosis ammonia alleen nog maar zou opvoeren als hij hoorde wat ze had gezegd.

Ma had nog nooit een prozaïsche gedachte gehad en haar verdenkingen ten opzichte van oom Tom waren ook ongegrond, behalve met betrekking tot het afluisteren, maar dat was dan ook een natuurverschijnsel dat even onvermijdelijk was als dood, geboorte en suffe dansmuziek. Zij schilderde alles af vol passie, bloed, zweet en tranen, geurend en overwoekerd als een verwaarloosde tuin.

'Zoals de meeste kunstliefhebbers is ze in haar hart in feite een barbaar,' had pa mij en Bingo in vertrouwen verteld, een mededeling die wij zwijgend knikkend in ontvangst hadden genomen, ook al konden we destijds nauwelijks onze eigen naam schrijven en hadden we geen flauw idee wat hij bedoelde.

Ze gooide de dekens van zich af, waardoor de franjes van de chenille sprei op mijn gezicht terechtkwamen, en sprong uit bed alsof ze door een katapult was afgeschoten. Ma maakte altijd de indruk dat ze ieder moment het luchtruim kon kiezen. Haar katoenen nachtpon viel net over haar knieën toen ze de bovenste la van de ladekast openrukte en zenuwachtig tussen stapels niet bij elkaar passende sokken begon te rommelen.

'Zal ik je eens iets vertellen, Collie? De Lowells en de Buntings zijn stuk voor stuk stapelgek,' zei pa op vriendelijke toon. Hij zakte behaaglijk onderuit in de kussens en maakte zich op om gezellig en met weidse gebaren uit te wijden over een van zijn lievelingsonderwerpen: de tekortkomingen van mijn moeders familie. 'Weet je wat de enige keer was dat je moeder en je grootvader het roerend met elkaar eens waren? Toen ze mij en die verknipte oude grootmoeder van je ervan beschuldigden dat we een relatie met elkaar hadden. Ze hadden net zo goed kunnen zeggen dat ik vreemd was gegaan met een eigenwijze klerenhanger.'

Destijds had ik maar een vage notie van wat een relatie eigenlijk inhield. Als je me dat toen had gevraagd, had ik waarschijnlijk gezegd dat het iets was dat mijn vader deed.

'Ja! En dat was ook zo, dat weet je heel goed.' Ma smeet de la weer dicht en draaide zich om naar pa, die zichtbaar genoot van haar woede. 'Voor jou is het met een sisser afgelopen. Zij heeft voor haar zwakheid met haar leven moeten boeten, terwijl jij nu mooi weer kunt spelen dankzij haar fortuin.'

'Heeft opa daarom zo'n hekel aan je, pa? Omdat je een relatie hebt gedaan met oma?' Ik was op ma's plek naast pa gaan zitten.

'Dat is een van zijn smoesjes,' zei pa, die zijn nagels bestudeerde. 'Waar het in feite op neerkomt, Collie, is dat je grootvader aan iedereen een hekel heeft. Daarbij heb ik nog het extra nadeel dat ik arm en katholiek ben en weiger mijn plaats te kennen. De ergste misdaad die je in je leven kunt begaan is platzak te zijn, en God helpe je als je je daar niet naar kleedt. Zorg er altijd voor dat je goed gekleed bent, Collie, daarmee drijf je de Vierhonderd tot waanzin.'

Ma lachte, een soort klaterend geluid wat mij meteen argwanend maakte. 'Doe me een genoegen, Charlie, die ijdeltuiterij van jou is niets anders dan een blijk van morele leegheid. Jouw kleren zijn helemaal niet bedoeld om de gevestigde orde aan de kaak te stellen,' zei ma terwijl ze de deur opentrok van pa's welgevulde klerenkast, vol op maat gemaakte pakken in elke denkbare kleur.

Pa was ervan overtuigd dat kleren de man maakten en hij kon al bij de aanblik van een honkbalpetje en een sportjack ongenadig uit zijn slof schieten. 'De windjackmeute,' mopperde hij dan en sloeg een brug van minachting tussen hemzelf en iedereen die zich in een sweatshirt hulde. Als pa een vrouw was geweest, zou hij altijd volledig opgetut in huis hebben rondgelopen, om vervolgens op hoge hakken en met nylons aan over de modderige oprit te strompelen om de post op te halen.

Hij wierp me een jolige blik toe alsof we samen een geheimpje hadden. Ik lachte een beetje zenuwachtig terug. Als ma een dreigend rommelende voorbode van een aardbeving was, dan kon pa niets anders zijn dan een complete vulkaanuitbarsting. Pa vond alles altijd ontzettend grappig tot hij om redenen die alleen hij begreep ineens zijn geduld verloor. Dan barstte de hemel open, stak er een storm op die in helderrode vlagen om hem heen waaide, keerde de wereld zich binnenstebuiten en stroomde de lava door de straten terwijl iedereen zich uit de voeten probeerde te maken.

'Vertel nog eens waarom we zo'n hekel hebben aan opa?'

'Het is zondig om te haten. In onze familie haten we niemand,' zei pa. Hij klonk ineens heel ernstig.

'O ja, dat doen we wel!' zei ma. De vonken spatten bijna van haar af terwijl ze haar spijkerbroek onder haar nachtpon aantrok. 'We hebben de pest aan je grootvader omdat hij de belichaming is van alles wat er mis is met deze wereld. Hij geeft om niets en niemand. Hij minacht arme mensen en kleineert mensen die hulp nodig hebben. Hij beschouwt armoede als een karakterfout en het enige wat voor hem telt is het vergaren van rijkdom en macht die van hem een soort pasja moeten maken die alleen maar aanbeden en gehoorzaamd kan worden.'

Ik voelde het verpletterende effect van de radioactiviteit die mijn moeder uitstraalde terwijl ze me strak aankeek.

26

'Je kunt het voor mij niet verbergen, Collie. Ik weet dat je hem aardig vindt.'

'Helemaal niet,' zei ik verdedigend. Pa zag er een beetje gegeneerd uit, alsof iemand op het punt stond de vuile was buiten te hangen.

'Je houdt mij echt niet voor de gek,' zei ma met een triomfantelijke uitdrukking en een bittere klank in haar stem. 'Als je hem zo geweldig vindt, waarom ga je dan niet bij hem wonen? Ik pak je koffers wel en zet je hoogstpersoonlijk de deur uit. Ik ben dat verraderlijke gedrag van je beu.'

Het was een dreigement dat maar al te bekend klonk en ik wierp een korte blik op de hoek van de slaapkamer waar een berg kleren lag van de afgelopen dagen. Bovenop lagen twee hondjes vredig te slapen. Ma kon zich ontzettend druk maken over de was – hoe die gedaan moest worden, wanneer en waarom eigenlijk. Af en toe leek het een kwestie van oorlog en vrede.

'Ik vind het fijn daar. In opa's huis, bedoel ik,' zei ik toen ik eindelijk de moed had opgebracht om haar aan te kijken. 'Het is daar rustig. En de lakens ruiken zo lekker.'

'Hè ja,' zei ma spottend. 'Wat ben je toch een raar stuk vreten, Collie. Ik kan nauwelijks geloven dat je mijn zoon bent. Jij wilt dat alles mooi samengepakt zit als een bosje potpourri, maar toevallig is de wereld een smerige, stinkende puinhoop. Het spijt me ontzettend als ik niet voldoe aan jouw bekrompen ideeën van hoe een moeder zich hoort te gedragen, altijd maar koken en poetsen en lakens strijken en overhemdboordjes stijven. Maar het leven is verdomme geen balletvoorstelling!'

'Maar het is ook niet alleen maar een stapel vuile sokken,' zei ik, terwijl ma's gezicht verstarde tot een toonbeeld van stille woede. Ze bleef me strak aankijken. Dat deed ma altijd, ze gebruikte die priemende blik als een wapen.

'Charlie,' zei ze uiteindelijk, 'vind je het echt goed dat hij zo'n toon tegen me aanslaat?'

'Geef je moeder geen grote mond,' zei pa zonder zich druk te maken en trommelde met geloken ogen een of ander melodietje op zijn blote borst dat alleen hij kon horen.

'Ga je koffers maar pakken, Collie, je gaat naar je grootvader. En snel een beetje,' beval ma, die meteen daarna zonder op of om te kijken de slaapkamer uit en de trap af holde, terwijl een leger-tje honden, grote en kleine, met tikkende nagels over de houten vloer naar haar toe kwam om haar te begroeten.

Ma was een regelrechte hypocriet als het om haar vader ging en bood hem mij regelmatig als zoenoffer aan, precies zoals primitie-ve volken hun welvaart proberen zeker te stellen door maagden te dumpen in de plaatselijke vulkaan om de lokale goden tevreden te stellen. De schoolvakanties bracht ik meestal door op Cassowary, plus op zijn minst twee weekends per maand. En ma had gelijk, ik vond het daar fijn. Dat was mijn grote geheim – en ik verstopte mijn liefde voor Cassowary onder mijn matras alsof het een stapel vieze blaadjes was.

Mijn grootvader was een lange man en een rechte weg, formeel en streng, maar als je constant omringd wordt door het gekletter van cimbalen en klaroengeschal is het best prettig om af en toe een hobo te horen. Cassowary, koel, hol en resonerend als een con-certzaal, was een plek waar ik rustig naar de muziek van mijn eigen gedachten kon luisteren, zonder de heisa en het kabaal van mijn ouderlijk huis, waar ik vaak stiekem op het dak van de stal klom om wat rust te vinden.

Daar zat ik dan met de armen om mijn benen en mijn voor-hoofd tegen mijn knieën gedrukt, terwijl de wind van zee over mijn kruin streek, en maakte mijn hoofd leeg in één vloeiende be-weging, alsof ik een teil water omkeerde. Niet nadenken kan een plezier op zich zijn, maar het had je je leven kunnen kosten als ma ook maar een moment vermoedde dat het vanbinnen niet even woelig was als de nabijgelegen Atlantische Oceaan op een storm-achtige dag.

Cassowary had zo haar eigen problemen, maar dat waren ten-minste vredige uitdagingen. En in tegenstelling tot ma, die je nog voordat ze 's ochtends haar tanden had gepoetst kon bedelven onder liefde, haat en onverschilligheid, was de Valk in ieder geval consequent onmogelijk in de omgang. Toch had ik het vage ver-moeden dat hij me best mocht. Niet dat hij van me hield, maar dat hij me gewoon aardig vond op een manier waar geen liefde aan te pas kwam. Want per slot van rekening hielden we allebei harts-tochtelijk veel van Cassowary. Het was een stille band tussen ons waarvan zelfs hij zich bewust was en die hij accepteerde.

Ma wond er geen doekjes om en beweerde dat de Valk uitsluitend belangstelling voor me toonde om haar dwars te zitten, terwijl pa van mening was dat het alleen maar zijn bedoeling was om de geweldige Flanagan-geest te misbruiken en aan banden te leggen. 'Het met verf bespatten van de Mona Lisa,' noemde hij dat. Zij waren allebei van mening dat Bingo een tijger was, primitief en exotisch, een prachtig wild beest dat onbereikbaar was voor de corrumperende invloed van de Valk, terwijl ik een veel minder betoverend, plooibaar wezen was – iets dat van graven hield, een gordeldier of zo. Iets dat je zindelijk kon maken.

Oom Tom hield er diverse theorieën op na over de reden waarom de Valk in me geïnteresseerd was en een daarvan hield verband met zijn fascinatie voor vogels.

'Eens even nadenken... Het leven heeft je vleugels gegeven, maar je kunt niet vliegen. Welke vogel is voorbestemd om hard te lopen?' Hij bleef me strak aankijken. 'Weet je wel dat het oog van een struisvogel groter is dan zijn brein? Hmmm. Je grootvader heeft me verteld dat hij vond dat je bij je geboorte nogal kleine ogen had. Nou, da's niet zo mooi hoor. Hij heeft je vanaf het allereerste begin als een idioot beschouwd.'

Wie zal het zeggen? Het kostte me genoeg moeite om mijn eigen emoties te begrijpen, laat staan dat ik de gedachten van mijn grootvader kon doorgronden. Waarom bleef de Valk toch zo hardnekkig contact zoeken met mensen die niet onder stoelen of banken staken dat ze slechts minachting voor hem voelden? Misschien was het alleen maar de behoefte aan een band, het verlangen naar een familieleven, en was hij gewoon niet in staat die rare karaktertrekken te onderdrukken die voorkwamen dat zijn wens vervuld werd.

Eén ding staat vast. Het viel hem gemakkelijker om te zeggen dat hij de hele wereld wilde onderwerpen dan om mij te vragen of ik hem wilde vergezellen tijdens zijn ochtendritje voor het ontbijt, hoewel hij het helemaal niet leuk vond om alleen te gaan rijden.

En dan was er nog het feit dat ma aan ons allebei een verschrikkelijke hekel had. Dat schepte ook een onuitgesproken en wankel saamhorigheidsgevoel. Dat we allebei gehaat werden was niet veel, maar het was iets en het had de prettige bijkomstigheid dat ik begon te denken dat het probleem misschien wel bij ma lag.

Hoe je het ook bekeek, ma moest gewoon niets van me hebben. Haar afkeer van mij was een soort psychische geboortevlek, een wijnvlek die maar niet wilde verbleken. Als ze zich bij wijze van uitzondering een keer verplicht voelde om me te knuffelen, dan was dat niet zozeer een tedere uiting van moederliefde, maar meer een les in lichamelijk geweld, ongeveer net zoiets als op de ijsbaan plat op je gezicht vallen. Haar genegenheid kwam aan als een ijskoude klap op je kop.

In de eerste uren en dagen na mijn geboorte probeerde ze iedereen ervan te overtuigen dat ik het syndroom van Down had en meteen moest worden opgenomen. Mijn ietwat amandelvormige ogen moesten het bewijs daarvan zijn, waardoor de verbijsterde artsen concludeerden dat er iets mis was met haar hormoonspiegel. Maar ma gaf het nooit op. Mijn hele jeugd lang bleef ze hameren op de 'oriëntaalse vorm' van mijn ogen, waaruit moest blijken dat er iets mis was met me.

Vroeger probeerde pa haar altijd tegen te spreken, met behulp van zijn eigen kromme logica. 'Anais! De jongen is een genie! Kijk nou eens naar zijn rapportcijfers! Hij is de beste van de klas en wat dacht je dan van zijn taalgevoel? Toen hij twee jaar was, kreeg je al het gevoel dat je met Sean O'Casey stond te praten. Als hij een idioot is, dan op z'n minst een idiot-savant.'

'Nou, voor zover het om idioot gaat, klopt dat als een bus,' zei oom Tom, die niet eens de moeite nam om me aan te kijken maar gewoon verderging met zijn pannenkoekenbeslag.

Pa deed net alsof hij niets hoorde. 'En we moeten niet vergeten dat hij links is. Iedereen weet dat linkshandigheid duidt op een sluimerend genie.'

'Als dat echt waar is, dan moeten ze bij Princeton maar gauw studenten gaan werven op de Noordpool,' zei oom Tom. 'Ik heb nog nooit een ijsbeer gezien die niet linkshandig is.'

Als kind heb ik heel wat tijd doorgebracht met pogingen om te begrijpen waarom ma zo'n hekel aan me had. Ik dacht dat het een psychologisch probleem was, zo complex dat ik er niets van snapte. Misschien moest ik me zelfs wel gevleid voelen. Pas toen ik wat ouder werd, drong het tot me door dat ze me voornamelijk kwalijk nam dat ik zoveel op mijn grootvader leek.

Die gelijkenis was al bij mijn geboorte aanwezig en werd in de

loop der jaren alleen maar sterker. Ik was gewoon een jongere uitvoering van de Valk en dat is nog steeds zo. Ik was niet alleen lang
en mager – pa noemde ons de lucifermannetjes vanwege onze
lange armen en benen – maar ik had ook de brede jukbeenderen
van de Valk (hij had een Russisch fotomodel kunnen zijn), zijn
volle lippen (die een Italiaanse pornoster niet hadden misstaan),
zijn krullende zwarte haar (idem dito), zijn bleke huidskleur, zijn
donkerblauwe ogen en zijn altijd strakke kaken. Bingo kon ook
met genoegen opmerken dat ik zelfs de meisjesachtige enkels van
de Valk had geërfd.

De Valk had een Engelse mastiff die Cromwell heette en die hem
altijd gezelschap hield. Als de ene Cromwell doodging, werd hij
onmiddellijk vervangen door een andere, die ook weer Cromwell
werd genoemd. De Cromwells waren de enige levende wezens die
hij met genegenheid behandelde. Hij voerde ze onafgebroken stukjes sprits en voerde lange, ingewikkelde gesprekken met ze als ze
met hun tweetjes in de bibliotheek zaten en hij dacht dat niemand
hun kon horen.

Ik heb zelfs een keer gehoord dat hij aan een van de Cromwells
vroeg hoe laat hij wilde eten. Dat vond ik een rare vraag aan een
hond en ik glipte weg omdat ik de rest van het gesprek niet wilde
horen.

Ik was tien jaar en logeerde een weekendje bij mijn grootvader
toen een van de Cromwells plotseling aan een hartaanval overleed.
Ik liep de lange, rond lopende trap af naar de hal waar hij op de
zwart-witte tegelvloer lag, omringd door mijn grootvader en diverse personeelsleden.

Toen ik besefte wat er was gebeurd, begon ik zacht te huilen.
Mijn grootvader draaide zich in zijn nachtblauwe ochtendjas met
een ruk om toen hij mijn eerste snikken hoorde. Zijn zilveren haar
viel over zijn voorhoofd.

'O lieve hemel,' zei hij. 'Dat zullen we dus de rest van dit bezoek
ook wel blijven horen.'

Een beetje beschaamd en gegeneerd veegde ik mijn tranen weg
en keek toe hoe Cromwell de vijfde of de zesde – ik was de tel
kwijt – door twee kamermeisjes in een wit laken werd gewikkeld
en door de kok en de paardenknecht werd meegenomen om op het

landgoed te worden begraven, op een geheime plek die alleen de Valk kende.

Bingo en ik hebben dagenlang tevergeefs naar het graf van Cromwell gezocht. Ik vermoedde dat de Valk hem regelmatig een bezoek bracht, maar ik had nooit het lef om hem te volgen.

Zelfs nu heb ik geen flauw idee waar de verzamelde Cromwells begraven liggen, maar ik zoek er ook niet meer naar. Het is net als mijn grootvader een mysterie waarvan ik de oplossing niet hoef te weten.

Later die avond werd ik wakker en hoorde een verdieping lager iemand heen en weer lopen. Ik stond op en kroop tot aan de bocht de trap af, waar ik mezelf in het donker achter de leuning verstopte. Mijn grootvader liep achter in de hal heen en weer voor de deur van zijn slaapkamer, in het maanlicht dat door de ramen op de overloop naar binnen viel. Hij droeg zijn kamerjas en zijn pantoffels en liep handenwringend te huilen.

Ik heb daar een hele tijd in het donker gezeten, bijna verstijfd van de kou met blote voeten, tot hij zijn slaapkamer in liep en de deur achter zich dichttrok. Ik wachtte nog heel even voordat ik hetzelfde deed. Het was de eerste aanwijzing dat er meer loos was met de Valk dan hij aan een tienjarig jongetje wilde tonen.

Twee dagen later arriveerde de nieuwe Cromwell, een drie maanden oud hondje rechtstreeks vanuit Engeland geïmporteerd, met dezelfde lichtbruine kleur als al zijn voorgangers.

De Valk begroette hem zonder enige emotie. De volgende ochtend zag ik dat hij de nieuwe Cromwell een stukje sprits aanbood, en terwijl de pup begon te kwispelen en in de bibliotheek naast hem kwam zitten, hoorde ik nog net voordat de deur dichtviel dat de Valk hem vroeg wat hij van de muren vond.

'Ik heb geen behoefte aan een andere kleur, maar volgens mij kan de kamer wel een verfbeurtje hebben. Wat denk jij ervan, Cromwell?'

3

Bingo stierf twee keer voordat hij negentien was. De eerste keer was toen hij vijf jaar was, zo bleek als de maan en klein voor zijn leeftijd. 'Nauwelijks groter dan een bierflesje,' zei oom Tom altijd. Bing moest hoesten als hij lachte, hij moest altijd hoesten, zijn stem klonk schor en gruizig, krakend als pa's verzameling oude platen. Het was in de lente van 1969, een droge, winderige periode. Eén plotselinge temperatuurswisseling en het was meteen hommeles met Bingo.

'Waarom heb je ons niet wakker gemaakt?' schreeuwde mijn moeder tegen me terwijl ze in haar nachtpon naast Bingo's bed stond, klappertandend en trillend als een riet. Ze vloog in een vlaag van hysterie op me af, terwijl ik nog lag te knipperen tegen het felle licht.

Bingo, die op zijn rug lag en geen woord uit kon brengen, stak zijn armen naar ma uit, maar op dat moment had ze alleen aandacht voor mij.

'In godsnaam, Anais, daar kan Collie toch niets aan doen,' zei pa terwijl hij haar bij de schouders pakte. De woorden waren nog maar net uit zijn mond toen ze al uithaalde en hem midden in zijn gezicht sloeg. Pats! Haar snelheid verbijsterde me, er was geen waarneembaar onderscheid tussen oorzaak en gevolg.

Hij knipperde niet eens met zijn ogen, maar duwde haar tegen de ladekast, terwijl haar hoofd heen en weer wiebelde als zo'n hondje dat sommige mensen op de hoedenplank hebben. Zet hem op, pa! Ze herstelde zich, haalde opnieuw uit, maar dit keer dook hij weg. Heel even dacht ik dat hij terug zou slaan, en ik had gelijk!

Ik was pas zes dus ik had eigenlijk ontzet moeten zijn, maar ik vond het prachtig. Ma is me altijd onder mijn neus blijven wrijven dat ik op het bed stond te springen alsof het een trampoline was en in mijn handen klapte toen pa haar op zijn beurt een dreun verkocht. Kledder! Recht in haar smoel met het verrukkelijke geluid van honderd engelen die tegelijkertijd het luchtruim kozen.

'Dit doe ik alleen om je te helpen. Het is een soort therapie!' schreeuwde hij als uitleg waarom hij het hoofd van mijn moeder onder zijn arm klemde. 'Het is puur geneeskundig, Anais. Het spijt me, Collie, maar je moeder is knettergek geworden!'

'Wat is er in jezusnaam aan de hand?' Tom kwam binnen in een boxershort en een wit T-shirt. Zijn grijze haar stond recht overeind en de vertrouwde dranklucht volgde hem op de voet, alsof het een stel van ma's schoothondjes was. Met zijn bloeddoorlopen ogen probeerde hij tevergeefs een waakzame indruk te maken. Zijn wenkbrauwen schoten over zijn voorhoofd heen en weer als een stel krakkemikkige liften.

'Wat moeten we doen? Wat moeten we in vredesnaam doen?' jammerde ma, die haar hoofd zo ver in de nek gooide dat het bijna op haar schouders terechtkwam. Ze had zich losgerukt van pa en stond midden in de kamer, de benen wijd en de armen omhoog, in een pose die zo dramatisch was dat alleen de spotlight nog maar ontbrak. Ik was ervan overtuigd dat de hand van God dwars door het plafond zou komen om haar als een soort kosmische kraandrijver mee te voeren, zodat ma's overdreven intensiteit haar eindelijk naar een andere dimensie zou brengen.

'Iemand moet een ziekenwagen bellen!' bulderde pa alsof hij midden op een volle dansvloer stond.

'Pappie! Pappie, waar ben je? Je moet me helpen! Mijn kind! Ik wil mijn vader!' bleef ma onverdroten doorkrijsen. Met de voeten stevig op de vloer, de armen stijf langs het lijf, de ogen dichtgeknepen en een mond als een gapend gat stond ze om de Valk te roepen, een ontwikkeling die me zo jong als ik was volslagen verbijsterde, aangezien iedereen wist dat ze ronduit de pest aan hem had.

Tom, die vreemd genoeg kalm bleef en zich alleen maar om zichzelf bekommerde, stootte me aan en fluisterde: 'Moet je dat nou horen! Dat is het bewijs waar we met ons allen op hebben zitten wachten. Ik heb je al vaker gezegd, uilskuiken, Vrouw K heeft een vaderfixatie. Het is haat-liefde, precies datgene waar het in de wereld om draait! Zie je nou wel?'

Ondertussen lag Bingo langzaam maar zeker te stikken en kon hij alleen nog maar zwakke, rochelende geluidjes produceren om de aandacht te trekken.

'Maar hoe moet het nou met Bingo?' vroeg ik uiteindelijk, toen ik inmiddels klaarwakker en redelijk opgewekt midden op mijn bed stond. 'Wie moet Bingo nou redden?'

Ik wees naar het bed waarin Bingo op zijn rug lag, bewegingloos en met een starende blik, zijn ene hand aan zijn keel en de andere op zijn borst, terwijl zijn ademhaling piepend en schurend klonk.

Ze hielden alle drie op en keken me met grote ogen aan, tot ma de hardste kreet slaakte die ik ooit gehoord had.

'Jezus, die is compleet kierewiet geworden!' zei oom Tom vol verbazing terwijl zijn vingers luidruchtig over zijn stoppelige wang raspten.

Gelukkig herinnerde ik me ineens dat ma's neef, George, bij ons logeerde. Hij was een vriendelijke, rustige dierenarts, zo gewoon als een sneetje roggebrood, maar die nacht was hij onze enige hoop. Ik sprong op de grond, rende de kamer uit en begon halverwege de gang zijn naam al te roepen.

'George! Help! Help!' Ik bonsde op zijn deur, opende hem, viel de kamer binnen en deed het licht aan.

'Wat krijgen we nou, verdomme?' zei hij geschrokken, terwijl hij overeind schoot en met samengeknepen ogen en een hand tegen zijn voorhoofd probeerde te begrijpen wat er aan de hand was.

'Het gaat om Bingo. Hij krijgt geen lucht meer. Kom alsjeblieft helpen.' Ik sleepte hem aan de hand mee naar de kamer die ik met Bingo deelde.

'Goeie genade!' zei hij terwijl hij zich een weg baande langs de verbijsterde ma, pa en oom Tom, die allemaal naar het bed stonden te kijken waar Bingo met zwoegende ribben lag te piepen als een fluitketel.

Ik keek vol verwachting toe. Het was de eerste keer dat ik George zonder zijn zwart omrande bril had gezien, en hoewel hij aanvankelijk een vervelde, nietszeggende indruk had gemaakt, leek hij nu vervuld van dynamiek. Het enige wat eraan ontbrak, was de cape. Hij aarzelde geen moment, pakte Bingo op, hield hem in zijn armen en begon rustig te vertellen wat er moest gebeuren. Hij zei dat we hem meteen naar het gemeentelijk ziekenhuis van Vineyard moesten brengen waar hij eerste hulp kon krijgen, en nadat hij een deken had gepakt, liep hij naar buiten. Ondertussen ging ik onthutst op mijn bed zitten, verbijsterd door de aanwezigheid van een volwassene die echt in staat bleek om beslissingen te nemen – terwijl ma en pa in zijn kielzog volgden en allerlei bevelen uitdeelden.

Ik zag ze vanuit het raam in Georges auto stappen. George hield Bingo vast, pa stortte zich woest op het stuur en ma krijste de hele nacht bij elkaar.

'Gaat Bingo nou dood?' vroeg ik aan oom Tom, die door alle heisa weer bijna nuchter was geworden. Hij sloeg zijn ogen geërgerd ten hemel terwijl hij naast me op het bed kwam zitten.

'Ik dacht dat jij zo slim was. Dat is zo'n beetje de stomste vraag ter wereld sinds het begin der tijden. Als je echt zo intelligent bent, spel dan maar eens Mississippi voor me. Maar dat kun je niet, hè?' zei hij terwijl hij tegelijkertijd steen en been klaagde dat hij bij mij moest slapen, hoewel hij en niet ik dat idee geopperd had.

'... en dat op jouw leeftijd! Dat is gewoon mensonterend. Toen ik zo oud was als jij moest ik in mijn eentje ons hele gezin onderhouden door voor dag en dauw op de hoek van Newcastle en Abbey kranten te verkopen. Hoe oud ben je trouwens?'

'Zes jaar,' zei ik.

'Zes! Daar had ik geen flauw idee van! Ik dacht dat je vijf was. Zes! Lieve hemel, ik was op mijn zesde al korporaal in het leger en hield mezelf in leven met een dieet van gekookte Spaanse uien en rauwe garnalen. Dus wat zou je ervan denken? Laat maar eens horen hoe je de middelste naam van je moeder spelt, Termagant.'

'T-E-R-M-A-G-A...'

Oom Tom sloeg zijn handen voor zijn ogen en deed net alsof hij met twee vuisten tegen zijn voorhoofd trommelde. 'Heb ik vanavond al niet genoeg te verduren gekregen? Ik heb geen tijd voor die onzin. Daarom moeten verstandige mensen ook niets van kinderen hebben. Die denken alleen maar aan zichzelf. Ga het Engels maar in je eigen tijd zitten verbasteren voor je onderwijzeres. Die wordt tenminste betaald om belangstelling te veinzen. Welterusten en zoek het maar uit,' zei oom Tom terwijl hij een prop maakte van zijn kussen en met zijn rug naar me toe op zijn zij ging liggen.

'Ga je niet onder de dekens?' vroeg ik.

'Zodat ik besmet zal raken met een of andere darmparasiet of oormijt? Tijdens hun huwelijksreis heeft je vader ook al vlooien gekregen van je moeder...'

'Niet waar.' Ik giechelde. Het idee dat mijn moeder last had gehad van ongedierte was ontegenzeggelijk grappig.

Toen schoot me ineens weer iets te binnen. 'T-E-R-M-A-G-A-N-T,' spelde ik hardop. Met de blik strak op zijn achterhoofd gevestigd vervulde ik koppig mijn opdracht, ook al deed oom Tom net alsof hij niets hoorde.

De spellingstruc was een klassieke methode waarmee oom Tom mij de mond trachtte te snoeren. Maar ik kon al lezen toen ik vier was en tot zijn grote ergernis kon ik ook goed spellen. Uiteindelijk nam hij zijn toevlucht tot verzonnen woorden om mij tot zwijgen te brengen.

'Spel maar eens tantefrankensteinestablishmentitarianisme,' zei hij dan op sarcastische toon.

Hij was erop voorbereid dat me dat zou lukken, want dat was meestal het geval.

'Fout,' zei hij dan zonder me aan te kijken, terwijl hij gewoon doorging met zijn huishoudelijke werk. 'De eerste lettergrepen zijn tante en niet tanta. Zelfs de dorpsgek weet dat.'

'Het is geen echt woord.'

'O, jawel hoor. Maar ik verwacht ook niet dat jij dat met je beperkte intelligentie en je gebrek aan ontwikkeling zult weten.'

'Wat betekent het dan?'

'Het verwijst naar de veelomvattende krachten van sommige rampzalig lelijke vrouwelijke familieleden.'

'Gebruik het eens in een zin.'

'Mijn zuster, jouw ongetrouwde tante Brigid Flanagan, is een klassiek voorbeeld van tantefrankensteinestablishmentitarianisme, waardoor kinderen bij haar afzichtelijke aanblik meteen in knolrapen veranderen. Vandaar dat ze daar ook nog steeds uit tevoorschijn komen, maar dat is ook iets waar jij helaas totaal geen weet van hebt.'

'Oom Tom.' Ik ging op mijn knieën zitten en tikte hem op zijn schouder. 'Waarom kan Bingo geen lucht meer krijgen?'

'Dat weet ik niet. Misschien heeft zo iemand als jij een kussen op zijn gezicht gedrukt. Nu ik erover nadenk, bevalt die kwaadaardige vorm van je hoofd me helemaal niet en je hebt de onbetrouwbare blik van een moordenaar.'

'Nietes,' zei ik, totaal niet onder de indruk van Toms beschuldigingen, die ik om de haverklap te horen kreeg. Als er in mijn jeugd ergens in New England een moord werd gepleegd, eiste hij meteen dat ik met een alibi op de proppen kwam, anders zou hij me aangeven.

'En hoe zit het dan met dat voorval van afgelopen zomer met dat hete water... die aanslag op het leven van je broertje...'

Ik ging weer naast hem liggen, met mijn hoofd op het kussen.

'Dat heb ik niet gedaan, oom Tom...'

'Dat beweer jij... maar ze zeggen allemaal dat ze onschuldig zijn.'

'Oom Tom, je weet best dat ik dat niet heb gedaan.'

'Misschien heb ik je alleen maar in bescherming genomen om ervoor te zorgen dat je niet samen met al die andere boeven in de gevangenis terechtkomt. Laat me nu in vredesnaam met rust... en denk erom dat ik met één oog open slaap.'

Ik rolde weg van oom Tom, zo ver dat mijn gezicht tegen de muur gedrukt lag en het pleisterwerk koel aanvoelde onder mijn voetzolen die tegen het kozijn omhoogkropen.

'Dat vind ik helemaal niet leuk,' zei ik.

'Laat maar, uilskuikentje.' Oom Tom tilde zijn hoofd op en keek om. 'Ik plaag je een beetje.'

Ik zei niets. Ik wilde niet dat oom Tom zou merken dat ik huilde.

Buiten hoorden we de roep van een uil.

'Je mag je zegje doen,' zei oom Tom. Ik gaf geen antwoord.

'O jezus,' zei hij ineens. 'Goed, jij je zin. Ik kom wel onder de dekens.'

Hij lag binnen de kortste keren te snurken, maar ik kon niet slapen. Ik was bang dat Bingo dood zou gaan en dat ma tegen de politie zou zeggen dat ik hem had vermoord. Dat zou niet de eerste keer zijn. Een paar maanden eerder had ma een van haar beroemde politieke bijeenkomsten gehad. Het was een zonnige middag in juni en Bingo en ik moesten op de honden letten. Met al die pratende, gebarende en discussiërende mensen om ons heen die voor een soort verbaal vuurwerk zorgden, waren de honden niet meer in toom te houden, dus Bingo en ik gaven het op en liepen naar de keuken, waar ma thee stond te maken. Ik keek toe hoe ze kokend water in een aantal mokken schonk en meteen daarop protesterend terugliep naar een stuk of drie, vier mensen die aan de andere kant van het vertrek stonden.

Toen viel mijn oog op een van de ontsnapte pups en terwijl ik om me heen keek of er iets te snaaien viel, bukte ik me en riep hem naar me toe. Ineens hoorde ik iemand naar adem snakken, er viel iets kapot en het bleef heel even stil voordat een kind begon te gillen. Meteen daarop leek de hel los te barsten en Bingo stond te huilen met die gierende uithalen zoals hij altijd deed als er echt iets mis was.

De stoom sloeg van zijn blote arm af, die roodverbrand en kletsnat was. Het leek net alsof de huid wegsmolt en opzwol tot een doorzichtig plastic zakje vol vloeistof. Een van ma's gasten was een dokter, die na een snelle blik meteen aanbood om met haar mee te gaan naar het ziekenhuis, aangezien pa in geen velden of wegen te zien was.

Ma pakte haar spullen bij elkaar en was zo overstuur dat ze de raarste dingen pakte, de krant, een brood en een theedoek. Maar toen ze mij ineens bij het raam zag staan, had ze nergens anders oog meer voor. Ze stormde op me af, greep me bij mijn schouders en schreeuwde me in het gezicht: 'Wat heb je gedaan? Wat heb je gedaan?'

'Niets, helemaal niets,' zei ik en week achteruit de hoek in onder het gedempte gemompel van al die vreemden dat als rook om me heen bleef hangen en me een schuldgevoel bezorgde.

'Jij hebt dat kokende water over je kleine broertje gegoten, hè? Hij is veel te klein om daarbij te kunnen. Waarom heb je dat gedaan?' Ze schudde me zo hard door elkaar dat ik geen woord kon uitbrengen.

Toen dook oom Tom op die ma meteen aanviel.

'Hé, laat dat kind met rust. Ik kwam net binnen en heb precies gezien wat er gebeurde. Bingo is op dat krukje geklommen en voordat ik bij hem was, had hij zijn arm al uitgestoken en die mok van het aanrecht getrokken. Hij verloor zijn evenwicht. Collie was niet eens in de buurt.'

'Nee...' snauwde ma hem toe. Ze liet me los en ging weer recht-op staan terwijl Bingo op de achtergrond hard stond te huilen. 'Dat kan helemaal niet. Je liegt gewoon, je neemt het altijd voor hem op. Ik heb die mokken ver genoeg naar achteren gezet om te voorkomen dat er zoiets zou gebeuren. Als je dat echt hebt gezien, heeft Collie ze expres naar voren gehaald.'

'Ja, en hij zal ook de Lindbergh-baby wel ontvoerd hebben,' zei oom Tom. 'Er zit echt een steekje bij je los, mens. Je moest je scha-men dat je Collie de schuld geeft van je eigen slordigheid.'

'Hou in vredesnaam op, ik heb nu geen tijd om ruzie met je te maken, Tom Flanagan,' zei ma en boog zich voorover tot haar ge-zicht zo dicht bij het mijne was dat haar haar langs mijn wang streek. Tot op de dag van vandaag kan ik de houtachtige geur van haar shampoo ruiken.

'Hier zijn we nog niet klaar mee. Ik zal je nooit vergeven wat je je kleine broertje vandaag hebt aangedaan. Nooit!'

Ze vertelde aan iedereen in het ziekenhuis wat ik had gedaan en daarna kwam er iemand, een meneer in een pak, om met Bingo en mij te praten. Ma zei dat hij van de politie was en dat ik onge-twijfeld lang de gevangenis in zou moeten, maar ik heb nooit de uitslag van dat bezoek gehoord. Ik was te bang om ernaar te vra-gen. Toen ik niet naar de gevangenis hoefde, dacht ik dat er een vergissing was gemaakt.

Toen de brandwond genezen was, hield Bingo er een wit litteken in de vorm van een halvemaan aan over. Het zat vlak onder zijn elleboog aan de binnenkant van zijn arm, zodat ma niet eens de kans kreeg om te vergeten dat hij verminkt was. Dat versterkte nog eens haar opinie dat hij in tegenstelling tot mij een echte pech-vogel was. Als ze mij in de zandbak zag zitten, zag ze de president-directeur van de Wereldbank, en niet de toekomstige, maar de hui-dige. Tijdens mijn jeugd gedroeg ma zich bij elk gesprek dat we hadden alsof ze met John D. Rockefeller in debat was over de voordelen van het socialisme.

Bingo was een ander geval. Hij leek op pa, hoewel hij het kas-tanjebruine haar van ma had. Alles leek altijd mis te gaan bij Bingo, wat hem des te aantrekkelijker maakte. Ma vond niets mooier dan een aantrekkelijk slachtoffer, aangezien dat precies bij het beeld paste dat ze van zichzelf had.

Ze zei altijd dat mensen meer dan één kind moesten nemen, aangezien je dan pas fatsoenlijk vergelijkingsmateriaal had. Ze hield vol dat je daardoor pas het broodnodige perspectief kreeg. De meeste mensen vroegen zich af wat ze in vredesnaam bedoelde, maar wat mij betrof, kwam de boodschap duidelijk over.

De enige die ze aanbad, was Bingo, maar ze maakte mij een onmisbaar onderdeel van hun relatie door me op te schepen met de rol van zijn kwaadaardige kwelgeest. Het feit dat ze zo'n hekel aan mij had, leek een rechtstreeks gevolg van haar liefde voor Bingo.

'Je kleine broertje is gisteravond overleden,' zei pa meteen toen hij me de ochtend na die astma-aanval de keuken binnen zag komen. De zon stond al hoog aan de hemel toen ik hem en Tom hoorde, dus was ik uit bed gesprongen en naar de keuken gelopen, waar ze met hun tweetjes aan tafel zaten met koffie en boterhammen met gebakken eieren.

'Maar net als Lazarus is hij ook weer tot leven gewekt,' zei oom Tom en vertelde me hoe Bingo in het ziekenhuis helemaal blauw was geworden. Puur Iers blauw, zei hij, 'een exotische mix van blauwe papavers, antivries en de ogen van een Siberische husky.'

'Krijg het heen-en-weer met je Lazarus, die goedkope klootzak,' zei pa. 'Bingo is weer opgestaan alsof hij Jezus Christus in eigen persoon was. Of eigenlijk was hij veel beter dan Jezus. Die heeft drie dagen over Zijn wederopstanding gedaan en Bingo had er maar drie uur voor nodig!'

'Probeer dat maar eens na te doen, uilskuiken,' zei oom Tom tegen mij. 'Vertel me om te beginnen maar hoe je onopvallend spelt.'

'Waar is ma?' vroeg ik terwijl ik naar een houten keukenstoel liep, die ik meesleepte naar de tafel. Een van de dwergpoedels hing aan de pijp van mijn pyjamabroek.

'Zij moest ook opgenomen worden, vanwege haar reactie. De artsen zeiden dat ze last had van hartritmestoornis,' zei pa die nonchalant de post doorkeek.

'Ik wist niet eens dat ze een hart had,' zei oom Tom.

'En waar is George gebleven?' vroeg ik verder. Hij was nog maar net bij ons en hij zou een week blijven logeren.

'O, die moest ineens weer naar huis. Er waren problemen bij hem in de praktijk,' zei pa.

'Mag ik ook een boterham met ei?' vroeg ik, terwijl ik probeerde het speelse hondje van me af te schudden.

'O, god,' zei Tom met een zucht. Hij zakte met een gekweld gezicht in elkaar. 'Luister eens, uilskuiken, ik ben kapot na alles wat ik de afgelopen uren heb meegemaakt. Ik maak wel een kopje thee voor je en dan moet je zelf maar een paar lekkere boterhammen met boter smeren.'

'Dat is geen fatsoenlijk ontbijt,' zei pa. 'Hij zit niet in de lik, hoor. Hij hoeft echt geen boevenvoer te eten.'

'Prima, thee en geroosterd brood dan. Door het te roosteren worden er nuttige voedingsmiddelen aan het brood toegevoegd, dat is net zo goed als een bord havermout.'

'Wat voor voedingsstoffen dan, oom Tom?' vroeg ik.

'Zink.'

'Weet je wat ik denk?' zei pa. 'Dat er niets is wat een man zo dorstig maakt als een wonder.'

'Je zult niemand horen zeggen dat we geen slokje verdiend hebben,' zei Tom. 'Barkeeper!' Hij knipte met zijn vingers in mijn richting.

Ik sprong van de kruk en holde naar de kelder om een biertje voor hen te pakken. Daardoor schrokken alle slapende honden wakker, die opsprongen en begonnen te blaffen omdat ze niet begrepen wat er aan de hand was. Oom Tom en pa keken voor de verandering zwijgend toe hoe ik voorzichtig twee brandschone, traditionele Duitse bierglazen klaarzette, smal en hoog.

'Waarom zijn die het beste om bier uit te drinken?' wilde Tom van me weten.

'Een kwestie van detail,' zei ik fluisterend, terwijl ik geconcentreerd het bier erin begon te schenken door het glas onder een hoek van vijfenveertig graden te houden en de drank precies midden in het glas te laten neerkomen. Ik werkte snel en zonder aarzelen, want ik had al gedurende de helft van mijn leven hun biertjes getapt. Toen het flesje halfleeg was, zette ik het glas rechtop en bleef het bier erin gieten. Terwijl ik langzaam de afstand tussen het glas en het flesje iets groter maakte, kwam het subtiele aroma van het bier vrij en ontstond een volmaakte schuimkraag.

'Prachtig, Collie!' zei pa. 'Je bent een kei.'

'Niet gek,' zei oom Tom. 'Je kunt ermee door tot we een betere vinden.'

Ik hield mijn adem in terwijl ik ze hun drankjes overhandigde. Pa had me al op mijn derde plechtig laten beloven dat ik nooit een druppel alcohol zou aanraken en aan die belofte heb ik me tot op de dag van vandaag gehouden, met uitzondering van een slippertje in mijn puberteit.

'Laten we maar drinken op Bing Algernon Flanagan,' zei pa terwijl hij zijn glas ophief. 'Gestorven en weer opgestaan op 7 april 1969.'

'Wat zeg je daarvan, Collie?' Oom Tom stootte me aan. 'Weet je hoe je thaumatologie schrijft?'

4

Met zijn tengere lijf en zijn eeuwig loshangende veters was Bingo, ondanks een soort slungelige aangeboren elegantie en een weldadig aandoende uitstraling van rijkeluiskind, zo wild alsof hij door wolven was grootgebracht. Hij was constant op strooptocht en probeerde altijd rotzooi te trappen door zich anders voor te doen en de mensen in zijn omgeving te tarten hem bij te houden.

Bing had een soort intense levenslust, waardoor het net leek alsof hij rechtstreeks aan het brein van Walt Disney was ontsproten. Zijn kastanjebruine haar, precies dezelfde warme tint als dat van ma, hing in zijn ogen en hij had een irritant maniertje om het opzij en achter zijn oren te vegen. Toen hij nog klein was, pakte oom Tom hem om de paar maanden bij zijn kladden voor een onaangekondigd kappersbezoek. 'Onze leerling-accountant,' noemde oom Tom hem daarna altijd.

Hij had griezelig groene ogen en zijn haast doorschijnend witte gezicht zat onder de sproeten waardoor hij op een levensechte Jason Pollock leek: kamerbreed met bruine vlekjes. Volgens mij heeft ma iets met een dalmatiër gehad.

Hij zat altijd in de puree, meestal als gevolg van zijn gevoel voor humor, dat op een afwijking in de trant van Tourette leek. De nonnetjes en de paters hadden toen hij tien was al bepaald dat hij voor galg en rad opgroeide, maar ma bleef zich verzetten tegen elke poging hem tot de orde te roepen. Dat gold ook voor pa, die niets anders deed dan hulpeloos zijn handen opsteken.

Toen Bingo twaalf was, begon hij de misdienaartjes met sneeuwballen te bekogelen als ze zondags voor de mis bij de kerk van St.

Basil aankwamen, hoewel ik schreeuwde dat hij daarmee moest ophouden. Ma stuurde ons iedere zondag naar de kerk, omdat ze wist dat de Valk zich daar wild aan ergerde. Ik weet zeker dat ma alleen maar katholiek is geworden om haar ouwe heer te pesten. Ondertussen joeg ze tijdens de verplichte huwelijkslessen de priesters de stuipen op het lijf met haar vrijgevochten opvattingen en dat draaide erop uit dat een dag voordat ze met pa zou trouwen het huwelijk werd afgelast. Doordat de Valk, die tegen het huwelijk was, zich na lang aarzelen bereid verklaarde om met de bisschop te gaan onderhandelen, kon de bruiloft toch doorgaan.

'Nadat we een tijdje zaten te praten,' zei hij tegen mij, 'kwamen de bisschop en ik allebei tot de conclusie dat je ouders elkaar verdienden.'

De nonnen waarschuwden Bingo keer op keer dat hij de misdienaartjes met rust moest laten, maar hij luisterde gewoon niet. Hij vond het prachtig. De boosheid van de nonnetjes, hun standjes en dreigementen maakten hem alleen maar nog ongezeglijker. Uiteindelijk verloor een van onze onderwijzeressen, zuster Mary Ellen, haar geduld, greep hem in de kraag, gaf hem een duw, dwong hem op zijn knieën en gebood hem zijn gezicht in een verse hoop sneeuw te drukken.

'Krijg de klere, zuster,' zei hij en schopte de sneeuw zo hoog de lucht in dat die als een laagje poedersuiker op de takken landde. Hij grinnikte tegen mij, nam een aanloop, sprong over het hek en rende joelend de straat uit. Hij verdween in een sneeuwstorm van rebellie en toen meneer pastoor later die dag opdook, kregen we te horen dat we voor zijn ziel moesten bidden.

In veel opzichten had Bingo een aardje naar zijn vaartje. Er ging geen dag voorbij dat hij geen kattenkwaad uithaalde, waarbij de geestelijkheid zijn geliefde doelwit vormde en wc-rollen zijn meest favoriete wapen. In alle bomen rond het kerkplein hingen slierten wc-papier. Maar hij kreeg pas echt moeilijkheden toen pater Woodward tijdens de voorbereidingen van de ochtendmis merkte dat zijn priestergewaad verdwenen was. Bij de aanblik van Jezus aan het kruis, gehuld in een T-shirt met als opschrift *Te geil om te zuipen*, viel hij op zijn knieën.

Zijn gestolen gewaad werd later die dag door een wandelaar in de oceaan aangetroffen, waar de zeemeeuwen er nieuwsgierig op neerdoken. Volgens mij heb ik als kind nooit iets ergers gedaan dan voor tien uur 's ochtends een pepsi pakken.

Na de ongein met het priestergewaad werd pa opgetrommeld voor een noodoverleg tussen ouders en school, waarbij zuster Mary Ellen op koele toon al Bingo's misdaden op een rijtje zette.

'Vergeleken daarbij waren de aanklagers in Neurenberg maar een onverschillig stel,' zei pa. Hij stond midden in de keuken terwijl hij de colbertknopen van zijn donkerblauwe pak openmaakte en zijn das lostrok. Oom Tom en ik zaten samen aan de tafel warme chocola te drinken.

'En heb jij haar al die onzin maar gewoon laten uitkramen?' wilde ma weten. Op het moment dat ze pa's stem hoorde, was ze in de deuropening opgedoken. 'Wat ben jij voor vader?'

'Nou, als ik de onderwijzers mag geloven, precies zo'n vader als Charles Starkweather heeft gehad.'

Pa trok een stoel onder de tafel weg en sleepte die met veel herrie naar het midden van de keuken. Hij ging met een plof zitten en begon bezorgd met zijn voet op de grond te tikken. Maar ineens klaarde hij op en wierp mij een bewonderende blik toe. 'Daar staat tegenover dat zuster Mary Ellen verrukt was over onze Collie. Ze zei dat hij het slimste en liefste jongetje was dat ze ooit les heeft gegeven.'

Ma maakte een geluid dat zo uit de knalpijp van een auto had kunnen komen en stoof de gang in met de mededeling dat ze ons meteen van school zou halen. Daar maakte ik me geen zorgen over. Ma hield zich nooit aan haar woord, als ze iets had gezegd was wat haar betreft de kous af. Oom Tom deed wat groene zeep op een schoonmaakdoek en stond op om de tafel schoon te poetsen. Hij beweerde dat hij vroeger bij een circus had gewerkt en zei tegen Bingo en mij dat hij ook groene zeep had gebruikt om de olifanten te wassen.

Hij keek me aan en wendde meteen zijn blik weer af. 'Nou, daar geloof ik mooi niks van. Die non heeft na al die jaren waarschijnlijk de kolder in haar kop gekregen toen ze jou tot de beste van de klas benoemde. Ik zou wel eens willen weten wat je dan gedaan hebt om zo slim te worden.' Terwijl hij even ophield om nog meer zeep op de doek te doen, draaide hij zich om en vroeg recht op de man af: 'Weet je wel dat er een oestersoort is die in bomen kan klimmen? Nou jij weer, Socrates.'

'Tom, hou daar in godsnaam mee op, je ondermijnt het zelfvertrouwen van die knul,' zei pa, die naar de koelkast liep om zich te troosten met zijn dagelijkse portie ijs.

'Je hebt het toevallig toch niet over deze verwaande kwast? Ik bewijs hem juist een dienst door zijn ijdelheid stukje bij beetje af te breken. Maar het wordt zo langzamerhand een levenswerk. Vertel me eens,' zei hij terwijl hij zijn aandacht weer op mij richtte, 'hoe noem je een groep raven?'

'Een vlucht,' zei ik, terwijl ik hem strak bleef aankijken.

'Goed,' zei hij, 'Dat was gemakkelijk. Maar hoe zit het met haringen? Of wolven? Of geiten?'

Ik schudde mijn hoofd. 'Weet ik niet, oom Tom. Maakt dat wat uit?'

'Een school haringen, een roedel wolven en een kudde geiten. Nou nou, ondanks die reputatie dat je zo intelligent bent, heb ik toch maar binnen dertig seconden aangetoond dat je een onnozele hals bent. Waarvan akte.' Hij ging weer verder met poetsen.

'Ik dacht dat het om Bingo ging,' zei ik een tikje geïrriteerd.

'Riep iemand mij?' Bingo stak zijn hoofd door het openstaande keukenraam en pa sprong op om de honden op de veranda te laten zodat ze hem konden verwelkomen.

'Hé, doe die schoenen uit, viezerik,' zei ik zonder na te denken toen Bingo binnenkwam en zijn sportschoenen een spoor van modderige voetstappen achterlieten.

Hij keek me verbijsterd aan. 'Waarom?'

'Moet je de troep zien die je maakt,' zei ik terwijl pa eindelijk naar Bingo keek die zijn schoenen uitschopte.

'Waarom trek jij bij de deur je schoenen uit?' vroeg pa.

'Vraag dat maar aan Collie,' zei Bingo, die de honden afweerde.

'Ik heb jullie allebei al wel duizend keer verteld dat het een hopeloos burgerlijke indruk maakt als je je schoenen bij de deur uittrekt. Nog even en jullie gaan zegeltjes sparen en je zorgen maken over de staat van de dakgoten.'

'Je bent het grasveld nog vergeten, pa,' zei Bingo goed gehumeurd, terwijl hij een pak sinaasappelsap aan zijn mond zette. Pa vond het nooit nodig om de bladeren van het gras te harken.

'Wat is er aan de hand?' vroeg Bingo toen hij merkte dat de stemming nogal beneden peil was.

'Ik kom net terug van een afspraak met je onderwijzeres. Ik hoop dat ik na vanavond nooit meer iemand zo over een van mijn kinderen zal horen praten,' zei pa, die zijn best moest doen om streng te lijken.

'Zuster Mary Ellen heeft al sinds groep vier de pik op me,' zei Bingo.

'En waarom dan wel?' vroeg pa terwijl ik ongelovig toekeek.

'Omdat ik tegen haar heb gezegd dat ik niets moest hebben van al die verhalen over het leven van heiligen. Zoals die onzin dat ze rondvlogen op magische tapijten en zo...' Hij wierp een blik in mijn richting, met samengeknepen ogen en een strakke mond alsof hij zijn lachen moest inhouden.

'O, die eeuwige nonsens! Gaat het daar soms om?' Pa klonk meteen geprikkeld. 'Heb je het ook over Sint-Euphrosyne gehad die zich zo graag in mannenkleren uitdoste?'

'Ja en ook over Sint-Ontcommer,' beaamde Bingo terwijl pa uit macht der gewoonte zijn gebalde vuist opstak.

'Goed zo, jochie! Hield ze toen haar mond?'

'Ja, maar ze heeft me toch met een liniaal een klap op mijn hoofd gegeven,' zei Bingo.

'Gelul,' mompelde ik.

Pa deed niets liever dan het ontzenuwen van alle geloof in heiligen. Vanaf de tijd dat we nog in de wieg lagen, had hij ons al verhalen over de levens van heiligen voorgelezen en spottend gedaan over alle wonderen waarop de kerk zich liet voorstaan. Sint-Ontcommer was een van zijn favorieten. Zij had de gelofte van maagdelijkheid afgelegd, en toen haar vader haar probeerde te dwingen tot een huwelijk met de koning van Sicilië had ze tot God gebeden om haar onaantrekkelijk te maken. Op een ochtend verscheen ze met een volle baard en snor, waardoor er meteen een eind kwam aan de huwelijksplannen. Haar vader was zo boos dat hij haar aan het kruis liet nagelen.

'Dat verandert alles,' zei pa. 'Ik ben een van mijn eigen grondregels vergeten. Nonnen zijn niet te vertrouwen.'

Oom Tom deed net alsof hij niet luisterde en iets in de kast zocht.

'Hé jij daar, met al die vieze vlekken op je gezicht,' zei hij terwijl hij zich omdraaide en Bingo aankeek. 'Hoe noem je een groep eilanden?'

'Een archipel,' antwoordde Bingo terwijl hij een elastiekje dat hij van de grond had opgeraapt tegen mijn wang schoot.

'Goed zo. En hoe zit het met huizen? Of eieren? En insecten?'

'Een huizenblok, een broedsel en een zwerm insecten,' ratelde Bingo de antwoorden op, genietend van het feit dat hij mij aftroefde.

'Klopt als een bus,' zei oom Tom met een strakke blik op mij. 'Kennelijk bestaat er een misverstand over wie het werkelijke genie van deze familie is.'

Daar moest ma zo hard om lachen dat we haar in de keuken konden horen.

'Doe maar net alsof je niets merkt,' gebood oom Tom Bingo en mij voordat hij er op fluisterende toon aan toevoegde: 'Het is een natuurlijk gegeven. Hoezeer ze ook hun best doen, heksen kunnen nooit verbergen dat ze ergens plezier om hebben.'

Later die avond werd ik net op tijd wakker om Bingo uit het raam van de slaapkamer te zien klimmen. We deelden een kamer tot we op de middelbare school zaten en ik eindelijk in opstand kwam en beslag legde op een van de lege slaapkamers.

'Hé, waar ga je nou weer naartoe?' vroeg ik terwijl hij zich naar beneden liet vallen. Hij was net begonnen om 's avonds stiekem het huis uit te glippen, een gewoonte die hij zijn hele tienertijd trouw bleef. Tegen de tijd dat hij zestien was, bleef hij vaak de hele nacht weg en hij ging door mijn raam naar binnen en naar buiten omdat dat gemakkelijker was.

In het weekend ging hij meestal om een uur of tien weg en dan kwam hij vlak voordat het licht werd weer thuis, terwijl ik in het donker lag te luisteren of ik het gekraak van de blauwe regen hoorde die zijn terugkomst aankondigde. Ik wachtte op het breken van de eerste tak, vastgenageld en roerloos, en hoorde zijn spijkerbroek schuren over de houten palen van de met klimop begroeide pergola onder mijn slaapkamerraam voordat zijn donkere haar tussen de vitrage verscheen. Ma had overal vitrage opgehangen, haar enige concessie aan huiselijkheid.

'Shit!' zei hij dan als hij zijn sleutels liet vallen die met een metalig gerinkel op de grond terechtkwamen, gevolgd door een minilawine van zand en grind uit zijn schoenzolen.

'Hou je bek, klootzak,' zei ik dan tegen hem, 'zo meteen horen ze je nog.'

'Het zal ma en pa echt een rotzorg zijn,' zei hij dan. 'Waar maak jij je dan nog druk over, Collie?' Hij klonk altijd een beetje hijgend terwijl hij zich over de vensterbank hees met vingers die rood waren van de inspanning. Daarna stofte hij zichzelf af en probeerde geen geluid te maken als zijn voeten de grond raakten, maar dat duurde nooit lang.

Nadat hij naast me in bed was gesprongen, vertelde hij me alles wat hij had uitgespookt: de bandeloosheid, de meiden, de drank, het plezier. En jezus, dat gebrek aan schuldgevoelens! Ik benijdde hem om het meedogenloze genoegen dat hij erin schepte om Bing Flanagan te zijn.

Als suf contrast werd ik alleen op mijn zestiende een keer dronken, en dat alleen maar als gevolg van een serieuze poging om mezelf een infuus van wodka toe te dienen. En wat had ik een zielige dronk over me! Bingo vertelde me dat ik had geprobeerd Eliot Harrigan te versieren, de aanvoerder van mijn zwemploeg op Andover.

'Vuile vieze leugenaar,' zei ik tegen hem terwijl ik leunend op mijn elleboog in het duister dat maar gedeeltelijk werd verdreven door het zilveren maanlicht op hem neerkeek.

'Zou kunnen,' zei hij met glinsterende ogen. 'Of niet.'

Een paar weken na dat gesprek van pa met zuster Mary Ellen werd Bingo voor de rest van het schooljaar van St. Basil's getrapt. De conciërge, een griezel met gele tanden die Mario heette en net deed alsof hij wormen at om de meisjes bang te maken, had een zwerfhondje op het schoolplein gevangen en zijn riem afgedaan om het dier daarmee af te ranselen en ons de stuipen op het lijf te jagen. Het zwartbruine hondje jankte, de kleinste kinderen huilden en de oudere, mijn vriendjes en ik, stonden verlamd van schrik toe te kijken en te wachten tot de nonnen tussenbeide zouden komen of de pastoor iets zou doen.

Niemand stak een hand uit. De nonnen en de priester bleven gewoon met elkaar babbelen, alleen zuster Mary Ellen keek ontsteld, terwijl haar vingers met haar rozenkrans speelden.

'Vuile smeerlap!'

Ik draaide me om bij het geluid van die bekende stem en zag

Bingo die over het schoolplein kwam aangerend en van korte afstand een steen naar Mario gooide die hem hard op zijn schouder raakte. Mario hield op en trakteerde ons op een stroom van vloeken die er zo vloeiend en expressief uitkwam, dat ik het idee kreeg dat hij een vreemde taal sprak. Daarna brak de hel los toen de nonnen achter Bingo aan gingen. Maar de pastoor kreeg hem als eerste te pakken en greep hem bij de schouders, waarna zuster Rosemary met wangen als rode geraniums een riempje uit haar habijt trok en hem daarmee een klap in zijn gezicht gaf. Ze sloeg zo hard dat ze automatisch een sprongetje maakte, waardoor haar bril af gleed en op de grond kapotviel.

Bing liep nog dagenlang rond met de afdruk van die riem op zijn wang en een gezicht vol blauwe plekken, rood en opgezwollen. 'Zijn ridderlijk palet', noemde ma dat, 'de kleuren van de moed'. Zoals te verwachten veranderde ma toen ze het nieuws te horen kreeg in een menselijke tornado die met de duizelingwekkende vaart van haar woede een gat in de grond boorde.

De volgende ochtend verscheen ze op school met onze Kaukasische owcharka die Lenin heette – hoewel ik altijd tegen mijn vriendjes zei dat het Lennon was – een felle Russische hond die het best omschreven kan worden als een aangelijnde Chroetsjov. Ze stuurde hem op Mario af, die op het dak van de kerk moest klimmen om aan hem te ontsnappen.

Daarna was zowel mijn kijk op de katholieke kerk als op Bingo volkomen veranderd. Hoewel ik een grenzeloze bewondering voor Bing voelde, deed ik mijn uiterste best om dat te verbergen, want eigenlijk stuitte die dapperheid van hem me ook tegen de borst.

Het is niet gemakkelijk om met je tekortkomingen te leren leven. Ik was maar een gewone infanterie. Niet zo'n stakker die zich in films altijd gek van angst in het prikkeldraad rond het concentratiekamp gooit, meer zo'n figuur die op de achtergrond in het zand hurkt en zichzelf wel in die waanzin herkent. Ik was een grotere lafaard dan ik ooit had durven bekennen, maar het bleef binnen de perken omdat ik me meestal door de held liet meeslepen.

En ma wist dat.

'Zet het maar vast op een lopen, Collie,' zei ze vaak tegen mij. 'Hij blijft je niet op sleeptouw nemen.'

5

Door pa en oom Tom en de gigantische hoeveelheid alcohol die ze samen achterover sloegen, leek het vaak alsof ons huis verloren op zee ronddobberde, als een kurk in een badkuip vol gin.

De manier waarop Tom iedere maand een keer stuitend dronken werd, had wel iets weg van een goddeloze doop. Hij stortte zich met een haast evangelische vervoering op de drank tijdens een ritueel dat een week lang duurde en waarbij hij zich buiten westen zoop, weer bijkwam, opnieuw ging drinken en weer bewusteloos raakte. En dat bleef hij doen tot zijn hele magere pensioentje op was.

Hij bewaarde zijn geld in een lege jampot onder zijn bed, omringd door een slotgracht van muizenvallen. De snelle reeks klikjes die aangaf dat hij geld pakte of opborg, werd een vertrouwd geluid. Het was een hele opgave, want hij moest met een stok eerst iedere muizenval dicht laten klappen, maar hij kweet zich van zijn taak alsof hij bij de explosievenopruimingsdienst zat. Klik. Klik. Klik.

'Tom zit kennelijk weer aan zijn geld,' zei pa tegen Bing en mij en sloeg bij elk klikje zijn ogen ten hemel. Het was vroeg in de avond. We waren een jaar of vijftien en zaten aan de keukentafel achter een portie vanille-ijs, de enige maaltijd die pa klaar kon maken.

'Zo meteen zal de wereld weer vergaan. We hebben geen keus, Bingo, je zult naar binnen moeten om op te halen wat er nog over is. Jij bent de enige die in het heiligste der heiligen naar binnen mag. Als hij door blijft gaan met dat gezuip zal hij zich nog dood drinken.'

Bing probeerde eronderuit te komen. Hij had geen zin om zich aan het geld van die ouwe zondaar te vergrijpen, ook al was het voor een goed doel.

'Ik weet het niet,' zei Bingo. 'Het geeft me geen goed gevoel. Hij vertrouwt me.'

'Goh, dus je hebt toch een geweten,' zei ik.

'Helemaal niet.' Hij fronste, stak zijn middelvinger op en liep naar boven. Bingo verzette zich tegen elke suggestie dat hij misschien ook wel zijn goeie kanten had.

'Je moet wel een paar dagen in de stallen onderduiken,' zei pa, toen Bingo hem een tikje bleker dan normaal de poen overhandigde. 'Want nu heeft hij het natuurlijk op je voorzien.'

'Daar komt hij aan.'

De stal lag achter het huis. Ik zat op mijn hurken bij het raam en gluurde over de vensterbank naar Tom en zijn zuipmaatje Swayze die als een soort reumatische posse onze kant op kwamen. Ze leken op de voor- en de achterkant van een ezelskostuum.

Voordat ze met pa trouwde, deed ma op internationaal niveau aan paardensport, voornamelijk military. Ze bereed een groot, zwart Iers paard dat Lolo heette, Iers slang voor geschift. Hij probeerde altijd de keuken binnen te komen, waarbij ma hem alleen maar aanmoedigde. Niemand anders kon bij hem in de buurt komen. Toen we nog klein waren, beschouwden Bing en ik hem als een soort psychotische oudere broer, wiens tandafdrukken tot ver in mijn puberteit in mijn kont stonden.

Bing, die tegelijkertijd duizelig, bang en opgewonden was, dook haastig Lolo's stal in om zich daar onder het stro te verstoppen. Lolo aarzelde even, terwijl hij met zijn hoef over de grond schraapte, snoof en zijn hoofd in de nek gooide. Hij overwoog of hij Bing uit zou leveren om de beloning in ontvangst te nemen en keek mij strak aan. Ik retourneerde zijn blik en hoopte er het beste van – dat paard had geen greintje integriteit.

'Waar is hij?' vroeg Tom bijna neus aan neus met mij. Zijn ogen hadden de kleur van malt whisky. 'We zijn gekomen om hem op te pakken en uit te leveren. Hij heeft mijn geld gestolen. Hij draait de gevangenis in en moet me alles terugbetalen.'

'Ik weet niet waar hij is,' zei ik, terwijl ik achteruit stapte. 'Hij zal wel bij zijn vriendjes zijn.'

'En als ik jou nou eens als medeplichtige oppak?' zei Tom terwijl hij me bij mijn kraag pakte.

'Oom Tom, ben je nou helemaal...'

'Swayze.' Hij keek zijn zatte hulpje aan. 'Sla hem in de boeien.'

Als puntje bij paaltje kwam, was er niet veel verschil tussen pa en oom Tom als het om hun oude vriend Alcohol ging. 'Die verdomde knullen van Dolan hebben me dronken gevoerd,' zei pa vaak tegen Bing en mij. Dat was ook een manier om te verklaren wat er op mijn veertiende verjaardag was gebeurd, toen hij in de schoorsteen van een van onze buren klom, waar hij vast kwam te zitten en buiten westen raakte. Daar zou hij nog zitten, ware het niet dat Sykes, zijn witte bulterriër, gewoon weigerde om naar huis te komen en maar opgewonden naar het dak bleef blaffen.

Ik was de eerste die begreep wat er aan de hand was. Bingo klom via de dakgoot naar boven en begon wild te zwaaien toen hij bij de schoorsteen aankwam. Hij stikte van het lachen en lag bijna dubbel toen hij naar ons schreeuwde dat hij hem had gevonden.

'Pa zegt dat jullie er het leger bij moeten halen,' riep hij. 'Volgens hem kan hij alleen door experts bevrijd worden. Hij vertrouwt de plaatselijke hulpdiensten niet.'

Ik vond dat we hem daar net zo goed konden laten zitten, maar daar wilde de lieve oude dame van wie het huis was niets van weten.

'Dat hoort toch niet, Collie, hij is je vader. En trouwens, denk eens aan de stank.'

'Daar kan ik niets tegen inbrengen.'

Een paar dagen later besloot pa, een man van opwellingen met een schijnheilige afkeer van zelfreflectie, dat Bing en ik in cultureel opzicht een achtergebleven gebied waren en nodig kennis moesten maken met het werk van een paar van de grootste Ierse toneelschrijvers. Hij wilde ons ook belonen voor het feit dat we hem uit die schoorsteen hadden gehaald, vandaar dat hij ons meenam naar Boston voor een voorstelling van *The Plough and the Stars*.

Om een of andere mysterieuze reden had pa een hekel aan restaurants. Hij haatte restaurants, maar hij was dol op hotels en hij zou het liefst voorgoed in een hotel gaan wonen.

'Ik zou best in een hotel kunnen wonen. Eerlijk gezegd is het mijn bedoeling om terug te gaan naar de stad, daar in een hotel-suite te gaan wonen en me over te geven aan een dagelijkse dosis toneelstukken, concerten, bloomententoonstellingen... Weg met die zelfgekookte maaltijden en avondjes in een schommelstoel. Als je moeder dat wil, mag ze best bij me komen wonen,' zei hij tegen ons. Bingo trok een gezicht en keek me vragend aan.

'Hè?'

'Geschift,' fluisterde ik.

We stapten de ouderwetse lobby van The Steinbeck in, met pa uitgedost als de prins van Wales. Iedereen staarde ons aan terwijl ze probeerden uit te vissen wie hij was. Ze zeiden altijd dat hij er-uitzag als een filmster. Iedere aantrekkelijke vrouw kreeg een knipoogje. We gebruikten de maaltijd in Heliotrope, een formele eetzaal waar hij zich wild ergerde aan Bingo, die alleen maar een grote biefstuk wilde en verder niets. Gewoon een bord met daarop een groot, sappig stuk vlees. Nadat we ons eten op hadden, liet pa ons achter in de lounge en dook zelf een uurtje de bar in. Toen hij weer kwam opdagen, leek hij op de Rode Planeet. Hij tolde wild om zijn as, zijn haar was ten prooi gevallen aan waanzinnige weersgesteld-heden en hij spuwde giftige dampen ons zonnestelsel binnen.

In het theater maakten de andere toeschouwers ruim baan voor ons terwijl pa, overhellend naar links en zwabberend naar rechts, op zoek ging naar onze plaatsen en luidkeels zijn geduld verloor met een van de ouvreuses. Dat was het punt waarop ik met mijn schoenen over de vloerbedekking begon te schuifelen en mijn aandacht geheel op de zee van bloeiende rozen onder mijn voeten vestigde.

Het toneelstuk zou om acht uur beginnen. Om kwart over acht stond pa op en brulde: 'Wanneer begint de voorstelling nu einde-lijk?' terwijl Bingo, die al die heisa prachtig vond, mij aankeek en giechelde. Zijn sproeten staken gloeiend af tegen zijn bleke huid, terwijl ik langzaam maar zeker verteerde op een brandstapel van schaamte.

Om halfnegen rees pa gierend van ongeduld als een engel der wrake omhoog en begon met zijn heldere tenor het Ierse volkslied te zingen terwijl de verbijsterde toeschouwers zich in hun stoelen omdraaiden om hem aan te kijken. Het was net één gigantisch stel ogen in één reuzenhoofd dat op een enorme, zich uitrekkende nek stond. Bingo straalde van plezier en opwinding en keek snikkend van het lachen toe, terwijl ik... nou, ik kleefde ergens aan het plafond en keek neer op het levenloze lichaam dat ik had achtergelaten met strak starende ogen, een ademhaling en een hart die op non-actief waren gesteld, een groenwitte huid en een inwendige stem die op apegapen lag.

Bing aanbad pa. En wat mij betreft, nou ja, pa testte met regelmaat de fragiele grenzen van mijn humor. Het is me nogal wat om als tiener je vrienden mee naar huis te nemen en dan ontvangen te worden door een man van middelbare leeftijd die in februari voor het raam van de woonkamer zat te zonnen en pochte dat hij al zo mooi bruin was. Daarbij had hij onder zijn glimmende vette pens alleen een minuscuul zwembroekje en afgetrapte zwarte leren schoenen zonder veters aan en zat elegant te gebaren met zijn keurig gemanicuurde vingers. Zijn toilet werd gecompleteerd door een zonnebril, een breedgerande dameshoed van stro en een doorzichtige turkooizen sjaal die in een grote strik om zijn nek was geknoopt.

'Zo zie je maar dat al die zogenaamde experts die beweren dat je achter glas niet bruin kunt worden uit hun nek kletsen. Ik ben het levende bewijs van het tegendeel, iedereen wil weten of ik net terug ben uit Florida. Een uurtje per dag in de volle zon achter een raam is voldoende om Nat King Cole de loef af te steken.'

We waren weer thuis en de schaamte die me een paar dagen daarvoor in het theater had bekropen was onderhuids nog steeds voelbaar toen ik pa in de kamer ernaast een van zijn beroemde dagelijkse peptalks hoorde afsteken.

'O mijn God, moet je dat zien,' zei ma. 'Charlie, hou op met die kolder en ga weg bij dat raam. Gauw Tom, anders mis je het nog. Jij ook, Collie.'

Ma sprong op van de bank en ging naast pa staan, die met zijn rug naar het venster stond. Ondertussen kwam Tom met gespeelde ergernis langzaam de keuken uit lopen. Nieuwsgierig geworden liet ik de tv in de studeerkamer naast de woonkamer in de steek en voegde me bij het groepje voor het raam.

Bingo was aan het spelen met een van zijn lievelingshonden, een jonge leonberger die Mambo heette. Vlak bij de stal stond een kleine boom waarvan één tak een heel eind uitstak, zo'n een meter tachtig boven de grond. Mambo rende op de boom af en sprong omhoog, waarbij hij halverwege de sprong als een enorme, grommende en behaarde kurkentrekker om zijn as kronkelde. Hij zette zijn tanden in de tak en bleef er een paar seconden aan hangen.

Nadat hij dezelfde sprong een keer of vijf had herhaald, volgde Bingo zijn voorbeeld, waarop ze met hun tweeën om de beurt aan de tak hingen te grommen, te draaien en te bungelen. Een paar keer voerden ze de stunt zelfs tegelijkertijd uit.

Ik kon het gelach van Bingo en het geblaf van Mambo horen en heel even leek het gewoon gezellig zoals we daar met ons vieren in het zonnetje door het raam naar hen stonden te kijken.

'Goh, dit is nog leuker dan vuurwerk,' zei oom Tom. Pa grinnikte en ma was het roerend met hem eens. Ma! Met hem eens!

'Dat mens is gewoon bij de wilde spinnen af,' zei ma en verstoorde de rust met die opmerking waar ik niets van snapte. 'Die is zwanger geboren.'

Pas toen drong het tot me door dat we naar verschillende dingen stonden te kijken. Ma en oom Tom waren in gesprek verwikkeld en voor de verandering waren ze twee handen op één buik terwijl ze stonden af te geven op de vrouw die een eindje verderop woonde. Tom noemde haar de Broedkip. Ze had zeven kinderen onder de tien en verwachtte haar achtste. Ik was altijd blij als ze weer zwanger was, want dat hield meestal in dat er een status quo werd afgekondigd in de oorlog tussen ma en oom Tom.

'Dat mens bezorgt de vrouwenbeweging in haar eentje weer generaties achterstand,' zei ma, die zich vooroverboog om haar beter te kunnen zien.

'Moet je zien hoe dik ze is, ze lijkt wel een stamboekkoe,' zei oom Tom. 'Het is gewoon een belediging voor de wet van de natuur.'

'Toon eens wat meer respect,' zei pa. 'Zij doet wat God ons heeft opgedragen. Dat is toch het enige waar we goed voor zijn, het opnieuw bevolken van de aarde? Ik beschouw de jongens als mijn mooiste prestatie.'

'Dat weet ik, Charlie. Daar heb je me al vaak genoeg over doorgezaagd,' zei ma vermoeid.

'Kinderen krijgen is geen kunst. Chimpansees krijgen ook jongen bij de vleet. Ik heb een keer een kikker in een hagelsteen gevonden,' zei oom Tom. 'Dat is nog eens een prestatie.'

'Sjonge,' zei ik binnensmonds toen Mambo en Bingo samen zo'n hoge sprong maakten dat het leek alsof ze de rand van de hemel raakten. Bingo's triomfkreet werd begeleid door het gekrijs van de meeuwen en het gekwetter van de merels die vanuit de bomen ernaast opvlogen en door de lucht cirkelden.

'Wat is er, Collie?' vroeg pa met een afwezige blik in mijn richting. Zijn aandacht was nog steeds op de Broedkip gevestigd, net als die van ma en oom Tom.

'O niets,' zei ik. 'Het is al voorbij.'

6

Voor mijn middelbare schoolopleiding werd ik naar Andover gestuurd, hoewel Bing zei dat ik tot Andover veroordeeld was. Het was een concessie aan mijn grootvader, die ervan overtuigd was dat het feit dat hij ons financieel ondersteunde eveneens inhield dat hij ons naar elk instituut van zijn gading kon sturen. Op mijn zestiende voelde ik me helemaal thuis op school. Dat was in 1979, en ik was er zo aan gewend dat ik inwonend leerling was, dat ik alleen maar met frisse tegenzin eenmaal per maand een weekend naar huis ging omdat mijn ouders dat wilden. En het werd helemaal een ramp als ik na een vakantie weer zo gauw mogelijk terug probeerde te gaan. Pa zat me altijd op te stoken om het maar lekker rustig aan te doen en die school uit mijn hoofd te zetten.

'Wat maakt het uit?' zei hij dan. 'Lieve hemel, Collie, je erft straks een fortuin. Neem toch een extra dagje vrij. Jezus, als ik jou was, zou ik echt mooi geen hand uitsteken.'

Ma had helemaal niets op met dure kostscholen, want dat waren volgens haar toch alleen maar kapitalistische propaganda-instituten. De voornaamste reden dat ik op Andover zat, was omdat de Valk had gedreigd de geldkraan dicht te draaien als ze hem met betrekking tot onze schoolopleiding niet zijn zin gaf. Als het op zelfbehoud aankwam, kon ma heel flexibel zijn.

'De paters hebben hen de eerste acht jaar gehad,' zei hij. 'Nu is het mijn beurt.'

Hoewel ik om mijn moeder te paaien net deed alsof ik helemaal overstuur was, vond ik het bevel van de Valk stiekem eigenlijk best opwindend. Zoals gewoonlijk keek ma dwars door me heen. Andover was voor haar 'die onzin van Collie'.

De conventies en de zekerheden, de ceremonies, de schone lakens en de Latijnse motto's van Andover waren balsem voor mijn ziel. Op Andover was het leven niet meer dan een serie rituelen, beheerst door een niet-aflatend gevoel dat de uitkomst al vaststond. Samuel Phillips, de stichter van de school, had een intense hekel aan luiheid. In 1778 liet hij op een zilveren zegel een bijenkorf graveren, samen met twee motto's: *Finis origine pendet* ('het eind wordt bepaald door het begin') – in mijn geval een ronduit angstaanjagende gedachte – en *Non sibi,* wat neerkomt op 'niet voor jezelf'. En dat terwijl mijn leven thuis een ode was aan de cultus van het narcisme.

Andover had min of meer vaststaande ideeën over hoe de ideale jongeman eruitzag, en die nam ik stuk voor stuk grondig door. Zoals de meeste kostscholen vond Andover het noodzakelijk om overal in uit te blinken, maar toch was die hele periode voor mij eigenlijk één lange zucht van opluchting. Maar af en toe kreeg ik door het grote verschil tussen de academie van Phillips en thuis toch het gevoel dat ik een gevecht voerde tegen schizofrenie. Iedere dag fluisterde er in het gevecht om mijn loyaliteit weer een andere stem in mijn oor, waarbij de lokstem van Samuel Phillips erop aandrong dat ik bij het krieken van de dag op zou staan om zeveneneenhalve kilometer te gaan hardlopen, zodat ik nog net genoeg tijd zou hebben om voor het ontbijt nog even cello te studeren.

Soms werkte al dat streven naar volmaaktheid op mijn zenuwen, vooral als je kamergenoot Kip Pearson was, de zoon van de Canadese ambassadeur, die alleen maar kletste over zijn verzameling eetbaar ondergoed. En geleidelijk aan kwam ik er ook achter dat een paar Latijnse woordjes wonderen doen als je toch al behept bent met een overdreven plichtsgevoel.

Op dat soort momenten begon er iets bij me te kriebelen, een gênant gevoel van jeuk dat de terugkeer van een verborgen uitslag aankondigde. Dan wachtte ik tot Kip verdween voor zijn dagelijkse uitstapje en pakte de telefoon om naar huis te bellen, alleen maar om de rebelse stem van pa te horen.

Maar dan moest ik eerst nog langs oom Tom zien te komen.

'Ik ga een naam voor je spellen en dan moet jij me vertellen hoe je die uitspreekt.'

Ik kreunde.

'Cholmondeley,' zei hij, met de nadruk op elke letter.

'Chumley,' antwoordde ik.

'Dan heb ik nu eindelijk het bewijs dat je een echte snob bent. Want alleen snobs weten dat. En jij bent erin getrapt. Collie Flanagan, die zogenaamde wijsneus, is bij nader inzien dus toch niet zo slim.'

'Maar jij wist het ook... wat ben jij dan?'

'Een man van de Renaissance.'

'Ik wil pa spreken. Is hij daar?'

'Charlie!' bulderde Tom in de hoorn. 'Ik heb je verloren zoon aan de lijn.'

'Collie?' zei pa in de hoorn. 'Wat geweldig dat je belt. Kom je weer naar huis?'

'Tuurlijk, pa. Sorry, maar ik heb het op school nogal druk gehad.'

'Je hoeft je niet te verontschuldigen. We begrijpen het best. Maar luister nou eens naar me, Collie. Je moet het een beetje rustiger aan doen, wat minder hard werken en eens leren te ontspannen. Je weet toch wel wat ik altijd tegen je zeg? School zou echt doffe ellende zijn als de vakanties er niet waren.'

Ik verbrak de verbinding en zat een tijdje spelend met een tennisbal voor me uit te staren. Daarna ging ik weer gewoon verder met het verzamelen van stuifmeel voor de bijenkorf.

Toen ik in mijn laatste jaar zat, kwam de Valk eigenhandig Bingo – die net van de St. Paul's School in Concorde af was getrapt – afleveren bij de administratie, waar hij hem in groep tien liet plaatsen. Dat was puur op de gok, aangezien hij sinds de kleuterschool niet meer officieel was overgegaan. Terwijl hij hem op armlengte afstand hield, met de afgeronde toppen van zijn lange vingers vlak boven Bings schouders, gedroeg hij zich alsof hij een stuk kauwgom van zijn schoenzool schraapte.

Bingo hakte op mijn naadloze bestaan op Andover in als een kartelmes op smeerkaas. Ik wilde hem daar helemaal niet hebben en dat wist hij. Het beviel me totaal niet dat hij zich op een geniepige manier toegang had verschaft tot wat ik als mijn geheime leven beschouwde. Ik lag daar keurig uitgespreid als een grijze flanellen broek en ineens dook hij op: een heggenschaar die vast van plan was me aan flarden te knippen.

'Als je maar bij me uit de buurt blijft,' waarschuwde ik hem, hoewel ik best wist dat het vergeefse moeite was. Hoe meer ik dreigde, des te meer hij op bedauwd gras begon te lijken: glinsterend en met die bekende, gevaarlijke groene glans in zijn ogen. Ik had net zo goed een tegemoetkomende tank met popcorn kunnen bekogelen.

Ik wist dat hij voor herrie zou zorgen. Bingo nam zijn taak als rebel serieus. Binnen de kortste keren had hij de hele school op stelten gezet.

Hij smokkelde een meisje mee naar zijn kamer, en toen hij betrapt werd, zei hij dat ze ons zusje was. Hoewel hij nog geen week op school zat, werd er toch gedreigd met wegsturen. Het enige wat hem redde, was de Valk en het feit dat die iedereen de stuipen op het lijf joeg. Bij wijze van straf moest hij de ramen op de begane grond van zijn studentenhuis zemen. Later die avond haalde hij samen met twaalf apostelen alle ruiten uit de sponningen en liet de volgende ochtend de open lucht controleren.

'Ze zijn zo schoon dat ze onzichtbaar zijn geworden,' zei Bingo, toen de directeur nog eens goed keek.

Bing hield stug vol dat hij niets te maken had met de vermiste ruiten, maar bekende schoorvoetend dat hij wel wist wie het gedaan had en dat ze het bewijs daarvan onder mijn bed konden vinden.

'Maak je geen zorgen. Ik ben echt niet van gisteren, Flanagan,' zei de directeur, toen ik sputterde dat ik nergens van wist.

Een paar dagen later vermomde Bingo een etalagepop als een student en wachtte toen tot de avond voordat hij samen met de andere jongens het zogenaamde lijk in een plas tomatenketchup midden op de weg naar de school legde en zich in de bosjes verstopte om op hun ongelukkige slachtoffers te wachten.

De Valk moest flink dokken om hem de gevolgen daarvan te besparen. Meneer Fadras, de biologieleraar, die door zo'n beetje iedereen, ook zijn eigen collega's, Dikkont werd genoemd, reed pardoes de sloot in toen het licht van zijn koplampen op het bebloede lijk viel, en de voorkant van zijn auto was behoorlijk beschadigd.

Toen er aan het begin van de herfst heisa ontstond over spieken – iemand had de antwoorden voor het eerste wiskundeproefwerk van de tweedejaars gestolen – werd Bingo meteen verdacht en aan een urenlang verhoor onderworpen.

'Dus als ik het goed begrijp,' zei ik tegen hem in mijn kamer waar hij languit op mijn bed lag, tegelijkertijd bekaf en opgewonden van alweer zo'n streng verhoor, 'heb je de antwoorden van een proefwerk gestolen en toch een onvoldoende gekregen? Dat moet toch wel het wereldrecord stompzinnigheid zijn. Of wou je me soms vertellen dat je te lui was om ze uit je hoofd te leren?'

'Ik heb die antwoorden niet gestolen.'

'Wie dan?'

'Teagan.'

'Dus Mark Teagan heeft de antwoorden gestolen en ze vervolgens verpatst.'

'Precies.'

'Maar hij zegt dat jij het hebt gedaan.'

'Ja, maar dat is gelogen. Zijn ouwe heer draait hem zijn nek om als hij van school wordt getrapt.'

'Nou en? Hij is toch een klootzak. Zijn vader is zijn probleem. Voor de verandering ben jij eens onschuldig. Dat moet je maar tegen ze zeggen.'

'Nee.' Hij schudde zijn hoofd. 'Ik verlink niemand.'

'Is het je nou helemaal in je bol geslagen? Je zit hier niet bij de Cosa Nostra. Waarom bescherm je dat enge joch? Je kunt er donder op zeggen dat hij zich niet om jou druk zal maken. Toe nou, Bing, je wilt toch niet voor spieken van school getrapt worden. Zoiets blijft je altijd achtervolgen... in tegenstelling tot schijten op het dak van de Toyota van Dikkont.'

Bij de herinnering daaraan schoot hij in de lach. En ik kon er niets aan doen, maar ik moest ook lachen. We lagen naast elkaar op het bed, met schouders die uit macht der gewoonte bijna aan elkaar vastkleefden, en staarden naar het plafond. Maar het gelach stierf weg, zonder dat we elkaar aankeken. Uiteindelijk begon ik zelfs te smeken.

'Toe, Bing, doe jezelf dit niet aan.'

Maar hij wilde niet luisteren, zoals ik eigenlijk allang had geweten, omdat hij zo verrekt eigenwijs was. Ik voelde mijn keel samenknijpen. Bingo's koppigheid was een troosteloos landschap. Als ik me een weg probeerde te banen door die woestenij had ik af en toe het gevoel dat mijn hart op een andere plek terecht was gekomen en nu in mijn schoenen lag te kloppen.

'Waarom moet het altijd zo gaan? Wat is er toch met je aan de hand? Mis je soms een of ander elementair chromosoom? Zelfs ma en pa doen concessies als hun dat uitkomt. Waarom moet jij altijd alles op de spits drijven? Kun je dan nooit eens toegeven?'

'Hé, Collie, omdat jij nu toevallig geen principes hebt...'

'Geen principes? Jezus christus! Jij terroriseert iedereen met je gedrag en dan begin je ook nog allerlei morele standpunten uit te venten... Prima hoor, laat je maar lekker van school sturen en voor altijd als een oplichter brandmerken... Waar maak ik me eigenlijk druk om?'

'Weet je wat het met jou is, Coll? Jij denkt alleen maar aan wat andere mensen ervan vinden.'

Ik ging zitten en keek neer op Bing die me glimlachend aankeek. Hij begreep er niets van.

'Nee. Weet je wat mijn probleem is? Dat ik me druk maak over wat jij en ma en pa en oom Tom denken. Dat is mijn probleem.'

'Dat maakt je geen bal uit. Je doet niets anders dan strooplikken bij de Valk, je geeft helemaal niet om ons. Nou ja, wij zijn toch allemaal knettergek, hè Collie? Het moet een doffe ellende zijn om in deze krankzinnige wereld opgezadeld te zijn met gezond verstand.'

Omdat ik niet wist wat ik moest doen, deed ik geen oog dicht. De volgende ochtend borrelde alles vanbinnen alsof ik een wandelende wasmachine was, maar ik ging toch naar de directeur en vertelde hem dat Mark Teagan de antwoorden had gestolen. Hij keek me nadenkend aan en bedankte me omdat ik hem op de hoogte had gebracht. Terwijl hij aan het woord was, staarde ik naar het smalle kiertje tussen de vloer en de gesloten deur met het gevoel alsof ik daar gemakkelijk onderdoor kon kruipen.

Tijdens de lunch stond ik voor mijn studentenhuis met mijn voeten te schuifelen, omringd door een stel vrienden van me die me bij hoog en bij laag bezwoeren dat ik er goed aan had gedaan om Mark te verraden.

'Teagan is een kleine rotzak,' zei iemand.

'Ja, maar dat geldt ook voor Bingo,' zei ik met mijn ogen op de grond gericht.

'Jawel, maar hij is een leuke rotzak,' merkte iemand anders op. 'En hij zou nooit iemand laten opdraaien voor iets dat hij had gedaan.'

'O, o, dek je maar,' zei mijn vriend Crunchie. Hij floot even, stootte me aan en knikte in de richting van Bingo, die meteen naar ons toe rende toen hij mij in de gaten kreeg.

Ik stapte uit het kringetje van mijn vrienden om hem op te vangen, maar voordat ik zelfs maar de kans had gekregen mijn mond open te doen, gooide hij zijn rugzak neer en gaf me een peer op mijn oog.

'Vuile smiecht!' zei hij terwijl de andere jongens hem vastgrepen en wegtrokken. Alles duizelde me en ik viel op mijn knieën, omdat ik even de weg kwijt was en het gevoel had dat de hele wereld om me heen was ontploft.

'Jezus, Bing...' mompelde ik. De tranen liepen me over de wangen, en met mijn hand beschermend over mijn andere oog keek ik hem met mijn goede oog na toen Bingo zijn rugzak weer oppakte, zich omdraaide en wegliep.

'Jezus,' zei Crunchie, bezorgd maar ook een tikje opgewonden. 'Is alles goed met je?'

Ik knikte, hoewel mijn oog ontzettend zeer deed. Ik keek Bing na tot hij verdween in een meute bewonderende meisjes die als de Rode Zee uiteenweek om hem door te laten. Het zag ernaar uit dat hij dankzij mij een vrijgeleide had gekregen om die avond een van hen te pakken.

'Als dat mijn kleine broertje was, dan kon hij een schop onder de kont krijgen,' zei Crunchie terwijl we terugliepen naar mijn kamer.

Bingo werd van Andover getrapt omdat hij mij een blauw oog had geslagen.

'Hoor eens,' zei oom Tom toen ik naar huis belde om hun mijn kant van het verhaal te vertellen, 'het werd hoog tijd dat iemand je een klap voor je kanis gaf.'

Nadat hij van Groton werd weggestuurd omdat hij een Pret-Knetter in zijn hand had, was het Upper Canada College in Toronto de volgende halte voor Bingo. Daar onderscheidde hij zich door voor elk vak een onvoldoende te halen. Zijn gemiddelde cijfer was een één, en dat fascineerde pa en oom Tom die allerlei theorieën ontwikkelden over de reden waarom ze hem die één hadden gegeven.

'Het lijkt me een wiskundige onmogelijkheid. Je denkt toch niet dat hij dat cijfer in natura heeft verdiend?' vertolkte pa zijn grootste angst.

'Nee, want in dat geval had hij zeker een ruime voldoende gehaald,' zei oom Tom, die er bedachtzaam uitzag zoals hij daar op een schommelbank op de veranda aan de voorkant zat en samen met pa een flesje bier dronk. Boven in mijn slaapkamer, waar het raam open stond, kon ik precies horen waar ze het over hadden. Uiteindelijk kon ik me niet meer inhouden en stak mijn hoofd naar buiten. 'Hij heeft een één voor de moeite gekregen, omdat hij maar één proefwerk van de tien heeft gemaakt. Zo'n groot raadsel is dat niet.'

'Volgens mij lag het aan de pijnappel. Ik heb hem een pijnappel meegegeven voor zijn leraar topografie, die wilde weten hoe ze smaakten. Daar zal het wel aan gelegen hebben,' zei oom Tom, die net deed alsof hij mijn opmerking niet had gehoord. Zijn stem klonk stellig en overtuigend.

'O, dat zal het zijn geweest!' riep pa uit. 'De pijnappel, ja natuurlijk! Jezus, er gaat niets boven fruit! Je moest eens weten wat ik je allemaal zou kunnen vertellen over alles wat ik heb bereikt met behulp van een appel en een subliem gevoel voor timing.'

Gek genoeg waren ze in Toronto, ondanks zijn studieresultaten, bijzonder in hun nopjes met Bingo en ze zeiden dat ze alle vertrouwen in zijn toekomst hadden. Al even onverklaarbaar was het feit dat hij het daar ook leuk scheen te vinden en van plan was om in de herfst terug te gaan.

'Canadezen zijn dol op excentriekelingen,' zei de Valk toen ik mijn verbazing over die gang van zaken uitsprak. 'En kennelijk ook op idioten,' voegde hij er met zijn vertrouwde vleugje venijn aan toe.

Bingo wond er geen doekjes om. 'Ik vrij met de dochter van de directeur en die kan haar vader om haar vingers winden.'

'Leuk,' zei ik tegen hem, maar daar lachte hij alleen maar om. Bings houding ten opzichte van seks kon waarschijnlijk het best in één woord samengevat worden, *Joe-hoe*, en dat was als hij zich bedachtzaam voelde. Om de een of andere rare reden vond ma zijn losgeslagen gedrag heel charmant, al kon ik niet op dezelfde toegeeflijkheid rekenen. Als het om mijn liefdesleven ging, gedroeg ma zich als een walgende puber die helaas moest erkennen dat haar ouders zich ook wel eens aan 'een wip' bezondigden. Dat was oom Toms omschrijving van neuken en hij hield vol dat het een correcte biologische uitdrukking was. Dankzij hem kreeg ik in groep vijf een pak slaag omdat ik, door oom Tom op mijn vingers getikt, tijdens seksuele voorlichting de coïtus 'van Wippenstein' had genoemd.

In tegenstelling tot Bingo, die zijn maagdelijkheid op zijn dertiende verloor aan Melanie Kitchen, de officiële defloratie-expert van het eiland – hij zette de halve keuken op zijn kop op zoek naar plastic folie voor een geïmproviseerd condoom – was ik een relatieve laatbloeier die de grootste moeite had mijn jongere broertje bij te houden. Ik was zestien toen ik zover was en tegen ma zei dat ik die nacht bij een vriend zou blijven slapen.

In plaats daarvan zette ik in een natuurgebied vlak bij huis een tent op, waarin ik gepakt werd door Eleanor Parrish, die de rits in mijn spijkerbroek opentrok met een nonchalance alsof ze haar blonde haar in een paardenstaart deed.

Toen haar ouders erachter kwamen, waren ze door het dolle heen, al was hun reactie nog onderkoeld vergeleken bij die van ma. Die slaakte een schrille kreet toen ze me de volgende ochtend onder ogen kreeg en greep mijn overhemd met twee knuisten vast. Terwijl ze het als een strop om mijn hals draaide, duwde ze me tegen de muur.

'Waar haal je het lef vandaan om misbruik te maken van dat onschuldige meisje,' zei ze. 'Beest dat je bent! Je hebt geen flauw idee wat je hebt losgemaakt! Meisjes zijn heel emotioneel met betrekking tot seks. Het is best mogelijk dat ze er nooit overheen komt dat jij haar misbruikt hebt.'

Pa keek me zo beschuldigend en teleurgesteld aan dat het leek alsof ik had geprobeerd hem in de fik te steken terwijl hij zijn middagdutje deed. Hij en ma gaven me drie maanden huisarrest.

Terwijl jarenlang katholicisme geen spaan heel liet van mijn geweten sloop ik naar de studeerkamer, waar ik op de bank ging liggen, naar het plafond staarde en nadacht over mijn heftige liefde voor Eleanor Parrish.

'Hé, waar lig jij aan te denken?' vroeg oom Tom, die ineens in de deuropening stond.

Ik weet niet wie van ons beiden het meest ontzet was toen ik begon te huilen. Ik sloeg mijn handen voor mijn gezicht.

'Ik wilde alleen maar weten hoe het was,' snikte ik, niet in staat om op te houden. Ik had al sinds ik klein was niet meer in het bijzijn van anderen gehuild.

'Nou, ik had je ook wel kunnen vertellen dat je het lekker zou vinden,' zei hij, terwijl hij naar de bank liep. Hij ging naast me zitten en pakte mijn hand.

'Niks aan de hand, hoor,' zei hij. 'En je hebt ook geen huisarrest.' Hij stak zijn hand in zijn zak. 'Wil je een pindarotsje?'

'Nee, dank je wel,' zei ik. Ik begon weer een beetje tot rust te komen en wreef met de mouw van mijn overhemd in mijn ogen.

Oom Tom en ik bleven daar zonder iets te zeggen naast elkaar zitten. Het enige wat we hoorden, was het hardnekkige gezoem van een vlieg.

'Ik zit al een paar minuten naar hem te luisteren. Wat ze zeggen is waar, vliegen zoemen echt in de middelste octaaf van F. En dat is maar goed ook,' zei oom Tom en wachtte geduldig tot ik de vraag zou stellen waaruit bleek dat ik naar hem luisterde.

'Waarom?' vroeg ik, niet in staat om daar na al die jaren weerstand aan te bieden.

'Denk eens aan alle gevolgen. Je zou toch niet willen dat een gewone huisvlieg je op een perfecte hoge C trakteerde? Dan was hij zelfs in staat om je hart te breken.'

7

𝓘k was zeventien, stond vlak voor mijn eindexamen en moest
besluiten wat ik na Andover zou gaan doen. Ma wilde dat
ik een vakbond zou oprichten voor buitenlandse werknemers. Ik
wilde net als mijn vrienden naar Brown.

'Vrienden! Haha!' krijste ma. 'Wat voor vrienden? Jij hebt helemaal geen echte vrienden. Het zijn allemaal karakterloze stroop-
likkers en jij bent de ergste van het hele stel. Ik zou je dolgraag
eens op een onconventionele gedachte willen betrappen. Eigenlijk sta ik ervan te kijken dat je niet met een stropdas om bent
geboren.'

'Dat heb je van je grootmoeder McMullen,' zei pa tegen me na
een lang weekend thuis. Hij had het over mijn conservatieve inslag, een familietrekje dat over het algemeen werd beschouwd als
een ziekte of een chronische afwijking, een soort syfilis van de ziel.

'Wat heb ik toch een hekel aan conservatieve kerels,' zei ma terwijl ze de kachel aanstak.

Maar wat binnen ons gezin als conservatief werd beschouwd
kon je in de buitenwereld op een arrestatie komen te staan.

Pa had minder moeite met mijn tekortkomingen dan ma, aangezien hij de onrealistische maar vaste overtuiging was toegedaan
dat je de van tevoren vaststaande optelsom van al je delen was.
Mijn moeder gedroeg zich als een idioot met betrekking tot Bing,
maar volgens pa zat dat in haar DNA.

'Dat heeft ze van haar moeder. De hele familie Bunting let alleen
maar op het uiterlijk en nergens anders op.' Hij was even stil om
een slokje van zijn Irish coffee te nemen en hield het glas voor zijn
mond om genietend de geur op te snuiven. Instinctief deed ik twee

passen achteruit. Van de walm die van zijn koffie af sloeg, zou een normaal mens al dronken worden.

'Maar wat uiterlijk betreft, hoef je je nergens voor te schamen, Collie. Je bent een knappe knul. Jezus, je ziet eruit als een echte Ierse prins. En wat nog veel belangrijker is, jij bent de bolleboos van de familie. Dat heb je rechtstreeks van je neven, de Hanrahan-tweeling...'

'Ik weet het, pa. Je hebt me het verhaal van dat stel idioten al wel duizend keer verteld...' Ik had me de moeite kunnen besparen. Hij ontplofte bijna.

'Idioten?' bulderde hij. 'Ze waren op hun vijftiende al afgestudeerd aan de universiteit en echt de intelligentste jongens die ooit hebben geleefd. Ze waren alleen niet praktisch aangelegd en dat heeft hun het leven gekost. Ze hadden niet het flauwste benul van water en elektriciteit. Wie had nou ook kunnen denken dat een aanrecht, een gootsteenbak met water en een oud broodrooster zoveel onheil konden aanrichten? Je moet altijd praktisch zijn, Collie. Om met de grote meneer O'Brien te spreken, pragmatisme is je van het.'

Waarschijnlijk omdat hij zelf twee linkerhanden had, beschouwde pa handigheid als het ei van Columbus, een schat die even ongrijpbaar was en evenveel bevrediging schonk als de Heilige Graal. We hebben het over een man met een belachelijke eerbied voor duct tape, volgens hem een uitvinding waarvan het maatschappelijk belang alleen overtroffen werd door vuur en jagen met pijl en boog. Hij reed een keer met zijn zatte kop ma's auto de garage uit met het portier wijd open, waardoor dat bijna van de scharnieren werd gerukt. De volgende dag liet hij me trots zien hoe hij de deur met behulp van kilometers plakband had gerepareerd.

'Kijk, dat bedoel ik nou met pragmatisme,' zei hij.

Ik had nog nooit zoveel plakband gezien. De hele zijkant van de auto was zo hermetisch afgeplakt dat je er zonder problemen pestbacillen in had kunnen vervoeren. Ma heeft maandenlang met dat dichtgeplakte portier rondgereden. Volgens mij is het haar niet eens opgevallen... Al dat geld was nauwelijks aan ons besteed.

Ma en pa bleven meestal de hele nacht op en sliepen overdag. Vervolgens kwamen ze de keuken binnenstrompelen om koffie te zetten, zij met haar dat rechtop stond alsof ze tegenwind had gehad en haar slaapmasker als een slabbetje om haar hals, hij met waterige en roodomrande ogen.

'Het is maar hoe je een etmaal invult,' zei pa dan. 'Ieder mens is het slachtoffer van zijn biologische klok. God helpe de arme ziel die zich daar niet bij kan neerleggen.'

'Waarom ben je al op? En gewassen en aangekleed. Heb je al gegeten?' vroeg mijn moeder. Ik zat heen en weer te wiebelen op een draaistoel in de hoek bij het raam, met op de achtergrond het geborrel en gesis van een slecht gehumeurde oceaan.

'Ma, ik ben al sinds zeven uur op. Je zou me terugbrengen naar school, weet je nog? Ik had het kunnen weten. De volgende keer ga ik wel in mijn eentje naar de pont.'

'O, je hoeft me niets te vertellen. Om elf uur naar bed en om zeven uur weer uit de veren. De onzin waar ze op die school van je zo zwaar aan tillen. Maar je weet uiteraard best dat er voor één uur 's middags nooit iets interessants gebeurt. Jij met je bleke gezicht en je kantooruren.'

'Wat verwacht je nou eigenlijk? Ik heb les! Ik moet terug.'

'En God weet dat we geen schooldag kunnen missen. Wat ben je toch een braaf boekhoudertje.'

Ze kon alleen nog op minachtende toon tegen me praten en ik voelde dat mijn nek begon te gloeien. Al die jaren op school, in het gezelschap van leraren die me juist leuk vonden vanwege mijn normale wensen en gewone interesses, hadden ervoor gezorgd dat ik steeds brutaler werd tegen ma. De eerste steen daarvoor was waarschijnlijk gelegd tijdens al die tochtjes van huis naar school en van school naar huis. Ik was eindelijk tot de conclusie gekomen dat ik er niet meer naar verlangde dat ze van mij zou gaan houden.

'Laat die jongen met rust, Anais,' zei pa, vanaf de andere kant van de keuken. Ik zag dat hij een flinke scheut cognac in zijn koffie deed in plaats van koffiemelk. Hij zuchtte. 'Hij kan er niets aan doen. Het zit gewoon in hem.'

Ik stond op en keek uit het raam waar de lucht en de golven dezelfde grijze kleur hadden, een monochrome buitenwereld. De gerafelde witte vitrage fladderde en een van de kleinste hondjes probeerde zich er met vier pootjes op de grond in vast te bijten.

'Heeft Tom de honden gevoerd? Heeft Bingo iets te eten gehad?' vroeg mijn moeder.

'Ja,' zei ik en keerde me van het raam af om haar duidelijk geïrriteerd aan te kijken.

'Bespeur ik iets van ergernis? Waar haal je het lef vandaan?'

O, ik voel nog steeds die groeiende spanning in mijn schouders, mijn nek die verstrakte en mijn bloed dat zich rood in mijn aderen samenbalde. Bij ieder beladen woord werd ik stiller, langer en strammer, een lange sliert vergeleken bij haar omvang en draagwijdte.

En ergens op de achtergrond sprongen miljoenen vlooien van hond op hond en weer terug, een onzichtbaar vlooiencircus, vervuld van het geluid van krabben, schuddende koppen, rinkelende halsbanden en bonzende poten. Tot op de dag van vandaag hoest ik nog steeds het haar van honderden honden uit. In al mijn zelfbespiegelingen staat wel een stoel met een hond erop en zijn alle banken bedekt met honden die als openhaardblokken tot aan het plafond opgestapeld liggen. Ik sleep aan mijn veters een hond mee over de oneffen vloer van mijn dagelijks leven en er hangt een hond aan mijn broekspijpen die maar niet los wil laten en me terugtrekt terwijl ik alleen maar verder wil.

'Hé, Collie, kop op!' zei pa grijnzend terwijl hij een muntje achter zijn oor vandaan haalde en naar me toe gooide. Ik ving het op en knikte. Hij lachte. Charlie was er altijd van overtuigd dat je met een goocheltrucje alle vervelende dingen de wereld uit hielp.

'Lieverd! Hoe gaat het met mijn allergrootste schat?' Ma vergat het standje dat ze me wilde geven bij het zien van Bingo die binnenkwam na een dag vol spijbelen, met zijn favoriete teckel, Jackdaw, als een leeggelopen binnenband rond zijn nek. Hij voerde het beest chocoladekoekjes, hoewel hij al op knappen leek te staan.

'Kijk toch eens naar hem, Charlie, is hij niet beeldschoon? Alsof hij zo uit de verpakking komt! Kijk toch eens, Collie. Is hij geen plaatje met die zon op zijn haar?'

'Je maakt hem nog zo ijdel als een lijk met witte tanden, Anais. Geef hem de kans een kerel te worden. Een echte vent geeft geen bal om zijn uiterlijk. Dat ben je toch met me eens, Collie? Wanneer heb jij voor het laatst je haar gewassen?'

'Geen idee… Een paar dagen geleden, geloof ik…'

'Zoals het een kerel betaamt. Jezus, ik ben zo trots op je,' zei hij en pakte me bij mijn schouders terwijl ik mijn best deed om het feit te negeren dat ik als zoon zo'n mislukkeling was, dat mijn gebrek aan persoonlijke hygiëne al iets was om blij over te zijn.

Bingo keek me aan en grinnikte. Hij koesterde zich als een tulp in de zonneschijn van ma's overstelpende adoratie. Bingo vond iedereen aardig en iedereen mocht Bingo. Hij wist dat ma stapelgek was, nou en? Ze was stapelgek op hem. Hij liet het zich genietend aanleunen en genoot van haar krankzinnigheid alsof ze een vast personage was in een of andere komische serie. Parodiema, noemde hij haar af en toe.

'Doe je mond dicht, Coll,' zei hij. 'Anders slik je nog een van de vliegen in die op je haar af komen.'

'Laat ze maar kletsen, lieverd,' zei mijn moeder, terwijl ze Bingo in haar armen trok en hem knuffelde tot hij geen lucht meer kon krijgen. Ze kuste Jackdaw op zijn kop, terwijl de andere honden opgewonden om hen heen tolden. 'Wat zou een stel tweede violen anders moeten zeggen in de aanwezigheid van een glanzende Stradivarius? Zij zijn veroordeeld om levenslang op bruiloften en partijen te spelen, terwijl jij, mijn liefste Bingo, bent uitgenodigd voor het bal.'

En vervolgens danste ze met hem in haar armen de keuken rond en zong luidkeels haar valse Sondheim-liedjes, waardoor de honden stapelgek werden.

8

Een paar weken later kreeg ik mijn diploma van Andover. Het was een warme dag en vlak voor de feestelijke uitreiking ging de airconditioning kapot, waardoor de aula in een sauna veranderde. Toen ik op het podium stond om mijn diploma in ontvangst te nemen waren mijn handen nat van het zweet. Ik keek omlaag en zag mijn moeder, die me vanaf de eerste rij boos aankeek. Ze was alleen maar van de Valk gescheiden door de aanwezigheid van pa, die verveeld en met ogen die bijna dichtvielen naast haar zat in een walm van whisky die als wierook om hem heen hing. Ma's gebalde rechterhand was in een zwarte leren handschoen gestoken. Het was haar idee van een polsbandje, een manier om haar solidariteit te tonen met elke willekeurige vorm van onrecht die haar op dat moment aansprak. Die dag maakte ze zich behoorlijk druk over de problemen van arbeiders op de koffieplantages in Brazilië.

Bingo werd een paar minuten later de zaal uit gestuurd omdat hij met zijn gehoest een storend element was. Vanwege hun eerdere ervaringen met hem was de staf ervan overtuigd dat hij het opzettelijk deed, maar dit keer hadden ze het mis. De intense hitte bezorgde hem een astma-aanval, de eerste die hij in jaren had gehad.

Twee mannen met discrete fluisterstemmen probeerden hem weg te brengen, maar ma die nooit een kans voorbij liet gaan om stennis te schoppen, reageerde alsof Bingo in de handen was gevallen van een militaire junta en op het punt stond voorgoed te verdwijnen.

'Laat hem los!' schreeuwde ze en pakte Bingo's arm vast terwijl de mannen tevergeefs probeerden haar te kalmeren, de toeschouwers hun nek verrekten om te kunnen zien wat er aan de hand was, mijn vrienden brulden van het lachen en ik het gevoel had dat ik achter elkaar bleef flauwvallen.

'Ik ben bang dat we u moeten verzoeken om de zaal te verlaten, mevrouw Flanagan,' zei een van de mannen vastberaden maar op een toon alsof hij een poging deed een psychiatrische patiënt weg te lokken van een richel op een torenflat.

Mijn moeder draaide zich om en wierp mij op het podium een blik toe. 'Heb je nou je zin?' schreeuwde ze me toe.

Pa, die tot op dat moment haast onnatuurlijk kalm was gebleven, sprong op, wankelde even en verkondigde: 'We gaan weg.' Hij pakte ma bij haar elleboog, wrong zich langs de beide mannen en liep achter de opgewekte Bingo aan het middenpad af. Ma bleef zich met veel misbaar verzetten.

'Weten jullie wel wie ik ben?' schreeuwde ze terwijl ze uit het zicht verdween. Haar stem weergalmde door de gangen. Op het gezicht van de Valk verscheen een vluchtig glimlachje en met zijn armen over elkaar geslagen keek hij me even aan.

Daarna ontspande hij, strekte zijn benen en ik hoorde hem grinniken. Ik kon mijn oren niet geloven. Het was alsof ik een zoutwaterkrokodil hoorde grinniken om iets wat een giraffe bij de plaatselijke drenkplaats had gezegd.

Ik keek hem met grote ogen aan, maar toen lachte ik ook. Weliswaar een beetje aarzelend, maar ik had het gevoel dat er iets onmogelijks was gebeurd. De Valk en ik moesten samen ergens om lachen.

Het duurde een paar dagen voordat ik de moed kon opbrengen om ma te vertellen wat ik de komende herfst zou gaan doen. Ik had weliswaar mijn pogingen gestaakt om haar genegenheid te winnen, haar woede-uitbarstingen boezemden mij nog steeds diep ontzag in.

'Ik heb besloten om naar Brown te gaan,' zei ik onder de zoemende plafondventilator terwijl ik met twee handen de halsband van Bachelor, onze ruim negentig kilo wegende sint-bernard, vastklemde. Hij zat hijgend, grijnzend en kwijlend in de zomerhitte tegen me aan, terwijl de damp van zijn uit zijn bek bungelende tong sloeg en zijn staart tegen de grond bonsde. Ik leunde tegen hem aan, blij dat hij me ondersteunde.

'O. En wat wil je dan gaan studeren?' Ma bleef met haar rug naar me toe nog even bij de geopende koelkast staan voordat ze zich langzaam omdraaide en me aankeek met een bakje ijsklontjes in haar hand.

'Dat weet ik nog niet precies... Ik denk dat ik maar eerst eens ga beginnen met een opleiding vrije kunsten...'

Ze liet het bakje met een klap vallen. Het kwam op de zwartwitte tegelvloer terecht en het ijs spatte alle kanten op. De kleine hondjes wierpen zich er gulzig op en knokten bits om hun deel dat ze vervolgens luidruchtig vermorzelden.

'En wat wil je daarmee gaan doen? Een filmopleiding volgen? Theater? Mijn God, ben je soms van plan in de showbusiness te gaan? Wil je acteur worden? Is het je bedoeling om filmster te worden?' Haar stem klonk onvast, als het trillen van een boog.

'Nee, helemaal niet. Jezus, ma, daar gaan we weer...'

'Word ik verondersteld te betalen voor een dure universiteitsopleiding zodat jij rotzooi kunt gaan produceren? Is het wel eens tot je doorgedrongen dat de wereld echt niet zit te wachten op de zoveelste creatieveling zonder een greintje talent? Straks ga je me nog vertellen dat je stripboeken wilt gaan schrijven. Wil je soms beroemd worden? Is het je daarom te doen? Is je leven niets anders dan ijdeltuiterij?'

Haar haar werd met de seconde woester, waarbij al die lange krullende slierten een soort wild waaiende minitornado's vormden, waardoor de keuken om me heen leek te draaien. Ik hield Bachelor stijf vast en keek hulpeloos toe terwijl de wereld om me heen diep donkerblauw werd, waarin ma's ogen bliksemden alsof het weerlichtte.

'Jij met al je burgerlijke ambities... Waarom word je niet gewoon orthodontist en laat je het daarbij? Dan kun je de hele wereld voorhouden dat je niets anders bent dan een saaie piet, die alleen maar denkt aan beugels en bruggen en aan uitstaande rekeningen en slanke blondines met grote tieten! Iets anders interesseert je niet!'

'Waar heb je het in vredesnaam over, ma? Je luistert nooit. Kun je voor de verandering eens één keer luisteren? Je dwaalt altijd af naar de raarste dingen...' Ik was een open doelwit en Bachelor likte mijn knie, waardoor zijn dunne kwijl over mijn been liep terwijl ik met mijn handen door mijn haar woelde en wegdook voor alles wat me vanaf de andere kant van de keuken naar het hoofd werd gegooid.

'Dat moet hij nodig vragen, mijn God, hij snapt het gewoon niet. Charlie, heb je dat gehoord? Luister je wel? Je zoon heeft net verteld dat hij van plan is om filmster te worden.'

Pa zat met zijn blote benen onder een lange grenen tafel waar Bingo's initialen ingekrast waren op een houten stoel de krant van gisteren te lezen. Hij kwam altijd twee of drie dagen achter de rest van de wereld aan.

'Ik dacht dat we het daar uitgebreid over hadden gehad, Collie,' zei hij terwijl zijn saffierblauwe ogen me over de krant aankeken. 'We hadden besloten dat je ingenieur zou worden en bruggen zou gaan bouwen, weet je nog wel?'

'Dat was jouw idee, pa. Ik wil helemaal geen ingenieur worden.'

'Doe niet zo belachelijk. Hoe kan iemand die de kans heeft nou geen ingenieur willen worden? Een man kan bij zijn leven niets mooiers doen dan bruggen bouwen.'

'Waar het werkelijk om gaat is hoe iemand met zoveel jaren westerse opvoeding achter de rug toch geen enkel begrip kan tonen voor dingen die er werkelijk toe doen. De wereld staat vlak voor een revolutionaire sociale omslag en jij wilt schmink dragen en achter jonge sterretjes aanzitten,' zei ma, zo vol vuur dat ze bijna steenkool leek te eten.

'Het is allemaal goed en wel, Anais, maar al die revoluties van jou en die kerels vol onbegrepen angsten die daar de aanzet toe hebben gegeven, zijn geen knip voor de neus waard in vergelijking met de ongeëvenaarde prestatie die wordt geleverd met het bouwen van een brug,' zei pa voordat hij zijn aandacht weer vestigde op de pagina met redactionele bijdragen.

Mijn hart sloeg over en mijn zenuwen knetterden en maakten kortsluiting. Ik had het gevoel dat ik mijn das los wilde trekken, maar ik had niet eens een stropdas om. In mijn verbeelding zette ik een pistool tegen mijn hoofd en haalde een paar keer de trekker over. Ik miste. Meestal was ik zo verstandig om me koest te houden als ik in de clinch lag met ma, maar dit keer was ik echt woest.

'Wat maakt jou zo revolutionair?' Ik liep naar haar toe. 'Het is gewoon om te gillen. Je doet niets anders dan zeuren over armoede, terwijl je geen flauw idee hebt hoe het is om arm te zijn. Je weet niet eens hoe het is om tot de míddenklasse te behoren. Wanneer ben jij voor het laatst in een supermarkt geweest? Oom Tom doet de boodschappen, hij kookt en hij poetst. Wat doe jij eigenlijk? Denk je soms dat je een sociale non-conformist bent omdat je geen lipstick draagt? Je hebt zogenaamd de pest aan opa omdat hij een of andere slechte oligarch is, maar ondertussen gebruik je zijn geld wel om er een koninklijke levensstijl op na te houden. Als jij echt meende wat je zogenaamd gelooft, dan zou je dat allemaal opgeven en dan zouden we nu wonen tussen de mensen van wie je zogenaamd zoveel houdt. Maar dat wil je niet, omdat je in werkelijkheid een hekel hebt aan iedereen. Je wilt gewoon iedereen om je heen dwarszitten en regels opleggen waaraan je jezelf niet wenst te houden. Als wij ooit in een gemeentewoning terecht zouden komen, zou jij rondlopen met een tiara op je hoofd en opscheppen over de zilveren lepel waarmee je bent geboren. Hoe kun je zo hypocriet zijn?'

Als ma werd tegengesproken, wat niet vaak gebeurde, reageerde ze altijd onnatuurlijk kalm door haar boosheid in te slikken en zich voor te stellen dat die woede een soort zenstatus was met een verhoogde graad van tolerantie, haar favoriete martelwerktuig. Ze glimlachte naar me als een in satijn en sarcasme gehulde doktersvrouw en straalde het soort pijnlijke roofdierachtige genoegen uit dat meestal beperkt blijft tot beleefde gesprekken tussen vreemde mensen die instinctief een hekel aan elkaar hebben.

'Wat krijgen we nu? Gaan we de beledigde tiener uithangen? Zit het je dwars dat je niemand kunt vinden die met je uit wil, Collie? Ja, ik gebruik het geld van je grootvader. Verdomd als het niet waar is. Maar toevallig komt me dat goed uit. Ik vind het leuk om gigantische hoeveelheden van zijn geld te gebruiken voor het omverwerpen van het systeem dat hem heeft gemaakt tot wat hij is en dat alles waar hij voor staat beschermt en in stand houdt. En geloof me, Collie, ik krijg met dat geld heel wat voor elkaar. Ik steun mijn doelstellingen echt.' Ze leunde achterover tegen de koelkast, de armen over elkaar geslagen en een zelfvergenoegde grijns op haar gezicht.

'O, doe me een plezier. Je doet altijd net alsof je een of andere internationale crimineel bent, terwijl je alleen maar geld geeft aan een stel uit de klei getrokken zogenaamde marxisten, die kind aan huis zijn in het feesten- en partijencircuit. Opa geeft een feest en jij komt opdagen met soldatenkistjes aan. Dan begin je iedereen beledigingen naar de kop te slingeren en je denkt dat je een daad hebt gesteld. Alsof je op de barricaden staat. Waar het op neerkomt, is dat je een vervelend mens bent die het leuk vindt om mensen tegen zich in het harnas te jagen en ze te kleineren.'

'Hé, kalm aan, Collie, dat heeft je moeder niet verdiend. Hemeltjelief, je hebt het over je eigen moeder,' viel pa me in de rede.

'Dat hoef je me echt niet te vertellen,' zei ik.

Ma lachte. 'Uit die reactie blijkt maar weer eens dat je een echte verwende puber bent. Laat hem toch kletsen, Charlie, daar trek ik me niets van aan. Alleen een dwaas gaat met een andere dwaas in discussie. Maar goed, dit is weer mooi meegenomen voor al die scènes die hij in zijn goedkope filmpjes wil gaan spelen, op die manier kan hij vast wennen aan de tweederangs dialogen die hij de rest van zijn leven uit zal moeten braken. Is dit soms een soort auditie voor zo'n zon-, zee- en strandfilm?' Ze keek me vol minachting aan. Ik moest me uit volle macht verzetten tegen de neiging haar de nek om te draaien en wenste dat er een enorme molensteen uit de hemel zou vallen die haar tot moes zou verpletteren.

Ik keek om toen ik hoorde dat de keukendeur openging en weer dichtviel. Daarna ging er een warme vlaag zilte zeelucht door de keuken die de vitrages liet opwaaien en de krant uit elkaar blies. Tom en Bingo kwamen terug van een wandeling met zoveel oververhitte en zwetende honden dat ze als lava de keuken binnenstroomden.

Ik moest me beheersen om niet te gaan hijgen.

'Collie zegt dat hij filmster wil worden,' zei ma, alsof ze vertelde dat ik aan een dodelijke geslachtsziekte leed. Bingo sloeg zijn ogen ten hemel.

'Ik zeg het nog één keer: ik wil helemaal geen filmster worden.'

'Het is de enige manier waarop hij ooit een grietje zal versieren, ma,' zei Bingo. 'Als het zo in het scenario staat.' Hij pakte een flesje frisdrank uit de koelkast.

'Ik denk dat je wel weet hoe ik daar tegenover sta,' zei Tom, die zijn strohoed afzette en tegenover pa op een stoel neerviel. Hij keek me strak aan.

'O nee,' zei ik.

'O ja. Ik heb er maar één woord voor nodig.'

'Niet weer, hè?'

'Duivenmelker.'

'Goeie genade, Tom, hoe vaak moeten we dit nog horen. Hij wordt helemaal geen duivenmelker.' Ma stak haar armen op, maar bukte zich meteen daarna om Marty, een van de poedels, op schoot te nemen en haar gezicht in zijn krullende kuifje te verbergen.

'En waarom niet? Postduiven zijn gevleugelde volbloeds. Als je een vlucht dure postduiven hebt, ben je in feite eigenaar van een professionele sportploeg. Zelfs leden van dat verrekte koninklijk huis houden postduiven.'

'Wil je nou alsjeblieft ophouden over die duiven? Echt iets voor jou om aanhanger te zijn van iets waar iedereen een hekel aan heeft,' zei ma.

'O ja? Dus dan heeft volgens jou iedereen ook een hekel aan GI Joe? De meest gedecoreerde duif uit de Amerikaanse geschiedenis! Was dat soms ook een stuk ongedierte toen hij de levens van duizend Britse soldaten redde?'

'Om nog maar te zwijgen van Captain Lederman, Jungle Joe en Blackie Halligan,' zei Bingo, die in de deuropening aan zijn flesje Pepsi stond te lurken. 'En vergeet je eigen Michael Collins niet, oom Tom. Sjonge jonge, wat een fantastische vogel was dat!'

'Bedankt klootzak,' zei ik, wat me op een frons van pa kwam te staan.

'Die vogel zal ik echt niet snel vergeten. Hij verdween tijdens een vlucht van zevenhonderdvijftig kilometer. Ik heb dagen naar hem uitgekeken, maar er gingen weken voorbij en ik moest het wel opgeven. Ik was kapot van het idee dat hij waarschijnlijk door een roofvogel was gegrepen. Maar zes weken later ging ik naar boven en daar was hij, de brave borst, compleet met een gebroken vleugel. Hij kon niet vliegen, dus was hij naar huis komen lopen.'

'Maar dat had hij nooit gered als de Brooklyn Bridge er niet was geweest, hè?' zei pa.

'In godsnaam, Tom, doe niet zo belachelijk. Waarom zeg je zulke bespottelijke dingen? Je brengt die jongens nog het hoofd op hol.'

Met een diepe zucht besloot mevrouw een eind aan het gesprek te maken, een eind aan de woordenwisseling die was omgeslagen in een gesprek. In tegenstelling tot het gesprek dat was omgeslagen in een woordenwisseling. Beide kwamen in ons gezin regelmatig voor. 'Goed, als je toch vast van plan bent om een tieneridool te worden, dan laat je je grootvader dat maar betalen.'

'Nee, dat gaat niet. Hij wil dat ik naar Yale ga om internationaal recht te studeren. Maar het maakt niet uit...'

'O ja? Wil hij niet dat je naar Brown gaat? Waar haalt die ouwe smeerlap het lef vandaan? Wie denkt hij wel dat hij is? Hij heeft het recht niet om een van mijn kinderen naar zijn pijpen te laten dansen.'

'Ma, ik hoef van niemand geld te hebben en zeker niet van jou. Ze hebben me een volledige beurs aangeboden.'

'Wat?' Ze schoof met een ruk naar voren, waardoor Marty de grootste moeite had om op haar schoot te blijven zitten. 'Wat is dit? De dag des oordeels? Dat meen je toch niet? Je komt uit een van de rijkste families van het land en je hoeft geen cent te betalen om je aan Brown in te schrijven? En ondertussen worden kinderen uit de binnensteden aan hun armoedige lot overgelaten, zelfs op lagere-schoolniveau...'

'Jezus christus, ma, een beurs wordt toegewezen op basis van studieresultaten, niet op basis van inkomen...'

'Wat een gelul! Bij studieresultaten wordt altijd met een half oog gelet op de socio-economische achtergrond...'

'O, dus we gaan naar een van die dure universiteiten aan de oostkust? Kijk hem maar niet aan, Bingo. Je mag hem niet langer in de ogen kijken, nu hij aan Brown gaat studeren. En ook niet met hem praten. Want van nu af aan praat hij alleen maar Latijn, of wist je dat niet?' zei Tom met een smeedijzeren koekenpan in de hand. Hij stond op het punt om zijn gebruikelijke lunch van gebakken eieren met spek te maken, waarbij hij iedere middag binnensmonds 'Tom Flanagan bakt voor zichzelf een spiegeleitje' zong.

'Vertelde je me laatst niet dat je van plan was om je doctoraal te gaan halen? Wat zei je ook alweer? Dat je je aangetrokken voelde tot het universiteitsleven of zoiets?' zei Bingo, om nog maar eens wat olie op het vuur te gooien.

'Dat is gelogen en dat weet je best.' Behalve al die andere dingen had mevrouw mijn moeder de schurft aan alles wat met universiteiten te maken had.

'Dokter Rijke-Stinkerd moet naar Brown om te leren hoe hij mensen in een bekertje kan laten plassen,' zei oom Tom om de boel op te juinen – hij vond het altijd leuk om net te doen alsof hij de dingen verkeerd begreep – en sloeg zijn eerste eitje op de rand van de pan kapot.

'Niet dat soort dokter, stommeling,' zei ma, die er eindelijk genoeg van begon te krijgen. Ze kneep haar ogen stijf dicht, het bloed verdween uit haar lippen en van kwaadheid liep haar bloeddruk op. Ze leek op een ballon die met helium wordt gevuld en ieder moment uit elkaar kan klappen.

'Nu je het zegt, vind ik eigenlijk dat dokter Flanagan best goed klinkt,' zei pa, die met zijn hand onder zijn kin dromerig over de krant naar buiten zat te kijken. Maar toen fronste hij plotseling en maakte een abrupt eind aan die dagdroom. 'Lieve hemel, Collie, beloof me alsjeblieft dat je geen patholoog wordt... God mag weten wat die allemaal moeten doen...'

'Ik weet nog helemaal niet wat ik wil worden... Daar denk ik nog steeds over na...'

'Weet je nog wat er vroeger thuis is gebeurd? Met die zoon van Annie Mulroney?' viel Tom ons in de rede. 'Die was ook patholoog en werd betrapt toen hij foto's maakte van de geslachtsdelen van lijken. Later bleek dat hij een enorme verzameling had, waarvan hij beweerde dat het een onschuldige en leerzame hobby was...'

'Ik zat juist aan hem te denken,' zei pa. 'Kwamen die problemen niet voort uit het feit dat hij postmortem prostaatoperaties uitvoerde, zogenaamd uit naam van de wetenschap? Maar weet je, ik vind nog steeds dat het genezen van voetschimmels in Afrika niet in de schaduw kan staan bij het bouwen van een schitterende hangbrug.'

'Als je het woord brug nog één keer laat vallen... Je zou verdorie door al dat geromantiseer nog gaan geloven dat je onder een brug hebt gewoond, Charlie,' sputterde ma.

'Hé,' zei Tom op een toon alsof hij net een geweldige ingeving had gehad. 'Ik wil toch wel in het bijzijn van getuigen zeggen dat ik je hoogstpersoonlijk een kogel door de kop schiet, als je je zin doorzet en priester wordt...'

'Priester! Lieve hemel nog aan toe, Collie, was je van plan om geestelijke te worden? Dan zou je grootvader zich in zijn graf omdraaien,' zei pa met een blik vol afschuw.

'Wie heeft gezegd dat ik priester zou worden? Dat heb ik geen moment overwogen. Ik wil helemaal geen priester worden.'

'Je hebt mij iets heel anders verteld,' zei Bingo, die op de vensterbank van de woonkamer ging zitten, met bungelende benen en glanzende ogen.

'Collie, ik bid je. Ik ben bereid om je op mijn blote knieën te smeken om geen witte boord te gaan dragen...' Pa legde eindelijk de krant neer, een teken dat hij zich nu echt met het gesprek ging bemoeien.

'Hij gaat dezelfde kant op als Francie Sherlock,' zei Tom, terwijl hij vakkundig een pan roereieren produceerde.

'Wie is Francie Sherlock verdomme nou weer?' vroeg ik.

'Die taal! Let op je taalgebruik,' zei pa fronsend. 'Iedereen kan vloeken, hoor.'

Pa vergeleek lelijke woorden graag met termieten. 'Ze knagen aan het karakter van een man op dezelfde verraderlijke manier als termieten in het geniep een gebouw vernielen.'

'Een neef van ons en jouw achterneef,' verklaarde oom Tom. 'Toen hij klein was, waarschuwden de nonnetjes hem vaak dat hij bij de communie niet in de hostie mocht bijten, omdat het letterlijk het lichaam en het bloed van Christus was. Francie geloofde daar niets van, en toen hij twaalf was wilde hij stoer doen tegenover een stel meisjes en beet in de hostie, wat hem op een mond vol bloed kwam te staan. Ik denk zelf dat hij in zijn tong heeft gebeten, maar het maakte ontzettend veel indruk op hem en hij trad toe tot de orde der Benedictijnen. Hij stierf een week nadat hij zijn eerste eigen parochie toegewezen kreeg, overreden door een auto terwijl hij op weg was om Agnes O'Connell het heilig oliesel toe te dienen.'

'Ik snap er niks van... Wat heeft dat met mij te maken?'

Tom slaakte een zucht van ergernis. 'Moet ik je dan alles voorkauwen, uilskuiken? Hij stond zichzelf in de pastorie af te trekken toen een van de dames van de Katholieke Vrouwenvereniging binnen kwam rennen om te vertellen dat Agnes een hartaanval had gehad. Ze gilde toen ze hem zag en dat maakte hem zo overstuur dat hij zonder op te letten de straat op liep. En dat kostte hem zijn leven.'

'Alsjeblieft, Collie, masturbatie is een zonde der ijdelheid. Bovendien is het een ontzettende tijdverspilling, het pleegt een aanslag op je mannelijkheid en als je er eenmaal aan begint is er geen houden meer aan...' zei pa.

Bingo schudde langzaam zijn hoofd. 'Te laat, pa. Waarom denk je dat ik schreeuwde toen ik gisteravond Collies slaapkamer binnenliep?'

'Ik word gek als ik hier nog langer naar moet luisteren. Moet je daar nou per se zo over doorzeuren, Collie? Wat een narcistische houding... wordt er in dit huis dan nergens anders over gepraat dan over wat jij wilt? Het wordt me allemaal te veel, ik kan er niet meer tegen.' Ma pakte met twee handen haar hoofd vast dat kennelijk op springen stond.

De meeste gesprekken met ma vonden een dergelijk theatraal einde. Elk onderhoud, hoe banaal ook, ging gepaard met het dreigement dat zij plotseling in het niets zou verdwijnen, verpulverd door het alomaanwezige egoïsme van andere mensen. Volgens ma had de wereld niets beters te doen dan manieren te bedenken om haar dag in dag uit het bloed onder de nagels te halen.

'Prima hoor,' jammerde ze. 'Doe vooral wat je wilt. Ga je gang maar. Ik kan het niet opbrengen om je tegen te houden. Ik betaal wel, al was het alleen maar om een eind aan dat gezeur te maken, maar alleen als je naar Brown gaat. Je moet naar Brown. Laat je grootvader maar aan mij over.' Ma stond op en liet ons verbijsterd achter. Terwijl ze zich langs Bingo wurmde, gaf ze hem een klopje op zijn hoofd alsof hij de donzigste pup uit het nest was en rende toen de gang in. Marty liep achter haar aan naar boven.

'Waar maakt ze zich nu weer druk over?' vroeg Tom. Pa haalde zijn schouders op.

'Typisch iets voor een vrouw,' zei hij met opgetrokken wenkbrauwen, waarmee de discussie gesloten was.

'Zeg Collie,' hield Bingo me bij de deur tegen toen ik op weg ging naar het strand om mezelf te verzuipen. 'Hoe noem je een vent die de hele dag fotomodellen ligt te neuken?'

'Bing Flanagan.'

'Dat is mijn doel in het leven.'

9

Hét weekend daarna waren de Valk en ik in New York City, eindelijk alleen met z'n tweetjes op een griezelig soort huwelijksreis in juni. Een paar keer per jaar kwam hij plotseling opdagen om me mee te nemen en 'verdomme wat fatsoenlijke kleren' voor me te gaan kopen. De Valk hechtte bijzonder veel waarde aan kleren en uiterlijk, een karaktertrek die hij vreemd genoeg gemeen had met pa.

'Het is het gezicht dat je de wereld toont,' in de woorden van de Valk. 'Als het uiterlijke oog aangetrokken wordt, zal het innerlijk oog snel volgen.'

Het was rond de tweeëndertig graden, maar misschien voelde het alleen maar zo warm. Het zweet liep in straaltjes over mijn nek. Ik keek in de spiegel van de paskamer en probeerde tevergeefs mijn krullen glad te strijken. Jezus, alleen de panfluit ontbrak nog.

Ik wierp nog een blik in de spiegel en kreunde. Als het om vrijetijdskleding voor jonge mannen ging, dacht de Valk alleen maar in termen van Barbour-jacks, gebreide vesten met V-halzen, kasjmier sjaals en broeken van geruwd katoen. Ik zag eruit als een verwijfde vluchteling uit het kamp van Wallis Simpson.

'Waar lach je om?' wilde hij weten, terwijl hij kaarsrecht en slank op me stond te wachten in een crèmekleurig kostuum. De verkoper fladderde als een vlinder om hem heen toen ik de paskamer uit kwam.

'Nergens om.'

'Loop je altijd zomaar in het wilde weg te grijnzen?' Het leek op een poging tot een luchtige opmerking, maar in zijn stem was een ijzig toontje te bespeuren.

'Nou, eerlijk gezegd heb ik op dit moment het gevoel dat ik nooit meer zal lachen.'

'Niemand houdt van een wijsneus, Collie,' zei hij en kwam naar me toe om de revers van mijn jack recht te trekken. Ik stond stil, maar psychologisch deed ik een paar stapjes opzij, omdat ik dat soort intimiteit van de Valk niet gewend was. Zo dicht bij mijn grootvader kreeg ik het gevoel dat ik ergens in een uithoek van de wereld gestrand was en tevergeefs probeerde om de steile vulkanische rotsen van Tristan da Cunha te beklimmen. Ik haalde diep adem. Als goede smaak een geur was, zou het die van de Valk zijn.

'Hmmm...' Hij zweeg even en kneep zijn blauwe ogen half dicht. 'Ga eens rechtop staan. Zo ja, dat is beter. Ik moet toegeven dat je een goede houding hebt,' zei hij terwijl zijn beide handen licht op mijn schouders bleven rusten.

'Dat heb je van mij. Je bent het evenbeeld van mij op die leeftijd. Ik heb het gevoel dat ik in een spiegel kijk,' zei de Valk en schudde zijn hoofd alsof hij het niet kon bevatten dat Moeder Natuur niet een maar twee keer zo gul was geweest.

'Wel jammer van Bing... O, hij ziet er best leuk uit, hoor, maar dat is juist het probleem, hè? Helaas is je broer te klein van stuk om indruk te maken. En die bos haar en al die sproeten maken een man er ook niet respectabeler op.' Hij gaf me een klopje op mijn rug, voordat hij achteruit stapte om me beter te kunnen bekijken.

Kennelijk tevreden gesteld wenkte hij de verkoper met een vrijwel onzichtbaar gebaartje. Het was net alsof hij rondliep met een geluidloos hondenfluitje dat alleen door pathologisch onderdanige figuren kon worden gehoord. Ondanks het feit dat hij dagelijks met beroemdheden werd geconfronteerd was de verkoper zo onder de indruk van de Valk dat hij onwillekeurig een halve buiging maakte.

'We nemen alles en ik wil dat hem de maat wordt genomen voor een paar kostuums,' zei de Valk. Hij straalde iets van ongeduld uit, alsof hij nog van alles te doen had.

'Dank je wel, opa, dat is heel aardig van u, maar wanneer moet ik die dingen aantrekken? Ik ga op Rhode Island wonen, niet in het achttiende-eeuwse Glasgow. Ik zie eruit alsof iemand me een kleiduivenpistool in mijn reet heeft gestopt, alsof ik zo meteen op fazantenjacht moet op de Schotse hei of zo.'

De verkoper snakte naar adem en begon hikkend een hoeveelheid dooddoeners op te hoesten terwijl hij zichtbaar in paniek over dat opstandige gedoe mijn binnenbeenlengte opmat. Mijn grootvader stond door het raam naar de straat beneden te kijken. De Valk stak zijn hand in de zak van zijn colbert en haalde een zilveren sigarettenkoker tevoorschijn die hij met zuinige bewegingen door zijn vingers liet glijden alvorens zijn aandacht op de man te vestigen die op zijn knieën voor hem lag. Doodsbenauwd leuterde de verkoper een eind weg.

'Jonge mensen hebben vandaag de dag hun eigen ideeën over wat ze willen dragen. Spijkerbroeken, t-shirts en honkbalpetjes zijn kennelijk aan de orde van de dag. Ach, de jeugd heeft natuurlijk behoefte om zich te uiten. Ik kan me nog goed herinneren dat ik zelf ook behoorlijk buitenissige dingen heb gedragen, maar dat hoort bij die opstandige leeftijd,' zei hij opgewekt, maar met trillende lippen.

'Als ik geïnteresseerd was in jouw theorie over het verheerlijken van de puberteit had ik daar wel naar gevraagd,' zei de Valk tegen de verkoper, die voor mijn ogen leek te krimpen. 'Bemoei jij je altijd met de privégesprekken van cliënten?'

'O, neem me niet kwalijk,' antwoordde de verkoper met een onzeker lachje en veranderde op slag in een soort robot. Ik had het gevoel dat mijn lever ermee stopte en mijn binnenste huiverde als reactie op iets dat veel weg had van een walgelijk historisch gebeuren. Het leek alsof ik getuige was van het begin van de Franse revolutie.

'Ja, het is wel mooi geweest met die stompzinnige exegese van je. Doe jij nou maar gewoon je werk. Ziet mijn kleinzoon er soms uit als een of ander straatschoffie? Val hem niet lastig met je domme geklets.' De Valk beende langs me heen en bleef alleen even staan om tegen me te zeggen dat hij naar beneden ging om met zijn chauffeur, Michael, te spreken.

'En schiet een beetje op. Ik wil niet dat Collie hier een minuut langer blijft dan noodzakelijk is,' zei hij gebiedend tegen de verkoper terwijl hij de deur uit liep.

'Het spijt me,' zei ik tegen de verkoper die mijn bezorgdheid beleefd wegwuifde.

'Een paar van deze dingen kunnen er best mee door,' zei ik om het weer goed te maken. 'Die donkergroene jas bevalt me wel en als je toch bezig bent, doe er dan ook maar een paar ribbroeken bij.'

Hoewel ik niet een van die rijke knullen ben die er blindelings van uitgaan dat iedereen die ik ontmoet op mijn geld uit is, heb ik al heel jong geleerd dat als je er warmpjes bijzit voor de meeste mensen geld de enige acceptabele vorm van verontschuldiging is.

'Als u dat wilt, natuurlijk,' zei hij. 'Dank u wel.'

Daarna ontspanden we allebei een beetje en kwamen uiteindelijk aan de praat over honkbal, tot de Valk weer kwam opdagen en de verkoper moeite had zijn gedachten bij het gesprek te houden. We hielden allebei onze mond en er ontstond een ongemakkelijke stilte.

Die bleef ook in de auto op weg naar huis hangen, tot de Valk eindelijk zijn mond opendeed.

'Ik ga een voorspelling doen over je toekomst, Collie, en dat zul je niet leuk vinden. Het spijt me dat ik het moet zeggen, maar jij zult het nooit ver schoppen. Wil je weten waarom?'

'Nou?'

'Omdat je geen korte metten maakt met uilskuikens.'

'Het zou u de kop niet kosten als u eens wat aardiger deed tegen mensen,' mompelde ik met mijn hand voor mijn mond.

'Wat zei je daar?' zei de Valk en leunde voorover met zijn hand op mijn knie.

'Laat maar zitten.' Ik had geen zin om er verder op door te gaan.

'Nee, helemaal niet. Als je zoiets zegt, moet je je ook nader verklaren.'

'Nou, ik vind niet dat geld en macht u het recht geven om vervelend te doen tegen andere mensen, vooral mensen die niet zo bevoorrecht zijn. Ik hoor u nooit uitvallen tegen de mensen die op uw feestjes komen. Daaruit blijkt duidelijk hoe u erover denkt. Pas als mensen veel geld hebben, neemt u hen serieus.'

'Hoeveel geld verdient die verkoper van net volgens jou?' vroeg hij.

'Weet ik niet. Misschien twintigduizend per jaar...'

'Dat klopt. Denk eens na over het soort mens dat met zo weinig tevreden is. Wat kan zo'n figuur mij in vredesnaam te bieden hebben? Waarom zou ik me ook maar in het minst druk maken over wat een dergelijk type denkt of zegt?'

'Niet iedereen is geïnteresseerd in het verwerven van zoveel mogelijk geld en macht. Er zijn mensen met andere prioriteiten...'

'Zoals wat? Kijken naar ijshockeywedstrijden?' Af en toe toonde de Valk een haast waanzinnige aanleg tot kleineren.

'Ik heb een heleboel beroemde en belangrijke mensen ontmoet. Ik heb met hun kinderen op school gezeten en ik ben bij hen thuis geweest en in de meeste gevallen vallen ze knap tegen.'

Hij zuchtte. 'Ja, natuurlijk is dat zo. Wie zou het tegendeel durven beweren? Er is een oude zegswijze, Collie, en die luidt: "Als iedereen denkt dat je om zeven uur opstaat, kun je rustig tot twaalf uur uitslapen." Alleen als je rijkdom en aanzien verwerft, kun je op je lauweren gaan rusten. Het is een vorm van beveiliging tegen de nukken van het leven. Ik ben niet geïnteresseerd in losers.'

'Zal ik u eens iets vertellen? U en ma benaderen dit onderwerp uit volslagen tegengestelde richtingen, maar eigenlijk denken jullie er precies hetzelfde over. Ik begin zo langzamerhand te geloven dat het niet uitmaakt waar iemand in gelooft – het enige dat telt is de manier waarop je met mensen omgaat.'

De Valk leunde achterover tegen de leren rugleuning en bleef strak voor zich uit kijken.

'Als een spotvogel binnen een minuut tachtig keer zijn lied kan veranderen, dan ben jij vast ook wel in staat om een ander toontje aan te slaan, Collie.'

In september daarna begon ik aan Brown, zonder precies te weten wat ik zou gaan doen. Vandaar dat ik besloot om me voorlopig alleen in te schrijven voor kunstgeschiedenis en algemene ontwikkeling. Dat maakte weinig indruk op oom Tom, die aan iedere winkelier, verkoper en vrachtrijder op de Vineyard vertelde dat ik hiëroglyfen studeerde. Zelfs nu, meer dan twintig jaar later, kom ik nog steeds mensen tegen die me vragen hoe lang het volgens mij duurt voordat hiëroglyfen weer in de mode komen.

Bingo werd eindelijk van het Upper Canada College afgetrapt en ging van daaruit naar Exeter, maar niet voor lang. Hij was niet echt geïnteresseerd in zijn studie of zaken als karaktervorming. In het eerste semester ging hij met een stel vrienden stiekem naar huis en jatte de dure, exclusieve Bentley van de Valk. Alles wat die ouwe had, was duur en exclusief. Bingo heeft hem zelfs eens quasionschuldig gevraagd of hij dure, exclusieve melk dronk. Maar goed, hij reed de pier af en belandde in de haven van Boston.

Een paar maanden later, tijdens een door de school georganiseerde wintersportvakantie in Colorado, dook hij tot vermaak van zijn vrienden achter een boom, trok zijn kleren uit en stoof in de vrieskou spiernaakt de helling af. Hij werd meteen naar huis gestuurd en voor de rest van het semester geschorst.

'Ik zou me maar niet druk maken. Ik heb begrepen dat Lenin als jongeman in de Oeral graag hetzelfde deed,' zei de Valk droog tegen mijn moeder, die geen gevoel voor humor had.

Op Witte Donderdag werd Bingo voorgoed van Exeter getrapt. Tijdens mijn tweede jaar op Brown kreeg hij op Thanksgiving zijn congé op Deerfield. In mijn derde jaar stuurde de Valk hem naar Rugby in Engeland, waar hij een tien met een griffel kreeg voor het zwaaien aan kroonluchters en vlak voor Valentijnsdag zijn biezen kon pakken.

'Ik verdien eigenlijk wel een eigen feestdag,' zei hij ondeugend terwijl hij afwisselend thuis studeerde en incidenteel een plaatselijke middelbare school onveilig maakte.

'Er is niets meer over,' zei de Valk, die voor het eerst in zijn leven hulpeloos klonk. 'We hebben alle goede scholen in diverse landen geprobeerd.'

'We kunnen het nog altijd bij de meisjesscholen proberen,' zei ik voor de grap, maar daar kon hij niet om lachen.

Bingo luisterde zijn verbanning van Rugby op met grote krantenkoppen. De naam Bing Flanagan verscheen in vuurrode letters als een omgevallen verfblik op de voorpagina's van de Engelse roddelpers, die met veel nadruk vermeldde dat hij familie was van de Valk, waardoor ma weer helemaal uit haar bol ging. Er werd beweerd dat hij ergens in het openbaar een meisje had gepakt.

Ik belde hem vanuit een telefooncel aan het strand van Rhode Island.

'Hallo,' zei ik. Aan dat ene woordje was al te horen dat ik heel wat op mijn lever had.

'Wat is er?' zei hij.

'Wat er is? Interessante krantenkoppen.'

Zijn zwijgen leek op schokschouderen.

'Bingo. Heb jij echt een meisje in een kroeg geneukt?'

'Ja. Nee. We waren aan het vrijen. Het is ontzettend opgeblazen.' Zijn nonchalante antwoord was een reactie op mijn beschuldigende toon. 'Trouwens, ze wilde het zelf.'

'Daar gaat het helemaal niet om.' Ik kon mijn oren niet geloven. 'Toe nou, zeg. Je bent toch geen beest? Tussen twee haakjes, ik moet je nog bedanken. Ik vond het echt leuk om al mijn vrienden op mijn dak te krijgen.'

'Hè, ja. Je hoeft mij niet te vertellen dat die lui van Andover en Brown zo snel op hun achterste benen staan,' snoof hij.

'Doe me een lol. Je lijkt ma wel. Je hoeft echt geen trustfonds te hebben om jouw gedrag walgelijk te vinden.'

'Maar er was niks te zien. We stonden gewoon. Bij de bar. En trouwens, zo ver zijn we helemaal niet gegaan.'

'Maar kennelijk was je toch minder discreet dan je dacht.'

'Hoor eens, ik vind het zelf ook helemaal niet leuk, maar je mag van mij aannemen dat er niks heftigs is gebeurd. Ik had gedronken en de zaak liep een beetje uit de hand. Ik kan er ook niets aan doen dat de mensen in Engeland zo nerveus worden van seks.' Ik klapperde met mijn oren van die nonchalante toon. Jezus, hij had niet eens het fatsoen om zich te schamen.

'Dus dit was een sociaal gemotiveerde uiting van burgerlijke ongehoorzaamheid? Een-nul voor de revolutie...'

'In zekere zin wel, ja.' Het idee beviel hem kennelijk wel. In gedachten zag ik hoe hij zich opkrulde in de dichtstbijzijnde fauteuil.

'Dan is dit een dag waar de Flanagans trots op kunnen zijn... Denk je niet dat je ons geduld een beetje al te veel op de proef stelt?'

'Hoe reageerde de Valk erop?'

'Nou, in het openbaar heeft hij zich niet verwaardigd er ook maar één woord vuil aan te maken, maar privé zou hij je het liefst in een vat kokende olie gooien. Hij heeft mij op Cassowary ontboden en ik moest het hele weekend naar zijn getier luisteren. Waarom kom je niet naar huis om zelf met hem af te rekenen? Waarom moet ik altijd de rotzooi voor jou opruimen?'

'Echt waar? Is hij zo pissig?' Bingo klonk ineens een stuk minder opgewekt. 'En hoe zit het met pa en oom Tom? Zijn die ook boos?'

'Ach, het is echt heerlijk om te horen hoe zij constant over de catechismus zitten te leuteren. Ze kunnen het niet eens worden over gemeenschap voor het huwelijk. Volgens pa is het iets dat door de vingers kan worden gezien, maar Tom vindt het een doodzonde en zegt dat je ter biecht moet gaan omdat je anders in de hel belandt.'

'Wat vind jij ervan?'

'Ik vind dat ik het zat ben om constant op de vingers getikt te worden voor iets wat jij hebt gedaan. Ik gedraag me niet als een goedkope playboy. Ben je van plan om je hele leven zo te blijven? Ik krijg het gevoel dat ik alleen nog maar met je praat als je weer de een of andere stomme streek hebt uitgehaald. Waarom kun je je niet gewoon gedragen zoals het hoort? Om te beginnen zou je weer thuis kunnen komen.'

Nadat ik de verbinding met Bing had verbroken, belde ik meteen naar pa.

'Pa, vind je niet dat er iets aan Bingo gedaan moet worden? Hij is volledig losgeslagen. Hoe moet dat aflopen?'

'Ik ben het roerend met je eens, Collie. Maar wat kan ik eraan doen?'

Omdat pa vergeetachtigheid hoog in het vaandel had staan en ma op een perverse manier trots leek te zijn op de streken van Bingo, vond ik dat het mijn taak was om met Bingo over zijn toekomst te praten. Ik was in die tijd echt serieus.

Het was midden in maart, een van de warmste dagen die ooit in die maand zijn gemeten, en hij was net terug in Engeland. We waren op het strand met de honden en Bingo zat op Lolo, die hij langs het water liet lopen om af te koelen. Ik liep tevergeefs protesterend mee, hoewel het me de grootste moeite kostte hen bij te houden.

Hij droeg een spijkerbroek en sandalen met dikke sokken. Zijn outfit werd gecompleteerd door een wit T-shirt met een rood flanellen overhemd eroverheen en die idiote ouwe trui van oom Tom om zijn middel geknoopt. Bingo's kleding vormde een maf mengelmoesje van hip en studentikoos, gekoppeld aan de laatste mode uit het bejaardentehuis.

Toen ik uiteindelijk zover was dat ik hem met liefde uit het zadel kon meppen, pakte ik de teugels om ze tegen te houden. Lolo's oren fladderden gevaarlijk heen en weer.

'Ik wil even met je praten,' begon ik. Bingo zei niets, een duidelijk teken dat hij niet wilde horen wat ik hem te zeggen had.

'Hé, luister je nou?' zei ik, terwijl ik stil bleef staan.

'Waarom? Zodat je weer met dat gewone geouwehoer...'

'Jezus, Bingo, je bent nog niet eens negentien en nu al volkomen verpest. Je hebt geen opleiding. Je hebt niet eens de middelbare school afgemaakt. Je verzorgt jezelf niet, je drinkt veel te veel en je zou nog een bloemkool neuken als er een gat in zat. Je zult precies zo worden als pa en oom Tom...'

'Maak je maar geen zorgen. Ik heb allang iets geweldigs bedacht. Ik word mondhygiënist,' zei hij, terwijl hij zijn voeten uit de stijgbeugels trok en zijn benen los liet bungelen. Hij was een geboren ruiter, net als ma.

'Ik maak geen grapje, dus dat hoef jij ook niet te doen. Je bent niet goed wijs.' Ik had mezelf bezworen dat dit niet zou uitdraaien op een scheldpartij, maar ik had nu al het schuim op de bek – stommeling, uilskuiken-eerste-klas, klootzak – en was heftig op zoek naar een scheldwoord dat hem precies zou omschrijven. Maar dat bestond niet.

'Hé, waar maak je je druk over? Doe eens een beetje rustig aan. Ik heb alles onder controle, ik weet wat ik ga doen,' zei hij, terwijl ik de teugels pakte. Lolo bleef staan en Bingo zwaaide zijn been over zijn rug en gleed op de grond. We liepen samen verder, met Lolo tussen ons in. De honden dartelden voor ons uit, holden heen en weer en speelden in de golven.

'Wat ben je dan van plan?' vroeg ik, terwijl ik door snel opzij te stappen wist te voorkomen dat Lolo zijn tanden in mijn rechterwang zette.

'Ik beschouw het als mijn Man-Plan,' zei Bingo. Lolo's grote hoofd voorkwam dat ik zijn gezicht kon zien.

'Wat in vredesnaam...'

'Het is mijn project om man te worden. De bedoeling is om het stukje bij beetje door te voeren. Ik denk dat ik er zo rond mijn twintigste aan begin en me eerst concentreer op de kleine dingen, weet je wel. Zoals veters strikken, niet meer rechtstreeks uit een pak melk drinken en mijn vuile was in de mand doen. Daarna kan ik geleidelijk aan overgaan op de belangrijker dingen...'

'Waarom maak jij toch altijd overal een grap van?' zei ik hoofdschuddend. Ik had moeite om boven de blaffende honden uit te komen.

'Ik maak geen grapje. Het is de bedoeling dat ik rond mijn vijf-entwintigste een aandelenportefeuille heb en een abonnement op *The Economist...*' Hij telde de punten op zijn vingers af.

Ik schoot in de lach. 'Nu weet ik zeker dat je me belazert.'

'Nee, ik meen het echt,' zei hij grinnikend. 'Ik weet precies wat ik wil. En de enige regel die ik voor mezelf heb gesteld is dat ik bij elke stap vooruit geen stap achteruit mag doen.'

'Maar hoe zit het dan met school? Hoe zit het dan met een op-leiding?' Ik bleef recht voor Lolo staan, die zijn hoofd hard tegen mijn borst duwde.

'Nou,' zei hij, terwijl hij zich zonder mij aan te kijken op Lolo concentreerde, 'dat is juist het mooie van dit plan en de reden waarom ik er nog niet meteen aan wil beginnen. Ik wil al dat gedoe over school achter me hebben, anders vallen al mijn plan-nen in duigen. Pa heeft gelijk als hij zegt dat te veel studie een aan-slag pleegt op je brein.'

'En de Valk heeft gelijk als hij zegt dat annuïteiten zijn uitgevon-den voor kerels zoals jij. Bingo, je kunt geen vastomlijnde plannen maken om man te worden... dat is net zoiets als een besluit om in de toekomst vrijgevig of geestig te worden. Dat ben je of dat ben je niet. Het leven ontwikkelt zich geleidelijk,' besloot ik, alsof ik precies wist waar ik het over had.

'Lieve Heer, maak me een man, maar nu nog niet,' antwoordde hij, niet onder de indruk van mijn wijze woorden.

Hij gebaarde dat ik hem een zetje moest geven. Ik sloeg mijn handen in elkaar en gaf hem een zetje om weer in het zadel te springen. De geur van leer vermengde zich met het zeebriesje en de honden sprongen opgewonden om ons heen.

'Ik weet alleen maar dat ik meer met mijn leven wil doen dan Latijnse werkwoorden vervoegen en proberen uit te vissen wat de Phoeniciërs fout hebben gedaan,' zei hij terwijl hij licht voorover leunde en Lolo aanspoorde door zijn hielen licht tegen zijn flan-ken te duwen. Hij hoefde nauwelijks druk uit te oefenen, een tikje was al genoeg.

Het strand strekte zich kilometers lang voor ons uit en er was geen sterveling te zien toen Bingo zich plat op Lolo legde en over het opstuivende zand weg galoppeerde langs het water, gevolgd door een lange sliert honden. Ik bleef achter, met hulpeloos bungelende armen. Bings houding was volmaakt, hij zat roerloos en kaarsrecht in het zadel, elegant en gewichtsloos, alsof het geen moeite kostte. Ik kon ook goed rijden, maar ik moest er wel moeite voor doen en het resultaat was meer bestudeerd.

Mijn zwart-witte hondje Eugene gaf de achtervolging op en kwam terughuppelen naar de plek waar ik stond. Ik ging op mijn hurken zitten en hij stond op zijn achterpootjes, met zijn voorpoten op mijn schoot, terwijl ik hem over zijn kop aaide. Samen keken we Bing na tot hij uit het zicht was.

Je had Bingo vanuit de lucht op de rug van een paard kunnen laten vallen, dan zou hij meteen op zijn plek zijn, als een watervogel die over de zeespiegel scheert.

Die avond, toen de temperatuur nog steeds rond de twintig graden was, gingen Bingo en ik naar een strandfeest. Iedereen was weer thuis vanwege de pinkstervakantie en bij de duinen was een gigantisch vreugdevuur aangelegd. De nacht rook naar bier en het was aardedonker, zodat iedereen onzichtbaar was, net als ma's zwarte honden: Harry, de labrador-retriever en Jesper, haar Deense dog. Mensen verdwenen in het hoge gras en doken dan zonder waarschuwing geluidloos weer op. Pas als ze langs je heen streken, merkte je hun aanwezigheid op.

'Laten we maar gaan,' zei ik verveeld en onverschillig en ik struikelde over de stelletjes die languit in het zand lagen. Ik deed mijn zaklantaarn aan om met het felle schijnsel aan te kondigen dat ik naar huis wilde. Bingo luisterde niet. Zijn aandacht was gevestigd op een groep knullen die het strand af liep en tussen de bomen verdween. Er werd gelachen, maar ze waren duidelijk iets van plan en allesbehalve zorgeloos.

'Geef die zaklantaarn eens,' zei Bingo. Hij pakte hem uit mijn hand en richtte het licht op het groepje. Terwijl ik naast hem stond, kon ik gewoon voelen hoe gespannen hij was, ook al zag ik alleen maar zijn silhouet tegen de smalle straal van de zaklantaarn. Hij stond hen op zijn tenen na te kijken.

'Was Mandy ook bij dat stel?' vroeg hij, doelend op het jongere zusje van een van onze vriendinnen. De zusjes Lindell waren berucht om hun meegaandheid, het soort meisjes dat oom Tom altijd 'openbaar vervoer' noemde.

'Weet ik niet,' zei ik met een onzeker gevoel. 'Zou best kunnen.'

'Toen ik haar zo-even zag, was ze stomdronken,' zei hij terwijl hij zich omdraaide en me aankeek. 'We kunnen maar beter even gaan kijken.'

'Ach, er is vast niets aan de hand,' zei ik, hoewel ik wist dat hij gelijk had. Ik had gewoon even nodig om mezelf zover te krijgen dat ik op onderzoek uitging. 'Doe me een lol, Bing, we hebben het wel over Ruige Mandy hoor.'

Maar hij negeerde me en liep weg. 'Wat wil je nou?' vroeg ik, maar hij zette het op een lopen om achter het stel aan de struiken in te duiken.

'Bingo! Wacht!' riep ik hem na en probeerde in het donker mijn weg te zoeken met behulp van het licht van de zaklantaarn. Maar hij verdween en met hem het licht, dus moest ik op mijn gehoor naar het geluid van gedempt gelach en dronken gefluister toe. Op de tast zocht ik mijn weg naar een kleine open plek die verborgen lag tussen hoge bomen en dichte struiken, waar diverse zaklantaarns lukraak in het rond schenen.

Er waren een stuk of tien knullen die in groepjes van twee en drie bij elkaar stonden. Er hing een ongezonde opwinding in de lucht die stonk als bedorven algen en Bingo wurmde zich langs hen heen naar het begin van de rij, waar Mandy half liggend op de grond zat met haar blouse als een lasso om haar nek.

Hij stak zijn hand uit, pakte de hare en trok haar overeind. Zwalkend en niet-begrijpend sleepte hij haar weg van de open plek en terug naar het strand.

'Hé, wat moet dat verdomme, Flanagan?' Een van de knullen ging voor hem staan, maar hij was zo dronken dat hij bijna omver kukelde.

'Aan de kant,' zei Bingo die gewoon doorliep met haar hand in de zijne. Hij trok haar mee, ook al was ze zo ver heen dat ze bijna in coma was. De anderen slaakten een gezamenlijke kreet van woede en kwamen op Bing en Mandy af.

Toen ik uit het duister stapte, werd ik bijna verblind door Bingo's zaklantaarn en met uitgestoken handen liep ik naar hem en Mandy toe. Ik pakte haar bij haar elleboog en zei tegen Bingo dat hij moest doorlopen.

'Laten we maar als de bliksem maken dat we wegkomen,' zei ik.

We zetten het op een lopen, met die roedel wolven achter ons. Hun verhitte aarzeling was één lange luide zucht die het achtergrondgeluid van de wind en de golven bijna overstemde.

We brachten Mandy zonder iets te zeggen naar huis, waarbij we af en toe moesten stoppen omdat ze in de struiken stond te kotsen. Ondertussen zette ik alles wat er net was gebeurd op een rijtje en probeerde tevergeefs een positieve draai te geven aan mijn tegenzin om in te grijpen. Bingo had geen enkele moeite om in het donker de weg te vinden. We lieten haar achter om haar roes uit te slapen op een ligstoel op de met horren afgeschutte veranda achter het huis en liepen terug naar het strand. Langs het water was de kortste weg naar huis.

'Bedankt, Coll,' zei Bingo. Zijn stem leek uit het niets te komen en ik moest me inspannen om hem boven het geluid van de wind en het water uit te verstaan. De golven sloegen op het strand en spoelden over mijn voeten. Ik kon de kracht van de stroom voelen.

'Waarvoor?' vroeg ik.

'Omdat je achter me aan bent gekomen en me hebt geholpen.'

Ik gaf geen antwoord. Ik had een brandend gevoel vanbinnen, alsof de schaamte in mijn darmen een vuurtje stookte.

'Hé, kun je niet iets langzamer lopen?' zei ik uiteindelijk klagend.

'Wees niet zo'n watje,' zei hij terwijl ik achter hem aan liep.

'Hé klootzak, maakt het ook deel uit van je Man-Plan om mij achter te laten?'

'Pak me dan als je kan,' zei hij en zette een sukkeldrafje in.

Ik had dorst. Mijn keel deed pijn, mijn adem schuurde en ik kon Bingo niet bijhouden. Hij liep zo hard dat hij wist dat ik er zenuwachtig van zou worden en toch was hij niet van plan om het iets rustiger aan te doen. In plaats daarvan voerde hij de snelheid nog op en lachte om mijn stuntelige pogingen om in zijn voetspoor te blijven. Ik had moeite om zonder licht de weg te vinden. Waarom liep die smeerlap nou niet iets langzamer? Hij bleef maar doorhollen, terwijl ik probeerde te volgen.

'Toe nou, Bing. Loop niet zo hard. Ik kan niet zien waar ik ben. Wat zit je dwars?'

'Jij bent degene die in de penarie zit, Collie, niet ik,' zei hij. 'Je zou blind naar huis moeten kunnen lopen. Je moet er gewoon niet over nadenken.'

Het was heel anders toen we nog klein waren. Toen volgde Bingo mij altijd op de voet, alsof ik hem naar het grote avontuur kon leiden.

'Maak dat je wegkomt, griezel,' zei ik iedere keer als ik dat witte gezicht met die zeegroene ogen van achter de stam van een honderd jaar oude koperbeuk naar me zag gluren.

'Toe nou, Collie, mag ik mee?' Smekende handen.

'Nee!' Ik draaide hem de rug toe en liep door.

'Ik kom toch.' Ik kon horen dat hij hardnekkig achter me aan bleef lopen.

'Maak dat je wegkomt!' Ik draaide me om en keek hem aan. De woede laaide in me op en ik bleef mijn vuisten ballen.

'Bingo, ga alsjeblieft weg. Laat me met rust.' Dreigen met slaag had geen zin, dus moest ik om de haverklap mijn toevlucht nemen tot smeken. Uiteindelijk liet ik me dan op mijn knieën vallen, waarop hij vervolgens op handen en voeten naar me toe kwam kruipen, alsof hij een van de honden was. Dan ging ik onderuit gezakt tegen de oude boom zitten en hij, de winnaar, nestelde zich tegen me aan alsof er niets aan de hand was, alsof hij met open armen werd ontvangen, alsof ik wilde dat hij met me meeging.

'Wat gaan we nou doen?' vroeg hij dan, kronkelend en bijna kwispelend, alsof we de beste vriendjes waren, waarop ik prompt mijn handen voor mijn gezicht sloeg. Het was een ritueel waar nooit verandering in kwam: ik wilde niet, hij hield vol en ik gaf toe. Dus waarom wilde hij nooit aan mij toegeven?

De rest van de weg naar huis hielden we allebei onze mond. Ik ging steeds langzamer lopen terwijl Bingo versnelde. Uiteindelijk raakte ik ver achter en rende hij bijna naar huis. Het was vier uur 's ochtends toen we over de oprit liepen. Ik hoorde zijn gedempte voetstappen op de veranda en de klap van de oude hordeur toen hij naar binnen ging.

Hij deed het licht aan. En met behulp van de warme gloed uit de keuken zocht ik mijn weg door de duisternis.

10

Een paar maanden later waren Bingo en ik weer allebei thuis voor de vakantie. Het was achter in de lente van 1983 en ik was bijna twintig. Ik had het op Brown redelijk naar mijn zin, ook al wist ik nog steeds niet wat ik met mijn leven aan moest, en ik verheugde me op de vochtige genoegens van een lange luie zomer. Ik had voor het eerst een echt vriendinnetje, Alexandra, met wie ik het behoorlijk goed kon vinden. Haar vader was een producer die voorstellingen op Broadway en in het Londense West End financierde. Hij vond het een opwindend idee dat het geld en de invloed van de Valk binnen handbereik leken en moedigde me aan zo vaak mogelijk te komen logeren.

'Pa, Collie en ik moeten je wat vertellen,' zei Zan toen we samen voor de deur stonden van zijn kantoor aan huis, waarvan de wanden vol boekenkasten met propvolle planken een hommage waren aan zijn loopbaan. We waren een weekendje bij haar thuis in Connecticut.

'Ben je zwanger?' Zijn ogen glinsterden onrustig.

'Nee! Echt, pap, je zegt soms de raarste dingen… We denken erover om met de pinkstervakantie naar het huis in Palm Beach te gaan.'

'O, natuurlijk. Doe wat je niet laten kunt,' zei hij schouderophalend. Het licht in zijn ogen vertroebelde, de grauwe staar verscheen en alles werd dof.

Een reeks heftige lentestormen had de helft van het strand weggeslagen. Op dagen dat het hard waaide, dreunde de oceaan bij zware windvlagen tegen de voordeur, waardoor oom Tom kletsnat

99

gespat werd. Dan begon hij te schreeuwen en balde zijn vuisten alsof het opkomende water een buurman was die hem een abonnement op een tijdschrift aan wilde smeren.

Bingo en ik lagen 's middags meestal aan het strand of dobberden in het water, waarbij de grotere honden zich samen met ons in de golven waagden en de kleinere blaffend langs de rand van het water heen en weer holden.

Het was een prachtige dag aan het eind van mei en ik kwam net terug van een zeiltochtje en stond de boot op het zand te trekken, toen pa's enorme schaduw ineens over me heen viel.

'Ha, die pa,' zei ik, terwijl ik met samengeknepen ogen opkeek en met mijn hand boven mijn ogen in mijn zak naar mijn zonnebril zocht. Maar het werd al snel duidelijk dat pa niet in de stemming was voor een zomers babbeltje.

'De tennisclub heeft net gebeld. Die vent aan de andere kant van de lijn zei dat je vanmiddag niet hoefde te komen, maar dat ze je morgenochtend wel nodig hadden. Wat bedoelt hij in vredesnaam? Heb je een baan? Wat is er aan de hand?'

'Pa, het is gewoon een parttime baantje. Voor ballenjongen spelen en...'

'En wat nog meer? Verveelde societydames helpen om hun service te verbeteren?'

Ik keek hem ongelovig aan. 'Doe niet zo mal.'

'Waarom zou jij achter mijn rug om in 's hemelsnaam een baantje moeten aannemen bij een tennisclub? Heb jij soms een geheim dubbelleven?'

'Een dubbelleven? Moet je nou per se altijd zo dramatisch doen, pa? Wat maakt het nou uit, het is gewoon een dom baantje. Moet ik dan de hele zomer maar een beetje lanterfanten, in de zon liggen en ma zien te ontlopen?' Ik had al een tijdje gespeeld met het idee om een vakantiebaan aan te nemen in een soort vage poging om mezelf nuttig te maken, maar daar wilde pa niets van weten.

'Hoe kom je in vredesnaam op dat idee?' zei hij en keek me zo verbaasd aan dat het leek alsof ik ineens een ander gezicht had gekregen. Alleen het idee van vlijt was voor pa al een klap in het gezicht.

'Wie heeft je aangezet om je zo uit te gaan sloven? Je grootvader soms? Heeft mijn voorbeeld je dan niet aan het denken gezet?' zei pa onderweg naar huis, waar hij meteen weer in zijn ligstoel ging zitten. Hij had de hele ochtend in zijn zwembroek liggen zonnen op een grasveldje dat nodig gemaaid moest worden. Hij keek me aan door zijn zonnebril, waarvan de poten bedekt waren met zilverkleurig duct tape in een overijverige poging tot reparatie.

'Pa, ik was echt niet van plan om seizoenarbeider te worden. De tennisclub was op zoek naar iemand die bereid was een paar uurtjes per week te helpen...' Ik ging onder de witte eik op de grond zitten en zette me schrap voor zijn woede-uitbarsting.

'Ben je nu helemaal gek geworden? Een zoon van mij zal nooit van zijn leven voor een tennisclub werken. Ik heb nog liever dat je bij een radiostation gaat werken dan dat je zo'n professionele tennislamstraal wordt.' Pa stak niet onder stoelen of banken dat hij een hekel aan allerlei soorten mensen had – manueel therapeuten, cheerleaders, volksdansers – en vooral aan tennisspelers die hij over een kam schoor met presentatoren van radioprogramma's. Wat hem vooral dwarszat, was dat ze zo 'ordinair zijn. En dan te bedenken dat ze nog trots zijn op zichzelf ook, de windbuilen'.

'Kijk toch eens naar die onbeschofteling die daar op de baan staat te spugen! Jullie verlagen jezelf door met dat profane langharige tuig om te gaan,' zei hij altijd als hij ons betrapte terwijl we naar een tenniswedstrijd zaten te kijken.

De uitzendingen vanaf Wimbledon waren ieder jaar opnieuw een nachtmerrie.

'Wie zegt nou dat ik proftennisser wil worden? Ik doe alleen wat klusjes rond de banen en het clubhuis.' De honden hadden ontdekt dat ik op de grond zat, en terwijl ik ze opzij duwde, kreeg ik het gevoel alsof ik midden in een regenwoud zat en hardnekkige slierten van lianen en struiken weg moest hakken.

'Maar zo begint het toch altijd? Voordat je het weet, steek je je middelvinger naar me op. Nee. Slaap maar gewoon uit tot een uur of twaalf, stoei met je broer in het water, ga lekker in de zon liggen bakken en vergeet de rest. Van die rest zul je gauw genoeg tabak krijgen. Ik verwacht meer van mijn zoons dan te moeten zien hoe ze zich uitsloven in domme baantjes.' Hij lag naar de lucht te kijken met zijn handen boven zijn borst en vingers die elegant rondwapperden, als een luie dirigent bij de uitvoering van een inwendige symfonie.

'Maar ik wil iets doen, pa, en ik moet ergens beginnen. Ik wil niet door het leven freewheelen.'

Hij ging rechtop zitten en nam zijn zonnebril af. 'En mag ik alsjeblieft weten waarom niet? Lieve hemel, als ik de kans kreeg om wieltjes onder mijn voeten te plakken zou ik dat meteen doen. En jij en Bingo, jullie tweeën zijn geboren met rolschaatsen aan en dan heb jij de brutaliteit om een dergelijk geschenk af te wijzen.'

'Hoor eens, als je toch zo graag iets nuttigs wil doen, dan kun je mij ook wel een handje helpen,' viel oom Tom hem in de rede. Hij kwam uit het huis lopen om zijn woordje te doen tegen pa en mij. Pa was bijna over zijn hele lijf rood aangelopen van de zon en ik zat in mijn korte broek op de grond met een hijgende Sykes tussen mijn blote benen.

'Dus je bent ons weer zoals gewoonlijk aan het afluisteren, Tom,' zei pa, die zijn zonnebril weer opzette en achterover ging liggen.

'Ik hou een oogje in het zeil, dat lijkt me een juistere omschrijving,' zei oom Tom, refererend aan wat hij samenvatte onder de veelomvattende term 'zaken die een deskundig oordeel vragen'. Zodra daar sprake van was, eigende hij zich het recht toe om inbreuk te maken op onze privacy, onze persoonlijke vrijheid te beknotten, telefoongesprekken af te luisteren, dagboeken te lezen, brieven open te maken, laden te doorzoeken en zakken leeg te halen.

'Jij en hoe-heet-die-dondersteen-met-die-groene-ogen-ook-alweer moeten morgenvroeg met me mee naar de vuurtoren,' zei oom Tom. 'Het is weer tijd om de jonkies los te laten.'

'Wat zou je ervan zeggen als ik dit keer bedank?' zei ik en leunde met mijn hoofd tegen de stam van de oude boom om door de dikke takken naar boven te kijken.

'O, ik was even vergeten dat ik het tegen de Koeblai Khan had. Laat maar zitten, die dondersteen en ik kunnen het best met ons tweeën af,' zei oom Tom terwijl hij van de veranda af stapte en om het huis heen liep. 'We zijn je toch boven het hoofd gegroeid.'

'Oké,' riep ik hem na. 'Jij je zin. Ik ga wel mee. Ik kan me nog altijd ziek melden.'

'Nee, ik zou er niet over piekeren om je schema in de war te sturen,' zei hij en liep de hoek om.

Ik sprong op en ging achter hem aan. Ondanks de hitte droeg

hij zijn standaard uniform: een rood-zwart geblokt flanellen over-hemd met lange mouwen en een veel te grote bruine broek.

'Wil je nou dat ik meega of niet?' zei ik tegen zijn achterhoofd.

Hij haalde zijn schouders op en bleef doorlopen. 'Doe wat je niet laten kunt. Het maakt mij niet uit, maar als je echt zo gek bent om mee te gaan zorg dan dat je vroeg uit de veren bent.'

De volgende ochtend om een uur of zes stapten oom Tom, Bingo en ik op de fiets met zes jonge duiven in reismanden – twee aan twee – die achter op onze fietsen vastgesjord waren en gingen half over de weg en half over het strand op pad naar de vuurtoren. Daar gooiden we de vogels omhoog en fietsten vervolgens terug naar huis om ze weer op te wachten. Het was een jaarlijkse gebeurtenis die aankondigde dat het begin van het postduivenseizoen voor de deur stond.

Oom Tom had al sinds hij een jongetje was postduiven gehad, en hoewel hij zichzelf als een toonaangevend, internationaal des-kundige op het gebied van fokken en africhten van postduiven be-schouwde, had hij bij wedstrijden nooit veel succes gehad. Maar aangezien hij zich nooit iets aantrok van wat de rest van de wereld dacht, bleef hij zijn eigen theorieën steunen en nieuwe ideeën ont-wikkelen zonder zich druk te maken over de opinie en de ideeën van anderen.

Oom Tom was een soort Mount Everest die je uitdaagde om hem te beklimmen en van het uitzicht te genieten.

De gesprekken tijdens die tochtjes naar allerlei plekjes op het ei-land waar duiven vrijgelaten konden worden waren altijd hetzelf-de. Jaar in jaar uit volgden ze hetzelfde patroon, alsof het oude liedjes waren die je uit je hoofd kende.

'Oom Tom, hoe kunnen duiven volgens jou de weg terug naar huis vinden?' was de vraag waarmee Bingo de zaak altijd in be-weging zette. Hij en oom Tom hadden een vaste gespreksroutine waarbij ze zich allebei prettig voelden, een soort plezierig vraag-en-antwoordspel. Bingo fungeerde als Toms aangever, die hem in staat stelde om zijn excentriciteit tentoon te spreiden.

'Dat berust op diverse factoren,' zei oom Tom terwijl we naast elkaar verder reden. We namen de helft van de weg in beslag en gingen alleen maar achter elkaar rijden als er een auto aan kwam.

'De zon, de magnetische aantrekkingskracht van de aarde en gezond verstand zijn het belangrijkst. En natuurlijk volgen ze dezelfde wegen die wij gebruiken. Een postduif reageert even netjes op een stopverbod als een verkeersagent. Ik heb zelfs een keer een duif gehad die Brendan Behan heette en precies wist wie op een kruising voorrang had.'

We schoten in de lach en peddelden verder, maar niet te snel, want oom Tom vond snelheid helemaal niets en beschouwde het als iets voor gekken. Bingo en ik wisselden stiekeme blikken terwijl oom Tom verder praatte.

'Maar wat had je anders verwacht? Duiven hebben karakter, moed, intelligentie en een goed hart, precies de dingen die jullie met je grote mond missen.'

We stonden met ons drieën vlak bij elkaar in het vroege ochtendzonnetje. Er was een zacht briesje toen we de vogels hoog in de lucht gooiden en nakeken tot ze over de toppen van de bomen verdwenen. Daarna reden we terug naar huis en klommen op het dak van de stal waar we zaten te wachten tot ze weer op kwamen dagen. Bingo bleef de stopwatch in de gaten houden, terwijl oom Tom languit in de felle zon achterover lag en met gesloten ogen deed alsof het hem niets interesseerde.

'Ze komen wel,' zei hij. 'Uiteindelijk zijn het de mensen naar wie ze terugkomen.'

'Volgens mij maak je hun beweegredenen een tikje romantischer dan ze in werkelijkheid zijn, oom Tom,' zei ik en keek hem met samengeknepen ogen aan vanaf mijn plekje op het dak tegenover Bingo. Mijn ellebogen steunden op mijn knieën. 'Waar zou een duif anders naartoe moeten? Naar het filmfestival in Cannes?'

'O, probeer je nu slim te zijn? Nou, vooruit, als professor Collie Flanagan dat echt denkt, moet ik alles wat ik in mijn leven geleerd heb maar overboord zetten, net als alles wat ik tot nu toe heb gedacht.'

'Je vergist je, Collie. Je vergeet Gabriel,' zei Bingo tegen mij die meteen voor oom Tom in de bres sprong.

Toen oom Tom twaalf jaar was en nog in Ierland woonde, had hij een kleine witte postduif die Gabriel heette. Hij had hem langs de weg gevonden, op sterven na dood met een gebroken vleugel. Het kostte hem de hele zomer om het dier beter te maken.

'Ik had een geperforeerde blindedarm en moest meteen geopereerd worden,' zei oom Tom, die het verhaal oppakte dat Bingo en ik uit ons hoofd kenden. 'Ik moest een paar dagen in het ziekenhuis blijven en op de derde dag hoorde ik iets tegen het raam tikken. En daar zat die kleine Gabriel op de vensterbank voor mijn raam. De dokters en de verpleegsters waren zo onder de indruk dat ze het goed vonden dat hij de laatste paar dagen in het ziekenhuis bij me bleef. Zelfs de priesters en de nonnen kwamen naar mijn wonderbaarlijke vogel kijken.'

'Dat vind ik toch zo'n mooi verhaal,' zei Bingo terwijl oom Tom opstond en naar de andere kant van het dak liep om te kijken of hij de vogels al zag aankomen.

'Ja, dat zal best. Hij heeft het uit zijn duim gezogen, sukkel,' zei ik. 'Het is gewoon flauwekul.'

'Niet waar. Ik geloof hem. Zelfs pa zegt dat het waar is.'

'O ja, als pa het bevestigt, verandert de zaak. Goeie genade nog aan toe, pa gelooft in kabouters!'

'Waarom moet je altijd zo klierig doen?' vroeg Bingo.

'Je wordt vanzelf net als de mensen met wie je je ouders deelt,' zei ik.

'Hoe komt het dat je nooit ergens naartoe gaat, oom Tom?' vroeg Bingo om over iets anders te beginnen. Hij keek opnieuw zoekend naar de lucht.

'Hoe bedoel je? Heb je het soms over het feit dat ik niet zoals de rest van jullie de kriebel in de kont heb?' wilde oom Tom weten.

'Nou ja, ik bedoel, je bent in Ierland opgegroeid, daarna ben je naar Boston gekomen en vervolgens naar de Vineyard en dat is het dan. Ik kan me zelfs niet herinneren dat je ooit naar het vasteland bent geweest,' zei Bingo terwijl ik met geveinsde belangstelling meeluisterde.

'En waar zou ik volgens jullie dan naartoe moeten? En waarom zou ik dat willen?' vroeg oom Tom.

'Reizen is goed voor je, oom Tom,' zei ik. 'Dat kun je niet ontkennen.'

'O nee? Nou, voor zover ik weet, is Aristoteles nooit naar Puerto Rico geweest en hij was toch knap genoeg. Kijk alleen maar eens naar jullie. Jullie zijn overal en nergens geweest en toch zijn jullie een stel sukkels dat van voren niet weet dat het van achteren leeft.'

Bingo keek me aan en grinnikte, terwijl oom Tom zijn hoed dieper over zijn ogen trok en vervolgde: 'In het belang van jullie opvoeding zal ik jullie iets anders vertellen wat mij als jongen is overkomen...'

'O nee,' kreunde ik tegen Bingo die achterover in de zon op het dak lag, met zijn ogen dicht. 'Let op, hij gooit ons nog dood met zijn anekdotes.'

Maar oom Tom schonk geen aandacht aan mij en vertelde ons over een jaarlijks ritueel van de nonnen en priesters dat in de lente bij hem op school plaatsvond.

'Ze riepen alle jongens bij elkaar, ook je vader en mij, en dwongen ons om biddend in optocht naar de rand van de parochie te lopen, waar ze ons met een riem afranselden.'

'Waarom deden ze dat?' wilde Bingo weten.

'Opdat we nooit zouden vergeten wie we waren en waar we vandaan kwamen,' zei oom Tom.

'Typisch ziekelijk katholicisme – bekrompenheid als excuus voor sadisme,' zei ik tot mijn eigen intense tevredenheid. Het leverde me een spottend gesnuif van Bingo op.

'Wat ben je toch een klootzak,' zei hij.

'Maar dan wel professor Klootzak, alsjeblieft,' zei ik.

'Dat is precies de stompzinnige opmerking die ik van jou zou verwachten,' zei oom Tom. 'Ik had je stokslagen moeten geven toen ik nog de kans had.' Hij stond op en wees naar de lucht. 'Daar komen ze aan. Kijk maar goed naar ze. Dat zijn tenminste intelligente wezens. Duiven weten dat thuis de enige plek is waar je naartoe moet reizen.'

'Kijk! Kijk nou, daar zijn ze,' riep Bingo, wijzend naar een stipje in de verte. We keken allemaal op en zagen hoe de vogels, alle zes bij elkaar, om een grote koperbeuk bij het dak vlogen en vervolgens met een mooie boog naar links de achterkant van hun vleugels omlaag drukten voordat ze landden.

Daarna brachten we ze iedere dag een stukje verder weg en iedere dag kwamen ze ook weer thuis, al was de afstand nog zo groot. En iedere keer als ik het bekende geluid van hun vleugels hoorde, was ik ontroerd, ook al deed ik mijn uiterste best om dat te verbergen. Dat gold niet voor Bingo, die zo open was dat hij net zo goed een deur had kunnen zijn.

'Daar komen ze aan! Kijk nou, Collie, daar zijn ze! Donders nog aan toe!' stond hij dan te schreeuwen, met zijn armen boven het hoofd.

'Het hart van een postduif is groter dan het Parthenon,' beweerde oom Tom en begon het liedje 'Bye, bye, blackbird' te fluiten nadat hij ons opdracht had gegeven mee te doen. Volgens oom Tom reageerden postduiven net als honden op gefluit.

'Jezus!' gilde ik terwijl de terugkerende vlucht over ons hoofd scheerde en een van hen tot grote vreugde van Bingo op mijn opgeheven voorhoofd scheet. Oom Tom greep meteen zijn kans terwijl hij strak naar boven bleef kijken zonder mij een blik waardig te keuren.

'Ze zijn ook behoorlijk koppig en in bepaalde opzichten wijs, net als jij, Collie. Ik heb nog nooit een duif gehad die niet de gave had om met één welsprekend gebaar iemands karakter in te schatten.'

I I

*H*et laatste weekend in mei vond in New York City een groot feest plaats om de Valk te eren voor diverse liefdadigheids-acties die hij had ondernomen, een gebeurtenis die bij ons aan tafel voor heel wat discussie zorgde.

'Nog even en Pol Pot krijgt een medaille opgespeld voor zijn humanitaire acties,' zei pa.

De Valk zag er een beetje bespottelijk uit met zijn paarse 'Napoleon-cravatte', maar hij was helemaal in de ban van de opera en er was altijd wel een nieuwe hemelbestormende uitvoering van *Tosca* op een exotisch plekje die door hem gefinancierd werd. Toen hij de zestig was gepasseerd en ouderdomssuiker kreeg, een lichte aandoening die bestreden kon worden met behulp van een dieet en lichaamsbeweging, ging hij fanatiek op zoek naar een geneesmiddel en schonk miljoenen dollars aan het onderzoek daarnaar.

'Egoïsme is een foute reden voor liefdadigheid. Je grootvader mag dan rijk en machtig zijn, maar het ontbreekt hem aan nede-righeid en inzicht. Jullie moeten nooit de grote lijn uit het oog ver-liezen, jongens,' zei pa, die van mening was dat cheques in de eer-ste plaats binnen de familie moesten blijven.

De Valk deed pa en oom Tom in de ban. Zij mochten het feest niet bijwonen.

'Het maakt me niet uit dat Tom niet mag komen, maar wat moet ik zeggen als mensen me vragen waar mijn man is?' vroeg ma.

'Geloof me, dat zal niemand je vragen,' zei de Valk.

Eindelijk was het zover en ik stond me in mijn kamer aan te kle-den. We zouden in de jet van de Valk vanuit Boston naar New York vliegen. De eeuwige regelneef had zelfs voor de gelegenheid pakken laten maken voor Bingo en mij. De stof van mijn donkerblauwe colbert was zo zacht dat ik het gevoel had dat ik mijn armen tot aan de schouders in regenwater ondergedompeld had.

'Je bent een gemakkelijke prooi,' zei Bingo vanaf de drempel. Hij zag meteen dat ik bereid was om me met dure kleren te laten paaien.

Hij had een spijkerbroek en een T-shirt aan en zijn gezicht was rood verbrand omdat hij de hele middag in de zon had gezeten. 'Waarom ben jij nog niet aangekleed?' vroeg ik.

'Ik ga niet.'

'Hoe bedoel je, je gaat niet?' Ik stopte met het dichtknopen van mijn overhemd en keek hem met grote ogen aan.

'Pa en oom Tom zijn niet uitgenodigd. Als zij niet gaan, ga ik ook niet.'

'Toe nou. Wat maakt dat nu uit in die krankzinnige familie van ons?'

Hij haalde zijn schouders op en leunde tegen de deurpost. ' Het maakt voor mij wel uit. En ik ga trouwens dit weekend met Peter Holton en zijn familie naar San Francisco. We gaan vanavond weg.'

'De Valk zal behoorlijk pissig zijn als je niet komt opdagen.' Ik trok mijn broek aan.

'Mij best. Hij is altijd wel ergens boos over.' Hij stond een tennisbal op te gooien.

'Je zult het wel fout van me vinden dat ik wel ga.'

'Dat heb ik niet gezegd.' Hij ving de bal weer op en wachtte even voordat hij hem weer opgooide. De bal kwam met een harde klap tegen het plafond terecht.

'Dat hoef je ook niet te zeggen. Het een volgt uit het ander.' Ik trok mijn schoenen aan en boog voorover om te zien of ze wel glommen. Op die manier vermeed ik opzettelijk hem aan te kijken.

'O, is dat zo?' Hij hield me voor de gek. 'En waarom volgt het een dan uit het ander?'

'Nou, jij trekt één lijn met pa en oom Tom. Ik verraad ze door de kant van de Valk te kiezen... daar zal het in ieder geval op lijken als ik wel ga en jij niet. Bedankt dat je me daarmee opzadelt.'

'Dat is je eigen schuld.' Hij liet de bal vallen die over de grond van de slaapkamer stuiterde en onder een stoel terechtkwam.

'Luister eens, Bingo, waar maak je je eigenlijk druk over? Zelfs ma gaat. Pa en oom Tom kan het geen donder schelen. Of we nu wel of niet gaan... ze zullen er allemaal wel iets idioots over te melden hebben, wat we ook doen... Het is gewoon een feest... Kan niemand in dit gezin dan gewoon doen? Ik wil ernaartoe. Waarom zou ik me daar schuldig over voelen?'

'Wie zegt dan dat je je schuldig moet voelen? Ik doe wat ik wil en jij doet wat jij wilt. Het is maar een feestje, dat heb je zelf al gezegd. Ik heb geen last van schuldgevoelens. Waarom jij dan wel?'

'Dat is ook niet zo.' Ik stak mijn arm in een mouw van mijn colbert. 'Shit.' Ik pakte de klerenborstel die op de ladekast lag, omdat er een sliert hondenharen op de donkere stof te zien was.

'Nou, hou er dan over op. Jij doet wat jij wilt en ik doe wat ik wil.'

'Mooi. Dat was ik ook van plan.'

'Ja, nou dan wens ik je veel plezier,' zei hij terwijl hij achteruit de gang in stapte. 'Vuile verraderlijke, ontrouwe, strooplikkende smeerlap.'

Zelfs ma had zich laten overhalen om het eerbetoon aan haar vader bij te wonen, ook al was pa niet welkom. Ze beweerde dat ze alleen maar ging omdat ze dan een paar van de meest invloedrijke personen ter wereld aan kon schieten... je weet wel, om ze met een opgestoken vingertje krijsend te beledigen en ze zover te krijgen dat ze hun mening over het boycotten van sla zouden herzien.

Maar ze maakte zo'n drukte over haar haar – tegen de tijd dat ze samen met haar stelletje tuinlieden klaar was, zag ze eruit als een enorme hortensia – dat ik meteen begreep dat ze alleen maar ging om Robert Redford te ontmoeten. Wat overigens niet betekende dat haar entree niet ogenblikkelijk het beeld opriep van een bolsjewiek die op een paard waar de schuimvlokken vanaf vliegen een charge uitvoert op het koninklijk paleis.

'Mijn koninkrijk voor een ijspriem,' mompelde de Valk binnensmonds. Ik stond naast hem en zag vol ontzetting hoe ze een belangrijke president-directeur bij de kladden greep om hem aan haar verbale hooivork te rijgen. Al voordat de avond voorbij was, had ze ongeveer iedereen die aanwezig was lek geprikt, waardoor het bloed en de champagne uit al die betoverende menselijke fonteinen spoot.

Onder de gasten bevonden zich een paar senatoren, het gebruikelijke kliekje Hollywoodacteurs en filmbonzen, mediasterren, belangrijke donateurs van de Democratische Partij en een handjevol internationale filantropen. Oude en nieuwe rijken stonden gezellig te kletsen, elkaar op de schouders te slaan en ongevraagde adviezen uit te delen. Het verliep allemaal zo gladjes dat je erover had kunnen schaatsen. Maar toen kwam ma het ijs op en de wedstrijd werd meteen grimmig door de zware bodychecks en de hooggeheven sticks waarmee ze iedereen tegen de boarding smakte.

Ma werd vooral vals als ze zich in het gezelschap bevond van mannen die zich er graag op beroemden dat ze superioriteit hoog in het vaandel hadden staan.

'Er zijn twee dingen waarvan ik gespaard wens te blijven,' zei ze met een volkomen misplaatst fanatisme waardoor ze wel iets weghad van een loodgieter op zoek naar een riool dat gered moest worden. 'Spaar me voor mensen met gemeenschapszin en hun fanatieke streven naar superioriteit.'

'Ik zou daar graag nog iets aan toe willen voegen,' zei de Valk die de steek onder water meteen voelde. 'God behoede ons voor jouw verbijsterende en onafgebroken puberale gedrag.'

Champagne – waarvan ma die avond heel wat achterover sloeg – zorgde er altijd voor dat ze óf de revolutie predikte óf haar vader rechtstreeks onder vuur nam. Bij deze gelegenheid besloot ze zich niet in te houden en beide dingen te combineren.

'Hé, Perry...' Ze boog zich voorover en priemde de Valk in de borst met haar wijsvinger, waarop de omstanders het duo haastig de ruimte gaven... ongeveer ter grootte van Manhattan.

Ik sloot mijn ogen en bereidde me voor op het ergste. Iedere keer als ma haar vader 'Perry' noemde, was dat het sein om de vliegende apen los te laten.

'Ik ben geen lid van jouw fanclub. Ik probeer geen donatie of een toezegging los te peuteren. Ik ben geen zakenbons in opkomst. Verwar me niet met een van je loopjongens. Bewaar dat Plinius de Oudere-gedoe maar voor iemand die jouw egocentrische waardeoordeel echt nodig heeft.'

'Ik neem aan dat jullie allemaal al kennis hebben gemaakt met mijn dochter? Mijn oogappel.' De Valk keek om zich heen naar de verzamelde chic die zo verbijsterd waren dat ze geen woord uit konden brengen.

Ik werd overspoeld door zo'n intens gevoel van schaamte dat het leek alsof mijn huid stukje bij beetje afstierf, te beginnen bij mijn voeten en langzaam omhoogkruipend tot er niets meer van me over was. Soms denk ik wel eens dat ik maar een doel in mijn leven heb: bewijzen dat het cliché 'sterven van schaamte' wel degelijk mogelijk is.

'Kennen jullie *Long ago and far away?*' vroeg ik aan een van de muzikanten die toevallig voorbijkwam. Ik raakte hem even aan, in een wanhopige poging om de aandacht af te leiden van ma en de Valk. Het was een van de lievelingsliedjes van pa en het enige wat me op dat moment te binnen schoot. Bij de eerste vertrouwde noten knikte ik dankbaar naar het orkest voordat mijn aandacht, net als die van de andere mensen, werd afgeleid door een driftig geschreeuw bij de ingang van de zaal.

Pa, onberispelijk gekleed en zichtbaar dronken, had kennelijk besloten om zich toch toegang te verschaffen tot het feest en dreigde nu iedereen te kelen die hem dat wilde belemmeren.

'Wat zegt hij nou?' vroeg een van de gasten terwijl ik ontzet en ongelovig toekeek hoe pa het schreeuwend, met een rooie kop, het schuim op de lippen en tetterend als een op hol geslagen olifant, tegen de bewakingsdienst opnam. Hij stond dubbelgevouwen met om zijn middenrif drie paar armen van hotelemployés die tevergeefs probeerden hem weer naar buiten te slepen.

'Peregrine Lowell... en nog iets, maar dat versta ik niet...' De vrouw naast me schudde verbaasd haar hoofd.

'Het klinkt als "Peregrine Lowell... blieft..." Blieft wat?' vroeg haar vriend.

'Geen idee.'

Dat hij 'Peregrine Lowell' zei was in ieder geval zo klaar als een klontje.

'Wat krijgen we nou?' gonsde het door de zaal, samen met een nauwelijks onderdrukt gegrinnik toen de boodschap eindelijk doorkwam.

'Peregrine Lowell piest!' schreeuwde pa het uit en nam zo op een bizarre manier wraak. 'Hij is geen god! Hij is een mens met alle menselijke zwakheden. Peregrine Lowell piest!'

Trevor Boothe, de kleinzoon van senator Avery Boothe – met wie ik samen op Andover had gezeten – dook achter me op en tikte me op mijn schouder. Ik keek even om en schrok van zijn ontzette gezicht. Volgens de normen van Boothes wereld waren mijn ouders met een kettingzaag aan het moorden geslagen. Ik raakte even mijn wang aan omdat ik het idee had dat daar een nerveuze tic zat. Trevor was zo bleek dat hij het tafellinnen naar de kroon stak.

'O, mijn God. Sorry hoor, Collie, wat moet dit ontzettend gênant voor je zijn,' mompelde hij en schudde zijn hoofd. Zijn haar bewoog niet mee. Raar hoor, dat je dat soort kleine dingen ziet terwijl je tot de grond toe afgebrand wordt.

'Gênant? Denk jij dat dit gênant is? Je snapt er niets van, Trevor. Ik maak mijn beroep van schaamte. Iets anders ken ik niet,' zei ik onverklaarbaar vrolijk en ervan overtuigd dat ik een zenuwinzinking had. Ik giechelde op precies dezelfde manier als toen ik zeven jaar was en oom Tom aan zijn vinger likte en spuug gebruikte om in aanwezigheid van de totale gemeente op zondag voor de mis mijn smerige gezicht schoon te poetsen.

Ik voelde Trevors hand heel even van achteren tegen mijn taille drukken, alsof hij een zwerfhond vol vlooien gerust wilde stellen. Toen hij meteen daarna wegglipte, keek ik instinctief naar de Valk die op dat moment in een andere wereld leek te vertoeven, ergens op een heerlijk plekje waar de Fantastische Charlie Flanagan net dood was verklaard nadat hij in zijn eigen van rum vergeven braaksel was gestikt.

Maar ineens werd hij zich bewust van het feit dat alle ogen op hem waren gericht, en terwijl ma pa te hulp schoot en ze samen met veel misbaar in de gang buiten de balzaal verdwenen waarbij ma zo hard 'moordenaar!' schreeuwde dat het kristal begon te rinkelen, nam de Valk meteen tegenmaatregelen. Hij had zich kennelijk helemaal hervonden en barstte in lachen uit voordat hij gewoon verder kletste alsof er niets aan de hand was. De hele zaal slaakte een zucht van opluchting toen de band verder speelde en de zanger zich in een overdreven vrolijke versie van *Fly me to the moon* stortte.

Mijn ogen brandden en ik had een bekend schrijnend gevoel in mijn keel. Ma was niet goed wijs, maar pa... nou ja, pa sloeg zijn leven lang al van die stoere-jongenspraat uit.

Bingo zou echt genoten hebben van die vertoning van ma en pa. Ik had me vergist toen ik dacht dat de Valk boos zou zijn als Bingo op het feest dat te zijner ere werd gegeven ontbrak. De waarheid was dat hij niet eens merkte dat Bingo er niet was. Maar ik wel. Zonder Bing had ik het gevoel dat ik tandeloos was. Ik stond de hele avond op mijn tandvlees te bijten en luisterde met een imaginaire schelp aan mijn oor vaag naar het feestelijke geroezemoes om me heen dat gelijkenis vertoonde met het onophoudelijke geluid van de branding thuis.

12

De volgende dag belde Bingo vanuit San Francisco om tegen ma en pa te zeggen dat hij helemaal achter hen stond met betrekking tot wat zich de avond ervoor had afgespeeld – alles stond breed uitgemeten in de New Yorkse roddelrubrieken – en te vertellen dat hij nog een paar dagen langer wegbleef.

Terwijl pa zich helemaal niets van het feest kon herinneren (of in ieder geval net deed alsof) gedroeg ma zich zo triomfantelijk alsof ze in haar eentje de Bastille had veroverd. Ze zat zo lang te telefoneren met al haar vriendjes van diverse actiecomités dat ze er een halve keelontsteking aan overhield.

'Je broer wil met je praten,' zei ze op een dodelijk fluistertoontje en gaf me de telefoon. Ik glimlachte flauw en bedankte haar. Vanaf het moment dat we thuis waren gekomen had ze me al op haar strakke blik getrakteerd. Ik had het gevoel alsof ze de maat van mijn nek nam voor de guillotine.

'Arme pa,' zei Bingo.

'Dat weet ik nog niet zo zeker. Die arme pa heeft gisteravond een hele voorstelling gegeven. Dat was behoorlijk vernederend,' zei ik.

'Ik wou dat ik erbij was geweest,' zei hij verlangend.

'Ja, ik ook,' antwoordde ik, al klonk mijn stem allesbehalve vriendelijk. 'Wanneer kom je weer thuis? Ma kijkt naar me alsof ze van plan is het vetgemeste kalf te offeren.'

'Ik heb pa beloofd dat ik de handtekening van Karl Malden voor hem mee zou brengen. Gewoon om hem een beetje op te vrolijken. Dat zal me waarschijnlijk wel een paar dagen kosten.'

'Hoe kun je nou zoiets stoms beloven?' vroeg ik. 'Je krijgt die man toch niet te zien.'

'Wel waar. Waarom doe jij altijd zo negatief?'

'Dat heeft er niets mee te maken. Zou het resultaat anders zijn als ik me als een cheerleader aanstelde? San Francisco is een grote stad met massa's mensen. Je kunt net zo goed zeggen dat je bij de koningin op bezoek gaat, omdat je toch in Londen zit.'

'Collie, je brengt mij toch niet op andere gedachten, dus hou daar nou maar mee op. Ik ga op bezoek bij Karl Malden en vraag hem om een handtekening voor pa. Waarom dacht je dan dat ik hier bleef?'

'Je bent knettergek. Ik geef het op,' zei ik, maar dat was niet waar. Die hele toestand veroorzaakte bij mij een soort vlaag van verstandsverbijstering. Ik bleef met hem kibbelen.

'Je krijgt hem echt niet te zien,' zei ik en klemde me vast aan de telefoon alsof het de rand van de afgrond was.

'Wel waar,' zei hij.

Pa was dol op films en hij beschouwde zichzelf min of meer als een autoriteit en een opmerkzaam criticus. Zijn favoriete acteur was Karl Malden, wat betekende dat Karl Malden een overdreven belangrijke rol in ons leven vervulde. Als het aan ma en pa en hun gezamenlijke obsessies had gelegen, hadden we met de kerst net zo goed verlanglijstjes voor hem en voor Rupert Brooke kunnen maken.

Pa zat hem altijd tegenover anderen op te hemelen en beëindigde dan zijn zorgvuldig geconstrueerde verdediging van Maldens acteerprestaties onveranderlijk met de opmerking dat zijn uiterlijk onderschat werd. En dan kon je er vergif op innemen dat oom Tom reageerde met: 'Wat jij in die wandelende slurf met zijn dunne lippen ziet, daar kan ik met mijn pet niet bij.'

'Als ik nog één keer de naam Karl Malden hoor, word ik stapelgek,' deed ma vervolgens ook een duit in het zakje.

'Ik hou nog steeds vol dat hij eigenlijk die Oscar voor *On the waterfront* verdiend had,' zei Bingo vervolgens, die donders goed wist wat hij daarmee in beweging zette.

'Als ik daarover begin…' zei pa en voegde meteen de daad bij het woord.

Bingo en pa misten geen enkele aflevering van *The streets of San Francisco,* waarin Malden een hoofdrol vertolkte.

'Hé, pa, ons programma begint!' waarschuwde Bingo vijf minuten voor tijd luidkeels.

'Ik ontplof spontaan als die vent me nog één keer vanaf het scherm zit aan te kijken,' zei ma dan, terwijl ze haar slapen met haar vingers masseerde.

'Het is gewoon krankzinnig om te denken dat Bing je een handtekening zal bezorgen. Je kunt dat soort toevalligheden niet afdwingen,' zei ik tegen pa, die me medelijdend aankeek terwijl hij een ereplaatsje vrijmaakte op de schoorsteenmantel in de woonkamer.

'Dat kun je wel degelijk,' bemoeide oom Tom zich ermee. Hij kwam uit de keuken met een schort voor en een vaatdoek in zijn hand. 'En ik neem trouwens aanstoot aan die toon van je,' vervolgde hij. Zijn handen waren rood van water dat zo heet was dat je huid bijna sprong. Hij was er trots op dat hij gloeiend hete dingen kon oppakken. Hij draaide zich om en keek naar de plek waar ik zat, boven op Mambo, die op de grond lag te slapen. Uit mijn ooghoeken zag ik dat pa haastig de benen nam. Hij kon nooit het geduld opbrengen om naar oom Toms van de hak op de tak springende verhalen te luisteren.

'Conventionele verwachtingen hebben geen invloed op mij,' zei oom Tom. Hij zweeg even voordat hij op de bank ging zitten en Bachelor opzij duwde. Hij moest even wachten want het bestek in de afwasbak was zelfs voor hem nog veel te heet.

'Toen ik vijftien jaar was, werd ik door de bliksem getroffen. Ze hebben me pas uren later op het veld gevonden, nog steeds rokend. Daardoor ben ik een soort amulet geworden en een talisman op de koop toe. Er zijn mensen die beweren dat mijn kracht groter is dan die van de Wonderdadige Mariamedaillon.'

Hij wees naar me, wat me het gevoel gaf dat zijn stelligheid me recht in de borst priemde.

'Wie ben jij dat je het waagt om de grote mysteries van het leven zo kil aan de kaak te stellen? Ik weet alleen maar dat ik kiespijn kan laten ophouden als ik dat per se wil.'

Twee dagen later kwam Bingo weer thuis. Hij stoof vanuit de taxi naar de achterdeur en schreeuwde dat pa uit de keuken moest komen. Ma struikelde zelfs over haar lange kamerjas toen ze de studeerkamer uit rende om hem te begroeten. Diep vanbinnen voelde ik dat er een knopje werd omgezet toen ik toekeek hoe pa vol trots een ingelijst velletje papier uit een opschrijfboekje ophing. *Voor de fantastische Charlie Flanagan met de beste wensen van Karl Malden, 2 juni 1983* stond erop. De laatste dag van Bingo's verblijf.

'O, mijn God, je bent een wonder! Is hij geen ongelooflijk joch?' blèrde ma in het rond. 'En jij zei dat hij dat nooit zou klaarspelen,' zei ze tegen mij. Ze stak haar minachting niet onder stoelen of banken toen ik naar de schoorsteen liep om de handtekening beter te bekijken.

'Hoe heb je dat voor elkaar gekregen?' vroeg ik aan Bingo, die zich de aanhankelijke kudde nauwelijks van het lijf kon houden.

'Hoe noem je een verzameling spelbrekers?' vroeg oom Tom aan mij terwijl hij op een doekje spuugde en een vlekje wegpoetste van het glas in het lijstje met pa's grootste schat.

'Geen idee, maar dat ga je me vast wel vertellen,' zei ik.

'Een collie spelbrekers,' antwoordde hij met gespeelde vriendelijkheid.

Toen Bingo uitgebreid begon te vertellen hoe hij aan de handtekening was gekomen, stonden ma en pa arm in arm te kijken alsof ze aan boord van een cruiseschip in het maanlicht stonden te wiegen op de zwoele muziek van Bing Flanagan.

'Ik had alles geprobeerd. Ik was naar alle populaire restaurants en hotels in de stad geweest. Ik heb nachtclubs gecheckt, een paar mensen gebeld, en zelfs de boze geest van de Valk opgeroepen om Malden te vinden, maar dat hielp allemaal niets. Af en toe kreeg ik er een zwaar hoofd in, dat mag je best geloven,' zei hij met veel overdrijving, terwijl hij tegelijkertijd goed oplette dat hij zichzelf niet te veel ophemelde. Ik luisterde hoofdschuddend naar het breed uitgemeten verhaal van zijn triomf.

'Ik had het al bijna opgegeven. Het was de laatste avond en ik ging ervan uit dat ik het niet voor elkaar had gekregen. En daar snapte ik niets van, omdat ik er zo zeker van was geweest. In gedachten had ik precies gezien hoe het zou gaan, dus waarom was het dan niet gebeurd? Ik kon niet geloven dat ik me vergist had. Dat sloeg nergens op. En mijn vliegtuig vertrok de volgende dag al vroeg, dus ik wist bijna zeker dat het mis was. Ik liep mijn hotelkamer uit om naar een winkeltje op de hoek te gaan, waar ze die frisdrank verkochten die ik zo lekker vind, dat sinaasappelspul weet je wel?'

Pa en ma knikten. Je kon de bijkeuken niet in zonder te struikelen over dozen vol met dat sinaasappeldrankje van Bingo.

'Maar goed, ik sta dus helemaal terneergeslagen in de lift... Nu weet ik pas hoe jij je altijd voelt, Collie,' zei hij. Het was een losse opmerking en niet grappig bedoeld, hoewel ma daar zo hard om moest lachen dat Lenin in de eetkamer opsprong en zich op die arme Bachelor stortte.

'De lift stopt op de achtste verdieping, maar ik ben zo teleurgesteld dat ik naar de grond sta te staren. Maar toch neem ik de moeite om op te kijken als een vent met fantastische schoenen aan naar binnen stapt, en hij wás het. Ik kon mijn ogen niet geloven!'

'Was dat Karl Malden?' zei pa. Hij klonk zo verbijsterd dat het leek alsof God hem in zijn slaap bezocht had. 'Hoe groot is de kans daarop?'

'Heel klein. Vrijwel nihil,' zei ik.

'Hij was een fantastische vent, pa, echt een dwingende persoonlijkheid, precies zoals jij je hem altijd hebt voorgesteld...'

'Wat heb ik je gezegd?' zei pa.

'Charlie, laat hem uitpraten!' zei ma geërgerd.

'Toen hij het hele verhaal hoorde, was hij even opgewonden als ik, en toen we de lobby bereikten, hield hij een of andere middelbare scholier aan die net voorbijkwam en vroeg of hij een blaadje uit zijn aantekeningenblok mocht hebben voor zijn handtekening. Hij zei dat ik zijn dag helemaal had gemaakt.'

'Ik wed dat hij het er nu nog over heeft,' zei pa. 'Het zou me niets verbazen als het inmiddels al de ronde heeft gedaan door Hollywood en Kirk Douglas het aan al zijn vrienden heeft verteld.'

'Het is een wonder. Iemand moet meteen de paus waarschuwen,' zei ik.

Pa heeft nooit ook maar één moment getwijfeld aan de echtheid van de handtekening of aan de waarheid van Bingo's verhaal. Hij geloofde meteen dat Bingo in staat was geweest om Karl Malden als een konijn uit een hoge hoed tevoorschijn te toveren. Wat pa betrof, was het leven een aaneenschakeling van goocheltrucs.

Ik wist niet wat ik ervan moest denken. En dat weet ik nog

steeds niet, al heb ik er in de loop der jaren wel bepaalde ideeën over gekregen. Uiteindelijk verdween de handtekening gewoon, zoals wel vaker met schatten gebeurt.

Ik vraag me af waar hij is. Dat zou ik wel graag willen weten.

13

Een paar dagen na Bingo's luid bejubelde terugkomst uit San Francisco belde een of andere platenbons uit Boston op met de mededeling dat hij een feestje gaf. Ik had hem een paar keer vluchtig ontmoet. Hij was de oudere broer van een knul met wie ik op Andover had gezeten en Bingo kende hem via een stiefbroer met wie hij op Upper Canada College een kamer had gedeeld. Dankzij het feit dat iedereen de verblindende persoonlijkheid van Peregrine Lowell in het achterhoofd had, konden Bingo en ik overal vrij toegang krijgen, of het nou om concerten, boekenpresentaties, premières of feestjes ging.

'Er komen allerlei mensen langs,' zei hij tegen Bingo toen hij hem belde. Hij praatte zo luid dat ik hem aan de andere kant van de kamer kon horen. 'Niet alleen muzikanten, maar ook schrijvers, kunstenaars, journalisten, redacteuren en advocaten... Er zal voldoende gespreksstof zijn om je te amuseren...'

'Hé, Coll, hij zegt dat er voldoende gespreksstof zal zijn,' zei Bingo in een knullige poging om mij zover te krijgen dat ik mee zou gaan.

Jezus, tegen wie dacht die vent dat hij het had? Sartre? Ik zat gedachteloos in het blad *Spin* te bladeren.

'Kom op, Collie, laten we nou gaan,' bedelde Bingo. 'Misschien komt Stevie Nicks wel opdagen.'

'O, hoor nou eens wie hier om een gunst zit te vragen. Eigenlijk zou ik je gewoon in je vet gaar moeten laten koken, precies zoals je met mij hebt gedaan toen we laatst over het strand naar huis gingen en ik vroeg of je iets langzamer wilde lopen. En laten we ook niet vergeten dat je mij aan mijn lot hebt overgelaten toen de Valk dat feestje gaf.'

'Je kunt toch wel tegen een grapje? Toe, ga nou maar mee.'

'Waarom moet ik per se mee? Waarom ga je niet gewoon in je eentje?' vroeg ik.

'Laten we nou maar samen gaan,' zei hij. 'Het wordt vast leuk. Ik blijf toch net zo lang zeuren tot je ja zegt.'

Ach, wat maakte het ook uit? Ik had toch niets anders te doen.

We reden ernaar toe en we waren nog maar nauwelijks binnen toen Bingo al in zijn nekvel werd gegrepen door een vrouw met een overdreven jachtinstinct. Vrouwen van alle leeftijden waren altijd stapelgek op hem, al begreep ik meestal niet waarom. Dus daar zat hij dan, in een hoek gedreven door een dikke feministische schrijfster, en smeekte me met zijn ogen om hem te komen redden. Zijn achtervolgster – los in de blouse – was gekleed in een overall en rubberlaarzen en tot op dat moment had ik altijd het idee gehad dat alleen vrouwen in stomme tv-series zich zo uitdosten. Ze had een fors bovenlijf en haar haar in een bloempotkapsel met een veel te korte pony als een soort afrastering op haar voorhoofd, het middelpunt van een banaal landschap dat me bekend voorkwam.

'De helm van op macht beluste vruchtbare dames,' noemde pa die haardracht.

'Het is gewoon een kwelling om naar dat mens te moeten kijken, Collie,' jammerde Bingo toen hij even vrijgelaten werd.

'Man, nou klink je net als pa,' zei ik. 'En je kunt haar best aan. Jij kunt als geen ander met vrouwen omgaan.'

'Neem jij haar maar over.'

'Wat is er aan de hand, Bing? Ben je niet blij met die fantastische gespreksstof die je hier aangeboden krijgt? Wil je me nu excuseren, want ik denk dat ik maar eens de psychische diepgang van dat roodharige meisje in de hoek ga uittesten.'

Ik vond het leuk dat hij zich zo in de nesten had gewerkt en liet hem aan zijn lot over terwijl ik verder kibbelde met een muziekcriticus die vanuit Californië was overgevlogen en die zei dat Mick Jagger de beste leadzanger aller tijden was. Alleen maar om dwars te liggen nam ik het op voor Robert Plant.

We zaten midden in die discussie toen ze ineens binnen kwam lopen. Haar naam doet er niet toe, maar geloof me, u kent haar. Een van die dames met een wespentaille en een interessant decolleté die het middelpunt vormen van elk schandaal. Deze achtentwintigjarige jeugdcrimineel was een voormalig schoonheidskoningin, een zuipschuit eersteklas en met tegenzin afgekickt van heroïne. Ze was een afgelebberde groupie, een opgedirkt professioneel vriendinnetje en had al een veroordeling wegens drugshandel achter de rug. Sterker nog, ze kwam net uit de gevangenis waar ze anderhalf jaar had gezeten voor haar aandeel in de dood van de zoon van een wereldberoemde rockzanger. Hij was overleden aan een overdosis en nog heel jong geweest, achttien of negentien jaar. Ze viel op jonge knullen.

'Ooo, zeg maar niets, laat me eens raden, koude vingers en een warm hartje,' kirde ze, terwijl ze als een postduif op Bing af ging, zijn hand vastpakte, met diezelfde hand het bovenste knoopje van haar blouse losmaakte terwijl ze de zijne vast bleef houden en daarna haar andere hand er bovenop legde, iets langer dan strikt noodzakelijk was, maar lang genoeg om bij hem kortsluiting te veroorzaken. Hij klemde zich steunzoekend aan mij vast. Ik voelde zijn knieën knikken toen we samen toekeken hoe ze met een heupzwaai de feministische schrijfster uitschakelde, die daarop reageerde door luidkeels te verklaren dat ze alleen maar minachting koesterde voor de clichématige aantrekkingskracht van een ordinaire vrouw met een diep uitgesneden blousje en een korte rok.

Het doelwit van haar minachting lachte alleen maar. Ze wist het. Net als ik. Ik wist zelfs meer dan zij wist. Maar Bingo had geen flauw idee. Ze had hem bij zijn kladden en geilde op zijn puberale medewerking. Het was echt niet ingewikkeld. Ze was een prof die zonder dat je er iets van merkte je bloed kon zuigen.

Rond een uur of drie vertrokken we samen met haar van het feestje. Wat mij bezielde? Ik liet het gewoon gebeuren, gedeeltelijk uit verveling en gedeeltelijk omdat het me de kans gaf om mijn vervelendste ideeën over mijn broer te bevestigen. Aan één kant wilde ik er niets van missen, aan de andere kant vond ik dat ik hem niet zomaar in het diepe kon laten springen.

Ik speelde voor chauffeur terwijl Bingo naast haar op de achterbank ging zitten en met haar zat te fluisteren, te giechelen en te vrijen terwijl ik probeerde te bedenken hoe ik er zo gauw mogelijk een eind aan kon maken.

Een kwartier later stopten we voor een vervallen flatgebouw dat alleen maar verlicht werd door een lantaarnpaal. Het gazon aan de voorkant was volkomen kaal en lag vol met kapotte en open-gerukte groene vuilniszakken, waarvan de gore inhoud zelfs op het trottoir terecht was gekomen. Een briesje blies een van de zak-ken open en vanuit de zak staarden de nietsziende ogen van een knaagdier me aan. Op een van de vensterbanken van de beneden-verdieping stond een kerstster in een rood plastic potje.

De entreehal was bekliederd met graffiti, de muren zaten vol gaten en het oranje-bruine linoleum op de vloer leek amechtig te hijgen.

'In welke flat zit jij?' vroeg ik haar.

'Op de tweede verdieping, nummer 306,' zei ze onderweg naar de lift.

De deuren gingen steunend open en onthulden een oude vent – van zeker een jaar of zestig – die aan een jong meisje stond te friemelen. Zij zal hooguit achttien zijn geweest.

'Wou je naar boven?' gromde hij. Geen tand in zijn mond.

'We nemen de trap wel,' zei ik met een blik op de plas braaksel in de hoek van de lift.

'Godsamme,' riep ik walgend uit, toen Bingo met het enthou-siasme van een kind in de dierentuin op een afgeknipte spijker-broek af koerste die iemand onder op de trap had laten liggen.

Haar flat rook naar katten en was even muf als het vage geluid van een tv in de verte. Ze vroeg of we binnen wilden komen. Ik wilde eigenlijk nee zeggen, ik begon er genoeg van te krijgen, maar ik werd overstemd door Bingo. Ik wierp hem een boze blik toe, maar daar trok hij zich niets van aan.

Vanuit een kapotte luie stoel keek ik toe terwijl zij in haar kast stond te neuzen, een uitgemergelde, geboren verhalenvertelster met een stem als een misthoorn in een leren microrokje.

'Echt jammer. Hij was zo'n aardige knul,' zei ze huichelachtig over haar beruchte veroordeling en bood me een kop koffie aan die ik beleefd afsloeg. Kopjes van gebarsten pyrexglas.

Bingo, op de bank tegenover me, accepteerde gretig waarvoor ik had bedankt. Ik keek afkeurend toe hoe hij achteloos een paar grote scheppen suiker in zijn kopje deed.

'Ga er niet voor zitten. We zijn over vijf minuten weg,' fluis-terde ik, toen ze de woonkamer uit liep en naar haar slaapkamer ging. Hij trok een gezicht. Ik sloeg geërgerd mijn ogen ten hemel.

'Val dood, Collie,' zei hij rustig maar goed gehumeurd toen ze weer terugkwam en naast hem ging zitten. Vlak naast hem. Hun schouders raakten elkaar. Ze schopte haar schoen uit en zette haar kousenvoet op zijn sportschoen. Hij zat nonchalant te neuriën. Binnensmonds.

Ik herkende het melodietje. Hij zong *Beat out da rhythm on a drum*. Dat was een liedje dat pa al jaren zong. Zij merkte niets, ze had het veel te druk met droogneuken. Hij ving mijn blik op en zag er zo vergenoegd uit dat hij bijna zat te twinkelen. Ze begon met zijn haar te spelen en liet het door haar vingers glijden alsof het lang gras was en zij een avondbriesje. Ze liet het hoge gras wuiven en het was voelbaar in de kamer.

Hij grinnikte me toe en bleef ondeugend doorzingen... *I like the sweetness in the music, but that ain't why I want to dance...*

Ik negeerde hem. Dat vond hij prachtig.

'Ik geef toe dat ik maar al te graag meedeed,' erkende ze met schorre stem. Ze had het over het werk waarvoor ze had gekozen in de wetenschap dat nee zeggen inhield dat ze haar leven lang achter een kassa zou moeten zitten.

'Aanvankelijk ging ik naar bed met alle jongens van de band, die maar al te graag bereid waren om me drugs te geven. Maar toen ze genoeg van me hadden, werden de rollen omgedraaid. Als ik bij de groep wilde blijven rondhangen, moest ik voor de aanvoer zorgen. En dat heb ik dus gedaan.'

Ze haalde haar schouders op.

'Hoe oud was je toen?' Ik was de enige die vragen stelde.

'Zestien. Als ik daar nu op terugkijk, was ik gewoon een dom, egoïstisch meisje dat om moeilijkheden vroeg omdat ik een soort leven wilde leiden waarvan ik vond dat ik er recht op had zonder dat ik er iets voor had gedaan.' Ze had kennelijk wel iets opgestoken van haar verplichte herintredingscursussen.

'Ik was in de war, maar zij...' Ze ademde licht in en slaakte een diepe zucht. '...zij deugden voor geen meter.'

Ik reageerde niet. Ik zat na te denken en keek even naar Bingo. Ze liet haar vinger brutaal langs zijn broekspijp glijden, van zijn knie tot in zijn lies. 'Net als jij.'

'Kom op, Bing, we gaan,' viel ik haar in de rede, terwijl hij dieper wegzonk in de verkruimelde schuimvulling van de bank. 'Het is al laat.' Ik pakte zijn arm en probeerde hem mee te trekken om aan te geven dat ik het meende.

'Hé,' kwam ze tussenbeide en trok hem weer omlaag, terwijl ze Bingo, die net wilde protesteren, smekend aankeek. 'Kun je me misschien honderd dollar lenen? Je krijgt het echt terug. Maar ik zit er nu om te springen.'

Bing keek een tikje verbaasd en aarzelde voordat hij antwoord gaf. Maar ze hoefde niet bang te zijn. Je hoefde er alleen maar om te vragen als je geld van Bing wilde hebben. Ze pakte haar kopje en drukte ongeduldig een sigaret uit in het restje koffie dat er nog in zat. 'Of moet ik er soms iets voor doen?' wilde ze boos weten, terwijl ze hem aankeek. 'Wil je soms geneukt worden? Of gepijpt? Want dat is geen probleem, hoor.'

Hij hield zijn adem in, zoals je ook doet als iemand achter je plotseling een koude hand onder je trui op je blote rug legt. Toen keek hij mij aan en begon te lachen. Het was het geschater van een tiener, zonder enige diepgang. En zonder geheimen, althans voor mij.

Ik stond op en speelde met de autosleutels in mijn broekzak. Het gerinkel was geruststellend.

'Waarom loop jij niet vast naar beneden, Collie?' vroeg Bingo grijnzend.

'Nee, we gaan nu weg,' zei ik met een glimlach die op mijn gezicht was vastgevroren.

'Bedankt, maar het bevalt me hier prima.' Hij draaide zich om terwijl zij hem geil zat aan te kijken.

'Bingo... dat meen je niet...' Ik wiebelde van mijn ene voet op mijn andere en spreidde mijn armen in een gebaar van ongeloof.

'Maak dat je wegkomt, Coll.'

Mijn eerste neiging was om hem een optater te verkopen, maar ik deed mijn best om onverschillig te blijven en dat gevoel lag meteen als een warme deken om mijn schouders.

'Prima,' zei ik zelfvoldaan, ervan overtuigd dat dit de laatste keer was dat ik hem zag. Mooi, liever kwijt dan rijk. 'Ik kan me echt niet druk maken over deze romance.'

'Tot ziens, Coll.' Hij zwaaide me uit, en toen de deur dichtviel, hoorde ik nog net haar dronken gegiechel.

Tegen de tijd dat ik de entreehal had bereikt, wist ik al dat ik gek zou worden als ik hem hier achterliet. Hij zat tot zijn oren in de problemen. Hoewel ik me er niet op kan beroemen dat ik meteen het gevoel had dat ik moest voorkomen dat hij belazerd werd, was ik gelukkig bij nader inzien altijd bereid te helpen.

Ik liep weer naar boven, met twee treden tegelijk, omdat ik ineens een akelig gevoel had en bang was dat hem iets zou overkomen. Ik trilde gewoon vanbinnen. Maar ik was binnen de kortste keren terug bij haar flat en begon met twee vuisten en een kloppend hart op de deur te bonzen. Inmiddels was ik praktisch aan het hyperventileren omdat ik het idee had dat ik hem languit op de grond zou vinden, als gevolg van een overdosis van haar en de troep die ze uitventte. Ik schreeuwde dat ze open moest doen, omdat ik anders de deur in zou trappen. Afgezaagd natuurlijk, maar ik meende het echt.

Eindelijk ging de deur op een kiertje open. Ik zette mijn voet ertussen, duwde haar met mijn schouder opzij en sleepte hem als de bliksem naar buiten. Ondertussen stond zij tegen me te krijsen en gaf me een klap op mijn kop met een pak melk dat ze van de koffietafel griste. De zure melk kwam in mijn haar terecht, op mijn gezicht, op de rug en op de voorkant van mijn overhemd. Hij verzette zich door zich zacht vloekend schrap te zetten, maar dat kon je nauwelijks weerstand noemen.

Onderweg naar huis zat ik achter het stuur en hij zat onderuitgezakt naast me zwijgend uit het raam te turen. Ik bleef hem maar aankijken omdat ik wilde dat hij iets zou zeggen. Ik weet graag waar ik aan toe ben. Ik wil altijd weten wat de ander denkt en ik kon geen wijs uit hem worden. Uiteindelijk schopte ik hem tegen zijn enkel, alleen maar om zijn aandacht te trekken.

'Collie.'

'Ja?'

'Je bent een klootzak.'

'Graag gedaan.'

'Kun je de volgende keer misschien tien minuten wachten voordat je binnen komt stormen?'

'O, nou krijgen we dat weer... Hoe bedoel je, de volgende keer? Ik ben verdomme geen sint-bernard, Bingo.'

'Dat ben je wel. Ik wist dat je me zou komen halen.'

'Nou, dan wist je meer dan ik.'

'Ja, ja.'

'Ja, ja klopt als een bus. Ik meen het.'

Hij luisterde niet. Hij boog zich naar me over en likte mijn wang, net als een van die kwijlende oude honden van mijn moeder. Ik zat onder de zure melk en spuug.

'Jezus christus.' Ik pakte mijn jack om mijn gezicht af te vegen en stak toen mijn hand uit om hem te knijpen. In zijn bovenbeen. Alsof dat zin had. Hij lachte me uit.

Ik begon mee te lachen. We zaten samen te brullen alsof er nooit een eind zou komen aan de pret.

14

De volgende ochtend was ik al vroeg wakker, kon niet meer slapen en ging op mijn andere zij liggen. Het eerste wat ik zag, was de datum op de kalender aan de muur. Het was 7 juni 1983. Ma, pa en oom Tom lagen nog te slapen, in iedere kamer van het huis klonk oorverdovend gesnurk. Ik hield Bingo tegen die net met Mambo naar buiten wilde lopen.

Het was acht uur.

'Wat ga je vandaag doen?' vroeg ik.

'Niets. Beetje rondlopen. Kijken of er nog iemand is. Hoezo?'

Ik had net Huntington 'Rosie' Ferrell aan de lijn gehad, met wie ik al sinds de kleuterschool bevriend was. Ik had hem wakker gebeld. Zijn vader had een staalfortuin geërfd en bezat een zomerhuis op de Vineyard. Ik vertelde hem dat ik me verveelde. Hij verveelde zich ook. Destijds maakten we min of meer ons beroep van verveling.

In de loop van de nacht was het koud geworden voor de tijd van het jaar en we wisten niet wat we moesten doen. Daarom maakten we lukraak plannen om een dagtochtje te maken naar de Dead Canary Wet Caves op het vasteland, een paar grotten langs de rivier die met elkaar in verbinding stonden en die poëtische naam hadden gekregen.

Daar waren we al eerder geweest. Het was niet echt een gevaarlijke onderneming, zeker niet voor een stel jonge knullen die zich niet echt druk maakten over bijzonderheden en die aan de rand van de oceaan waren opgegroeid.

'Heb je zin om mee te gaan?' vroeg ik aan Bing, die zijn hoofd scheef hield en me met opgetrokken wenkbrauwen aankeek. Ik was zelf ook een beetje verrast.

'Hou je me nou voor de gek? Maak je een grapje? Wil je dat ik met jou en Rosie meega?'

'Waarom niet? Maar als je geen zin hebt...'

'Tuurlijk wil ik mee. Zeker weten. Reken maar. Kom op, dan gaan we.' In tegenstelling tot mij verveelde Bingo zich nooit. Hij was altijd bereid om mee te doen. Nu liep hij al voor me uit de veranda op, naar de auto. 'Hé, Coll, is dat omdat ik je gisteravond gelikt heb?'

'Ga vooral zo door. Ik kan de uitnodiging nog altijd intrekken.'

'Sorry, maar je zit er nu aan vast.'

'Dat hoef je mij niet te vertellen.'

'Mag hij mee?' vroeg Bing met een blik vol medeleven op Mambo, die naast de veranda stond te springen omdat hij dolgraag mee wilde.

'Geen denken aan. Toe nou, Bing, kunnen we voor de verandering alsjeblieft eens iets gaan doen zonder dat er een hond bij is? Je hebt vijf minuten om je spullen bij elkaar te zoeken, dan ben ik weg.'

'Sorry, Mambo,' zei Bing verontschuldigend toen hij hem terugbracht naar de keuken. Mambo liep aarzelend en teleurgesteld mee en keek hem door de hordeur na toen hij binnen zat. Bingo deed teleurgesteld de grote houten deur dicht waarachter Mambo verdween. Hij had al te veel hordeuren vernield door achter de auto aan te willen hollen.

'Arme Mambo,' zei Bing terwijl we naar de oprit liepen. Toen bleef hij ineens staan, trok aan mijn elleboog en keek me met die griezelige ogen van hem aan.

'Hij overleeft het wel, hoor,' zei ik achteloos, onredelijk geïrriteerd door zijn blik van medeleven.

'Dit is toch niet weer een van je trucjes, hè? Probeer je me een loer te draaien vanwege gisteravond? Jij en Rosie zijn toch niet van plan om me ergens achter te laten, hè?'

'Je begint me nu al de keel uit te hangen. Als je niet mee wilt...' Ik bleef midden op de oprit staan en stak mijn armen in de lucht, waardoor ik per ongeluk mijn autosleutels omhooggooide. Bingo sprong erop af toen ze in het natte zand terechtkwamen, dat nog donker was van een nachtelijk regenbuitje.

'Ik wil wel mee. Maar ik wil niet weer midden in de rimboe achtergelaten worden, omdat jullie dat toevallig grappig vinden.' Hij keek me veelbetekenend aan en speelde met de sleutels, terwijl ik in de lach schoot en de herinneringen koesterde aan de keer dat we hem na een concert, nog niet zo lang geleden, bij een benzine-pomp in Framingham hadden achtergelaten.

'Nee... Jezus... Kom op, zet je er overheen. Ik heb wel iets anders te doen dan Bing Flanagan te belazeren.'

Hij haalde zijn schouders op en zette het van zich af, net zo gemakkelijk alsof hij een vlieger losliet in de wind. Ik voelde me een tikje beschaamd toen ik zag hoe hij met veel misbaar in de cabrio sprong zonder het portier open te doen. Hij zwaaide gewoon zijn benen over de kant.

Ik bezwoer mezelf in stilte dat ik voortaan aardiger zou zijn, een betere broer. Ik probeerde hem altijd af te poeieren. Ik was vast van plan om mijn leven te beteren, toen mijn goede voornemens ineens een deuk kregen.

'Jij rijdt niet, geen denken aan,' zei ik, toen hij achter het stuur gleed en de sleutel in het contact stak, waardoor de motor grommend tot leven kwam.

'Waarom niet? Tot aan de pont...'

'Nee. Jij rijdt niet in mijn auto, vergeet het maar.'

Hij aarzelde en ik gaf hem een por in zijn ribben. 'Jezus,' zei hij, terwijl hij zijn zij vastgreep. Hij trok een gezicht en lachte tegelijkertijd terwijl ik de gelegenheid aangreep om hem opzij te duwen naar de andere stoel. Hij bukte zich, griste de restanten van een halfopgegeten donut van de grond, draaide zich om en smakte die tegen mijn gezicht, zodat de jam over mijn wang droop en in mijn haar plakte.

'Klootzak,' zei ik. Ik schraapte de donut van mijn wang en gooide hem terug terwijl hij verdedigend zijn handen voor zijn gezicht hield. We moesten allebei lachen.

Voordat we de oprit af waren, zat ik al manieren te bedenken om hem te dumpen.

'Hé,' zei Bingo en tikte me op mijn schouder. 'Luister.'

Ik trapte op de rem. Ik hoorde een laag jankend geluid uit het huis komen, zielig en verdrietig. Mambo zat te huilen.

Bingo draaide zich om en keek naar het huis.

'Collie, moet je Mambo zien.'

Ik keek om en zag Mambo boven op de keukentafel staan. Hij staarde ons na door het grote keukenraam. Het was een akelig beeld, die enorme, wolfachtige zwartrode hond die daar onbeweeglijk als een standbeeld stond te turen om nog een laatste blik van ons op te vangen. Zijn amberkleurige ogen verdwenen in het zwart van zijn snuit.

'Idiote hond,' zei ik en iets luider: 'Ik ben echt ziek van idiote honden en nog idiotere mensen!'

'Wat is er in vredesnaam met je aan de hand?' vroeg Bingo. 'Je begint met de dag meer op ma te lijken.'

'Ben je nou helemaal gek geworden? Als er één persoon ter wereld is op wie ik niet lijk, dan is dat ma wel.'

'Als jij het zegt, zal het wel waar zijn, Collie.' Hij zakte onderuit in zijn stoel en zette zijn zanderige sportschoenen tegen het dashboard. We hobbelden over de smalle grindweg en hij draaide me de rug toe en keek naar de lucht en de oceaan die allebei de kleur van donker zand hadden. De scheidslijnen vervaagden waar bruine en grijze golven op hooguit een paar meter van de weg over het strand spoelden.

Ik bleef stiekem naar hem kijken en hij deed net alsof hij dat niet zag toen we de grote weg opdraaiden onder een luifel van bomen die boven ons hoofd waaide. De vissersboten lagen te dobberen in de woelige baai en de wind blies het haar uit ons gezicht.

'Hé, Coll, kijk uit!' Bingo ging ineens rechtop zitten en wees naar de kant van de weg waar een enorme bijtschildpad zich langzaam opmaakte om over te steken. Ik remde, maar voordat de auto met piepende banden stilstond had hij het portier al open en sprong eruit om naar de schildpad toe te rennen. Hij pakte hem op, aan weerszijden van het gehavende schild, en bleef even aan mijn kant van de auto staan om me de schildpad voor te houden. De bek van het beest stond open en hij siste, terwijl een bedwelmende stank van stilstaand water de auto vulde.

'In godsnaam, Bing,' zei ik en week achteruit, terwijl hij de weg af holde, de schildpad in het water zette en weer terug rende.

'Geweldig, nou stink je nog erger dan anders,' klaagde ik. Hij stak prompt zijn handen uit en veegde ze af aan mijn shirt. 'Kloot op...' Ik trapte op het gaspedaal en door de snelheid werd hij achterover gedrukt terwijl we over de weg naar het huis van Rosie zoefden.

We reden met een stevig vaartje verder in de wind die fris en vochtig was en een beetje naar vis rook. De radio stond keihard aan en het was te lawaaierig om te praten, dus trokken we ons allebei op ons eigen plekje terug in een stilte die werd gemarkeerd door een klap hier, een por daar en het geluidloze getrommel van Bingo's vingers op de leren zitting, op de maat van de muziek.

De oversteek met de pont was koud en klam en het water was ruw. Zodra we op het vasteland waren, maakte een plotselinge onweersbui bijna een eind aan het tochtje. Maar daarna brak de zon toch door. Omdat hij me zo aan mijn kop had zitten zeuren, hadden we besloten om in Rosies nieuwe auto te gaan, een open Mustang, en ik had mijn auto bij hen op de oprit laten staan.

We waren nog maar twintig minuten onderweg toen Rosies nieuwe auto een lekke band kreeg.

We lieten Bingo het wiel verwisselen terwijl wij aan de kant van de weg zaten en hem allerlei scheldwoorden naar het hoofd slingerden. Daarna moest hij weer terug op het benauwde achterbankje, waar we onze spullen boven op hem stapelden.

'Jezus, Coll, ik voel mijn benen niet meer,' zei hij. 'Kunnen we niet een tijdje van plaats verwisselen?'

'Hè? Ben je nou helemaal gek geworden?' zei ik terwijl ik het laatste hapje van een appel nam. Daarna gooide ik het afgekloven klokhuis over mijn schouder en raakte hem vol op de slaap.

Hij grabbelde het op en drukte het plat op mijn hoofd. Een straaltje vruchtensap liep over mijn wang. Ik haalde naar hem uit en de auto begon te slingeren. Als je ruim honderddertig rijdt, zit je niet te wachten op dat soort ongein.

'Hé, hou daarmee op, stelletje klootzakken,' zei Rosie terwijl hij de wagen met zo'n ruk rechttrok, dat mijn nek achterover klapte.

'Au,' zei Bingo gedempt, toen hij zijn hoofd ergens aan stootte.

'Val toch dood, Ferrell,' zei ik terwijl ik Rosies Red Sox-petje van zijn hoofd griste en in de lucht gooide. Het waaide op de weg. Dat is het soort verheven gesprekken dat in de provinciale wereld van jonge mannen voor beleefde conversatie doorgaat. Met onze glanzende haren waren we stuk voor stuk typisch ongeciviliseerde bijproducten van de beste scholen die er voor geld te koop zijn.

'Hé, ik heb gehoord dat jij Collies vriendin, Zan, ontmoet hebt.

Wat vind je van haar?' zei Rosie tegen Bingo terwijl hij een lange smalle landweg op reed.

'Ze is mooi. En ze is intelligent.' Hij zat door de voorruit te kijken.

'Waarom klinkt "intelligent" toch altijd zo negatief als je het gebruikt om een meisje te beschrijven?' zei ik en keek hem in de achteruitkijkspiegel aan.

En haalde mijn schouders op toen hij zich weer tot Rosie wendde. 'Ze is nogal een stijve tut.'

'Ze is katholiek. Waar heb je het over?' zei ik.

'Nou, ik weet het niet. Ik vind haar wel een beetje verwaand en zo.'

Ik snoof. 'Ieder meisje met een bibliotheekabonnement en schone haren is volgens jou een stijve tut.'

'Wat bedoel je daarmee?'

'Dat je niet goed wijs bent als het om meisjes gaat.'

'En ook wat de rest betreft, hè Collie?' Hij boog zich voorover, maar hoewel hij recht achter me zat, weigerde ik me om te draaien.

'Kom op jongens, begin daar nou niet mee,' kwam Rosie tussenbeide.

'Meisjes zijn meer dan een cupmaat,' zei ik, omdat ik het laatste woord wilde hebben.

'Het moet echt fijn zijn om je altijd moreel boven andere mensen verheven te voelen,' zei Bingo en wierp me een beschuldigende blik toe die ik nog net in mijn ooghoeken opving.

'Hou verdomme nou eens op!' Rosie had er genoeg van.

Om een uur of tien stopten we in een dorpje bij de plaatselijke benzinepomp om iets voor het ontbijt te kopen – snoepjes en limonade – en wachtten tot Bingo weer zou komen opdagen.

'Verrek, waar is hij nou weer gebleven?' vroeg Rosie.

Ik vloekte. Hij poetste altijd de plaat. 'We geven hem gewoon vijf minuten, dan gaan we ervandoor,' zei ik, zonder er langer dan tien seconden over na te denken.

'Hé! Wacht! Jongens!' Bing kwam aanhollen toen de motor aansloeg. Hij had om de hoek gestaan van de winkel en sleepte een glimlachend donkerharig meisje in een kort zwart rokje aan de hand mee.

'Godsamme!' zei Rosie, die hem in de achteruitkijkspiegel zag aankomen.

We keken elkaar geïrriteerd aan. Ondanks zijn massa sproeten en zijn discutabele intellect versierde Bingo meer meisjes dan elke andere knul die ik kende. En hij gedroeg zich ook niet bepaald als Pepé Le Pew. Hij hoefde alleen maar zijn neus te laten zien, in tegenstelling tot de rest van ons, die met de tong uit de bek en bedelend om aandacht rond renden.

'Er zijn relaties die meer om het lijf hebben dan liefde in een lift,' zei ik tegen hem, ook al wist ik best dat ik tegen dovemansoren sprak. Ik had hem ooit met een schattig meisje en een brede grijns op zijn gezicht na de biecht de kerk van St. Basil uit zien komen.

'Nog één keertje. Tijdens de vasten doe ik niet aan seks.'

'Jezus, Bing, dat is heiligschennis.'

Hij lachte. 'Niet als het om mij gaat,' zei hij. 'Zoals ik het doe, is het een gewijde handeling.'

'Mag ze mee?' vroeg Bing terwijl hij zijn nieuwe vriendin, Erica, aan haar mouw meetrok.

'Waar moet ze dan zitten?' vroeg ik met een krampachtig glimlachje naar Erica.

Hij sprong op het kleine achterbankje en trok haar op zijn schoot, terwijl hij ons opgewekt aan elkaar voorstelde.

'Ik ben weg van je auto,' zei ze en Rosie beaamde dat met een beleefd knikje. Daar zaten we echt op te wachten: weer een meisje dat op auto's viel.

'Je bent niet bepaald gekleed om door grotten te rennen,' zei ik bij wijze van zachte hint.

'Ik woon maar anderhalve kilometer verderop aan deze weg. Bing zei dat jullie het vast niet erg zouden vinden om even langs te rijden zodat ik me kan omkleden... Ik ben echt binnen een minuutje weer klaar, oké?'

We wierpen elkaar een woedende blik toe. Ik balde onwillekeurig mijn vuist.

'Geen probleem,' zei Rosie.

'Sjonge,' zei Erica die ons nog eens goed opnam, terwijl ze zich nog iets behaaglijker op Bingo's schoot nestelde, met haar arm om zijn nek. 'Zijn jullie rijk? Daar lijkt het wel op.'

'O ja?' zei Bingo. 'Wat is het leven mooi, hè?'

Rosie lachte. Het was echt een klassieke Fantastische Flanagan-opmerking. Bing, die met zijn zachte trekken, zijn tengere bouw en zijn luchtige maniertjes duidelijk zijn afkomst etaleerde, zag eruit alsof hij net van een jacht was gestapt dat voor het hoogseizoen aan de Italiaanse kust lag, en zo klonk hij ook.

Ik keek om en wierp hem een boze blik toe. Maar daar trok hij zich niets van aan. Ik was de enige die wist dat er onder dat glanzende oppervlak meer dan een beetje van pa borrelde. Een alchemistische mengeling van goedkope charme en een handjevol ordinaire trucjes.

Het bleek dat Erica in de winkel van het benzinestation werkte om het geld bij elkaar te krijgen om te gaan studeren. Ze wilde fysiotherapeut worden, ze kletste ons de oren van het hoofd en ze was zo doorzichtig als de pest, maar best aardig. En aangezien ik niets liever deed dan boos zijn op Bingo en me aan hem ergeren, kwam het me eigenlijk best goed uit om haar onze plannen te laten bederven.

Ik wierp een blik in de zijspiegel. Ze zat met Bingo te vrijen. Het bleef binnen de perken, maar het was walgelijk genoeg om te wachten tot ze buiten gehoorsafstand was en haar de paar treetjes naar het leuke stenen huisje waarin ze woonde op te zien wippen om haastig iets anders aan te trekken, voordat ik hem een flinke klap op zijn kop gaf.

'Man, wat ben je toch puriteins, Collie,' zei hij, terwijl hij over zijn oor wreef. 'Pa heeft me verteld dat het iets erfelijks is. Jij bent een bepaald type Iers-katholiek...'

'Wat een gelul,' zei ik. 'Echt dat Fantastische Flanagan-gezeik.'

'Geef nou maar toe dat je echt een beetje puriteins bent, Coll,' zei Rosie. 'Dus het is geen gelul.'

'Vergeleken bij Bingo zou de markies De Sade nog een gespannen indruk maken,' zei ik. 'Ik vind gewoon dat je je in het openbaar een beetje moet gedragen. Het zou fijn zijn als hij zich iets zou kunnen inhouden. Ik weet wel dat dat bij ons thuis een onbekend fenomeen is, maar je zou er eens over na kunnen denken.'

De voordeur ging open en Erica nam in shorts en een sweatshirt afscheid van haar moeder die glimlachend vanaf de veranda naar ons wuifde terwijl Erica het trapje afholde en naar de auto kwam.

Je moet echt mager zijn om aan grottenonderzoek te doen. Je weet nooit wanneer je je plotseling ergens tussendoor moet wurmen.

We hadden een paar zaklantaarns bij ons maar geen helmen en we besloten ons niets van de regen aan te trekken. Rosie en ik waren al eerder in die grotten geweest. Ik kende één route vrij goed en wist vrijwel zeker dat we er gemakkelijk doorheen konden komen. Rosie en ik overwogen of we touwen mee zouden nemen, maar uiteindelijk besloten we dat maar te vergeten. We hadden ze toch niet nodig, we waren verdomme nog aan toe Stanley en Livingstone niet. Ouders kwamen hier met kleine kinderen om de grotten te verkennen.

Toen we bij de ingang van de grot kwamen, een smalle spleet in de kalksteen, waren er meteen problemen. Bingo was zo mager dat hij moeiteloos door het oog van een naald kon kruipen. Ik was iets minder dun, maar toch slank genoeg om er geen problemen mee te hebben en hetzelfde gold voor Erica. Maar Rosie had zoveel bier gezopen dat hij behoorlijk was aangekomen en hij redde het niet.

Zelfs terwijl Bingo boven aan de oppervlakte op zijn schouders stond te duwen en ik van beneden aan zijn benen trok, konden we geen beweging krijgen in zijn dikke kont.

'Straks helpen jullie me nog om zeep,' zei hij. Zijn gezicht werd steeds roder.

'Nou, daar schieten we lekker mee op,' zei ik, terwijl ik mezelf weer omhoog hees en Rosie niet al te vriendelijk in zijn bolle buik prikte met een stok die ik van de grond had opgeraapt.

'We moeten gewoon een andere ingang zoeken,' zei hij.

'Nee,' zei ik. 'Dat is veel te gevaarlijk. We hebben niets bij ons. En ik ken de weg alleen maar vanaf hier.'

'Kom op, Coll, wat is er met je avontuurlijke aanleg gebeurd?' vroeg Bing met een ondeugende blik op Erica. Het was niet moeilijk te raden waarom hij zo graag naar beneden wilde. Ze lachte terug.

'Het heeft niets met avontuurlijk te maken,' zei ik. 'Je weet niet wat daar beneden is. Als we in moeilijkheden komen, kunnen we er niet meer uit. Ik wil niet een van die idiote weekend-speleologen worden die gered moeten worden nadat ze drie dagen lang in het donker in kringetjes rond hebben gelopen.'

Bingo deed net alsof hij kermde van angst.

'Gedraag je een beetje volwassen,' zei ik.

'Nu we hier helemaal naartoe zijn gekomen, wil ik toch proberen om een andere ingang te vinden. Doen jullie mee?' vroeg hij aan de anderen.

'Ik wel,' zei Erica met een veelzeggende blik op mij. Ik ging onwillekeurig even verzitten.

Jezus, dacht ik. Ik laat me door een meisje de loef afsteken.

'Ach, wat dondert het ook. Kom op, Coll, we zijn er nu toch...' zei Rosie, die overeind krabbelde en de bruine aarde van zijn broek klopte.

'Lieve hemel, we hebben hooguit een paar uurtjes gereden. Jullie doen net alsof we een paar dagtochten door de Himalaya achter de rug hebben,' zei ik, terwijl ik me aansloot bij de anderen, die over het kalksteen klauterden op zoek naar een andere ingang. Maar ze luisterden niet eens. Ze wilden alleen maar die grotten in.

En dat was niet goed, dat voelde ik aan alles. De angst die me bekroop, voelde aan als jeuk. De rillingen liepen me over mijn rug, maar ik ging toch verder. Wat mankeerde me? Mijn hele lichaam was bedekt met kippenvel, ik stond stijf van paniek en toch deed ik net alsof er niets aan de hand was. Ik heb er inmiddels jaren over na kunnen denken, maar de enige verklaring die ik heb kunnen vinden, is dat God de mensen die Hij wil vernietigen eerst de kriebels bezorgt.

'Hierheen!'

Ik keek op. Het was Bingo. Ik hoorde hem een kreet van blijdschap slaken. Alleen zijn kruin was zichtbaar, maar die was plotseling ook verdwenen. De anderen lachten.

'Jezus, Bingo, klootzak die je bent!' zei ik, terwijl ik ongelovig op hem neerkeek.

Hij richtte zijn zaklantaarn op ons vanaf de plek waar hij stond, ongeveer tweeëneenhalve meter onder ons in het donker. Hij had een opening in het kalksteen gevonden en was er gewoon in gesprongen, zonder na te denken en zonder het met iemand te overleggen. Gewoon naar beneden gesprongen. Ik kon het niet geloven.

'Het is hier beneden hartstikke gaaf,' zei hij.

Ik boog me over het gat en keek hem met grote ogen aan.

'Kom op. Spring maar,' zei hij.

'Ben je nou helemaal gek geworden? Hoe moeten we er dan

weer uit komen?' schreeuwde ik. 'Hoe moet jij er verdomme weer uit komen?'

'O, Collie, je kunt hier wel op duizend manieren weer uit komen. Waar maak je je druk over? Helemaal aan het eind van deze enorme grot kan ik van hieruit al licht zien. Als het helemaal misloopt, kunnen we nog altijd gewoon langs het water naar de opening bij de rivier lopen. Kom op, Erica, ik vang je wel op. Niet bang zijn, gewoon springen.'

Erica aarzelde even en giechelde zenuwachtig voordat ze haar ogen dichtdeed en de sprong waagde.

'Een, twee, drie...' Rosie volgde haar voorbeeld en kwam met een harde klap op de grond terecht.

'Goh, dat leek wel een aardbeving,' plaagde Bingo. 'Kom op, Collie. Er kan niks gebeuren. Verderop valt licht naar binnen. Na de bocht.'

'Bingo heeft gelijk,' zei Rosie. Het licht van de zaklantaarn viel op zijn gezicht. 'Je weet toch hoe poreus deze grotten zijn. Het wemelt hier van de openingen.'

Ik aarzelde. Er schoot me iets door mijn hoofd, maar ik kan me absoluut niet meer herinneren wat dat was. Ik heb me die hele dag wel duizend keer voor de geest gehaald, dus ik weet van seconde tot seconde wat er is gebeurd. Maar wat ik ook doe, welke trucjes ik er ook voor aanwend, ik kan me niet meer herinneren wat ik precies dacht op het moment voordat ik sprong.

Wat me voornamelijk is bijgebleven, is dat ik automatisch achter de lachende Bingo aan liep.

'Ben je zover?' vroeg ik, toen Bing uit de duisternis opdook, met modderige knieën, een hoofd vol geel zand en ogen die als lantaarntjes straalden. Erica volgde hem op de voet, echt zo'n liefdevol meisje, het gewillige matrasje dat hij onderweg had gevonden en per se mee had willen nemen.

'Ik geloof dat ik verliefd ben,' zei hij, kennelijk helemaal in de wolken. Meteen daarna pakte hij mijn hoofd tussen zijn handen, trok me naar zich toe en kuste me, terwijl Rosie en Erica van schrik en plezier begonnen te joelen.

'Kom op, Collie, lekker neuken!' riep hij uit, en hoewel we allemaal dubbel lagen, moest hij er zelf het hardst om lachen.

'Ja hoor, geinponem, laten we nou maar gaan.' Ongeduldig gaf ik hem een duwtje. 'We hebben maar een paar uur om hier weer uit te komen,' zei ik terwijl ik me omdraaide en het kronkelpaadje volgde in de richting van het licht dat ergens in de verte wenkte.

Toen viel me ineens op dat Bing hinkte.

'Is alles oké?' vroeg ik.

'Het doet zeer,' zei hij. Hij had bij de sprong zijn enkel verdraaid.

'Wat ben je toch een verrekte klootzak,' zei ik. 'Wat ga je doen als we moeten klimmen? Verdomme nog aan toe, Bingo!'

'Dan help jij me wel,' zei hij nuchter. 'Het komt best in orde.' Hij klonk alsof hij het meende, alsof het echt waar was, alsof hij op me kon rekenen.

We liepen over een lange smalle richel omlaag naar het water. Ergens in het midden was een smalle doorgang die wat problemen opleverde. Bingo gleed uit en viel een paar keer, terwijl we onze tocht stroomafwaarts vervolgden. Toen we drie uur onderweg waren, was zijn enkel dik en beurs geworden en zijn tenen voelden koud aan.

'Au!' zei hij. Er ging een schok door hem heen en hij greep mijn arm vast terwijl ik in het donker voorzichtig zijn voet betastte.

'Jezus, Bing, volgens mij is die gebroken.'

'Welnee, alleen maar verstuikt,' zei hij met een blik op Erica in een poging indruk op haar te maken met zijn dapperheid.

'O ja, dat zul jij vast wel weten,' zei ik. 'Maar volgens mij is hij echt gebroken.'

'Arme jongen,' zei Erica en drukte een kus op zijn voorhoofd.

Ik stak mijn arm uit, pakte zijn hand en trok hem overeind.

'Sla je arm maar om mijn nek,' zei ik.

Zo hobbelden we een tijdje verder, waarbij Bing af en toe een grapje maakte, maar verder was hij geheel tegen zijn gewoonte in vrij stil, zonder te zingen of te joelen of gekheid te maken. Ik werd een beetje ongerust van die ongebruikelijke stilte.

'Hoe gaat het?' vroeg ik.

'Laat me hier maar achter om te sterven,' zei hij. 'Ik kan geen stap meer verzetten. Lopen jullie maar door om een uitweg te vinden. Als ik honger krijg, ga ik wel op een arm of een been knagen.'

'Hou je bek, mafkees. Kom op...' Ik bukte me en wenkte hem. 'Klim maar op mijn rug.'

'Bedankt, Coll.'

'Ik wou dat je mijn grote broer was.' Erica keek me lachend aan.

'Helemaal niet,' zei ik.

Vlak voor ons hoorden we het gedempte bulderen van water. Toen we de hoek om liepen, zagen we een diepe poel die werd gevoed door twee watervallen, hoge onstuimige zuilen vol kolkend water dat in de poel eronder neerstortte. Het waterpeil was vanwege de regen ongebruikelijk hoog en vormde een heftig ronddraaiende stroming waarbinnen een aantal tegengestelde draaikolkjes elkaar de loef probeerden af te steken. Aan één kant werd de kolk nauwer en ging over in stroomversnellingen die zo op het oog met een vaartje de grot uit bruisten en uiteindelijk – ergens in de verte zag ik sprankelend licht op het wateroppervlak – buiten de grot in de brede rivier uitkwamen. Vlak naast de waterval lag een enorm rotsblok. Ik kreeg een angstig voorgevoel.

'Rosie, kun jij je nog herinneren wat meneer Morrison precies heeft verteld over met gas verzadigd water?' We hadden op Andover geografie gehad van meneer Andover, die een paar keer met ons een uitstapje naar de grotten had gemaakt.

'Ik weet verdomme niet waar je het over hebt,' zei Rosie. 'Wat is met gas verzadigd water?'

'Daar kun je niet in zwemmen,' zei ik, terwijl ik mijn best deed om me precies te herinneren waarvoor meneer Morrison ons had gewaarschuwd. 'Je moet heel voorzichtig zijn in zo'n kolk als deze waarin een waterval uitkomt. Vooral als er ook nog sprake is van een rotsblok of een boomstam… en zie je dat grote rotsblok daar beneden? Weet je nog dat hij ons vertelde over een vent in Australië die probeerde een grot uit te zwemmen maar verdronk omdat het om met gas verzadigd water ging?'

'Nee,' zei Rosie. 'Ik weet nog wel dat hij heeft gezegd dat je uit de buurt moest blijven van dammen. Wie heeft er nou ooit gehoord van water waarin je niet kunt zwemmen? Waar haal je die onzin toch altijd vandaan?'

'Praat me er niet van,' zei Bingo, die van mijn rug gleed en op de grond ging zitten. 'Collie, af en toe vertoon je echt een treffende gelijkenis met Magere Hein of zo. Wees toch niet altijd zo'n zwartkijker. Ik heb vaak genoeg gezwommen op plekken waar een waterval was.'

'Het is geen slechte eigenschap om mensen op mogelijke gevaren te wijzen,' zei ik. 'Jullie lijken Curly en Larry wel.'

'Dan moet jij dus Moe zijn,' zei Bingo, waarop Rosie iets te enthousiast in de lach schoot.

Ik deed net alsof ik niets had gehoord en keek om me heen om te zien of we verder moesten gaan of beter terug konden gaan en wachten tot er iemand kwam opdagen die ons kon helpen.

Het zag er niet goed uit. De enige manier waarop we de kolk en de watervallen konden vermijden, was door omhoog te klimmen naar het licht dat op het water viel. Boven ons was een smalle, met mos bedekte kalksteenrichel, nat en spekglad van het water. De richel liep om de bovenkant van de watervallen heen en leek langzaam omhoog te leiden naar wat kennelijk een aantal openingen waren achter de stroomversnellingen. Ik hoopte dat ze groot genoeg zouden zijn om weer boven de grond te komen.

Maar Bingo met zijn gewonde enkel zou die klim nooit van zijn leven kunnen maken.

Hij wist wat ik dacht. 'Ach, krijg het heen-en-weer, ik zwem gewoon naar buiten.'

'Ben je nou helemaal gek? Dat risico kun je niet nemen. Het kan best met gas verzadigd water zijn,' zei ik. 'Dat heeft geen drijfvermogen. Daarin zink je als een baksteen.'

'Ik kan overal in zwemmen,' zei hij.

'Nee, dat kun je niet,' zei ik met een stem waarin de wanhoop begon door te klinken. 'Vergeet het maar, Bing. We klimmen naar boven. Ik help je wel. Zet dat zwemmen maar uit je hoofd.'

Tijdens de klim klemde ik hem zo stijf vast dat het bloed uit mijn handen trok en mijn vingers pijn begonnen te doen. Ik was zo bang dat hij erin zou springen, dat ik hem echt uit alle macht vasthield. Volgens mij wist hij dat best, want hij hield mij ook iets steviger vast.

'Rustig nou maar, Collie,' zei hij. 'Ik zal echt niets stoms doen. Maar ik zou het best redden, hoor. Als het moet, kan ik mijn adem een eeuwigheid inhouden.'

'Ja, dat weet ik.'

Rosie en ik konden goed zwemmen. Maar Bingo? Hij was de beste zwemmer die ik ooit had ontmoet. Hij kon écht zijn adem een eeuwigheid inhouden en hij was al begonnen met dat te oefenen vlak nadat hij de astma die hem bijna het leven had gekost was ontgroeid.

Zelfs ik moest erkennen dat het iets magisch had om hem door het ondiepe water langs de kust bij ons huis te zien glijden, vlak onder de oppervlakte en zonder een rimpeling te veroorzaken, even stil en soepel als de scholen vol zilveren vissen. Dan staarde ik naar de korte, ritmische bewegingen van zijn zwemvliezen – de enige uitrusting waarvan hij gebruik wenste te maken – terwijl hij de diepte in dook en bewust zijn hartslag en ademhaling omlaagbracht nadat hij zoveel mogelijk lucht had gehapt. Mijn eigen ademhaling en hartslag gingen steeds sneller en ik voelde de paniek opwellen terwijl ik zat te wachten tot hij weer opdook, vier, vijf of zes minuten later.

Het was een goeie truc waarmee Bingo op feestjes behoorlijk kon stunten, door de halve avond met zijn hoofd in een emmer water te gaan zitten en de rest van de tijd vlijtig de verborgen dieptes te doorzoeken van zo'n beetje elk meisje dat daar rondliep. Ze stonden voor hem in de rij. Zijn magie kwam op heel wat manieren naar buiten. En ik had het helemaal niet erg gevonden als ik daar ook iets van had meegekregen. Ik had helemaal geen magie.

We werden allemaal kletsnat van het zilveren sproeiwater dat tegen de rotsen spatte. Het water was koud en de lucht ook. Ik kon Bingo horen klappertanden, niet alleen van de kou maar ook van de pijn in zijn enkel.

'Gaat het nog?' vroeg ik, terwijl we over de smalle richel schuifelden.

'Nee,' zei hij.

We waren er bijna. Ik was al een paar keer bijna uitgegleden. Ik was bang dat ik mijn evenwicht zou verliezen, dus besloten we dat het veiliger voor hem was om te lopen dan op mijn rug te zitten.

'Zodra we om de watervallen heen zijn, draag ik je weer verder tot aan de opening,' beloofde ik.

Dus liep ik voorop, gevolgd door de hinkende Bing, dan Erica, en de tegenstribbelende Rosie vormde de achterhoede.

'Van wie was dit geweldige idee eigenlijk? Shit, Bingo, eigenlijk moest ik je je nek omdraaien omdat je ons deze ellende hebt bezorgd. Ik vries verdomme bijna dood. Waar is die verrekte uitgang nou?' Rosie had vanaf het moment dat hij vast was komen te zitten alle geestdrift voor de hele onderneming verloren.

'Laat nou maar,' zei ik. 'Daar schieten we niets mee op. En trouwens, jij vond het zelf ook allemaal een mooi avontuur, tot je erachter kwam dat je ook echt van je dikke reet moest komen... En nu ik het er toch over heb, daar is deze ellende allemaal mee begonnen.'

Bingo keek me even met opgetrokken wenkbrauwen aan, maar was kennelijk wel verguld met het idee dat ik zijn kant koos en niet die van Rosie.

Ik was nog maar net uitgemopperd, toen Erica ineens naar adem leek te happen en een kort kreetje slaakte. Haar voet gleed onder haar weg en Bing stak instinctief zijn hand uit om haar vast te pakken voordat ze viel. Maar door de onverwachte beweging en de ruk verloor hij zelf zijn evenwicht. Ik zag wat er gebeurde en probeerde hem te grijpen... maar het was al te laat.

'Collie...' zei Bingo zacht terwijl hij viel, zonder angst in zijn stem, midden in de lucht, vlak naast me. De tijd stond stil en hij leek zo dichtbij dat ik hem bijna kon aanraken. Misschien heb ik dat ook wel gedaan. Volgens mij wel. Ik heb zijn vingertoppen gevoeld, dat weet ik zeker. Maar toen stortte hij omlaag en kwam in het water terecht, waar hij voor een klein spektakel zorgde. Een blauw-zwart-zilveren watergordijn spatte omhoog voordat zijn kastanjekleurige hoofd onder de klaterende oppervlakte verdween, een kolkende ketel van wilde stromingen waarvan de herrie het geluid van zijn val overstemde.

'Bingo!' schreeuwde ik, maar mijn schreeuw was een bleek en bloedeloos gefluister, even bleek en bloedeloos als ik, omdat ik er niet in slaagde al dat lawaai te overstemmen.

'Bingo! Bingo!' vormden Erica en Rosie het koor.

'Jezus, Collie!' zei Rosie terwijl hij me vol verwachting aankeek.

'Doe iets!' gilde Erica me toe.

Alles gebeurde zo snel... het was net alsof er ineens iemand met een geweer was komen opdagen. Pang en hij viel. Pang, jezus, Erica sprong hem na. Erica, jezus, wat doe je nou? Pang, gevolgd door Rosie. Rosie, weet je dan niet meer dat jij wordt geacht een lafaard te zijn? Iedereen weet dat je geen knip voor de neus waard bent. Wat krijgen we nou? Een held, dat hou je toch niet voor mogelijk, een verdomde held. Kom terug, Rosie! Pang, pang, pang en de een na de ander verdween onder het steeds donker wordende woelige water. Allemaal weg. Ze hadden net zo goed van de top van een berg in een lege ruimte kunnen vallen. Wat dachten ze nou eigenlijk? En ik, wat dacht ik daar met mijn rug tegen de rotswand?

'Collie!' Daar was hij. Ik hoorde hem.

Ik hield me krampachtig vast aan de wand, waardoor ik mijn handen tot bloedens toe openhaalde aan de scherpe randen van de brokkelige rotssteen. In de opening verderop viel een zonnestraal op een stukje water, waardoor er ineens iets verlicht werd.

Ik wees. 'Daar is hij!' riep ik uit, hoewel er niemand anders was dan ik, struikelend en vallend weer naar beneden klauterend, naar een richel naast de kolk, vlak bij de plek waar ik hem in het water had zien vallen. En daar bleef ik wachten, in de wetenschap dat hij zijn adem een eeuwigheid kon inhouden. Er speelde van alles door mijn hoofd, van alles, behalve het idee om er ook in te springen.

Ik wist dat de anderen geen schijn van kans hadden, want dat waren per slot van rekening maar gewone menselijke wezens. Maar Bing was een ander geval. Bing was pure magie. Ik bleef daar maar staan rillen tot ik moest overgeven en in mijn broek plaste. Naar mijn gevoel heb ik daar dagenlang op hem staan wachten.

Dat hield ik vol tot mijn zaklantaarn uitging en ik alleen in het donker achterbleef. Het enige wat ik hoorde, waren het bruisende geluid van het water en de griezelige kreten van de nachtvogels die boven mijn hoofd rond de opening van de grot cirkelden. Toen ik niet meer in staat was om mijn hoofd omhoog te houden, zakte ik op mijn knieën, doorweekt en onder het mos, steenkoud. Helemaal hol vanbinnen. Het enige licht kwam van de maan die over het zwarte wateroppervlak speelde, terwijl de zwarte vogels om me heen cirkelden en over mijn hoofd scheerden.

Toen het licht verdween, wist ik dat hij dood was, begraven op de bodem van de poel. Hoofd achterover. Gezicht omhoog naar het schijnsel op het wateroppervlak. Een blauw waas over zijn huid, zijn lippen, zijn vingernagels. Geen ademhaling meer. Geen bloedsomloop meer. Geen. Hartslag. Hersencellen die een voor een afstierven.

Ik wist dat ik hulp moest gaan halen. Op de een of andere manier slaagde ik erin om via de kalksteenrichel naar de opening te klimmen, maar ik kon het niet over mijn hart verkrijgen om hen daar alleen in de grot achter te laten. De volgende ochtend werd ik gevonden door een ander stel dagjesmensen en die haalden hulp.

Erica en Rosie werden meteen gevonden. Bingo duurde langer. Ik was erbij toen de politieduikers hem ontdekten en uit het water trokken. Hij hield het kettinkje dat ik om mijn hals droeg in zijn vingers geklemd, mijn medaillon van Sint-Franciscus van Assisi, de beschermheilige der dieren. Dat had hij in zijn val van mijn hals getrokken. Kennelijk had hij net zo wanhopig geprobeerd mij vast te grijpen als ik hem. Het enige wat hij voor zijn moeite kreeg, was een handvol goedheid en moed van iemand anders, de heldendaden en het martelaarschap van iemand anders.

Er viel niets aan te doen, helemaal niets. Bingo was dood, dat zag je zo. Hij was bleek, zo bleek dat hij doorschijnend leek, met een tintje blauw onder zijn ogen, puur Iers blauw in zijn holle wangen. Zijn haar zat vol zand en lag achterover, uit zijn gezicht, glad, nat en glanzend.

Een roerloosheid die ik nog nooit van mijn leven had gezien.

Ik had altijd gedacht dat doodgaan net zoiets was als slapen. Maar niets aan Bingo wekte de indruk dat hij lag te slapen. Hij was stil en leeg, alsof hij ver weg was getrokken en alleen een enorm vacuüm had achtergelaten. Een beetje water sijpelde uit zijn mond. De grond waarop hij lag, raakte helemaal doorweekt van al het water dat van hem af liep.

'Hij smelt weg,' zei ik en die gedachte joeg me de stuipen op het lijf.

Hij had een diepe, smalle snee boven zijn oog. De wond had de vorm van een halvemaan en liep van zijn ooghoek naar de punt van zijn jukbeen, zo volmaakt halfrond dat het leek alsof een ervaren chirurg met zijn scalpel in de weer was geweest. Er sijpelde water uit. Geen bloed. Ik vroeg me af of zijn bloed in water was veranderd.

Ik zweer bij God dat ik daar nog steeds zou zitten, daar op die plek, dat ik voor eeuwig op hem zou hebben gewacht en hem nooit alleen zou hebben gelaten, als er niet iemand naar me toe was gekomen die me weghaalde.

Hij was bang, dat wist ik gewoon instinctief. Hij was voor ontzettend veel dingen bang toen hij nog klein was, hij begon al te trillen als hij een bij zag en hij stierf duizend doden als hij naar de dokter moest of als zijn haar geknipt moest worden.

Toen leerde oom Tom hem een rijmpje over een muisje dat in een kroeg woonde en stiekem 's nachts uit zijn holletje kwam om het bier te drinken dat op de vloer was gemorst.

'En daarna zat hij plat op zijn gat en brulde de hele nacht: "Kom op met die verrekte kat!"'

Daarna riep Bingo iedere keer als hij ergens bang voor was: 'Kom op met die verrekte kat!'

En het werkte. Iedereen dacht dat hij nergens bang voor was, behalve oom Tom en ik.

Ik maakte mezelf wijs dat alles in orde was. Hij was niet alleen. Hij had die verrekte kat bij zich.

15

Ik werd door de agenten naar huis gebracht. Ik dacht tenminste dat het agenten waren, ook al waren ze gewoon in burger, want ze hadden alle gebruikelijke kenmerken: het starre, formele taalgebruik, de snorren die bijna standaard verplicht leken en het volslagen gebrek aan humor, al was ik zelf nu ook niet bepaald een lachebekje.

Pa stond op de veranda aan de voorkant op me te wachten.

Hij trok me stijf tegen zijn borst en begon toen te huilen. Hulpeloos en onbehaaglijk in zijn omhelzing zag ik in het donker het spookachtige silhouet van Sykes. Hij kwispelde een beetje bij wijze van begroeting, voordat hij tegen pa opsprong in een poging hem te troosten. Maar die avond was er in de hele wereld geen troost te vinden.

De hordeur viel achter me dicht en ik liep de verblindend lichte keuken in, omringd door blaffende en kronkelende honden. De agenten waren kennelijk overdonderd door al die herrie, terwijl Jackdaw en Mambo achter me keken waar Bingo bleef. Daarna gingen de honden liggen en sukkelden een voor een op de grond in slaap, kwispelend en bonkend in afzonderlijke hoopjes haar en botten. En toen werd het weer stil, met uitzondering van pa die maar bleef huilen en de agenten die hun keel schraapten en vroegen of we behoefte hadden aan een dominee of een pastoor of misschien een glaasje water wilden.

Het duurde heel lang voordat mijn moeder uit de eetkamer opdook en leek te wankelen toen ze mij in het oog kreeg. Ze had haar handen in de lucht, alsof ze moeizaam balancerend over een koord liep dat over de Grand Canyon was gespannen. Toen maakte ze diep in haar keel een afschuwelijk rochelend geluid, alsof ze vanbinnen verroest was, en pas op dat moment drong het tot me door dat mijn ouders er geen flauw idee van hadden gehad wie van ons beiden verdronken was.

Haar starre ogen waren duistere kamers toen ze op me af liep en haar hand met een grote zwaai zo hard op mijn gezicht terecht liet komen dat ik tegen de muur klapte en mijn kaak op twee plaatsen brak.

De honden werden meteen stapelgek en begonnen te grommen en te blaffen. De helft sprong tegen ma op, de rest stortte zich rukkend en bijtend op mij. Andere raakten zo over hun toeren dat ze elkaar aanvielen, zodat er overal in de keuken harige plukjes vechtende, overspannen honden rondtolden.

Aanvankelijk voelde ik niets toen ik wankelend opzij viel, maar meteen daarna was de pijn al zo verpletterend dat de hele wereld om me heen instortte. Terwijl ik tegen de muur leunde, begaven mijn knieën het en ik zakte langzaam in elkaar, waardoor mijn natte kleren een natte plek achterlieten op het oude pleister.

'Goeie genade!' zei de grootste agent.

'Mijn God, Anais!' zei pa, snakkend naar adem. Hij rende naar me toe.

'Hé daar! Laat hem met rust, verrekte Vrouw K!' Oom Tom kwam in zijn lange onderbroek de keuken binnenhollen. Hij had aan de deur staan luisteren en zich vast moeten houden aan de sponning om overeind te blijven. Zijn tong sloeg dubbel, zijn bril stond scheef, hij stonk naar urine en was zo dronken dat hij niet meer op zijn benen kon staan. Aan zijn gezwaai was te zien dat hij al drie of vier dagen aan het zuipen was.

'De herrijzenis,' zei hij, terwijl hij wankelend een heroïsche pose aannam, met zijn wijsvinger op de hemel gericht. 'Wee u, die zonder geloof zijt. Hij is niet dood. De wederopstanding volgt. Hij zal herrijzen, let op mijn woorden.'

'Lieve hemel nog aan toe, Tom, maak het nog niet erger,' zei pa die op zijn knieën naast me zat met zijn gezicht in zijn handen. Hij wreef in zijn ogen alsof hij alles wat hij zag weg wilde poetsen.

'Er is niets veranderd, helemaal niets,' zei Tom. 'Alles is nog hetzelfde als vanmorgen. Hij heeft samen met mij ontbeten. Ik heb eieren met spek voor hem gemaakt. Met een hele dooier, precies zoals hij lekker vindt. Hij heeft twee kaneelbroodjes gegeten. En vers sinaasappelsap gedronken.'

Hij begon te zingen. 'Tom Flanagan bakt lekkere eitjes met spek voor Bingo... Tom Flanagan bakt lekkere eitjes met spek voor zijn knul...'

'Verdomme, Tom, ben je gek geworden? Je bent al dagenlang je kamer niet meer uit geweest. Moet je zien hoe je eruitziet, je matras is doorweekt en het hele huis stinkt naar je.'

Pa stak zijn armen omhoog in een weids V-gebaar alsof hij het hele pantheon wilde omhelzen. 'Is dit de geur waarmee wij onze dode jongen herdenken, de pislucht van Tom Flanagan?'

Wat mij betreft, ik kon nauwelijks lucht krijgen. Ik snakte naar adem en slikte mijn bloed in. Ondertussen stond Sykes met vier poten op mijn borst en likte mijn gezicht af terwijl ik mezelf moeizaam overeind hees. Voorovergebogen spuugde ik een mondvol uit van de troep die ik had ingeslikt. Mijn handen en gezicht zaten onder het bloed en zand.

'Je moet hebben gezien dat hij onder water verdween. Ben je blijven kijken? Eigenlijk had je je om moeten draaien. Mensen die door hun ramen naar buiten gluren, kunnen erop rekenen dat ze een emmer bloed in hun gezicht krijgen,' zei oom Tom, die zich met uitpuilende ogen naar me bukte.

'Waarom moest hij het zijn?' zei ma tegen de agenten voordat ze zich omdraaide en mij met felle, brandende ogen aankeek. De chaotische kracht van de gevoelens die erin te lezen stonden, hield mij aan mijn plek vastgenageld.

'Waarom kon jij het niet zijn?' zei ze zo zacht dat ik me moest inspannen om haar te verstaan.

Direct daarna was ineens het wit van haar ogen te zien, haar armen werden slap, haar knieën knikten, haar huid werd bleek, haar krullen zakten uit en haar tenen krulden om toen ze als een kapotte steiger in elkaar klapte en met een catastrofale dreun op de grond terechtkwam, waarbij ze Tom die al slagzij maakte als de *Titanic* op een haar na miste.

'Zagen jullie dat?' vroeg hij, terwijl hij van haar wegdraaide en zwalkend de eerste de beste deurgreep pakte om op zijn benen te blijven staan.

'Ze probeerde me te vermoorden. Ze heeft altijd gezegd dat ze mij mee zou nemen. Arresteer die vrouw! Ik dien een aanklacht in wegens poging tot moord.'

'Lieve God, het lijkt de Kristallnacht wel,' zei pa. Hij bleef maar 'Anais! Anais!' roepen terwijl hij samen met de agenten de ene na de andere hond van haar levenloze lichaam trok, tot hij naast haar op zijn knieën viel en haar bij de schouders pakte.

'Als jullie haar niet oppakken, doe ik het,' tierde Tom.

'Ze is dood, idioot,' schreeuwde pa. 'Ik wil dat die vent gearresteerd wordt,' zei hij onlogisch tegen de agenten die zich op dat moment waarschijnlijk afvroegen of ze zelf ook zonder het te weten waren overleden en ergens in een donker hoekje in de hel waren beland.

'Doe nou eens rustig aan,' zei de kleinste eindelijk. 'Jullie hebben allemaal een verschrikkelijke schok gehad… eigenlijk een paar schokken achter elkaar…' Hij klonk verward.

'Als de katholieke kerk paus Formosus negen maanden na zijn begrafenis weer kan opgraven om hem te beschuldigen van meineed en hem in een rechtszaal kan zetten om hem te beschuldigen, dan kan ik ook een dode vrouw laten arresteren.' Tom kon zijn mond niet houden, hij wist niet eens hoe dat moest. Als je met Tom in hoogsteigen persoon werd geconfronteerd wist je meteen hoe het voelde om een auto te zijn in zo'n geautomatiseerde wasstraat, waar water, zeep, slangen, borstels, flappen en hete lucht van alle kanten op je af kwamen zonder dat het eind in zicht was.

Dat alles speelde zich voor mijn ogen af terwijl ik op de grond zat en met mijn hand mijn gebroken kaak op de plaats hield en de tranen als een waterval over mijn gezicht biggelden. Mijn moeder lag klein en roerloos tegenover me. Haar gezicht was wit, haar haar had een warme kastanjebruine glans en haar lippen weken iets van elkaar, waardoor het bovenste randje van de tanden in haar onderkaak te zien was, terwijl de agenten worstelden om de honden bij haar weg te houden. Oom Tom had zich slap in de keukenstoel laten vallen en zat met grote ogen naar ma te kijken. Pa kwam overeind, maar wankelde op zijn benen.

Punch, een van de poedels, probeerde me zover te krijgen dat ik ook opstond door met zijn voorpoten over mijn kuiten te krabben.

De andere honden troepten om me heen en wilden me alleen maar overeind zien komen, zodat alles weer een vorm kreeg die ze herkenden. En ondertussen bleef de hordeur onafgebroken open en dicht gaan, klapperend in de wind.

Pa en de agenten slaagden er ten slotte toch in om alle honden op één na de keuken uit te krijgen naar de veranda, waar ze tegen de gesloten deur blaften en tegen de ramen op sprongen. Lenin stond als een Cerberus over ma's lichaam en dreigde iedereen die in de buurt kwam te verscheuren. Dat gold ook voor pa, die het algauw opgaf en zijn hoofd op de keukentafel legde, bedolven onder zijn armen. Zijn schouders schokten. Oom Tom was verdwenen.

'Wat is dat verdorie voor een beest? Een beer?' vroeg een van de agenten, terwijl Lenin grauwend naar hem uitviel. Hij keek me aan en ik haalde mijn schouders op en gorgelde, niet in staat om ook maar een woord uit te brengen terwijl ik mijn gezicht bij elkaar probeerde te houden. Lenin had net zo goed een beer kunnen zijn. Als je een owcharka een hond noemt, kun je net zo goed zeggen dat een gorilla een aapje is. 'Een owcharka,' was een van ma's favoriete uitspraken, 'is geen golden retriever.'

Ik had het gevoel dat ik iets moest doen, dus sleepte ik mezelf over de tegels naar Lenin, die toekeek hoe ik dichterbij kwam. Daarna stak ik mijn hand uit om hem over zijn snoet te aaien en hij begon voorzichtig te kwispelen. Hij ontspande een beetje toen ik naast ma ging zitten, maar hij werd pas echt kalm toen hij zich naast haar nestelde en haar gezicht begon te likken. Lenin was het helemaal niet eens met de tijdsindeling die ma erop nahield en hij sprong vaak laat in de middag op haar bed om naast haar te gaan liggen en haar gezicht te likken tot ze eindelijk bereid was om wakker te worden.

Toen er eindelijk een paar ambulances verschenen om ons weg te brengen, was het laatste wat ik van ma zag dat de ziekenbroeders haar op een brancard legden en Lenin die op zijn achterpoten stond en haar gezicht bleef likken in de hoop dat ze weer wakker zou worden.

Voordat de deuren van de ambulance dichtvielen, keek ik omhoog naar Bingo's kamer. Het raam stond wijd open. Ik hoorde hoe alle ramen in elke kamer van het huis een voor een systematisch open werden gedaan, waardoor de gordijnen in de wind wapperden.

En ik hoorde hoe de keukendeur openzwaaide en zag hoe de honden naar binnen en naar buiten holden. Het laatste wat ik zag, was oom Tom op de veranda, voor de voordeur die ook wijd open stond, net als alle andere deuren en ramen van het huis. Er was niets meer dat het vertrek van ma en Bingo tegen kon houden.

16

Ik kwam een paar uur later met een bonzend hoofd bij, in een kamer die om me heen tolde en met een kaak die met ijzerdraad op z'n plaats werd gehouden. De felle plafondlampen in de gang van het ziekenhuis, de stiekem fluisterende verpleegsters, de zwakke geur van alcohol en de gevolgen van de narcose bezorgden me een misselijk gevoel. Pa was zo zat als een Maleier en boog zich over me heen. Zijn haar vormde een onregelmatige skyline, zijn blozende Keltische gezicht was centimeters verwijderd van het mijne en hij klonk als een van de vluchtelingen uit 'Going my way'.

'Sjongejonge, Collie, wat heb jij een toestand achter de rug. Je bent net geopereerd. Je moeder, God hebbe haar ziel, heeft een behoorlijke oplawaai uitgedeeld. Ze had de kracht van iemand die net een verlies heeft geleden, de waanzin van een dode. Maar jij wordt weer helemaal beter en je papa is bij je. Ik zal overal voor zorgen, je hoeft je nergens zorgen om te maken. En mammie en Bingo zijn nu in de hemel, waar vast een heleboel honden zijn, denk je ook niet, Collie? Maar je moet niet proberen te praten, hoor. En je mag ook beslist niet piekeren. Ik wil niet dat je ergens over inzit, denk er alleen maar aan dat je papa de touwtjes in handen heeft en overal voor zorgt, dat alles weer helemaal in orde komt,' zei hij met dubbele tong terwijl hij met moeite zijn tranen verdrong.

Ik keek hem met grote ogen aan en besefte eindelijk wat er bedoeld werd als mensen zeiden dat ze ineens door een gevoel van doodsangst werden bekropen.

'En het kan me niets schelen wat er gezegd wordt, maar jij bent de dapperste van allemaal en ik draai iedereen de nek om die het tegendeel beweert. Als jij achter hem aan gesprongen was, zou je nu ook dood zijn.'

Hij pakte mijn hand vast. 'Ik ben nog nooit zo trots op je geweest, Collie. Ik barst van de trots over mijn zoon. Jij hebt je verstandig gedragen, daar kan niemand iets tegen inbrengen.'

Zwaaiend op zijn benen trok hij een pak kaarten uit zijn achterzak. 'Kun je een kaart in gedachten nemen, Collie? Trek er maar een.'

Terwijl hij zich oprichtte, begon hij te wankelen en terwijl hij klaagde dat hij zich helemaal niet lekker voelde, zakte hij bewusteloos neer op mijn borst, met zijn volle gewicht van meer dan tweeënnegentig kilo. Hij lag dwars over mijn gezicht, de kaarten over het hele bed verspreid, en ik snakte naar adem. Hij leek op een plastic zak die om mijn hoofd sloot. Ik begon sterretjes te zien en maakte mezelf op om ter plekke te sterven, toen een van de verpleegsters zag dat ik in de problemen zat en hem samen met een broeder van me af trok. Het leek alsof de hele wereld om me heen draaide, terwijl zij vol walging hun hoofd schudden over zijn toestand.

Ik sloot mijn ogen en ging onder zeil. De uren, en misschien wel dagen, gleden voorbij. Het volgende gezicht dat ik zag, was mijn eigen smoel dat langzaam maar zeker de wazige vorm aannam van de grote, machtige Peregrine Lowell die zich over me heen boog.

'Ik neem aan dat je wel wilt weten wat er met je moeder is gebeurd,' zei hij. 'Het schijnt dat ze is overleden als gevolg van iets dat stresscardiomyopathie wordt genoemd, een aandoening die alleen voorkomt bij vrouwen van middelbare leeftijd die een bijzonder traumatische schok hebben gehad, hoewel ik artsen erop heb gewezen dat King Lear aan precies hetzelfde is overleden. Dat voorbeeld scheen hun totaal onbekend te zijn. Het is niet altijd fataal, dat hoeft het tenminste niet te zijn, maar helaas bleek het in het geval van jouw moeder wel dodelijk te zijn.'

Hij slaakte een diepe zucht en blies vervolgens langzaam zijn adem weer uit, alsof het hem moeite kostte om zijn ademhaling onder controle te houden.

'Maar goed, Collie, ik wil je op je hart drukken dat jij nergens schuld aan hebt.' Zijn blik was enigszins afgewend, hij concentreerde zich op de zwarte baret die hij in zijn handen had. Zijn vingers bleven de stof onbewust kneden. Hij zweeg even en keek me recht aan. 'Ik moet wel toegeven dat het erg verleidelijk is om alle schuld op jouw schouders af te wentelen. Per slot van rekening was jij degene die het plan opperde om naar de grotten te gaan, samen met je jongere en onervaren broer, en een dergelijk bedenkelijk plan uit te voeren zonder je ook maar een moment af te vragen of dat wel veilig was.'

Hij legde zijn pet opzij en begon de lakens op mijn bed glad te strijken terwijl hij doorpraatte. Hij trok ze helemaal recht en stopte ze zo strak in dat ik het gevoel kreeg van een erwt in een witte katoenen dop.

'Met als resultaat dat niet alleen Bing dood is, maar ook je moeder en twee andere jonge mensen, onder wie de enige kleinzoon van Telfer Ferrell. En ik twijfel er geen moment aan dat je moeder nog in leven zou zijn, als ze niet zo'n verschrikkelijke schok had gehad door Bings vreselijke, voortijdige dood.' Hij zweeg even en bekeek het resultaat van zijn werk, waarbij zijn lippen in een flauw lachje omhoogkrulden toen hij tot zijn tevredenheid besefte dat ik me niet meer bewegen kon. Hij bukte zich, keek me recht in de ogen, legde zijn hand op mijn rechterarm, het enige lichaamsdeel dat niet bedekt was, en stopte die ook onder de lakens om vervolgens de dekens tot aan mijn kin op te trekken.

'Als je nagaat wat een bloedbad het is geworden, zou je gewoon de neiging krijgen om God te danken dat je niet bewust al dat onheil hebt willen aanrichten,' deelde hij glimlachend de nekslag uit.

Hij leek sprekend op een fles cognac, van top tot teen gehuld in die warme, donkere tint, lang en slank en zo schitterend gekleed dat het me pijn aan de ogen deed.

'Afgezien daarvan wil ik je wel duidelijk maken dat ik jou het gebeurde niet kwalijk neem en dat ik ook niet van mening ben dat je een lafaard bent omdat je niét hebt geprobeerd je broer te redden. Je hebt juist gehandeld.' Hij aarzelde. 'Laten we tenminste hopen dat het een weloverwogen besluit is geweest en geen lafhartig gedrag. In dat opzicht ben ik bereid je het voordeel van de twijfel te gunnen, hoewel andere mensen misschien niet zo groothartig zullen zijn. Ik laat het maar over aan je geweten, dan kunnen jij en Bing het samen in het hiernamaals uitzoeken. Aangenomen natuurlijk dat katholieken ook naar de hemel gaan, wat weer een heel ander onderwerp is. Mag ik ervan uitgaan dat we elkaar begrijpen?'

De tranen sprongen me in de ogen, zodat ik alles door een waas zag, een onwillekeurige reactie op al het verdriet dat in me opwelde. De Valk trommelde ongeduldig met zijn vingers op de rugleuning van een stoel.

'Goed. Dan laten we de zaak verder rusten. Je gaat in de herfst gewoon verder studeren. Je moet je nu helemaal op de toekomst concentreren. Als je afgestudeerd bent, kun je bij de krant gaan werken. Ik wil dat je daar van onderaf begint. Ik heb geregeld dat je met mij mee naar huis kunt. Dat verdomde ziekenhuis heeft nu lang genoeg geduurd…' Hij maakte een afwerend gebaar, terwijl zijn ogen vol walging door de kamer gleden.

De Valk haatte artsen, hij was de vernedering van een colonoscopie die hij op zijn vijftigste had ondergaan nooit te boven gekomen. Hij huldigde de mening dat het onderzoek niets anders was dan een klinisch geoorloofde vorm van sodomie en was daarna nooit meer bij een dokter geweest.

'Je komt bij mij in huis,' zei hij vaag met een blik op de gang, waar iets zijn aandacht leek te trekken hoewel er niemand te zien was. 'Dat zou je moeder ook gewild hebben, zeker nu,' voegde hij eraan toe, in de wetenschap dat mijn moeder door mij naar Cassowary te verbannen me min of meer verteld zou hebben dat ik naar de hel kon lopen… een passende straf voor wat er was gebeurd.

'Wat is er?' vroeg hij en keek me aan. Er verscheen een geërgerd trekje rond zijn mond toen hij zag dat ik peinzend fronste.

'Hoe zit het met pa? En oom Tom?' schreef ik met bibberende vingers op het gele aantekenblokje dat op het tafeltje naast mijn bed lag. Mijn schouders hingen omlaag van vermoeidheid en bij de pogingen om door mijn neus adem te halen sprongen de tranen me opnieuw in de ogen.

Hij keek neer op mijn briefje voordat hij het papiertje keurig van het blok trok en in kleine stukjes scheurde, die op de grond terechtkwamen.

'Wat is er met hen?' vroeg hij, terwijl hij naar de deur liep, vergenoegd dat ik geen woord kon uitbrengen. We hadden nog nooit zo'n aangenaam gesprek gehad.

Er was een gezamenlijke uitvaartdienst voor Bingo en ma in Boston, in dezelfde kerk waar ma en pa getrouwd waren. Hun glanzende doodskisten stonden voor het altaar, zo dicht bij elkaar dat ze elkaar bijna raakten. Ik zat op de voorste bank, met een donkerpaars en gezwollen gezicht. Oom Tom zat aan de ene kant naast me, met een heldere oogopslag, schoongeboend en nuchter. Hij rook naar frisse lucht. Mijn grootvader zat aan de andere kant, met handschoenen aan en een zijden sjaal om zijn hals die hem moest beschermen tegen de ziekte die katholicisme heette. Pa was in geen velden of wegen te zien.

'Onvergeeflijk,' zei de Valk, die het stof van zijn schoot sloeg en zijn blik over de banken liet glijden om in stilte de koppen te tellen.

Pa kwam halverwege de mis opdagen en zwalkte over het middenpad van de kerk, waggelend naar links en strompelend naar rechts. Hij schreeuwde tegen de priesters en maakte de gasten van de Valk uit voor alles wat mooi en lelijk was, voordat hij zich op mij stortte.

'Dit was de laatste keer dat je me een dolk in de rug hebt gestoken, vuile lafaard. Eerst laat je je lieve broertje verdrinken, die duizend keer meer waard was dan jij, en dan jaag je je moeder de dood in. Je had haar net zo goed een mes in het hart kunnen steken. Ga zo verder, lafaard, verrader, bastaard, ik heb je vuile streken door.'

'Pa, alsjeblieft…' zei ik binnensmonds en met opeengeklemde kaken. Ik snapte niet dat ik nog steeds niet kon geloven dat alles nog erger kon worden.

'Meneer Flanagan, u bent duidelijk overstuur,' zei een van de priesters.

'Je hoeft bij mij niet aan te komen met die priesterlijke lulkoek,' zei pa. 'Stelletje verkrachters. Je zou de wil van God nog niet herkennen als die uit de hemel neerdaalde en je in je rimpelige kont beet.'

Vuurrood en sprakeloos liet de jezuïet zijn begripvolle houding varen en wenkte dat de lekenbroeders achter in de kerk pa naar buiten moesten brengen.

Pa had nooit geleerd om zijn verlies met waardigheid te dragen. 'Waardigheid,' zei hij altijd, 'is de laatste toevlucht van schooiers.' Hij begon meteen om zich heen te meppen toen ze bij hem in de buurt kwamen.

Het koor bleef rustig doorgaan met het martelen en vermoorden van het Ave Maria. Pa hief zijn vuist op naar het balkon. 'Katholieken kunnen niet zingen! Katholieken kunnen niet zingen!' waren zijn wanhopige afscheidswoorden, terwijl zijn stem door het voorportaal weergalmde.

Ik voelde de ogen van de hele wereld in mijn nek. Arme Collie, wat moeten we toch met hem aan, nu hij onlangs als een morele en fysieke lafaard is ontmaskerd? En wat moeten we met die vent, zijn ordinaire Ierse vader, die tierende zatlap op wie hij kennelijk lijkt?

Terug in het huis van mijn grootvader moest ik me een eindeloze reeks beleefde vragen en meevoelende woorden laten welgevallen van mensen die het nauwelijks konden opbrengen om me aan te kijken. Ik bleef knikken en flauw glimlachen, geharnast in goede manieren terwijl om me heen het koor van stemmen steeds sterker en eenduidiger werd, monotoon als het goddeloze lied van krekels in hartje augustus.

'Die arme Anaïs is aan een gebroken hart gestorven,' hoorde ik twee vrouwen zeggen die bevriend waren met de Valk. 'Ze aanbad die jongen. Ik heb begrepen dat haar hart op slag stilstond.'

'Ik heb gehoord dat zij de kaak van die oudste jongen heeft gebroken. Ze moet waanzinnig zijn geweest van verdriet. Ontzettend tragisch. De koude rillingen lopen me over de rug als ik eraan denk. Haar dood voelt aan als een vloek. Arme Colin...'

De andere vrouw keek verbaasd op. 'Is dat niet een tikje melodramatisch? Anaïs was toch geen zigeunerin? En trouwens, volgens mij heet hij Collier.'

Ik luisterde niet verder en liep naar de studeerkamer, waar ik op de brede vensterbank ging zitten en naar buiten staarde.

In Japan noemen ze wat ma was overkomen 'tako tsubo', wat letterlijk vertaald 'inktvisval' betekent. De linkerhartkamer puilt uit en zwelt op, waardoor dat deel van het hart er op een röntgenfoto uitziet als een traditionele fuik voor het vangen van inktvissen.

Toen ma stierf, liet ze de octopus uit de fuik. Inmiddels kon ik de beklemmende greep van die lange tentakels al voelen.

Ingrid, de huishoudster, kwam me zoeken en bracht me met haar arm om mijn schouders terug naar het hoofdgedeelte van het huis, waar de gasten van de Valk nog steeds rondhingen.

'Je kunt nu maar beter niet alleen zijn,' zei ze.

Het was heet. De zon was fel en sterk. Ik liep naar het openstaande raam in de kersenhouten lambrisering van de eetkamer en bleef ervoor staan. De gordijnen hingen te wapperen, maar het briesje voelde wollig warm aan. Iedereen voelde zich gegeneerd en verward en ieder teken van vriendelijkheid kwam aan als een scherp verwijt.

Tot de grond toe afgebrand en met het gevoel dat ik ieder moment in vlammen op kon gaan trok ik me terug in mijn kamer op de eerste etage, waar ik treurig op de rand van mijn bed ging zitten terwijl ik mijn glazen kaak met mijn hand ondersteunde. Mijn ogen waren wijd open en toch kon ik niets zien. Alles was donker om me heen.

'Collie,' hoorde ik iemand op gedempte toon roepen. Een handvol grind spatte tegen het slaapkamerraam.

Ik trok het gordijn open. Pa stond beneden, een zedeloze Romeo die zijn bevlekt pleidooi hield.

'Heb je nog een haverkoekje over? Of een pakje karnemelk? Zeventien houtblokken om je ouwe pa warm te houden? Kom je iedere zaterdagavond naar me toe om mijn haar te wassen? Ben je bereid om me om de paar dagen in bad te doen?'

Hij schraapte zijn keel en onderbrak zijn doelloze geleuter. 'Ik zal de poëzie maar laten zitten, Collie, en ter zake komen. Zou je me twintig piek kunnen lenen? Naar het schijnt hebben we van gebakken lucht geleefd. Je lieve moeder heeft het merendeel van haar vermogen al jaren geleden uitgegeven, voornamelijk aan al die communisten. Je grootvader heeft ons onderhouden, maar nu heeft hij alle rekeningen geblokkeerd, waardoor ik bijna niks meer over heb, behalve een zielig maandelijks bedragje. Ik heb net genoeg om eten voor de honden te kopen.'

Ik gebaarde dat hij even moest wachten, liep naar de ladekast, pakte mijn portemonnee en haalde er alles uit wat erin zat: drie briefjes van twintig. Het duurde even voordat ik er papieren vliegtuigjes van had gemaakt, toen leunde ik uit het raam, liet de drie bankbiljetten vallen en keek toe hoe ze kalm, als een onwaarschijnlijke reddingsvlucht, naar beneden zweefden. Pa deed zijn best om ze meteen uit de lucht te plukken.

'Je bent een kei, Collie. Dat zal ik nooit vergeten. Ik ben een gebroken man, maar ik heb mijn eigenwaarde. Ik laat me niet omkopen en ik zweer bij God dat ze me nooit onder de plak zullen krijgen. Dat kunnen ze je nooit afpakken, ook al doen ze nog zo hun best. Als je er maar voor zorgt dat die klootzakken je er nooit onder krijgen, Collie, je moet me beloven dat je je nooit over zult geven.'

Je kunt je moeilijk overgeven als je je nauwelijks verzet. Ik was pa niet – pa wist nooit van ophouden.

'Collie,' zei pa terwijl hij zich omdraaide en nog even wachtte voordat hij wegliep. Hij keek niet op naar het raam waar ik stond en het witte gordijn opzij hield, maar vouwde de bankbiljetten op voordat hij ze in zijn broekzak stopte. 'Alles is oké. Je moet je niet schuldig voelen. Jij kon er niets aan doen.'

Ik keek alleen maar naar hem en zag zijn profiel dat in houtskool geschetst leek. Ik hoorde wat hij zei, maar het enige waar ik aan kon denken, was dat het morgenochtend weer wel mijn schuld zou zijn en dat pa's emotionele steun even wankel was als een maffiakus.

'Je moeder hield van je, Collie,' zei hij abrupt, alsof hij zich voor iets verontschuldigde.

Ergens in de verte blafte een hond. 'Nou ja,' probeerde pa zich eruit te redden, 'als je af en toe de indruk kreeg dat ze meer om je broer gaf, dan kwam dat alleen omdat ze ervan overtuigd was geraakt dat hij de reïncarnatie was van haar Ierse setter... daar was ze toch ook zo dol op?'

De hond begon steeds harder en dringender te blaffen. 'Jezus,' zei pa ineens woest en liep in de richting van het storende geluid.

Ik stond hem nog steeds na te kijken toen hij allang in het amberkleurige licht was verdwenen.

17

De Valk zat aan de rand van het zwembad met samengekne-pen ogen tegen de zon en te midden van stapels kranten die hem als een fort omringden, toen ik tegenover hem ging zitten, de verpersoonlijking van een donderwolk aan een grijze hemel waar-onder de mist binnenrolde. Hij gebruikte de lunch onder een gro-te, opengeklapte tuinparasol. De Valk was een typisch gewoonte-dier, en iedere dag om tien over twaalf deed hij zich te goed aan roereieren en fruit, aan een tafel die altijd formeel gedekt was met wit linnen en glanzende witte porseleinen bordjes.

Hij keek op van zijn grapefruit, wierp me een lange, kille blik toe en gaf me van katoen.

'Luister eens, Collie, die onzin, dat verduvelde stilzwijgen van jou, heeft nu lang genoeg geduurd. Je kaak is weer beter. Je man-keert niets. Verdriet is niet iets om in te zwelgen, het is iets waar je overheen moet komen. Het is erg onaantrekkelijk als een jonge kerel zo blijft kniezen. Zelfs de honden beginnen te denken dat je niet goed wijs bent.'

Ik pakte een stukje brood en bleef strak naar de boter kijken, terwijl de scherpe woorden van zijn relaas als stenen door de mist langs me heen gleden.

De Valk priemde met iets dat bijna een armzwaai leek de zo-merse lucht aan zijn vork en een rood waas trok over zijn bleke wangen toen zijn boosheid in heftigheid toenam.

'Goeie genade, deze eieren zijn een culinair schandaal. Ingrid, zou het misschien mogelijk zijn om een fatsoenlijke lunch voorge-zet te krijgen of moet ik daar zelf maar voor zorgen?' Hij liet zijn platte hand met zo'n klap op de tafel neerkomen dat het bestek begon te rinkelen, waardoor de kanaries in hun kooien meteen aan het zingen sloegen.

De Valk hield een stuk of tien kanaries in een verzameling antieke kooien die in de grote erker in de eetkamer hingen. Het leek alsof hun opgewektheid door stemgeluid werd ingegeven, want hoe bozer de Valk werd, des te luider en vrolijker werd hun gezamenlijk gezang. Sinds ik bij hem in huis was, kwinkeleerden ze er zo lustig op los dat de ruiten in hun sponningen trilden. In de zomer werden ze dagelijks door het personeel een tijdje buiten gezet.

'Ik heb ze precies zo klaargemaakt als u het lekker vindt. Ik kan me niet voorstellen dat er iets mis mee is,' zei Ingrid met een knipoogje naar mij. Ik glimlachte en pakte de kaas. Ingrid was de huishoudster van de Valk. Ze was al jaren bij hem, al van voor mijn geboorte, toen ma nog een klein meisje was. Ze voerde het bevel over het personeel: de kok, de chauffeur, de tuinlieden, een stel dienstmeisjes en de paardenknecht. En die goeie ouwe Ingrid wist precies waar de vuile was werd bewaard.

'Ze smaken helemaal nergens naar,' foeterde de Valk verder. 'Is het te veel gevraagd dat een ei naar een ei smaakt? Laat maar zitten. Ik hou het wel bij koffie en grapefruit.'

'Nee hoor, geen denken aan. Wees nou niet zo eigenwijs en eet ze gewoon op,' drong Ingrid aan. 'Ik zal ze wel weer even opwarmen. Zo meteen,' zei ze, terwijl ze afwezig verderging met het verwijderen van dode bloemen uit een bos fresia's in een grote vaas midden op de tafel.

'Natuurlijk, Ingrid, neem gerust de tijd. Voor mij hoef je je niet te haasten. Waar was ik ook alweer? O ja, Collie. Waar is je vechtlust gebleven? Toon eens wat pit. Die houding van je, dat nuffige gemok, is verdomme gewoon beledigend. Ik heb een levensfilosofie die me geen windeieren heeft gelegd en die kun je gratis en voor niks van me krijgen.' Zijn stem klonk zo scherp dat ik onwillekeurig rechtop ging zitten terwijl hij zich over de tafel naar me toe boog. 'Zet je schouders eronder!'

Ik brak een stukje van mijn beboterde boterham af en gooide het Cromwell toe.

'Moet je die hond voeren terwijl je aan tafel zit?' Zijn dramatische zuchten werden bijna dodelijk tastbaar en rezen omhoog als paddenstoelwolken die boven ons hoofd bleven hangen.

'Zou u de suiker even aan willen geven?' vroeg ik. Het waren de eerste woorden die ik in bijna een maand hardop had gezegd. Cromwell tilde zijn kop op en begon te kwispelen. Verder was het bijna een anticlimax, want ondanks zijn getier was het de Valk eigenlijk niet eens opgevallen.

'Vind je niet dat je al genoeg suiker binnenkrijgt? Mijn God, je lijkt wel een kind van vijf.'

'Fijn dat je er weer bent, Collie,' fluisterde Ingrid. Ze was op weg naar de keuken, maar bleef even staan om mij in de deuropening tussen de serre en de eetkamer te knuffelen.

Alexandra maakte het een paar dagen later uit. Ze kwam voor een weekendje naar Cassowary en bleef afwisselend huilend en bevend maar doorpraten over hoe verstandig het zou zijn om elk onze eigen weg te gaan. Ze verontschuldigde zich voor het tijdstip, maar zou het gezien de omstandigheden niet veel erger zijn als mijn toekomst op zulke wankele fundamenten zou rusten?

Toen klapte ze helemaal in elkaar en begon, met haar gezicht achter een gordijn van lichtbruin haar, te praten over hoe moeilijk dit voor haar was, hoe vreselijk ze het vond van Bingo en ma en hoe onmogelijk de hele toestand voor haar was.

'Ik zweer bij God dat ik van plan was om het dat weekend al uit te maken, maar toen gingen Bingo en je moeder ineens dood...'

'Geeft niet, hoor,' zei ik en gaf haar een papieren zakdoekje, vergezeld van een platonisch kneepje. 'Ik begrijp het best. Geloof me, als ik een manier wist om het met mezelf uit te maken deed ik dat ook.'

'O, Collie,' jammerde ze met een rood behuild gezicht.

Het maakte niets uit. Het kon me niets schelen. Je had een handgranaat in mijn gulp kunnen stoppen, dan had ik nog niet gereageerd. Ik had het gevoel dat ik niets menselijks meer had, dat ik vanbinnen helemaal leeg was en allang gewend aan het feit dat alles om me heen instortte.

Ik wrong mijn kletsnatte overhemd uit, dat natte sporen van de tropische moesson die zij had veroorzaakt achterliet op de grond, en keek vanuit de eetkamer toe hoe ze wegreed, met een hand als een witte handschoen opgestoken bij wijze van afscheid, toen de Valk ineens geluidloos achter me oprees.

'Tja, ik vind het natuurlijk heel vervelend voor je, maar je kunt het haar toch niet echt kwalijk nemen. Per slot van rekening willen alle vrouwen een ridder zonder vrees of blaam, zeker de types die meteen bereid zijn om het slechtste van je te denken. En helaas hebben de recente gebeurtenissen een paar butsen in jouw harnas achtergelaten, Collie.'

Hij legde zijn handen om mijn hals en kneep zijn vingers samen, in een bizarre en lachwekkende poging tot troost. Alsof je iemand een hart onder de riem kon steken door hem te wurgen.

Ik staarde naar buiten en ik zweer dat ik hem niet in de ruit weerspiegeld zag. Nou ja, mijn eigen spiegelbeeld leek ook een beetje vaag, het was net alsof we allebei op het punt stonden om in het niets te verdwijnen.

Hij liet me los en toen ik me omdraaide zag ik ineens een ingelijst portret van mijn moeder, een olieverfschilderij uit de tijd dat ze een tiener was. Het hing voor het eerst in de eetkamer.

'Dat is vanmorgen gedaan,' verklaarde de Valk toen hij mijn gezicht zag.

'Wat mooi,' zei ik. 'Ze lacht niet.'

'Nee,' zei hij. 'Het lijkt sprekend.'

'Ingrid heeft me verteld dat toen ma nog een baby was ze de hele dag doorsliep en dat je haar kon horen lachen als ze 's nachts in haar eentje in haar wieg lag. Ze zei ook dat ze op haar zesde haar tamme kraai in een regenton heeft verdronken omdat die weggevlogen was met haar bedelarmbandje.'

'Ingrid zou dat soort hyperbolische kletspraatjes moeten bewaren voor de personeelsvertrekken,' zei de Valk terwijl hij recht voor het portret ging staan, met zijn rug naar me toe. Ik ging op de eettafel zitten.

'Hoe was ma toen ze nog klein was?' vroeg ik.

'Je moeder was rechtshandig.'

'Nee, ze was links,' zei ik, verbaasd door die opmerking. 'Daar legde ze altijd de nadruk op door te zeggen dat Fidel Castro ook links was, net als Jeanne d'Arc en Cole Porter.'

De Valk draaide zich om en keek me aan. Zijn gezicht stond een tikje neerbuigend. Meestal zag hij eruit alsof hij zich moest inhouden om niet te kotsen als hij mij aankeek. Ik kikkerde een beetje op bij het idee dat zijn opinie over mij van verachting was omgeslagen in minachting.

'Hetzelfde gold voor John Dillinger en de Boston Strangler... en ook voor jou, trouwens. Maar je mag rustig van mij aannemen dat je moeder rechtshandig was, Collie. Ze besloot al als klein meisje dat het saai was om rechtshandig te zijn. En dus wende ze zichzelf aan om haar linkerhand te gebruiken, zodat ze op de buitenwereld interessanter zou overkomen. Anais dacht dat lastig zijn het keurmerk was van een artistiek brein...'

Ik knikte bevestigend terwijl hij doorpraatte.

'...en als dat criterium van haar klopte, had je moeder bij haar dood erkend moeten worden als het meest creatieve intellect van haar tijd.'

Hij liep naar de tuindeuren waar iets zijn aandacht had getrokken en richtte zijn blik op de kanaries die op de achtergrond vrolijk kwinkeleerden.

'Kanaries zijn opmerkelijk omdat ze zo oninteressant zijn,' zei hij en stak zijn hand in een van de kooien, wat een heftig gefladder veroorzaakte. 'Ze raken meestal niet gehecht aan de mensen die voor hen zorgen en ze hebben maar weinig contact of stimulans nodig om gelukkig te zijn. Mooi, gezellig en afstandelijk... volmaakte huisdieren voor mensen die van mooie dieren en kunstjes houden, maar geen behoefte hebben aan emotionele banden.'

'In tegenstelling tot Carlos,' zei ik. Carlos was de veertig jaar oude blauwe ara van de Valk.

Hij lachte. Echt waar! Ik kon mijn ogen niet geloven. Dit begon op een modern kerstsprookje te lijken.

'Carlos is een verdomde lastpak,' zei hij.

Hij klonk zo vriendelijk dat ik de moed had om verder te vragen. 'Hebben ma en u ooit met elkaar kunnen opschieten?'

'Nee.'

'Waarom niet?'

'Een kwestie van erfelijkheid. Laten we het er maar op houden dat haar moeder het handboek had kunnen schrijven over het afhouden van genegenheid.'

Hij deed het deurtje van de vogelkooi dicht en liep weer naar het portret. Onderweg bleef hij staan voor een grote spiegel in een druk bewerkte oosterse lijst.

'In zekere zin leek je moeder erg veel op mijn grootmoeder Lowell, een koppige, eigenzinnige en vooringenomen vrouw. Heel star en streng, hoewel ze absoluut ook haar goede kanten had,' zei hij, om toch nog een gunstige draai aan haar karakter te geven, al klonk hij niet bepaald overtuigend. 'Als kind heb ik na de dood van mijn moeder heel wat tijd met haar doorgebracht. Ik heb tot mijn twaalfde bij haar gewoond en in zekere zin raakte ik toch aan haar gehecht. Ze stierf toen ik ongeveer jouw leeftijd had. Ik heb nooit iemand gekend die zo weinig gevoel voor humor had. Ik neem aan dat ik van haar hield, nou ja, ik hield echt wel van haar, maar tot op de dag van vandaag heb ik geen traan gelaten om haar dood.' Hij zweeg even en keek naar de staande klok die op de achtergrond begon te slaan, voordat hij zich omdraaide en wachtte tot ik mijn mond open zou doen.

'Waarom weet ik niet, maar ik heb niet om ma gehuild,' flapte ik eruit. 'En ik hield wel van haar.'

'Misschien hield je van haar op dezelfde onaardige manier als zij van jou hield,' zei de Valk zacht.

'Dat zou best kunnen... ik weet het niet.'

'Maak je geen zorgen, Collie, je zult je moeder uiteindelijk toch de rouw geven die ze verdient. Sommige mensen worden gewoon dieper begraven dan anderen. Je komt er vanzelf achter dat verdriet verschillende vormen kent, maar uiteindelijk is echt verdriet een eer die betoond wordt aan mensen die ons, hoe onwaarschijnlijk ook, een bepaalde mate van vreugde hebben geschonken. Er kan veel over je moeder worden gezegd, maar veel vreugde ging er niet van haar uit. Helaas ligt Anais niet in een ondiep graf.'

Ingrid verscheen in de deuropening van de eetkamer. 'Bent u vergeten dat het vliegtuig staat te wachten?' zei ze tegen de Valk. Haar voet tikte ongeduldig op de grond.

'Je mag ons gerust storen, hoor, Ingrid. Maar betaal ik je echt om zo bemoeizuchtig te zijn? Als dat zo is, heb je nu wel een extraatje verdiend.'

De Valk pakte zijn leren tas die over de rug van een eetkamerstoel hing.

'Goed, ik moet ervandoor. Ik vlieg nu naar Chicago, maar ik ben morgenochtend terug. Maar doe me een genoegen, Collie, en ga in de tussentijd niet weer op de tafel zitten. Dan lijk je een echte boerenkinkel.'

Terwijl ik luisterde hoe hij de trap af liep, met een energie die je van iemand van zijn leeftijd niet zou verwachten, gleed ik van de tafel af en liep door de tuindeuren naar het terras, waar kooien vol kanaries genoten van het licht en de warmte van een stralend zonnetje.

Ingrid liep achter me aan. 'Heb je zin in een kopje thee, Collie?'

'Nee, dank je,' zei ik. De prozaïsche klank van mijn stem kon niet op tegen het gezang van de kanaries en het koor van wilde vogels dat daarop reageerde. 'Ik voel me best.'

'Ja, natuurlijk,' zei ze.

18

De volgende ochtend stond ik op bij het krieken van de dag. Het was zaterdag. Het was stil in huis en alles werd overgoten door een sepiakleurig ochtendlicht. Ik nam een bord cornflakes en ruimde alles weer netjes op. Dat dacht ik tenminste, maar Ingrid vertelde me later dat ze wist dat er iets mis was toen ze zag dat ik de melk en het sinaasappelsap in de kast had gezet en de cornflakes in de koelkast. Ik had het water in de douche niet dichtgedraaid. En mijn T-shirt zat binnenstebuiten.

Ik reed naar de steiger waar de *Seabird* van mijn grootvader lag, een volledig gerestaureerde antieke houten zeiljacht van dertien meter lang. Het was in feite een sloep gebouwd uit teak en mahoniehout. De Valk had erop gestaan dat we zeillessen kregen toen we nog klein waren. Pa, daarentegen, wist helemaal niets van boten af. Iedere keer als we gingen zeilen was hij ervan overtuigd dat we zouden verdwijnen zonder een spoor achter te laten. Pa wist alleen dat boten zonken.

'Jullie vader,' zei mijn grootvader een keer tegen Bing en mij, 'denkt dat jacht gelijkstaat aan geweld.'

'Weet je zeker dat je vandaag wilt gaan zeilen, Collie?'

Gil Evans had het beheer over de jachthaven. Hij was best een aardige vent – ik kende hem al sinds mijn zesde – maar zoals zoveel mensen maakte hij zich iets te druk over wat mijn grootvader wel en wat hij niet wist en wat hij in ieder geval behoorde te weten.

Hoewel de Valk zich altijd druk maakte over dingen waar hij recht op had, hoefde hij zich daar geen zorgen over te maken. Het tevreden stellen van Peregrine Lowell scheen een belangrijke bezigheid voor zo'n beetje iedereen die hij tegen het lijf liep, zelfs de mensen die zich er luidruchtig op beroemden dat ze daar lak aan hadden.

'Ik vond dat ik u maar even moest laten weten, meneer Lowell...'

Dat was de standaard manier waarop Gil hem begroette, compleet met gedempte stem en afgewende blik en de pet die hij eeuwig ophad in de hand. De Valk imiteerde die onderdanigheid van hem vaak – hij noemde hem altijd 'Gil de onheilsbode' – maar beschouwde het desondanks als zijn goed recht.

'Alles is in orde, Gil, ik ga alleen even naar huis. Ik ben binnen de kortste keren terug.'

Hij haalde zijn schouders op en fronste. 'Ja maar... weet uw grootvader dat wel?'

'Hoor eens, jullie ouwe kerels zijn veel te bezorgd. Het komt allemaal best voor elkaar. En trouwens, hij is er niet eens. Hij is bezig om Chicago onder de voet te lopen... Maak je geen zorgen, dat was maar een grapje,' zei ik zwak, toen ik zijn geschrokken gezicht zag.

'Ja, natuurlijk,' zei hij met een geforceerd lachje.

Ik trok de capuchon van mijn sweatshirt over mijn hoofd en voer met de boot het woelige water op richting Martha's Vineyard. Het zou de eerste keer zijn dat ik na de dood van Bingo en ma weer thuiskwam, een nieuwe aarzelende poging om het verleden achter me te laten. Ik had pa en oom Tom sinds de begrafenis niet meer gezien.

Ik had het gevoel dat ik dagenlang niets had gegeten, alsof ik al zo lang had gevast dat ik vergeten was hoe ik moest eten, en het enige waar ik aan kon denken was dat grote, lege huis aan het strand.

Met mijn hand beschutte ik mijn ogen voor de gouden stralen van de opkomende zon. Op het dek verschenen oranje en perzikkleurige plekken die in het vroege daglicht leken te deinen. In de stevige wind scheerde de zeilboot over het donkerblauwe water onder de kobaltkleurige hemel naar de einder. Ik was op weg naar huis.

Ik liep over het strand van Squibnocket naar huis, nadat ik de boot een paar kilometer verderop had afgemeerd. Ik moest even lopen. De branding sloeg bruisend op de kust en vormde schuimvlokken rond mijn enkels. Bingo en ik gingen op dit soort dagen altijd al bij zonsopgang naar het strand, om naakt over de golven naar de kust te surfen.

Honderden witte zeemeeuwen die op dit vroege uur op het strand zaten, vlogen ineens op. Ik stond tot aan mijn dijbenen in de Atlantische Oceaan, waarvan het water als in een kookpot om me heen borrelde. Ik wreef over mijn natte gezicht en drukte mijn handpalmen tegen mijn ogen. Inmiddels had het water mijn kont bereikt. Terwijl de nevel ervan af sloeg en de stroming me opzij sleurde, bleef ik daar wankelend in de golven staan, met tenen die zich in de leemachtige kleibodem boorden. De oceaan was wild die dag en eigenlijk had ik ontzettend veel lol moeten maken met Bing. Maar in plaats daarvan stond ik daar in mijn eentje te janken als een klein kind.

Toen ik de keukendeur opentrok, kwamen de honden op me af stormen en vloerden me bijna, blaffend en rondtollend terwijl ze langs en dwars door me heen probeerden te lopen, tussen mijn benen door, naar de oprit, met de neus in de lucht op zoek naar ma en Bingo.

Het was vroeg in de middag. Pa's slaapkamer was leeg en oom Tom lag nog te slapen. Ik wist niet precies wat ik verwacht had. In ieder geval niet al die taarten. Overal stonden taarten, in dozen met cellofaan ruiten in de deksels. Taarten op de keukentafel, over de volle breedte van het aanrecht en als boeken opgestapeld op stoelen. Taarten dienden als deurstoppers en één taartdoos was zelfs gebruikt om het keukenraam open te houden.

Een paar van de kleinere honden begroetten me met citroenvla in hun snorharen. Bachelor was dan misschien in de rouw, maar zijn snuit was kleverig en zat vol kersenvulling en hij had kruimels op zijn borst. Een lege wodkafles midden op het fornuis leek als een totempaal de scepter te zwaaien over de hele taartvoorraad.

Mambo liep achter me aan de trap op en bleef constant aan mijn kont snuffelen tot we bij Bingo's slaapkamer op de tweede verdieping waren. Ik aarzelde even voordat ik de deur opendeed. Bingo's kamer was helemaal ijsblauw geschilderd, niet alleen de muren, maar ook het hout, de open haard en het plafond. Op de kast stond een oude, houten modelzeilboot, met tere bolle zeiltjes. Door het raam woei een zacht briesje naar binnen. Op de schoorsteenmantel trilde een bos blauwe asters in hun hoge vaas.

Bingo's slaapkamerraam stond wijd open. Er lage schone lakens op zijn bed. Zijn overhemden hingen gewassen en gestreken in de kast op hem te wachten. Overal in huis hing het onuitgesproken gevoel dat Bingo weer thuis zou komen.

Deze oase van netheid in een huis dat verder volslagen overhoop lag, was het werk van mijn tante Brigid. Een vleugje van haar lievelingsparfum Tweed hing nog steeds in de lucht. Ze was voor de begrafenis uit Ierland overgevlogen en een paar weken gebleven om pa en oom Tom weer op weg te helpen, maar hun gezuip had uiteindelijk korte metten gemaakt met alle goede bedoelingen.

Bingo's kamer had er nooit zo uitgezien toen hij nog leefde. Destijds was de vloer bezaaid geweest met kleren en stripboeken en in elke hoek hadden plukken hondenhaar en stapels schoolboeken gelegen, die duidelijk nooit open waren geslagen. En het was er nooit zo stil als op die dag.

Ik stond midden in dat onbekende, stralende heiligdom dat aan mijn broer was opgedragen en kreeg een brok in mijn keel. Met Mambo's hoofd op mijn knie bleef ik een eeuwigheid – zo voelde het tenminste aan – op de rand van Bingo's bed zitten. Daarna stond ik op, trok de kastdeur open en pakte een handvol dassen. Bingo had nooit geleerd om een stropdas te knopen, dat deed ik altijd voor hem. Ik had wel geprobeerd om het hem bij te brengen, maar hij was veel te ongeduldig en had volgehouden dat hij het helemaal niet hoefde te leren, omdat ik er altijd zou zijn om dat voor hem te doen. Dus ging ik weer op de rand van het bed zitten om er knopen in te leggen, terwijl Mambo nonchalant toekeek en de sporen van slagroom van zijn poten likte.

'Het gerucht gaat dat je een beetje in de lappenmand zit,' zei oom Tom toen hij me languit op Bingo's bed aantrof, naast Mambo die zijn kop naast mijn hoofd op het kussen had gelegd. Ik friemelde aan zijn oor, en iedere keer als ik ophield, bromde hij diep in zijn keel en legde zijn grote poot met een klap op mijn hoofd. Ik had het gevoel dat ik een galeislaaf was.

'Ik voel me prima.'

Tom schuifelde vanuit de deuropening de kamer in en ging zonder me aan te kijken naast me op het bed zitten, met zijn blik schuin op de grond gevestigd. Oom Tom slaagde er altijd in om je aan te kijken zonder je aan te kijken.

'Zo, die is knap brutaal,' zei oom Tom toen Mambo me weer een klap gaf.

'Wat moeten jullie met al die taarten?' vroeg ik tegelijkertijd.

'Charlie en ik proberen de bakker een hart onder de riem te steken door iedere dag zijn hele voorraad op te kopen.'

'Meneer Peekhaus?' Steunend op mijn ellebogen keek ik oom Tom aan.

Tom knikte.

'Waarom?'

'Zijn vrouw, met wie hij vierentwintig jaar getrouwd is geweest, heeft hem verlaten voor een andere man. Zomaar ineens. Zonder te waarschuwen. Op een dag, een week of drie geleden, kwam hij thuis nadat hij de bestellingen had weggebracht en toen was ze weg. Spoorloos verdwenen.' Oom Tom benadrukte die laatste opmerking door met zijn hand een beweging in de lucht te maken.

'Ik snap er niets van. Wat hebben die taarten daar dan mee te maken?'

Oom Tom fronste zijn wenkbrauwen uit ergernis over mijn domheid. 'Een man in zijn positie moet het gevoel hebben dat hij ergens voor nodig is,' zei hij ongeduldig.

'Maar wat gaan pa en jij met al die taarten doen? Je kunt nauwelijks meer naar binnen...'

Oom Tom slaakte een theatrale zucht en maakte een bijzonder geprikkelde indruk. 'Ach, dat weet ik niet...' zei hij alsof hij de woorden nauwelijks uit zijn keel kreeg.

'Oké, maakt niet uit... Ik vroeg het me gewoon af,' zei ik terwijl ik weer ging liggen en naar het plafond staarde.

'Maar goed,' zei hij. 'Wat je moeder betreft, dat is een gemis, maar dan wel ten gunste.'

Ik ging tegen Mambo aan liggen, met mijn neus tegen zijn neus.

Hij begon te hijgen en zijn adem was net zo warm en vochtig als appeltaart.

'En wat die ander betreft, nu hij er niet meer is, zou ik wel wat hulp kunnen gebruiken bij de verzorging van de duiven in het hok. Door alles wat er is gebeurd, heb ik het grootste deel van het vliegseizoen gemist. Hij hielp me dit jaar om een team te vormen, weet je. Aan jou had ik niet veel.' Oom Tom wierp een blik op de openstaande deur.

'Dat weet ik.' Ik vroeg me af of mijn gezicht even leeg was als mijn brein.

'Dus zit ik weer zoals gewoonlijk in de puree.' Hij keek strak naar de gang.

'Ja, nou ja... hij hield van duiven...'

'Hij was oké,' zei oom Tom met zijn ogen op de grond gericht. We hielden allebei even onze mond.

'Waar is pa?' vroeg ik ten slotte.

'O, die hangt wel ergens rond... Hij stelt zich verschrikkelijk aan, maar dat maakt geen enkele indruk op mij. Draait de wereld echt alleen maar om Charlie Flanagan?' Hij pakte mijn schouder en dwong me om hem aan te kijken.

'Hij is niet de enige die lijdt, hoor. Wat denk je van mij?'

Het weer was er niet beter op geworden, maar dat kon me niets schelen. Het viel me nauwelijks op. Ik vertrok weer zonder pa gezien te hebben en liet oom Tom achter in de keuken waar hij iets te eten voor ons maakte. Ik hoorde hem tegen de honden kletsen, terwijl de deur van de koelkast open en weer dicht ging en de fluitketel op de achtergrond stond te gillen. Af en toe liet hij dat ding doorfluiten tot de ketel droogkookte, terwijl hij met pa over altijd weer dezelfde dingen zat te kibbelen. Ik glipte de voordeur uit en rende in volle vaart naar het water.

Ik kon gewoon niet tegen de aanblik van al die taarten.

Op blote voeten holde ik over het strand naar de plek waar de boot lag te bokken en te trekken en vocht tegen de trossen. De golven werden steeds hoger en de wind raasde om me heen, terwijl het zand als hagelkorrels in mijn huid beet. De zon was verdwenen en had plaatsgemaakt voor grijze wolken en een donker uitziende lucht. De combinatie van wind en golven veroorzaakte een oorverdovende herrie en alles op de boot klepperde, bonsde en rammelde. Ik trok een zweetband uit de zak van mijn jack om te voorkomen dat mijn haar dat zich als losgeslagen zeewier gedroeg in mijn ogen zou waaien en maakte me op om onder zeil te gaan naar Cassowary waar ik vast en zeker zou worden opgewacht door Ingrid met een glas ijsthee.

Waar zou pa verdorie uithangen? Wat bezielde hen om het hele huis vol te stoppen met taarten, waar de honden zichzelf van konden bedienen, terwijl pa en oom Tom maar gewoon rond bleven lopen zonder zich iets aan te trekken van de toestand om hen heen, voorafgegaan door hun verhalen en opinies die hen als trompetgeschal leken aan te kondigen.

Ma was er niet meer. Bingo was dood. Alles was veranderd en toch was er niets veranderd en het enige waar ik aan kon denken was het uitzicht op de tuinen vanaf de zoet geurende veranda aan de achterkant van Cassowary.

Een oorverdovende donderklap bracht me met een schok terug bij de *Seabird*, toen de golven van de oceaan ineens als katapulten om me omhoogschoten. Binnen de kortste keren strompelde ik rond en kon maar met de grootste moeite mijn evenwicht bewaren, misselijk van het gehots. Glibberend en glijdend slaagde ik er op de een of andere manier in om de kajuit te bereiken, waar ik een zwemvest aantrok voordat ik me weer aan dek waagde. Het begon erop te lijken dat het niet zo'n goed idee was geweest om terug te varen.

Het jacht lag akelig te deinen, van voor naar achter, heen en weer en op en neer, voordat het heftig begon te schokken. Ik had net de rits van mijn gele nylon jack dichtgedaan en de capuchon van mijn sweatshirt over mijn hoofd getrokken, toen ik ineens ondersteboven werd gegooid en vooruit vloog door de kracht van een achterop komende, witgekruinde golf. Terwijl ik werd afgeranseld door liters wegvloeiend water vol luchtbelletjes wreef ik over mijn knie en voelde aan mijn achterhoofd dat behoorlijk zeer deed. Toen ik naar mijn hand keek, zag ik bloed.

Ik was kletsnat van het sproeiwater en die vloedgolf. Mijn hoofd deed pijn. Ik voer recht tegen de wind in – dat leek me beter dan alles van achteren te laten komen – en zeilde door de hoge golven in een hoek van vijfenveertig graden om het zwaarste gebeuk te vermijden. Ik was net bezig overstag te gaan, toen de giek in een plotselinge windvlaag wild rondzwiepte en me met een klap overboord mepte, regelrecht de kolkende Atlantische Oceaan in.

Ik ging even kopje-onder en dook vervolgens weer midden in het tumult op. Gedesoriënteerd en half verdoofd wreef ik in mijn ogen en keek om me heen. De *Seabird* begon af te drijven. Instinctief probeerde ik naar de boot toe te komen door onder water te duiken en onder de golven door zo snel mogelijk te zwemmen zolang ik mijn adem in kon houden. Maar iedere keer als ik lucht moest happen, was de boot net buiten bereik. Ik kon er bijna bij, maar dan smeten de golven me weer achteruit en pakten de boot op om hem verder weg te dragen.

Het is moeilijk om mijn gevoelens te beschrijven – afschuw lijkt zwak uitgedrukt en doodsangst komt niet in de buurt – dus zou ik eigenlijk een nieuw woord moeten verzinnen om de gewaarwording aan te geven toen de boot door de eendrachtige samenwerking van wind en golven omsloeg en ook meteen weer rechttrok. De *Seabird* dreef snel weg. Ik zwom erachteraan, maar de golven waren me de baas en uiteindelijk moest ik het opgeven en toekijken hoe hij in de verte verdween.

De golven rolden af en aan, brekers stortten zich vanuit alle richtingen op me en benamen me de adem. Ik lag te sputteren en te hijgen en hoestte liters water op. Waar lucht hoorde te zijn, was alleen maar water. Ik had nauwelijks de tijd om de gevolgen van de ene natte aanslag na de andere te verwerken, voordat ik weer kopje-onder ging met het gevoel dat ik verpletterd werd. Het enige wat me voortdurend door het hoofd speelde, was de uitdrukking een zeemansgraf, een zeemansgraf, een zeemansgraf.

Ik voelde een paniekaanval opwellen die aanvankelijk zo intens was dat de hele oceaan erin op leek te gaan. De gedachten tolden door mijn hoofd en ik kon niet meer tegen de golven op zwemmen, dus gedroeg ik me als een drijvend lijk: diep inademen en vervolgens met mijn gezicht omlaag in het water. Steeds opnieuw. Het was mijn bedoeling om de golven over me heen te laten slaan. En op die manier in leven te blijven. Het lukte niet iedere keer, het was behelpen, maar ik kon me redden.

Na een paar uur kwamen de golven eindelijk tot rust. Water-trappend keek ik om me heen. De oceaan was inmiddels donker-blauw en rustig, afgezien van af en toe een flauwe rimpeling.

Toen het donker werd, begon de luchttemperatuur schoksgewijs te dalen. Ik lag afwisselend op mijn buik te drijven, op mijn rug en met opgetrokken knieën tegen mijn borst. Af en toe liet ik mijn hand over mijn gezicht glijden en probeerde mijn gezichtsuitdruk-king te lezen zoals een blinde brailleschrift. Ik rilde van de kou. In het duister botste iets tegen me op. Ik schrok verbijsterd op.

'Bingo!' Ik stak mijn armen uit en trok hem stijf tegen me aan. Daarna hees ik hem op mijn rug om hem uit te laten rusten en hem warm te houden, precies zoals hij mij warm hield. Diep in de nacht voelde ik zijn lichaam langzaam slap worden en zijn hoofd naar mijn schouder glijden.

Ik zonk naar beneden en viel. Maar ik viel heel langzaam, best prettig. In plaats van me te verzetten tegen dat wat me omlaag trok, gaf ik me over. Het was net als in slaap vallen. Ik vond het fijn. Het voelde goed aan. Veilig. Als iets dat ik echt moest doen.

Ik heb tot op de dag van vandaag geen flauw idee waardoor ik ineens wakker schrok. Ik deed mijn ogen open en alles om me heen was zwart. Ik haalde diep adem en besefte toen pas dat ik onder water was. Mijn reactie was pure doodsangst. Verblind stak ik mijn handen uit. Waar was Bingo?

Ik werkte mezelf omhoog en bereikte snakkend naar adem het wateroppervlak, waar ik om Bingo begon te roepen. Ik zwom van de ene naar de andere kant. Pas bij mijn derde poging botste ik tegen hem aan. Hij dreef doelloos rond, nog steeds in slaap. Ik pakte hem vast en bezwoer dat ik hem nooit meer los zou laten.

Het was net licht geworden toen ze me vonden. Ik werd opgepikt door een boot van de Kustwacht. Ze vertelden me dat ik blij mocht zijn dat ik nog leefde.

'Ik kan niet sterven,' mompelde ik.

'Jij kunt net als ieder ander tegen een kogel op lopen,' zei iemand.

Ik probeerde ze te vertellen dat Bingo nog steeds in het water lag, maar niemand wilde naar me luisteren.

'Daar is hij,' zei ik en wees naar de plek waar de eerste perzikkleurige zonnestralen op het blauwe water vielen. Een vriendelijke scheepsarts gaf me een kalmerend middel. En vervolgens viel ik in een lange, diepe slaap.

Toen ik wakker werd, was ik terug op Cassowary. De luiken voor de ramen van mijn slaapkamer zaten dicht, waardoor het net leek alsof het schemerde.

'Wat heb je je in godsnaam in je hoofd gehaald?' De Valk torende boven me uit, een zwarte lijkwade die me het zicht op de wereld benam. 'Dit had je je leven kunnen kosten.'

'Het spijt me,' zei ik en probeerde te gaan zitten, met mijn rug tegen de kussens. Toen ik draaierig werd, drukte ik mijn handen tegen mijn ogen.

'Wat is er gebeurd? Hoe lang heb ik geslapen?'

'Sinds gistermiddag,' zei hij. Zijn gezicht was hard en grauw.

'Wat voor dag is het vandaag? Hoe laat is het?'

'Het is maandag. Zeven uur 's ochtends.'

'Godsamme.'

'Ik ben onder de indruk van je welsprekendheid. Wil je me nu alsjeblieft vertellen waarom je in godsnaam in zulke dreigende weersomstandigheden met de boot het water op moest? Gelukkig werd Gil Evans ongerust toen je niet meer kwam opdagen en belde me om te horen of ik wist dat je was gaan zeilen.'

'Toen ik wegging, was er niets aan de hand.'

'Wat is dat nou weer voor idiote opmerking...'

'Het spijt me van de boot.'

'Wat is er met je aan de hand? Probeerde je zelfmoord te plegen? Hebben we de laatste paar weken al niet genoeg ellende beleefd? Volgens de kustwacht hield je vol dat je broer daar de hele nacht bij je is geweest... Hoor eens, als er ergens een steekje loszit, zeg dat dan, dan kunnen we daar iets aan laten doen...'

'Ik ben niet gek.'

'Er komt een punt waarop gek zijn te prefereren is boven stompzinnigheid en stompzinnigheid is te prefereren boven een door en door zwak karakter. Ik weet niet of we in jouw geval niet met een drie-eenheid te maken hebben.'

'Hoe zit het met pa?'

'Hoezo?'

'Hij zal zich vast zorgen maken. Ik moet hem bellen.' Ik gooide de dekens van me af en wilde opstaan.

'Ga maar mee,' zei de Valk, die me bij mijn arm pakte en me naar het raam bracht. Ik keek verbaasd naar beneden en zag pa languit op de grond op zijn rug liggen.

'Pa!' riep ik onwillekeurig, maar hij verroerde zich niet.

'Je kunt je de moeite besparen. Hij kwam hier gisteravond volslagen bezopen aan, om vervolgens met veel misbaar onder jouw raam het bewustzijn te verliezen. Het was overigens precies wat ik had verwacht.'

'Maar u kunt hem daar toch niet laten liggen.'

'O nee?' zei hij, terwijl hij de kamer uit liep.

Pa die met gespreide armen wijdbeens op het bedauwde gras lag, was een vleesgeworden wanklank. Hij droeg een pak. Bij de zeldzame gelegenheden dat pa zich op Cassowary vertoonde, droeg hij altijd een pak en een stropdas. Om onverklaarbare redenen putte hij moed uit die formele kledij.

'Pa,' zei ik met een stem die nog hees was van uitputting. Ik ging aarzelend naast hem op mijn knieën zitten en raakte zijn schouder aan. 'Pa, je moet echt wakker worden.'

'Je mag kijken wat je wilt, zolang je me maar niet aanraakt,' zei hij grijnzend met een weids gebaar. Hij nam zijn goochelaarspose aan, zwaaide met een denkbeeldig toverstafje en ging met dubbelslaande tong weer terug richting winterslaap. Pa, wiens rode haar in het ochtendlicht glansde en wiens dunne, donkerblauwe colbert en pantalon bedekt waren met dauw, was ladderzat, voor eeuwig subversief in een op maat gemaakt pak, onelegant uitgestald in de groene tuin. Om ons heen leek het zachte geluid van de sprinklers een soort achterdochtige vergetelheid te benadrukken.

Zo zag de eeuwigheid er dus uit. Ik stond op en liep in mijn eentje terug naar het huis.

19

*H*ét was de eerste week van augustus en de Valk gaf een dineetje.

Ik trof hem in de keuken, waar hij met de nerveus glimlachende kok het menu doornam.

'Dit kunt u niet menen,' zei ik. 'Ik kan gewoon niet geloven dat u al zo gauw mensen kunt uitnodigen.'

'Hoe sneller je het aanpakt, des te vlugger je eroverheen komt,' zei hij en maakte op die manier korte metten met de verplichte saaie periode van rouw.

'Wat betekent dat nou weer?'

'O God, ik ben te oud voor dit soort gesprekken.' Hij zette zijn handen in zijn zij en sloot zijn ogen terwijl hij zijn hoofd in de nek legde en zijn rug hol trok. Hij begon zich uitgebreid te rekken, alsof hij urenlang in een kist opgesloten had gezeten.

'Nou, op mij hoeft u niet te rekenen. Wat moet ik dan doen? Een beetje rondhangen en met een stel van uw vrienden over de beurs praten?'

'Er zijn ergere dingen. Maar ik verwacht van je dat je in volle glorie aanwezig bent. Er wordt al genoeg over je gekletst. Het wordt tijd dat je reputatie weer een beetje opgepoetst wordt en hoe sneller we daarmee beginnen hoe beter,' zei hij, terwijl hij het plafond afspeurde naar een spinnenweb dat per ongeluk over het hoofd was gezien.

Eerder op de dag had hij een vaas naar een van de dienstmeisjes gegooid die haar maar net had gemist. Het was een jong meisje dat per vergissing wat kleur in de totaal witte muziekkamer had geïntroduceerd.

'Alleen wit, idioot mens!' zei hij. 'Ik heb toch gezegd alleen wit! Ik wil dat alles wit is!'

'Weet u wat?' zei ik plotseling, omdat ik ineens een mogelijkheid zag om mezelf te revancheren voor het feest in New York. 'Ik zal komen opdraven als u het goed vindt dat pa en oom Tom ook komen.'

Hij stond met zijn rug naar me toe en zijn schouders verstarden even om meteen weer te ontspannen. 'Prima,' zei hij onverwachts. 'Als je dat wilt, mag je ze uitnodigen.'

'Meent u dat?'

'Ik maak nooit grapjes als het om Tom en Charlie Flanagan gaat.'

In de boom boven ons hoofd flakkerden kleine ivoorkleurige kaarsjes en de jongste leden van de huishoudelijke staf moesten ervoor zorgen dat ze aan bleven, ondanks een hardnekkige, straffe augustuswind. Cocktailjurkjes wapperden in het rond als de vlammen van de in pek gedoopte toortsen die aan weerszijden van de oprit in de grond waren gezet. De in kamfer gedrenkte geur van de rozen was zoet en zwaar als een brandstof die ontstoken moest worden en het leek alsof de nacht ieder moment in vlammen op kon gaan.

Kleine witte lichtjes straalden in de bomen rondom het zwembad. Een smal, maanverlicht pad voerde naar de openstaande tuindeuren van de eetkamer, die verlicht werd door het zachte schijnsel van kaarsen en waar het romige Ierse tafellinnen werd opgesierd door een overvloed aan donkerrode rozen in weelderige tafeldecoraties. De wind speelde met de hoeken van de tafellakens.

Een rookkleurig spoor van grijze vogels vloog over mijn hoofd toen ik terugliep naar de voordeur, nadat ik urenlang bij de pont op pa en oom Tom had staan wachten. Maar ondanks de nadrukkelijke belofte van pa waren ze niet komen opdagen. Met mijn hand op de deurknop bleef ik even staan. Ik voelde me alleen en niet in staat de avond die voor me opdoemde onder ogen te zien.

De blaadjes van de populieren zorgden voor een zacht, gezellig zomers geluid terwijl ik met mijn autosleuteltjes speelde en overwoog om de benen te nemen.

'Kitty! Kitty! Waar ben je?' riep een boze mannenstem ergens in de buurt van de vijver.

Een vrouw dook uit de schaduwen op en ging naast me staan. Ze pakte mijn hand en giechelde. Shit.

'Mevrouw Paley,' zei ik onhandig en deed mijn best om me niet in mijn tong te verslikken.

'O God, dat is Steven. Ik kan er niet meer tegen. Zullen we samen weglopen?' zei ze. Ik keek niet echt op van die schrille, recalcitrante opmerking. 'Je hebt geen idee hoe saai een vent van middelbare leeftijd kan zijn. Kom op, je moet helpen me te verstoppen. Kijk, daarginds!'

Een kronkelend pad leidde van het huis naar een beschutte plek tussen dichte struiken en hoog opgeschoten siergrassen. Ik liep met tegenzin achter haar aan, en zodra we er waren, trok ze me naar zich toe alsof we een moderne dans opvoerden. Vervolgens zakten we op de grond, die korrelig en vochtig was en bedekt met maagdenpalm.

'Collie Flanagan, ik kan het gewoon niet geloven.'

Ze was lang, met kortgeknipt wit geblondeerd haar en maakte een architectonische indruk. Een modern gebouw, een en al glas en spiegels. Kitty Paley was getrouwd met de jongste senator van New York, Steven Paley, waarschijnlijk de toekomstige presidentskandidaat van de democratische partij. Maar de conventie was pas over een paar maanden en hij probeerde de Valk aan zijn kant te krijgen.

Ik had met hun dochter Edie op Andover gezeten en ik zou Kit Paley niet snel vergeten. Haar vulgaire lachuitbarstingen tijdens de diploma-uitreiking waren een soort serpentines geweest die zich als een felgekleurde guirlande om haar echtgenoot hadden gewikkeld. In het openbaar kleefde ze als een stralende klit aan haar man.

Zij en ma hadden in hun jeugd op dezelfde kostschool gezeten. Ma had de pest aan haar en stak dat niet bepaald onder stoelen of banken. Volgens ma, die al door het lint ging bij de aanblik van naaldhakken, was Kitty Paley '...een openbaar toilet, een wandelende vagina met scherpe tanden'.

'Hou je een beetje in, Anais, niemand heeft behoefte aan een lesje in biologie. Je laat de jongens schrikken,' vermaande pa. 'Al moet ik wel toegeven dat je gelijk hebt... die vrouw is s-e-k-s in een cabrio.'

'Kijk eens aan. Je bent al helemaal volwassen! Je was altijd al zo'n aantrekkelijk knulletje en je begint met de dag meer op Peregrine te lijken. Tussen twee haakjes, volgens mij ben je nu groot genoeg om me Kitty te noemen.'

'Waarom zitten we hier?' Ik wreef over mijn rechterslaap. Mijn ongerustheid bonsde als een hinderlijk cliché.

'Omdat ik me wil verstoppen voor Steven, natuurlijk. Je hebt toch wel even tijd voor me?'

'Tuurlijk.' Op de een of andere manier gaf ze me het gevoel dat ik net vijf was.

'Je moeder... ik vond het verschrikkelijk toen ik het hoorde. En die enige broer van je... nou ja, het was gewoon ontzettend wreed dat het zo moest gebeuren... Een echte tragedie voor iedereen, vooral voor jou. Ik weet zeker dat je er verschrikkelijk onder lijdt... arme stakker. Maar voor Perry is het wel fijn dat hij jou heeft, hè? Je bent vast een hele troost voor hem.'

Ze draaide me haar rug toe en trok mijn handen op haar schouders.

'Wil je zo lief zijn om even mijn nek te masseren, Collie? Ik ben zo gespannen... die hele campagne is zo'n zware belasting, daar heb je geen idee van.'

Mijn onbehaaglijkheid voelde aan als een doffe hoofdpijn. Ik probeerde al sinds mijn vijftiende om deze vrouw te ontlopen, maar bij een inzamelingsactie op school had ze me in mijn kraag gegrepen, was op mijn schoot neergeplooft en in mijn oor gaan blazen.

'Kitty, dit is niet leuk meer. Waar zit je?' riep senator Paley opnieuw. 'Verdomme nog aan toe.'

Vanaf de plek waar we zaten kon ik hem zien. Hij stond als een donderwolk op het terras ongeduldig de muggen weg te wuiven.

'Verdomme,' zei ze. 'Het heeft toch geen zin. Hij geeft het nooit op.'

Ze glipte weg onder mijn handen, draaide zich om en keek me aan.

'Die massage hou ik nog te goed, oké?'

Ik keek in haar ogen en begreep wat ik daarin las, in die zwarte ogen die me tegemoet glommen. In de allesoverheersende geur van klaver die ons omringde, glinsterden haar scherpe tanden.

Ik stond een tikje verward bij de ingang van de woonkamer en keek toe hoe de Valk, elegant in zijn zwarte pak, zich soepel door de kamer bewoog. Af en toe bleef hij staan om een praatje te maken, een grapje of een roddeltje uit te wisselen en aan handoplegging te doen: de gezellige meester van de bijtende opmerking. Ieder onberispelijk gebaar werd perfect uitgevoerd.

Hij ging zo subtiel op in zijn omgeving dat het me moeite kostte om hem los te zien van alles wat zijn aanwezigheid benadrukte. Witte, licht flakkerende kaarsen, witte tafellakens waaronder de tafels discreet schuilgingen, witte gardenia's en rode rozen vormden een lied in de licht naar kamfer geurende lucht.

Waar mijn ogen ook naartoe dwaalden, ik zag hem overal, in de glans van de weerspiegeling, het kristalheldere glas, het glinsterende bestek en de transparant schone ramen.

Ik hield me koest en nipte aan mijn gemberbier terwijl ik flauw glimlachte of een praatje maakte.

'Let maar niet op mijn kleinzoon. Hij denkt dat het sexy is om zo stuurs te doen,' verklaarde de Valk, terwijl hij er tegelijkertijd geamuseerd en geërgerd uitzag, een voor zijn doen vrij gebruikelijke houding.

Zijn meest onbenullige opmerkingen werden met een orkaan van gelach begroet.

Zijn huispersoneel moest bij hun indiensttreding een contract tekenen waarin stond dat ze geen oogcontact met hem mochten hebben, tenzij hij daar zelf om vroeg.

'Waar moet ik tekenen?' had Bingo op zijn dertiende of veertiende gezegd toen hij dat voor het eerst hoorde. Oom Tom noemde het de Medusa-clausule.

De Valk kwam naast me staan. 'Waar zijn de gebroeders Flanagan? Nog steeds bezig zich om te kleden?' lachte hij. Hij zocht een plekje voor zijn glas, zijn ogen gericht op een gesprek aan de andere kant van de kamer.

'U wist dat ze toch niet zouden komen. Daarom vond u het goed dat ik ze uitnodigde, omdat u wist dat ze niet kwamen,' zei ik met het gevoel dat ik een trage leerling was.

'Ik weet niet waar je het over hebt,' zei de Valk met een klopje op mijn arm, terwijl hij zijn andere hand in de lucht stak om een nieuwe gast te begroeten en het pad op liep dat door de wijkende golven gevormd werd.

De angstaanjagende senator Paley kreeg me in de gaten toen ik in de buurt van de deur bleef rondhangen en voetje voor voetje richting de hal sloop. Ik hunkerde naar de beslotenheid van mijn slaapkamer en probeerde te ontsnappen. Hij knipte met zijn vingers en wees naar me. Ik schrok me een hoedje en Kitty keek met een ruk op, met valse wimpers die als een onbescheiden sluier omlaag zakten.

'Ik ken jou. Perry's kleinzoon. Kevin was het toch?' Ik corrigeerde hem terwijl hij naar me toe kwam. Zijn uitgestoken hand leek een geladen pistool, en toen de andere gasten hun blik op ons richtten, keek ook de Valk aandachtig toe. Hij had me in de loop der jaren al meer dan tien keer ontmoet, maar gedroeg zich of dit de eerste keer was. De senator was zo'n kerel die wel iets weg had van een grote zwarte vogel, die tussen ons in landde als een kraai op een voedertafel, agressief en kifterig. Je zat altijd te wachten tot hij je broodkruimels jatte of je in het vogelbadje verzoop. Hij was niet van het kaliber van de Valk, maar leek meer op de sadistische, scherp gebekte beulsknecht van de Grote Baas.

'Je broer is een paar maanden geleden gestorven. En je moeder ook, hè? Wat naar voor je,' zei hij ongeïnteresseerd, terwijl hij zich achteloos door de beleefdheden werkte op weg naar zijn eigenlijke doel. 'Hij is verdronken. Een surfongeluk, hè? Er zijn die dag ook nog een paar anderen omgekomen. Jij was de enige overlevende.'

'Niet bij het surfen,' zei ik. 'We waren in een grot...'

Ik hield mijn mond en rechtte mijn schouders terwijl ik diep ademhaalde, omdat ik wist wat er zou komen, in het besef dat ik tegenover iemand stond die vastbesloten was om me te vertellen wat hij ervan dacht. Kitty leek zich niet op haar gemak te voelen. Ze wisselde een beladen blik met Steven. Uit hun rood aangelopen gezichten en de hoge vochtigheidsgraad viel op te maken dat er een storm op komst was. Ik schuifelde met mijn voeten en speelde met de papiertjes in mijn broekzak.

'Nu schiet het me weer te binnen. Je broer was in moeilijkheden. De anderen zijn hem na gesprongen en verdronken toen ze probeerden hem te redden. Maar jij niet...' Hij zweeg even en keek met een minachtend trekje rond zijn mond naar de mensen die om ons heen kwamen staan. 'Jij bent er niet in gesprongen.'

'Nee. Ik ben er niet in gesprongen.'

'Je had achter hem aan moeten gaan. Achter je broer aan, bedoel ik.' Hij stootte me aan, bijna jolig, alsof ik een beslissende pass op het veld had gemist. 'Hoe heette hij?'

'Bingo. Bing.'

'Jij en die knul van Ferrell – ik ken zijn oom, Whitney Ferrell – het was toch jullie idee om op die dag naar de grotten te gaan, hè?'

'Ja, dat zou je wel…'

'Nou, waarom ben je dan verdomme niet achter hem aan gesprongen? Dan was alles misschien anders gegaan. Nu zul je dat nooit weten. De eerste reactie, vanuit je onderbuik, iets wat je doet zonder erover na te denken… daar herken je de ware man aan.'

'Het was met gas verzadigd water. Als ik erin gesprongen was, zou ik hier niet met u staan praten. Dan zou ik ook verdronken zijn.'

Hij stond heftig te gesticuleren terwijl hij om zich heen keek en knikkend probeerde de omstanders op zijn hand te krijgen. Met een stralend gezicht en zichtbaar trots op zichzelf dat hij de koe bij de hoorns had gevat, nam hij een trekje van zijn sigaar en blies de rook in mijn richting, in de hoop dat ik zou kuchen. 'Dat interesseert me geen bal, al was het zwavelzuur geweest. Er is een oud gezegde, beste jongen, en dat luidt: een dappere man sterft maar een keer, een lafaard sterft duizend doden. Maar goed, waar het om gaat, is dit: als je besluit om iets riskants te gaan doen, ook al is dat nog zo stom, dan geldt er maar één ding. Samen uit, samen thuis. En als dat nodig is, riskeer je je eigen nek. Begrijp je wat ik bedoel?'

'Het principe van een gezellig praatje heeft Steven nooit begrepen,' zei Kitty met een zenuwachtig stemmetje. 'Hij ziet het leven het liefst als één lange film van Charles Bronson.'

'Doe me een lol, Kit, Collie is oud en wijs genoeg. Het stoort je toch niet, joh? Het zijn maar woorden. Ik doe gewoon mijn best om je uit de puree te helpen. Ik weet zeker dat het je tot hier zit dat iedereen je alleen maar met zijden handschoentjes aanpakt.'

Die opmerking ging vergezeld van een spottende uitdrukking. Hij keek me aan alsof hij me ervan verdacht dat ik menstrueerde.

'Maar goed,' zei hij tegen Kit, 'moet jij niet even je haar gaan kammen of je make-up bijwerken of zo?' Hij wuifde afwerend met zijn beide handen voordat hij gebaarde dat ik moest gaan zitten.

Ik schudde mijn hoofd. 'Nee, dank u.'

'Ik zal je een voorbeeld geven van wat ik bedoel, zodat je weet waar ik het verdomme over heb.' Nu begon hij pas echt warm te lopen en de ijsblokjes in zijn glas rinkelden luid.

'Toen ik begin twintig was, ben ik samen met een paar vrienden naar Oostenrijk gegaan om buiten de pistes te gaan skiën. Een helikopter zette ons af in een vrij onherbergzaam gebied en vertrok weer. We hadden daar een paar dagen gezeten, toen er een kleine maar levensgevaarlijke lawine naar beneden kwam, die mijn vriend meesleurde naar een bergmeer, tientallen meters diep en ijskoud. Hij had zijn zware uitrusting aan en riep om hulp. We zijn hem onmiddellijk na gesprongen, ongeacht de gevolgen. Maar we hebben hem er wel uit gekregen, ook al heeft dat ons bijna het leven gekost. Ik vertel je dit niet om indruk op je te maken of om mezelf op de borst te slaan. Ik ben geen held. Maar dit soort dingen waren we aan elkaar verplicht. Snap je?'

'Ja, ik snap het best, maar dat is een heel ander geval.'

'Het valt niet mee. Die dingen komen hard aan, maar je kunt er niet bij blijven staan en toekijken. Je lijkt me geen lafaard, maar meer zo'n knul die niet precies weet wat je aan je omgeving verplicht bent. Klopt dat?'

'Hoor eens, ik weet echt niet wat ik daarop moet zeggen...'

'In 's hemelsnaam, Steven...' protesteerde Kitty terwijl de andere gasten, van wie een paar instemmend knikten terwijl de rest gegeneerd mompelde, zich terug begonnen te trekken.

De Valk daarentegen was verrukt, ook al slaagde hij er nog zo goed in om zijn blijdschap te verbergen. Hij onderhield zich met zijn gasten en genoot met volle teugen van het vrolijke, onechte gelach waar hij zo dol op was, maar ik kon zijn intensiteit aan de andere kant van de kamer voelen.

Ik kreeg de indruk dat hij me op de een of andere manier aan een waardeoordeel onderwierp.

'Het is echt niet mijn bedoeling om je te veroordelen, hoor,' zei de senator, die, nu hij zijn woordje had gedaan, toch de indruk wilde wekken dat hij het beste met me voor had. 'Die hele toestand moet je wel ontzettend dwarszitten. Jezus, je ziet er echt verschrikkelijk uit. Hoe oud ben je?'

'Negentien.'

'Zo jong? Je ziet er belazerd uit. Je moet ophouden met je zo druk te maken over die toestand. Je hebt nog een lange weg te gaan. Maar je moet je die vragen wel stellen, om de rest van je leven onder ogen te kunnen zien.'

'En jij moet nu echt je mond houden, Steven,' zei Kitty. Ze klonk vastbesloten.

'Alstublieft...' Ik was zelf verrast door de smekende toon van mijn stem. 'Probeer het te begrijpen. Het was hopeloos. Niemand had ook maar een schijn van kans... En ik dacht dat hij nooit zou kunnen verdrinken.'

'Genoeg gepraat, laten we nu maar aan tafel gaan,' interrumpeerde de Valk met een kille glimlach en gebaarde dat de rest voor hem uit moest lopen. Hij gaf me een stevige duw met zijn schouder toen hij langs me liep, zo hard dat ik bijna mijn evenwicht verloor.

'Waar haal je het lef vandaan om die blaaskaak de kans te geven je in mijn huis op die manier de mantel uit te vegen...' siste hij in mijn oor.

Ik was verbijsterd. 'Ik dacht dat u boos zou worden... Ik wilde geen scène maken. Maar u had ook best uw mond open kunnen doen. Waarom hebt u het niet voor me opgenomen?'

'Om dezelfde reden dat generaal Patton nooit aan zijn vrouw heeft gevraagd om het bij generaal Eisenhower voor hem op te nemen... hou nou eens eindelijk op met het iedereen naar de zin te maken. Ik ben er nog steeds niet uit of dat gedrag van jou nou voortspruit uit lafheid of uit arrogantie. Maar neem me niet kwalijk, mijn gasten wachten op me.'

'Dit lijkt me niet zo verstandig,' zei ik toen de vrouw van de senator zich onder me op de grond liet zakken.

Ik was op weg naar mijn kamer, achteruit lopend om me stiekem uit de voeten te maken, toen ik op de overloop van de achtertrap bij de keuken tegen haar aan botste.

'Ma Griffe,' zei ik terwijl ik haar parfum opsnoof alsof het chloroform was. Ma zou ontzet zijn geweest als ze had geweten dat zij en Kitty Paley een voorkeur voor hetzelfde parfum hadden.

'Hou je mond!' Ze legde haar hand over mijn mond.

Ergens in de kosmos lachte Bingo zich een ongeluk.

Twintig minuten later zat ik alleen in mijn slaapkamer en gaf over in een kussensloop.

Twee weken later glipte ik stiekem Cassowary binnen door de zelden gebruikte zijingang en sloop op mijn tenen om vier uur 's ochtends langs de slaapkamer van de Valk toen Carlos, zijn papegaai, me in de gaten kreeg.

'Vuile smeerlap,' schreeuwde hij, turend naar de hal.

'Ssst...' Ik drukte mijn vinger tegen mijn lippen. Carlos was in mijn jeugd een grote steun voor me geweest. Ik had hetzelfde gevoel voor hem als Candice Bergen voor Charlie McCarthy moet hebben.

'Patjakker,' zei hij alsof hij het meende en knikte met zijn kop, pronkend met zijn schitterende, een meter twintig brede vleugels en zijn kobaltblauwe veren. Bingo had hem leren vloeken als een bajesklant en de Valk had hem dat nooit vergeven. Zo noemde Bingo het beest ook. Bajesklant.

Ik hoorde de stem van mijn grootvader al voordat hij de hoek om kwam. 'Waarom maak je zo'n herrie, Carlos... ach, ik zie het al. Als dat niet de grootste versierder van het westelijk halfrond is.' De Valk verscheen in de deuropening in een leigrijze zijden kamerjas over een pyjama.

'Hallo, grootvader.'

'Hallo, grootvader,' bauwde Carlos me na. Ik wierp hem een boze blik toe en hij keek me spottend aan.

'Wat aardig van je om weer eens langs te komen,' zei de Valk en deed net alsof hij zijn vingernagels bestudeerde. Hij keek op. 'Waar ben je al die tijd geweest? Moest je de vrouw van de senator amuseren?'

Hij week vol walging achteruit. 'Lieve hemel! Kijk eens hoe je eruitziet. Ben je onder een steen vandaan gekropen voordat je naar huis kwam?'

'Ik had hier nooit moeten komen. Ik ga wel weer weg.' Ik keek strak naar de grond.

'Waar wou je naartoe? Hè ja, neem vooral de benen. Sla op de vlucht. Dat lost echt alles op,' zei hij, terwijl ik achteruit begon te lopen en al in gedachten de trap af holde, met mijn hand op de leuning. Hij stak zijn hand uit om me tegen te houden. Ik keek naar zijn vingers die zich in mijn onderarm boorden.

'Voordat je gaat, Collie, wil ik toch graag iets weten. Waar ga je vannacht naartoe? Weer naar de mooie mevrouw Paley? Ze heeft de hele eindexamenklassen van Groton en Andover al afgewerkt. Het gerucht gaat dat je ook iets hebt met haar dochter Edie. Alleen het idee al is om misselijk van te worden. Ik ben deze week iedere avond gebeld door de senator, die bijna een beroerte kreeg van woede en me met van alles en nog wat dreigde. Het schijnt een spelletje te zijn dat ze samen spelen. Zij tart hem met haar jonge minnaars en hij is bereid om zijn vrouw en zijn dochter te prostitueren en daarover zijn mond te houden als ik in ruil daarvoor op de proppen kom met gulle steun voor zijn campagne.' Hij pakte me steviger vast.

'Zo is het helemaal niet...'

'O ja, zo is het wel degelijk. Ik kan het aan je ruiken. Vertel eens. Probeer je jezelf te straffen voor wat er is gebeurd of probeer je juist jezelf beter te voelen? Of is je gedrag gewoon het gevolg van die schandalig lage eisen die je aan jezelf stelt?'

'Dat is niet waar.'

'Bewijs het dan. Roep jezelf tot de orde. Zet het van je af.' Hij liet mijn arm los en deed een paar passen achteruit, alsof hij me vanuit een ander perspectief wilde zien. Hij gaf me het gevoel dat ik een onafgemaakt schilderij was.

'Dat kan ik niet.' Ik voelde me net een ijsvloer die langzaam maar zeker begon af te brokkelen, een ingewikkeld netwerk van adertjes dat geluidloos over een enorme, woeste watervlakte lag.

'Zeg niet dat je het niet kunt, terwijl ik weet dat je het best kunt,' zei de Valk ferm. Hij klonk bijna boos. 'Goeie genade, Bingo was een leuke knul, dat valt niet te ontkennen, maar geloof me gerust, hij was op het toppunt van zijn aantrekkelijkheid. De rest van zijn leven was het alleen maar bergafwaarts gegaan. Hij was van hetzelfde laken een pak als Charlie en Tom en voorbestemd om net zo te worden als zij: excentriek, dwaas... een hopeloze zuiplap... Dit moet echt maar eens gezegd worden, Collie. Al die dingen die je in je jeugd zo leuk vond van Bingo zouden er uiteindelijk toe leiden dat je hem onverdraaglijk ging vinden. Ik vind het naar dat hij dood is. Echt waar.' Zijn stem klonk iets milder toen hij zijn armen over elkaar sloeg en even aarzelde voordat hij verderging. 'En het doet me verdriet om het te zeggen, maar van mannen als jouw broer Bingo zijn er dertien in een dozijn... ach, nu heb ik je aan het huilen gemaakt. Lieve hemel.' Hij stak wanhopig zijn armen in de lucht. 'Ik probeer je juist op te kikkeren.'

Huilde ik? Ja, kennelijk wel. Ik raakte mijn gezicht aan. Mijn wangen waren nat.

Mijn grootvader had altijd de voorkeur aan mij gegeven en dat ook niet onder stoelen of banken gestoken. Dat hij mij had uitgekozen was een smet die niet uit te wissen viel. Door van mij zijn lieveling te maken had hij ervoor gezorgd dat ik overal een hekel aan had gekregen: geld, macht, privileges, liefde. De Valk had er geen moeite mee om mij het gebeurde te vergeven. Wat hem betrof, was Bingo niet de moeite waard geweest om voor te sterven.

Na mijn gesprek met de Valk kon ik niet slapen. Toen de zon opkwam, liep ik naar de rozentuin, deed mijn schoenen uit en ging naast de visvijver zitten. De oranje, blauwe, rode en grijze koi, van wie sommige al twintig, dertig of zestig jaar oud waren, zwommen naar de oppervlakte om me te begroeten met hongerig gapende bekken. Hun kopjes staken boven het water uit, op zoek naar ontbijt. Ik gooide wat korrels in het water. Bingo was dol op de vissen geweest en had ze belachelijke namen gegeven: Keizerin van Japan, Oranje Droom, Huckleberry Vin. De koi van de Valk hadden Bingo en ma overleefd en ik begon het idee te krijgen dat ze dat voor elkaar hadden gekregen door alleen maar rondjes te zwemmen.

De bejaarde, rondzwemmende koi, de in de vorm van dravende paarden gesnoeide struiken... Toen de wind opstak, dacht ik heel even dat ik hem daar zag, verborgen tussen het gras. Hij lachte omdat hij wilde dat ik hem vond en riep dat ik hem maar moest pakken.

'Wat zou je ervan zeggen om voor de verandering een beetje lol te trappen? De Valk heeft gelijk, je begint knap vervelend te worden met al dat getreur. Verdorie, je kon me niet uitstaan toen ik nog leefde, en nu ik dood ben, doe je niks dan treuren. Je begint echt een enorme, hypocriete lamstraal te worden.'

'Ik wil gewoon alleen maar dat je terugkomt, oké? Jij je zin. Je hebt gelijk. Ik kan niet aan je denken zonder het gevoel te krijgen dat iemand me een ram in mijn maag heeft gegeven. Het spijt me.

Het spijt me dat ik zo'n klootzak was toen je nog leefde. Het spijt me dat ik je niet na ben gesprongen. Kom alleen maar terug. Gewoon terug. Geef me nog een kans.'

Ik keek om me heen of ik hem nog zag, maar hij was verdwenen. 'Bingo, kom eens tevoorschijn. Ik heb toch gezegd dat het me spijt. Ik wilde niet doodgaan. Nu wil ik niet langer leven.'

'Al goed, Collie, ik vergeef je.'

Daar was hij. Hij stond onder de oude eik aan de overkant van de vijver. Ik liep naar hem toe. Ik voelde zijn handen trillen toen hij sprak. In het licht van de vroege ochtendzon, zag ik alles wat er in het verleden was gebeurd voorbijkomen met alle daarbij horende intensiteit en het kloppen van zijn open hart was even duidelijk te horen als het gezang van de vogels.

'Niet doen,' zei ik. 'Ik wil niet dat je me vergeeft. Dat kan ik niet verdragen.'

Voor het eerst voelde ik wanhoop als ik aan de toekomst dacht, want ik wist dat er voor mij geen verlossing school in vergiffenis. En dus zou er nooit verlossing zijn.

20

Hét was eind zomer en ik was op een feestje in een herenhuis in Boston dat het eigendom was van een vriend van een vriend. Ik had niet echt veel zin in alweer een feest, maar ze hadden me overgehaald. Iedereen was het erover eens dat het me goed zou doen om er even uit te zijn. Het leven gaat verder, Collie, had mijn vriend voorzichtig opgemerkt. Die voorzichtigheid had hij zich kunnen besparen. Na de vrouw van de senator was ik aan de rol gegaan op een manier die Bingo had doen blozen.

Ik had het meisje meteen in de peiling. Ze had zo'n in het oog springend kapsel, een vierkant geknipt zwart kopje met een korte pony, rode lippen en een witte huid. Een glanzend pelsje in een kamer vol duffe winterjassen, en haar belangstelling voor mij leek op een achterlicht in de mist... zo'n knalrood achterlicht.

De muziek stond hard. Ze vroeg of ik mijn naam wilde herhalen.

'Ik kan je niet verstaan...' Ze schudde haar hoofd en kwam nog iets dichterbij.

'Hij heet Collie Flanagan,' schreeuwde iemand al in haar oor voordat ik de kans had om te reageren. Ik stak mijn hand uit en pakte haar bovenarm vast om haar nog dichter naar me toe te trekken, maar in het gedrang van mensen werden we alweer uit elkaar gedreven voordat ze de kans kreeg om zich voor te stellen.

Ik zag haar opnieuw toen ze besloot om even het balkon van de eerste verdieping van het oude victoriaanse huis op te stappen om een sigaret te roken.

'Hoi,' zei ze verrast toen ze me in het oog kreeg.

'Hoi.'

'Dus jouw grootvader is Peregrine Lowell... Sjonge, dan barst je waarschijnlijk van het geld.'

Ik schonk haar een minzaam glimlachje, maar reageerde niet. Pa had een afschuw van mensen die persoonlijke vragen stellen en dat heeft hij aan mij doorgegeven. Verdorie, ik stel mezelf niet eens persoonlijke vragen.

'Wat doe je?' hield ze aan.

'Ik bemoei me met mijn eigen zaken.'

'Krijg de klere, rijke stinkerd.'

Ik lachte en deed mijn colbert dicht. Het was een kille avond.

'Sorry,' zei ik, omdat ik me ineens een beetje schaamde. 'Meestal ben ik niet zo grof.'

'Jij bent die knul van wie de broer een paar maanden geleden is omgekomen. Daar heb ik iets over gelezen. Was het niet op een kartbaan of zo? En zat jij niet aan het stuur?'

Ik knikte en deed mijn ogen dicht. 'Ja, zoiets.'

'Vervelende toestand. Hoe oud ben je?' vroeg ze, rustig doorpaffend.

'Negentien. Nou ja, bijna twintig.'

'Je ziet er jonger uit, maar je lijkt op de een of andere manier ook ouder,' zei ze. Ze liet haar stem een paar octaven zakken waardoor ze ineens onfatsoenlijk intiem klonk, ongeveer als een vluchteling in een middagsoap op tv. Maar ik had geen behoefte aan iemand die samen met mij de theorie van Hegel wilde ontkrachten. Ik wierp haar een vragende blik toe.

'Ik ben zesentwintig,' voegde ze er tussen neus en lippen door aan toe. 'Goh, ik zou bijna je moeder kunnen zijn.'

Het was nog maar net opgehouden met regenen. Er stonden plassen op de vloer van het balkon. De lucht was zwaar en vochtig, zo nat als een spons. Ze was inmiddels stil geworden, bijna nadenkend, en we stonden allebei te piekeren over wat er in die vocht uitwasemende lucht opgesloten zat en hoeveel van wat er zich tussen ons afspeelde een waterig restantje van de regen was of de natte droom die ze bij mij verwachtte te bespeuren. Ik was negentien, dus mijn bedoelingen waren ongeveer even subtiel als een wervelstorm.

Ik nam niet eens de moeite om te vragen hoe ze heette.

We liepen een hoek om in de duistere parkeergarage bij haar

flat, toen ze me bij mijn arm pakte, me in een hoek duwde, in dat benarde plekje waar twee muren op elkaar aansluiten en begon me te kussen. Ze likte bijna mijn lippen af. Ze kuste me achter mijn oor en ze kuste me in mijn nek. Ze beet in mijn onderlip. Ze legde haar hand op mijn dijbeen. Ik vlocht mijn hand in haar haar, trok haar naar me toe en tilde haar rok op. Was dit hoe het voelde om Bing te zijn?

Iemand in de auto tegenover ons drukte op de claxon.

'Hé, jullie daar, zoek een slaapkamer op,' riep een of andere idioot terwijl zijn vrienden dubbelsloegen van het lachen. Ik besefte vaag waar dit toe zou leiden en dat het niet bepaald fatsoenlijk was, maar het was alsof ik de rem niet kon vinden.

Bingo had ongeveer hetzelfde gedaan en dat had alle kranten gehaald. Ik had hem er ongelooflijk voor op zijn donder gegeven. O, maar leve de typische Fantastische Flanagan-smoes: hij was tenminste in een nachtclub, in het felle licht waar zijn vrolijkheid als champagne over de aanwezigen bruiste en korte metten maakte met het laatste beetje inschattingsvermogen dat hij nog over had.

Ik had net zo goed in de garage kunnen zijn om mijn auto een kleine beurt te laten geven. Alles om me heen rook naar smeer en olie en ik stond met mijn rug tegen het kale beton, dat zo ruw was dat het mijn rug openkrabde alsof het nagels waren en het bloed in dunne straaltjes van mijn schouders naar mijn middel vloeide.

Ik voelde helemaal niets.

Als ik nu terugdenk aan die nacht, zie ik alleen voetsporen op vochtig glas. Haar natte voetzolen maakten vochtige afdrukken op de brandtrap van haar flatgebouw en op het blad van de keukentafel en stonden op de wanden van de douchecabine geëtst.

Het regende. We stonden voor een restaurant. Ik was met iemand die ik net had leren kennen, een meisje dat naar seringen rook. Ik wist niet hoe ze heette, maar ik noemde haar Sering. Dat maakte haar geen bal uit. We stonden onder de luifel in de regen met elkaar te vrijen. Eindelijk slaagde ik erin om een van mijn handen lang genoeg vrij te maken om een taxi aan te houden. We gingen op de sjofele achterbank zitten en in de tien minuten die het ons kostte om van het restaurant naar haar hotel te komen, neukte ik haar schaamteloos achter in de taxi.

Ik voelde de versleten randen van de kapotte bekleding tegen mijn knieën schuren. Ik rook de beschimmelde vloerbedekking. Ik liet de vochtige lucht diep in mijn botten doordringen. Ik was me scherp bewust van de verbijsterde ogen van de chauffeur in de achteruitkijkspiegel. We lieten een vlek achter op de bekleding. Ik drukte de chauffeur honderd dollar in de hand en zei dat hij het wisselgeld mocht houden.

De volgende ochtend had ik overal pijn van wat ik had gedaan. Die avond ging ik uit en deed het nog eens, alleen dit keer met een meisje dat ik Lavendel noemde. Haar echte naam was Edie Paley.

Het begon de zomer van duizend geuren te worden – een pervers soort aromatherapie. Zelfs nu kan ik in de zomer op een tuinfeestje 's avonds tussen een groep vrouwen staan, mijn ogen dichtdoen en al die geuren oplepelen alsof het om het alfabet gaat: L'Air du Temps, Chanel No. 5, Tresor, Youth Dew, Shalimar, Allure, Alliage, Le De, Quelques Fleurs.

Toen ik over mijn achterhoofd wreef, vond ik een sleets plekje. Het was pas midden augustus en mijn schedel was ingedeukt van al die recente aanvaringen met houten vloeren. Mijn nagels waren tot op het leven afgebeten, mijn haar viel uit en hetzelfde gold voor mijn inwendige organen. De hotelkamer lag van het ene tot het andere eind bezaaid met stukjes van mij – ik kon niet snel genoeg meer overeind komen – en ik wist trouwens toch niet meer wat waar hoorde.

Pa had zijn eigen unieke manier om zich aan te passen en de kleine tegenvallers in het leven te accepteren en hij hield vol dat er magie school in het net doen alsof het om een ander ging. Tertium quid noemde hij dat, Latijn voor 'een derde ding'. Hij begon er met ons over te praten toen we net tieners waren.

'Jongens, af en toe word je zo moedeloos van dat ik-ben-zo-slecht-gedoe.' Zijn stem klonk een octaaf hoger toen hij zangerig zo'n typische biechtlitanie begon op te dreunen: '"Ik heb de communiewijn opgedronken. Ik ben dronken geworden. Ik raakte buiten westen en heb de begrafenis van mijn moeder gemist. Ik heb mijn lieve vrouw onteerd met andere vrouwen. Wee mij." Wat schiet je daar nou mee op? Probeer eens "hij" te zeggen in plaats van "ik" en het maakt alles meteen verrukkelijk afstandelijk. Dat wil niet zeggen dat je het op iemand anders wilt afschuiven, het geeft je alleen de broodnodige ademruimte.

Ik zal nog een voorbeeld geven. "Charlie Flanagan heeft het geld gestolen dat zijn broer William een jaar lang had opgespaard om een tweedehandsauto te kopen en hij heeft het gebruikt om iedereen in de plaatselijke kroeg een paar drankjes aan te bieden." Snappen jullie de voordelen daarvan? Je krijgt een heldere kijk op alles wat je hebt gedaan, zonder dat je gevoel van eigenwaarde wordt aangetast. Het is heel belangrijk dat je een hoge dunk van jezelf hebt. Want wat heb je per slot van rekening anders? Als ik zeg: "Charlie Flanagan gaf zijn tante Colleen met de kerst een reep witte chocola, die hij vervolgens weer inpikte en stiekem in zijn jaszak stak toen hij haar huis uit liep..."'

'Heb je dat echt gedaan, pa?' viel Bingo hem in de rede.

'Dat heeft hij inderdaad gedaan. Maar misschien had hij er een goede reden voor, waarop hij niet wenste in te gaan uit eerbied voor een oude dame die nu dood is en aan wie we met respect dienen terug te denken, ook al kost dat nog zoveel moeite. Snappen jullie hoe wonderbaarlijk dat is, jongens? Wij mensen hebben de neiging om een ander iets niet zo snel kwalijk te nemen – althans niet in het openbaar. Zorg dat jullie zelf die ander worden. De mensen zullen jullie pijn doen, jongens. De wereld dwingt je tot lijden. Satan is een typische ik-figuur. Wees lief voor jezelf en vergeet nooit dat God in de derde persoon schuilt.'

Ik nam mijn toevlucht tot pa's theorie alsof het een pijnstiller was. Proberen was de moeite waard als het verdriet er minder door werd. Al doende gaf ik er mijn eigen draai aan en ontdekte de voordelen van beeldspraak als middel om afstand te scheppen tussen mij en mijn wandaden. Mijn versie van gebeurtenissen in de derde persoon ging ongeveer als volgt:

Hij lag op zijn rug te wachten in het lange gras, met gesloten ogen, bijna in slaap, de armen langs zijn lichaam, de zon op zijn gezicht. Het zomerbriesje speelde door zijn haar. Aanvankelijk dacht hij dat het de warme adem van de wind was, de liefkozing van het lange gras, de brandende aanraking van de zon. Tegen de tijd dat hij beter wist en begreep wat het was, had het hem al bij de keel. Het had hem te pakken, schudde hem heftig door elkaar en sleepte hem mee. Het sleurde hem door het gras en over de grond, steeg met hem op, landde ergens ver weg met een bons en sloeg hem tegen een platte steen. Het verscheurde zijn overhemd, brak hem van onder tot boven open, rukte hem zijn ingewanden uit, zoog zijn beendermerg op, dronk zijn bloed, vilde hem en trok rauw vlees van zijn levende lijf.

Hij deed zijn ogen open. 'Wat voor parfum gebruik je?'

'Hou je mond.' Ach ja, dat was waar ook. Helemaal geen parfum, alleen maar de meedogenloze geur van Kitty Paley, of misschien was het dochter Edie, of misschien iemand van wie het niet uitmaakte hoe ze heette. Hij begon het gevoel te krijgen dat hij niet in de wieg was gelegd voor losbandigheid.

'Ik wil de doden tot leven wekken,' zei hij. 'Ik wil mijn broer terug.' Hij aarzelde.

'En misschien mijn moeder ook wel... al moet daar wel eerst overleg over worden gepleegd.'

'Jezus nog aan toe,' zei ze. 'Wil je alsjeblieft je mond houden en gewoon je werk doen?'

Hij had zijn mond vol van haar. Hij verdronk in lichaamssappen en zonk tot gevaarlijk duistere diepten terwijl zijn hartslag in zijn oor bonsde als een omlaag suizende duikersklok.

'Dat is voor wat je je broer hebt aangedaan,' fluisterde ze in zijn oor voordat ze vertrok.

21

De telefoon bleef rinkelen. Ingrid pakte net op toen pa wilde ophangen. Ik was er sinds het debacle met de zeilboot aardig in geslaagd om hem en oom Tom te ontlopen.

'Bedankt, Ingrid,' zei ik toen ze me de telefoon gaf.

Ik drukte de hoorn tegen mijn borst, deed mijn ogen dicht en slaakte een diepe zucht.

'Hallo, pa.'

'O, Collie, Mambo is dood.' Pa begon te huilen.

'Hij is aangereden door een auto. Toen hij niet thuiskwam, is je oom Tom hem gaan zoeken en hij vond hem aan de kant van de weg… Jezus, Collie, het is net alsof we Bingo en mama weer helemaal opnieuw verliezen…' Pa kwam er niet meer uit.

'Wat zei je daar?' Heel even had ik het gevoel dat ik in een lege liftschacht was gestapt en naar beneden tuimelde. 'O, pa. Hoe kan dat nou?'

Ma stond erop dat de honden niet in de buurt van de weg mochten komen en het was een rustige weg. Ze leerde ze van jongsaf aan dat ze het terrein niet af mochten. Het hele stel was veel te verstandig om de weg op te kuieren en Mambo was de slimste van alle honden. We noemden hem altijd de politieagent, want hij waarschuwde ons altijd als een van de andere honden de oprit af begon te lopen. Hij kon niet wachten om hen te verraden, maar dwong ons blaffend, rondtollend en opspringend om hem te volgen en bewaakte de zondaars alsof het om een stel schapen ging.

'Hij was ontroostbaar zonder jullie. Hij at niet meer, zijn staart hing tussen zijn poten, hij was kapot van verdriet omdat hij Bingo en je moeder miste en hij heeft jou net zo goed gezocht. Hij had de gewoonte opgepakt om aan het eind van de oprit te gaan zitten wachten en alle auto's te controleren, in de hoop dat... Tom en ik hebben geprobeerd hem dat af te leren... Ik ben de laatste paar weken wel honderd keer die oprit af gelopen om hem weer mee te slepen naar huis. Maar je weet hoe sommige mensen met een noodgang daar die bocht om komen...'

'Ik had vaker thuis moeten komen. Ik had naar huis moeten gaan. Ik had het kunnen weten.' Ik moest de neiging onderdrukking om datzelfde zinnetje voortdurend te herhalen. Ik had naar huis moeten gaan. Ik had naar huis moeten gaan.

'Je moet jezelf niet de schuld geven, Collie. Niemand kon er iets aan doen. En wie zal zeggen dat hij niet gedacht zou hebben dat Bingo weer thuis zou komen als hij jou voortdurend had gezien? O jezus, alleen de gedachte al dat Bingo thuiskomt en dat Mambo er niet meer is om hem te begroeten...'

'Poepstamper. Hondenneuker,' zei Carlos bij de laatste keer dat hij me vanaf zijn stok voorbij zag komen. Die verdomde papegaai. Ik hoorde Bingo's manier van spreken in ieder woord en elke stembuiging. Carlos lachte en ik herkende die zorgeloze weerklank.

Hij floot alsof hij een hond riep. 'Lassie, Lassie, hier meid...'

Hij klonk als Bingo, maar hij dacht als ma.

'Collie?' De Valk kwam uit zijn kantoor op de tweede etage en riep hangend over de leuning vanaf de overloop naar beneden: 'Heb jij al die modderige voetstappen in de woonkamer achtergelaten? Hoe vaak moet ik je nog op je vingers tikken voor die gewoonte overal troep achter te laten?'

'Lassie... hier meid, hier meid...' Carlos bleef doorgaan tot hij me uit het oog verloor omdat de badkamerdeur met een doffe dreun achter me dichtviel.

'Jo-ho! Stront-tussen-de-oren,' was zijn gedempte laatste belediging.

Ik liep alle medicijnkastjes af om ze leeg te halen en smeet van alles op de grond terwijl ik op zoek was naar spul dat ik kon innemen. Pillen kwamen in de wasbak terecht terwijl ik hoestsiroop naar binnen klokte, samen met handenvol medicijnen die allang over de datum waren. Ik sloeg voor de goede orde zelfs wat kunstmest achterover en een paar slokken van het luchtje van de Valk. Dat was duur spul, een soort beknopte kanttekeningen, een geurig memorandum met een vage verbenageur, afkomstig van het bureau van Peregrine Lowell.

Voor alle zekerheid bewerkte ik mijn linkerpols met een scheermes. Ik had zoveel succes bij één slagader dat ik niet eens de kracht kon opbrengen om er nog een door te snijden.

Ondanks mijn dappere pogingen was zelfmoord me om de een of andere reden niet gegund. Wat er gebeurde, is bijna om te lachen. Die idiote oude Cromwell trok aan de bel vlak nadat ik buiten westen was geraakt. Jezus, wat moet ik er verder over zeggen? De wereld zit vol met onwaarschijnlijke helden. Hij sleepte me aan mijn schouder mee naar de hal en zette het hele huis op stelten.

Ik kwam een dag of zo later bij op de psychiatrische afdeling van het ziekenhuis en van daaruit werd ik overgebracht naar Parados House, een therapeutische schuilplaats voor bevoorrechte gekken.

Voor de tweede keer in mijn leven hield ik op met praten. In de paar weken daarna voelde ik hoe ik veranderde in een duister hoopje lava, droog gesteente in het roerloze centrum van een griezelig privé-universum. In gedachten bleef ik Bingo's naam keer op keer zeggen. Ik herhaalde zijn naam op dezelfde angstige manier waarop obsessieve-compulsieve patiënten hun handen blijven wassen.

'Wat is er in vredesnaam mis met hem?'

Ik was me vaag bewust van mijn met stemverheffing pratende grootvader, ergens vlakbij, met artsen en verpleegkundigen die zenuwachtig probeerden hem tevreden te stellen. Maar mijn eigen bloed dat door mijn aderen suisde, maakte meer herrie dan de mensen om me heen.

Ik dacht echt dat ik rechtop zat, tot een van de verpleegkundigen zijn arm om mijn middel sloeg en me ophees. Het bleek dat ik opzij gevallen was, naar links, en met mijn voorhoofd op het bedtafeltje voor me lag.

'Wat is in godsnaam de bedoeling van deze pathetische voorstelling? Leg hem maar weer in bed,' beval de Valk. Ieder woord ging gepaard met donder en bliksem. Ondertussen haastte een stel broeders zich om mij weer op het ziekenhuisbed te leggen, mijn kussens op te schudden en de dekens tot aan mijn borst op te trekken. Mijn armen lagen naast me, mijn ogen waren dof en verduisterd als gebroken ramen. Door de barsten in het glas tuurde ik naar de buitenwereld.

'We moeten toegeven dat deze medicatie niet het resultaat heeft gehad waarop we hoopten. We zijn van plan om nu een geheel andere koers in te slaan waar het medicijnen betreft,' legde een van de artsen uit. 'Er is een veelbelovend nieuw antidepressivum dat volgens ons heel effectief...'

De Valk pakte mijn hand op en en trok hem omhoog. Toen hij hem weer losliet, keek hij walgend toe hoe hij slap terugzakte op het bed.

'Is dat het beste wat jullie overdreven hoogopgeleide idioten kunnen bedenken? Weer zo'n verdomde pil? Ik geloof niet dat mijn kleinzoon gedeprimeerd is. Eerlijk gezegd zou ik dolblij zijn als hij zwaarmoedig was. Helaas denk ik dat hij dood is.'

In mijn droom zag ik mezelf als een moedig en intelligent man, met wonderbaarlijk steil haar, een glimlach vol zelfvertrouwen om mijn lippen en een licht geamuseerde maar alwetende uitdrukking op mijn gezicht, alsof ik een geheim kende dat de rest van de mensheid werd onthouden. Vrouwen lagen aan mijn voeten, net als kinderen en honden, andere mannen keken me aan en waren jaloers, maar ik was veel te volwassen en te sterk van karakter om me over de tekortkomingen van mindere wezens vrolijk te maken. Ik was de naakte wilde.

En toen hoorde ik Bingo. Hij riep mijn naam. En toen ik zijn stem hoorde, sloeg de verwarring over mijn leven toe. Was ik een dappere man die droomde dat hij een lafaard was? Of was ik een lafaard die droomde dat hij dapper was?

Ik kon me niet bewegen. Bingo had me nodig en ik kon me niet bewegen. Ik beukte met mijn vuisten op mijn dijen, maar mijn benen weigerden dienst. Er waren legio nachten dat ik wakker schrok, dromend dat hij me nodig had, terwijl ik zijn hand in de mijne voelde, voelde hoe zijn vingertoppen de mijne raakten en hoe ik hem van me af wentelde en me vervolgens bedacht en uiteindelijk mijn armen naar hem uitstak om hem toch te verliezen.

'O, Collie, is het zo erg, haat je me echt zo erg...' Het was aarde-donker, maar zelfs in het donker zag ik de slierten kastanjebruin haar die voor zijn ogen hingen.

'Jou haten? Denk je echt dat ik je haat?'

Ergens buiten mijn droomwereld hoorde ik een stel broeders pra-ten en hun gesprek drong door in die droom over wat ik in het ver-leden was en in de toekomst zou worden.

'Wat een kleine klootzak,' zei de oudere man terwijl ze me van-uit het bed in de stoel zetten. 'En meer geld dan God... dat zou je toch nooit zeggen?'

'Stel je eens voor als hij hetzelfde soort leven moest leiden als de rest van ons,' zei de jongste. 'Ik zou hem ons werk wel eens willen zien doen. Kun jij je voorstellen dat hij met volle po's sjouwt?'

'Het leven is een puinzooi. Ik vang maar een schijntje, rij in een ouwe rammelkast, woon in een krot en ik moet me voor hem uit de naad werken omdat zijn grootvader een belangrijke pief is,' zei de oudere man, terwijl de jonge een pakje sigaretten uit zijn ach-terzak trok. Heel even dacht ik dat hij een lucifer zou aanstrijken op mijn voorhoofd. Maar in plaats daarvan keek hij op zijn hor-loge. 'Tijd voor pauze. Laten we hem maar gauw klaarmaken.'

Hij pakte me onder mijn armen en gebaarde dat de andere broe-der me bij mijn voeten moest pakken. Vervolgens droegen ze me terug naar bed, waar ze me opzettelijk lieten neerploffen.

'Man, als ik er die dag bij was geweest dan hadden ze de klere kunnen krijgen. Ze waren toch aan het wildwatervaren, hè? En die broer raakte bekneld onder een boomstam of zo. Ik zou er meteen in gesprongen zijn... daar had ik niet eens over hoeven na te den-ken,' zei de jongere vent terwijl hij de dekens tot aan mijn borst optrok.

De oudere vent viel hem meteen bij. 'Hetzelfde geldt voor mij, maar ja, zo ben ik gewoon. Je kent me. Je weet hoe ik ben. Ik deins nergens voor terug.'

Een klein uurtje later ging ik rechtop zitten en schopte de dekens van me af, terwijl ik de verpleegster op haar schouder tikte. Ze viel bijna flauw en staarde me aan alsof ik uit de dood was opgestaan. Ik vroeg of ik even mocht bellen.

'Oom Tom?'

'Met wie spreek ik?'

'Ik ben het. Collie.'

'O. Ik wil niet met je praten.'

'Is pa daar?'

'Dat denk ik wel.'

'Mag ik hem even spreken?'

'O, dus nu wil je ineens wel praten...'

'Oom Tom...'

'Ik ben niet bepaald onder de indruk.'

'Het spijt me, oom Tom. Ik neem het je niet kwalijk dat je er zo over denkt...'

'Heb ik je soms niet, jaren geleden toen je nog een klein jochie was, het geheim van geluk geleerd? Wat moest je van mij doen als je overstuur was?'

'Dan moest ik van je fluiten.'

'Dat klopt. Geen mens krijgt het voor elkaar om tegelijk te fluiten en zich rot te voelen. Dat heb ik van mijn moeder geleerd en ze had gelijk. Jij kende het geheim, maar toch heb je openlijk verzet gepleegd en besloten om te wanhopen. Dat staat je netjes. En wat zou je zeggen van je oom William? Wat heeft hij je over de Franse taal geleerd?'

Toen ik twaalf was, had mijn oom William me een verhaal verteld. Hij was de oudere broer van pa en oom Tom en had in de Tweede Wereldoorlog in het Amerikaanse leger gediend. Hij had samen met een handjevol overlevenden van zijn eenheid een laatste wanhoopsaanval gepland op een door Duitsers bezette boerderij in Frankrijk. Het was tegen het einde van de oorlog.

'We verwachtten niet dat we het zouden overleven,' zei hij. 'We hadden besloten wat we zouden doen en ons aan God en aan elkaar overgeleverd, voordat we opstonden en zonder ons iets aan te trekken van de mortieren, de machinegeweren en het artillerievuur dat op ons gericht was in de aanval gingen. Plotseling begon onze enige overgebleven bevelvoerende officier "L'Amour, L'Amour, L'Amour" te schreeuwen. Ik dacht dat hij stapelgek was geworden, maar we begonnen allemaal "L'Amour, L'Amour" te brullen terwijl we ons op het prikkeldraad rond het huis stortten. En Collie,' vervolgde hij, 'ik geloof vast dat dat die dag mijn leven heeft gered.'

'Bedoelt u de kracht van de liefde, oom William?'

'Nee! Nee! Doe niet zo meisjesachtig, Collie. De Franse taal. Snap je dat dan niet? Die taal is ongelooflijk inspirerend. Je wordt erdoor aangezet tot onvoorstelbaar moedig gedrag. Dus vergeet het nou nooit: als je ergens bang voor bent, spreek jezelf dan moed in met een paar Franse woorden. Die hebben echt een verpletterende uitwerking.'

Pa griste Tom de telefoon uit de hand.

'Ben jij het echt, Collie?'

'Ik ben het echt, pa.'

'Goddank. Hoe kon je in godsnaam op het idee komen om zelfmoord te willen plegen? Wat hebben je moeder en ik fout gedaan? Waar hebben we gefaald? Ik heb je toch altijd verteld dat je een weesgegroetje moest bidden als je je naar voelde? Ik zou over gloeiende kolen kunnen lopen, als ik mijn rozenkrans maar in mijn hand had.'

'Pa, ik wil naar huis...'

'Blijf zitten waar je zit. Ik kom eraan. Ik moet alleen nog even mijn treinkaartje en wat geld voor onderweg regelen, dan zie ik je morgen...'

De volgende ochtend stond ik op en vertrok in het geheim uit de kliniek, wat niet half zo dramatisch was als het klinkt. Ik belde een taxi, liep de deur uit en stapte op het parkeerterrein in. Op het plaatselijke station ging ik op pa zitten wachten. Zijn trein kwam en vertrok weer. Hij stoof door het station zonder te stoppen.

Pa werd in de restauratie zo dronken dat hij buiten westen raakte en ergens in Canada terechtkwam, in een mijnstadje in Ontario dat Sudbury heette. Hij werd wakker op een bank in het park en strompelde een winkel in de hoofdstraat binnen, waar ze spullen voor de jacht en handwerkartikelen verkochten.

'Ik heb me als een haas uit de voeten gemaakt,' zei hij, toen ik hem eindelijk aan de lijn kreeg. 'Zo'n grote kamerolifant met een hoofddoek om was duidelijk van plan om op jacht te gaan... "Je doet me denken aan mijn overleden man Squeak," zei ze met een tandeloze grijns. Squeak? Ik bedoel maar.'

Ik besloot bij nader inzien toch niet de trein te nemen. Ik verscheurde mijn kaartje, liet mijn bagage staan, wandelde het station uit en liep de stille straat in. Het regende dat het goot. Ik floot een vrolijk deuntje, zong het Franse volkslied, en terwijl mijn haar in mijn ogen hing en mijn schoenen vol water liepen, stak ik mijn duim op en prevelde een weesgegroetje.

22

Het was een heel eind lopen naar Cassowary, een paar dagen op z'n minst, maar ik had geen haast. Ik had tijd nodig om na te denken, tijd voor mezelf, ver van de meningen van
dode en levende mensen. De berm van de weg was de laatste
plaats waar iemand me zou zoeken. Ik bracht mijn eerste nacht
door op de gebroken en verweerde houten vloer van een verlaten
schuur.

Broederloos en moederloos, maar met een groeiend overschot
aan vader, oom en grootvader en een hoeveelheid onvolkomenhe-
den die klopten als een stel stigmata kwam ik tot de conclusie dat
ik met de juiste houding wel enige invloed zou kunnen hebben op
de rest van mijn leven. Ik moest alleen een strategie bepalen. Ik
had een blauwdruk nodig, een of ander sjabloon waaraan ik me
kon houden.

Boven mijn hoofd kon ik de maan en de sterren zien. Er zat een
groot gapend gat in het dak waardoor de zwarte lucht te zien was.
En daar, in het zilveren licht van een plattelandsnacht, moest ik
ineens denken aan Bingo's Man-Plan. Ik had hem er destijds hard
om uitgelachen, maar inmiddels begon ik het idee te krijgen dat
het helemaal niet zo'n slecht plan was om bepaalde doelen na te
streven. In bepaalde opzichten gaf het me zelfs het gevoel dat hij
nog steeds een belangrijk deel uitmaakte van mijn leven, alsof het
een project was dat we samen uitvoerden.

Ik ging ervan uit dat ik er een jaar of twee voor nodig zou hebben, maar ik besefte al snel dat die tijdsduur enigszins aangepast
zou moeten worden. Toen ik op een middag, vlak nadat ik weer
terug was op Cassowary, wakker werd op de vloer van mijn slaap-

kamer, ving ik in de spiegel een glimp op van Cromwell die mijn haar stond te likken.

Als je tot de ontdekking komt dat je met de regelmaat van de klok in plaats van shampoo hondenkwijl in je haar hebt, lijkt een succesvol bestaan als volwassene ongeveer even haalbaar als een gouden medaille in synchroonzwemmen.

Het twee-jarenplan werd officieel omgezet in een vijf-tot-tien-jarenplan.

Mijn eerste gedachte was om het streven een volwassen man te worden formeel aan te pakken, alsof het om de sloop van een oud gebouw ging waar dan een nieuw voor in de plaats moest komen. Ik maakte aantekeningen, schreef alles op, bepaalde wat ik wilde bereiken en in welke tijd, maar ik moest erkennen dat ik puur impulsief handelde, niet conform een bepaalde doctrine. Net als ikzelf was het Man-Plan een werk in uitvoering, een boek dat ik neer kon leggen en weer kon oppakken.

Maar volgens de strategie die zich langzaam ontvouwde, zou ik ergens tussen de vijfentwintig en de dertig uiteindelijk toch man worden. Het was een bemoedigende gedachte.

Om te beginnen moest ik dus korte metten maken met Collie de jongen. Ik moest de herinnering aan hem de nek omdraaien en diep onder de grond stoppen, waar niemand – ikzelf incluis – hem ooit terug zou kunnen vinden.

Ik was ongeveer een week terug op Cassowary. En om te beginnen moest ik de Valk vertellen dat ik geen belangstelling had voor het familiebedrijf. Toen ik op Andover zat, had ik korte tijd als stagiair gewerkt bij een van zijn kranten, *The Boston Expositor*, lang genoeg om me ervan te overtuigen dat ik geen belangstelling had voor een carrière als journalist.

'Dus jij bent het wonderkind,' had een van de redacteuren gezegd toen ik werd voorgesteld en ik raakte eraan gewend dat ze me met minachting bekeken. De literaire redacteur noemde me de radja en op de sportredactie werd ik de kabouter genoemd. Voor de culinaire redacteur was ik de Kleine Prins en de lui op de advertentieafdeling hanteerden een variabele hoeveelheid alternatieven, van Knappe Knul tot Arm Rijk Jochie. Op de afdeling transport heette ik gewoon Klojo Flanagan.

De uitgever, Darryl Pierce, had een assistente en zij was de enige die me bij mijn naam noemde. Maar die verbasterde ze om de haverklap dan weer tot 'Coaly'.

Ondanks het feit dat de Valk had gedreigd met tegenmaatregelen had zelfs meneer Pierce, een omgekeerde snob die iedereen er maar al te graag op wees dat hij zich gewoon had opgewerkt door hard te werken, een bijnaam voor me.

'Leuk om kennis met je te maken, Schoenmans,' had hij met een blik op mijn voeten gezegd. 'Nog nooit meegemaakt dat het niet klopte. Een rijkeluiszoon kun je al op mijlen afstand herkennen: altijd dure schoenen en gemanicuurde poten.'

Ik moest van hem verslag doen van alle voorkomende lunches van liefdadigheidsorganisaties en dan zorgde hij er vals voor dat het bestuur van die clubs van tevoren wist dat de Valk mijn grootvader was. Daardoor kon ik er min of meer op rekenen dat ik constant werd behandeld als een ideale schoonzoon, een belegger, een ongetalenteerde lafbek of een mogelijk ontvoeringsslachtoffer.

De Valk was vastbesloten dat ik op een dag de scepter over zijn imperium zou zwaaien. Ik was net zo vast van plan om me nooit meer op de redactie van een krant of een tijdschrift te laten zien. Ik besefte dat een volwassen persoon er niet langer omheen zou draaien en hem dat recht in zijn gezicht zou zeggen. Ik bleef maar hopen dat ik hem een keer in een goede bui zou treffen, lachwekkend natuurlijk, maar tegelijkertijd ook een zielig excuus om het uit te stellen. In dit tempo dreigde het Man-Plan te veranderen in een Bejaarden-Plan.

Ik probeerde mezelf een hart onder de riem te steken door neuriënd en fluitend naar de eetkamer te lopen. Tegen de tijd dat ik bij de openstaande deur was, had ik geen gevoel meer in mijn handen en voeten en bleef met bonzend hart staan. Ik voelde me alsof ik op het punt stond om Satan te vertellen dat ik was vergeten om brandstof voor de barbecue te bestellen.

De Valk keek op van zijn ontbijt in het zachte licht van de septemberzon dat door het openstaande raam achter hem naar binnen viel. Hij zat tot aan zijn ellebogen in de kranten, waarvan er tientallen exemplaren iedere ochtend in keurige stapeltjes op de lange eetkamertafel werden uitgestald, zodat hij ze aandachtig kon bestuderen. Ik durf er een eed op te doen dat hij ieder woord las. Om hem heen hing de lucht van cordiet dat door zijn aanhoudende woede smeulend werd gehouden.

'Goeie genade! Wat zijn dat toch voor idioten die voor mij werken?' vroeg hij aan mij terwijl hij de voorpagina van een van zijn Londense kranten omhooghield, vol vettige rode potloodstrepen. Als hij boos was, schreef hij het liefst 'Bah!' in vuurrode koeienletters op de gewraakte pagina, die vervolgens per speciale koerier naar de hoofdredacteur werd gestuurd.

Het was duidelijk geen gezellige ochtend. Ik kon het aantal 'Bah's!' vanaf de plek waar ik stond niet eens tellen. Het leek alsof er een atoombom was ontploft waarvan de radioactieve neerslag overal terechtkwam en onschuldige omstanders verzengde.

Een stevige wind blies door de kamer. Mijn haar werd van mijn voorhoofd geblazen en de grond raakte bezaaid met krantenpagina's.

'Goeie genade, Collie, laat liggen!' blafte die ouwe toen ik me bukte om de kranten op te pakken. 'Waarvoor denk je dat ik mijn personeel betaal? Ingrid!' schreeuwde hij. 'Ingrid!'

Ingrid dook op uit de kamer van de butler. 'Ik ben hiernaast. U hoeft niet zo te blèren. Goeiemorgen, Collie, hoe voel je je op deze prachtige dag?' Ze glimlachte, waarbij ze doodkalm zijn woede negeerde.

'Hou op met die onzin. Hij voelt zich prima… Hou jij je maar bezig met al die troep hier. Wat ben jij nou voor huishoudster? En blijf jij daar niet staan alsof je je tong verloren hebt, Collie. Ga zitten… Wat is er, Ingrid?' Zijn gebalde vuisten kwamen met een klap op de tafel neer, waardoor zijn water omviel.

'U hebt me geroepen, weet u nog wel?'

'Kun je niet een beetje lipstick en wat rouge gebruiken? Een beetje kleur op dat bleke puddinggezicht van je? Iedere keer als je hier binnenkomt, betrekt de lucht. En laat in godsnaam je haar eens kleuren. Hier in huis wil ik geen grijze haren zien. Hoe vaak moet ik dat nog zeggen? En wijs het personeel alsjeblieft eens op het feit dat ze hun uiterlijk zo versloffen. En zeg tegen de meisjes in de keuken dat ze wat fatsoenlijk stevig ondergoed moeten kopen, anders stuur ik het hele haveloze zootje de laan uit. Het is gewoon stuitend. Geen wonder dat Collie al zijn levenslust heeft verloren en hier constant als een geslagen hond rondloopt.'

'Nee maar,' zei Ingrid afkeurend, voordat ze haar aandacht op mij vestigde. Ik ging op de stoel recht tegenover de Valk aan de eettafel zitten. 'Luister maar niet naar hem, Collie, het is echt heerlijk om je fluitend door het huis te horen lopen. De kanaries zijn er niets bij. Ik vind het nauwelijks te geloven na al die ellende die we achter de rug hebben. Het is een wonder om te horen dat je zo vrolijk bent.'

'Dank je, Ingrid,' zei ik, terwijl ik mijn bruine boterham in stukken scheurde.

'Persoonlijk word ik er een beetje zenuwachtig van. Welke conclusies moeten we nou uit die korte episode trekken... die dramatische vlucht uit de kliniek en de daaropvolgende voettocht terug naar huis? Dat zelfmoord in kleine porties zowel je dood als je genezing kan zijn?' zei de Valk met een glas tomatensap aan zijn lippen. Hij nam een slokje en depte zijn mondhoeken met een wit linnen servet.

'Wat een afschuwelijke opmerking,' zei Ingrid terwijl ze haar hand voor haar mond sloeg.

Het servet van de Valk viel op de grond. 'Je bent echt onmogelijk, Ingrid. Ik ben kennelijk de meest tolerante werkgever ter wereld of de domste... mijn God, de vrijheden die jij je veroorlooft...'

'Ik wil met u praten.' Ik schraapte mijn keel en keek even naar Ingrid, die zich instinctief uit de voeten maakte en naar de keuken liep.

'Waarom laat je je opmerking voorafgaan door zo'n lege en nodeloze mededeling? Je praat al met me. Zwak je gespreksstof niet af met lauwwarme vullertjes. Gooi het er maar uit. Wat is er aan de hand? Ik moet een vliegtuig halen.' Hij doorboorde me met zijn ogen die op een paar scherpe, metalen speerpunten leken.

Ik voelde mijn voornemen wegsmelten en keek wanhopig om me heen, op zoek naar een schuilplaats. Mijn korte experiment met volwassenheid viel in duigen.

'Eh... Nee, het is niets belangrijks... alleen... zou u het prettig vinden als ik u naar het vliegveld bracht?'

23

*P*a belde me toen ik mijn studie weer had opgepakt. Ik woonde niet meer op het universiteitsterrein maar in een huis in de stad. Het was 23 november, mijn twintigste verjaardag.

'Nu ben je geen tiener meer en dat kun je opvatten zoals je wilt,' zei pa.

'Nou ja, misschien moet ik als man wat serieuzer worden. Want vandaag ben ik toch een man geworden? Of is dat volgend jaar?' vroeg ik. Ik zat inmiddels in mijn derde jaar op Brown en lag een beetje vaag te mompelen, languit op mijn bed met de telefoon aan mijn oor. Ik wierp een blik op de klok op het tafeltje naast me. Het was bijna twee uur in de middag... Jezus, waarom was pa al zo vroeg op?

'Daar heeft leeftijd helemaal niets mee te maken en tussen twee haakjes, Collie, het is onfatsoenlijk om over jezelf te praten.'

Wat pa betrof, mocht hij als een goede vader zelfs een luchthartige opmerking niet negeren.

'Dat was maar een grapje, pa,' zei ik, glimlachend omdat hij zo voorspelbaar was.

'O juist, nou als jij het zegt... Maar denk erom, het kerkhof ligt vol met mensen die alleen maar een grapje maakten... Ik weet wel wat het wil zeggen om een volwassen man te zijn en dat gebeurt echt niet allemaal automatisch. Daar zijn strenge, eerbiedwaardige criteria voor, die je niet zomaar kunt negeren zonder er schade van te ondervinden. Om een man te worden moet je een queeste ondernemen. Zo'n zware reis is essentieel om te ontsnappen aan de schaduw van je ouders, waarbij met name de moeder voor moeilijkheden kan zorgen. Simpel gezegd moet je

om een man te worden de wijde wereld intrekken en kijken hoe-
ver je bent.'

'Heb jij dat ook gedaan?'

'In zekere zin wel. Bedenk alleen maar hoe ik jullie beiden je
leven lang heb aangemoedigd om af en toe thuis te blijven en niet
naar school te gaan, óm je ziek te melden en eens een tijdje niet te
werken.'

'We mochten van jou nooit een baantje aannemen...'

'Dat bedoel ik nou. Precies. Absenteïsme. Schitterend. Een reis
om jezelf te ontdekken. Natuurlijk willen kapitalisten als je grootvader dat je altijd overal met je neus vooraan staat. Zij hechten
daar morele waarde aan en maken het een kwestie van karakter
om er zeker van te zijn dat ze altijd de beschikking hebben over
voldoende gehoorzame arbeidskrachten. Als een man zichzelf
middels absenteïsme heeft leren kennen kan hij niet langer onder
de duim worden gehouden en dat zou het einde betekenen van de
wereld zoals wij die kennen.'

Ik hoorde Tom op de achtergrond mopperen dat hij de telefoon
wilde hebben om ook deel te kunnen nemen aan het gesprek.

'Tom zeurt maar aan mijn kop dat hij je ook wil spreken. Een
momentje... In godsnaam, Tom...'

'Collie?' Tom.

'Wil je weten wanneer ik mijzelf een man durfde te noemen?
Op de dag dat ik gewoon durfde toe te geven dat ik een hekel
had aan een kind. Kun je je die verdomde knul van verderop nog
herinneren, Adam, die dikzak die er altijd uitzag als Little Lord
Fauntleroy?'

Ik had nauwelijks de kans gehad om Adam te vergeten. Oom
Tom had meer dan tien jaar lang een uitputtingsoorlog gevoerd
tegen hem en zijn moeder, de Broedkip.

'De omvang van die vetkwab, die tot zijn derde aan zijn moeders tieten hing en met afzakkende luiers op de kleuterschool
kwam, terwijl zij maar volhield dat hij heel bijzonder was, met een
IQ dat nog groter was dan dat van Einstein. Ik heb haar verteld
dat het enige dat groot was aan die knul zijn...'

'Ja, dat weet ik nog, oom Tom.'

'Waar het om gaat, is dat iedereen kan zeggen wat hij wil, maar
er is geen haat ter wereld feller dan de haat die je voor een buur-

kind voelt. Koude Oorlog of geen Koude Oorlog. Waar het op neerkomt, is dat een echte man behept is met passies waar hij niets aan kan doen.'

'Dat is een interessante invalshoek, oom Tom.'

'Tussen twee haakjes, echte mannen doen nooit neerbuigend. En dan is er nog iets, een man maakt zichzelf nuttig.'

'Hoe maak je jezelf nuttig?'

'Jezus christus, sufkop. Leren ze je daar op Brown dan niets? Je kunt leren stofzuigen... als ik toch bedenk hoe nutteloos jij bent. Zeg, wist je dat honderd jaar geleden katten werden gebruikt om de post rond te brengen en dat die hoogstwaarschijnlijk geen van alle de middelbare school hadden afgemaakt? Dat geeft je wel een heel andere blik op zo iemand als jij. Ik neem aan dat je grootvader je de Taj Mahal voor je verjaardag heeft gegeven.'

'Nee, niet bepaald. Nou ja, ik heb een auto gekregen...'

'Een auto! Maar je hebt al een auto. Hoeveel auto's heb je nodig?'

'Je laat het veel erger klinken dan het is. Ik heb thuis een auto, maar niet hier op de universiteit. Ik heb er trouwens ook niet om gevraagd. Hij heeft hem gewoon voor me gekocht.'

'Maar heb je hem aangenomen? Daar gaat het om. Je tart het noodlot als je toestaat dat die duivel je verwent en in de watten legt.'

Vroeger hield oom Tom altijd vol dat er duivels tussen ons rondliepen. Hij zei dat je hen niet alleen aan hun zwarte haar en blauwe ogen kon herkennen, maar ook aan hun blanke huid en de ladingen zogenaamde charme waarover ze beschikten. Duivels gingen chic gekleed, ze waren vol eigenwaan en gemakkelijk afgeleid door het gekwetter van grote groepen volgens Tom, die bezwoer dat hij ze kon ruiken.

'Je grootvader stinkt echt naar verbena,' zei hij. 'Dus moet je uitkijken voor hem en zijn cadeautjes. Het enige wat er bij hem aan ontbreekt, is een gespleten staart, en hoe moet ik weten wat hij in zijn broek heeft?'

Ik lachte.

'Pas op, Collie. Kijk goed uit. Het is een hoge duivel die zijn geïnteresseerde blik op jou heeft laten vallen. Je bevindt je op gevaarlijk terrein als je goede maatjes bent met de duivel. Dat is precies waarop ze rekenen. Voor je het weet, valt de grond onder je voeten weg en ben je zelf ook een duivel.'

Die avond namen mijn vrienden me mee uit om mijn verjaardag te vieren. In die tijd kon ik me alleen ontspannen door me een ongeluk te lachen en ik was dan ook voornamelijk bevriend met lui die voortdurend lol wilden trappen en voor wie het achterlaten van een hoop walmende hondenpoep op het bordes van een viersterrenrestaurant het toppunt van humor was. Het soort vrienden dat Bingo had gehad.

Het begon als een grap, gewoon een stom geintje om iets te doen te hebben. Ik wankelde tussen wanhoop en hilariteit en koos uiteindelijk gewoon voor stompzinnigheid. We waren een beetje door het dolle. Mijn maatje jatte een krakkemikkige oude Impala, hooguit vijf dollar waard en eigendom van het hoofd van de Engelse faculteit, en samen met nog een paar andere knullen, van wie er twee met hun blote kont uit de raampjes hingen, reden we zwalkend van de ene naar de andere weghelft naar het platteland. We belandden met gierende banden op een met grind bestrooide zandweg en namen een heuvel zo snel dat we opstegen. We hadden het gevoel dat we vlogen en raakten zo volledig de macht over de auto kwijt dat we achterstevoren landden.

De motor braakte rook uit, maar we startten opnieuw en de auto reed schokkend verder. Terwijl we gas gaven tot tachtig... negentig... honderd kilometer per uur... boem! Een jong hert stak voor ons de weg over. We probeerden het te ontwijken maar het kwam met een doffe dreun op de voorruit terecht en veroorzaakte een barst in het glas voordat het een paar meter verderop in een greppel langs de weg belandde.

Ik moest even worstelen met het rechterportier dat door de klap een beetje ontwricht was geraakt. Met tegenzin en met knikkende knieën liep ik naar het gevallen hert dat in het licht van de volle maan duidelijk te zien was. De vochtige adem walmde omhoog en om me heen hing een lucht die naar kamfer en muskus rook.

Af en toe, als we in het natuurreservaat vlak bij ons huis speelden, hadden Bingo en ik stukken van herten op het pad gevonden, die ten prooi waren gevallen aan wolven. Ik raakte nooit gewend aan die primitieve schok veroorzaakt door een hertenpoot zonder het bijbehorende hert.

Het hert keek naar me op met zacht glanzende ogen, de glans van lamplicht in een afgelegen huis, en toen werd het stil. Wat er daarna gebeurde was zo simpel en gewoon dat het bijna huiselijk aandeed, alsof er een gordijn werd dichtgetrokken. Het licht verdween en zijn blik op de wereld was voorgoed verduisterd.

De terugweg verliep vrij rustig. Ik had het stuur overgenomen. De auto lag in puin en haalde nog maar net het universiteitsterrein. Ik bracht de andere jongens thuis, en toen ik voorzichtig de parkeerplaats van professor Fuller opreed, deed ik geen enkele poging om mijn identiteit verborgen te houden voor een stel overijverige kerels van de beveiliging die opgetrommeld waren om het geval van de vermiste roestbak te onderzoeken. Hun walkietalkies kraakten van eigendunk.

Dolblij dat hij de kans kreeg om Peregrine Lowells nutteloze kleinzoon alles in de schoenen te schuiven, trakteerde professor Fuller, die erbij geroepen was, me sputterend op een scheldkanonnade over de morele verdorvenheid van rijkeluiszoontjes als ik, dreigde de politie in te schakelen en eiste dat ik van de universiteit zou worden getrapt.

Ik verontschuldigde me en bood bijna een van mijn overbodige organen aan, maar daar wilde hij niets van weten.

'Jij, jonge man, en die term gebruik ik tegen beter weten in, bent de verpersoonlijking van alles wat mensen terecht zo vervelend vinden aan rijke kinderen,' zei hij. Hij klonk behoorlijk overtuigend. Ik was in ieder geval wel overtuigd.

Pa dacht dat ik onder invloed van drugs was geweest. 'Denk toch eens aan de gevolgen,' zei hij tijdens een nachtelijk telefoontje. 'Terry O'Neill was vroeger thuis ook altijd een keurig jongetje, tot hij op zijn dertiende aan de peppillen raakte. En vanaf dat moment kon je maar beter een kilometer bij hem uit de buurt blijven vanwege de kwalijke lichaamsluchtjes. Uiteindelijk is hij uit een raam gesprongen… dat doen ze allemaal.'

Hij begon net lekker op toeren te komen en ik hoorde oom Tom zoals gewoonlijk op de achtergrond herrie schoppen omdat hij ook met me wilde praten.

'Oom Tom…'

'Het is gewoon onfatsoenlijk, niets meer en niets minder, en dat terwijl je broer en je moeder nog maar koud in het graf liggen. Luister eens, uilskuiken, in de rouw zijn is net zoiets als voorwaardelijk vrijgelaten worden. Je bent verplicht om je één jaar lang goed te gedragen om ervoor te zorgen dat je niet je leven lang opnieuw in de fout gaat. Als je nu toegeeft aan al die gemengde gevoelens van je, zul je nooit meer de weg terug vinden.'

'Het spijt me. Het spijt me echt. Wat moet ik doen, oom Tom? Zeg het maar.'

Ik smeekte het bijna, terwijl ik rondkeek in mijn kamer en het beeld in me opnam: mijn autosleuteltjes lagen op de salontafel, mijn spijkerbroek lag op de grond, mijn overhemd hing over de tv, overal lagen neergesmeten boeken en mijn jasje slingerde op de rugleuning van de bank.

'Heel eenvoudig,' zei oom Tom ergens op de achtergrond. 'Ik wil dat je die dansschoenen van je een tijdje opbergt. Ga maar gewoon lopen. Voetje voor voetje, tot het een automatisme wordt. Begin maar met het rondbrengen van de post.'

Als onderdeel van mijn straf had ik tweehonderd uur dienstverlening voorgeschreven gekregen. Ik was bijna blij met het idee dat ik voor de verandering eens iets nuttigs zou gaan doen, het leek volkomen logisch dat ik alles weer recht zou zetten. De auto in puin rijden leek een laatste strohalm, maar ik wist niet precies wat ik wel moest doen en toen herinnerde ik me ineens dat een vriend van me die bezig was met zijn doctoraal psychologie aan de universiteit de leiding had over een programma voor zelfmoordpreventie.

Ik had nooit een echte baan gehad, dus mijn cv was vrij dun, tenzij je er het uittesten van parfums en de tennisclub aan toevoegde. Nadat ik met vlag en wimpel de twee weken durende opleiding had afgewerkt, gaf mijn vriend me met tegenzin een vrijwilligersbaantje als consulent.

'Maar je moet je strikt aan de regels houden,' zei hij. 'Geen geïmproviseer.'

Tijdens mijn eerste dienst was ik zo opgewonden over mijn gedwongen queeste op zoek naar goedheid, dat ik me iedere keer als de telefoon ging op het toestel stortte alsof het een belletje in een of ander quizprogramma was en ik moest concurreren met de andere vrijwilligers. De avond kroop voorbij. De meeste telefoontjes waren verkeerd verbonden of privé.

'Hé, maak je geen zorgen,' zei de vent tegenover me. 'Kop op. Het is bijna volle maan en dan komen alle gekken wel uit hun holen kruipen.'

Hij had gelijk. De volgende avond, toen de telefoon maar bleef rinkelen, nam ik een telefoontje aan van een knul die zo overstuur was dat hij maar bleef roepen dat hij zichzelf zou ophangen. Hij huilde, was totaal in paniek en liet constant de telefoon uit zijn handen vallen om rondjes te gaan lopen. Ik kon zijn zenuwachtige gedribbel op de achtergrond horen, het leek daar aan de andere kant van de lijn een volslagen gekkenhuis. Ik kon hem nauwelijks verstaan en bleef een hele tijd met hem praten, terwijl ik mijn best deed om niet als pa of oom Tom te gaan klinken.

Gezien de recente gebeurtenissen was het een interessante persoonlijke oefening voor me om ineens in de positie te verkeren dat ik een vreemde ervan moest overtuigen dat het leven echt de moeite waard was. Ik geloof niet dat ik veel heb gezegd waar hij iets aan had, maar hoe dan ook, het scheen wel te werken. Hij kwam tot rust en zei dat hij er nog eens goed over na zou denken.

De volgende avond belde diezelfde vent opnieuw, maar dit keer vroeg hij speciaal naar mij. Ik zat twee uur met hem te praten. Het was allemaal behoorlijk heftig. De statistische gegevens van Jerry waren knap alarmerend. Hij was midden dertig en hij had geen geld, geen baan, geen vriendin, geen vrienden, geen opleiding en geen vooruitzichten. Hij was veel te zwaar, kaal, had maar één bal, woonde nog bij zijn ouders en had zich per creditcard een gokschuld van duizenden dollars op zijn hals gehaald.

'Het ergste van alles is dat ik de creditcards van mijn ouders heb gepakt. Zij maken er nooit gebruik van omdat ze geen schulden willen maken en hebben ze alleen maar in huis voor noodgevallen. Maar ze weten van niets.'

'Hoeveel sta je in het rood?' vroeg ik.

'Vijftienduizend dollar,' zei hij. 'O God, ik hang mezelf op. Mijn ouders raken hun hele hebben en houwen kwijt.'

'Als jij zelfmoord pleegt, raken ze álles kwijt,' zei ik. Mijn gezicht vertrok van al die clichés.

'Je snapt er niets van. Die ouwe heer van me draait me vast en zeker de nek om als hij merkt wat ik heb gedaan. Ik heb de afschriften achterovergedrukt en de ene creditcard gebruikt om de andere af te lossen... Wat heeft het voor zin? Ik spring wel in een ravijn.'

Dat ging zo een week lang door, waarbij hij afwisselend dreigde om van de Brooklyn Bridge te springen of antivries te drinken. Ik moest hem zelfs uit zijn hoofd praten om zich in de dierentuin in het ijsberenverblijf te storten, waarop hij antwoordde dat hij zich dan met benzine zou overgieten om er vervolgens een lucifer bij te houden. Af en toe belde hij zelfs twee of drie keer per avond, steeds met een nieuw dreigement om er op een nieuwe, almaar akeligere manier een eind aan te maken.

Ik begon aan het eind van mijn Latijn te raken en werd steeds wanhopiger over de toestand van Jerry. 's Nachts deed ik geen oog dicht, piekerend over wat ik nog meer tegen hem kon zeggen.

'Er zijn toch ook wel fijne dingen in je leven. Is er niet iets wat je leuk vindt om te doen? Misschien kun je wel een manier vinden om je hobby's lucratief te maken... Bijvoorbeeld door een eenvoudig baantje aan te nemen, waardoor je kunt beginnen met het geld af te lossen.'

'Nou ja, ik hou van geschiedenis. Ik ben een soort amateur-geschiedkundige. Over de Tweede Wereldoorlog kun je me vragen wat je wilt,' pochte hij. 'En sport vind ik ook leuk. Vooral curling,' zei hij een beetje opgewekter, maar zijn enthousiasme duurde niet lang. 'Jezus, wat moet ik toch in vredesnaam doen? Moet ik soms straatveger worden? Mijn leven is één grote puinhoop.'

Ik merkte dat ik onwillekeurig zat te knikken. Zijn leven was inderdaad een puinhoop. Wat moest hij doen? Ik besloot om spontaan te reageren.

'Ik geef je dat geld wel,' zei ik tegen hem.

'Wat?'

'Ik zal die creditcards voor je afbetalen, maar dat mag je aan niemand vertellen.'

'Wil jij ze betalen? Maar hoe dan? Waarom zou je dat voor mij doen?'

'Zit er maar niet over in, zo belangrijk is dat niet.'

'Wie ben je? Je bent vast mijn beschermengel. O God, ik kan het bijna niet geloven. Dank, dank, duizendmaal dank.' Ondertussen produceerde hij een diep borrelend geluid, alsof er een soort depressie aankwam. Jerry had een paar opvallende gewoontes. Hij haalde hoorbaar adem en hij zat constant te snuiven of te snuiten. En ik kreeg van al dat gesnotter en getoeter de neiging om te gaan kokhalzen.

Het was gewoon gênant, al die misplaatste dankbaarheid. Ik had op mijn twintigste verjaardag de beschikking gekregen over een bepaald bedrag. Een gedeelte daarvan had ik besteed om pa en oom Tom uit de brand te helpen, in ieder geval tijdelijk. Als pa het huis uit liep met een miljoen op zak, zou hij wel een manier weten te vinden om nog diezelfde middag anderhalf miljoen uit te geven... O ja, en hij zou nog ladderzat thuiskomen ook.

Het geld kwam uit een trustfonds dat mijn grootmoeder van moederszijde had gesticht en het werd opgewekt verstrekt door de Valk, die de Mossad nog een lesje zou kunnen geven als het om het afnemen van een streng verhoor ging. Gelukkig had hij geen flauw benul van de werkelijkheid. Als ik tegen hem zou zeggen dat ik tienduizend dollar nodig had om een blikopener te kopen zou hij geen spier vertrekken.

Er was altijd meer geld, het bleef binnenstromen, je hoefde de kraan maar open te zetten en je kon emmers vol tanken. De rest van mijn leven zou er gewoon één grote lawine van geld op me af komen waardoor ik zo diep bedolven zou worden dat er geen redden meer aan was, zo rijk dat ik een verloren beschaving vormde.

Ik zou me doodschamen als ik jullie moest vertellen wat ik waard ben... in financieel opzicht dan.

Een paar dagen later, toen alle schulden afgelost waren – zo eenvoudig, zo simpel op te lossen – kwam Jerry bij de praktijk opdagen om me te bedanken. 'Ik doe alles wat je wilt. Zeg het maar. Ik ben tot alles bereid. Ik sta voor mijn leven bij je in het krijt.'

Zijn gezicht was zo dicht bij het mijne dat ik de onaangename combinatie van maagzuur en gedeeltelijk verteerde hotdogsaus kon ruiken die uit zijn mond kwam. Jezus, was dit wat liefdadigheid opleverde?

'Nee. Je hebt geen schulden meer. Je bent vrij. Ga maar lekker curlen,' kon ik met moeite uitbrengen, terwijl ik met hem naar de deur liep. Mijn poging om Jan Splinter uit de problemen te helpen kwam meteen op losse schroeven te staan als gevolg van het ontbreken van deodorant en een behoeftigheid die zo openlijk werd beleden dat uithangborden overbodig waren.

'Dat zou ik best willen, maar mijn knieën zijn veel te slecht... dat komt door al dat overgewicht,' zei hij met een klopje op zijn maag. Jerry, die zeker tien of twaalf centimeter langer was dan ik, was zo dik als iemand kon zijn zonder te ontploffen.

'Misschien is dit dan wel het juiste moment om een paar veranderingen door te voeren. Ga afvallen en probeer conditie op te bouwen, dan zul je ook weer de zekerheid krijgen om vrienden te durven maken en te gaan solliciteren,' zei ik geleund tegen de deurpost. Eigenlijk had ik geen zin meer om hem van advies te dienen, maar het leek mijn plicht.

'Ik heb al een vriend, de enige die ik ooit nodig zal hebben,' zei hij zo hartstochtelijk dat ik bang was dat zijn kruin open zou gaan en een stoot stoom en as zou produceren.

Ik keek omlaag. Zijn vingers hadden zich zo vast om mijn onderarm gesloten dat hij mijn bloedsomloop afknelde. In mijn maag trilde een geluidloos alarmbelletje.

Nu zijn dringende geldzorgen verdwenen waren, had Jerry de tijd om mij geen moment meer met rust te laten. Hij stond me na mijn colleges op te wachten, liep achter me aan naar de cafetaria, bleef in de bibliotheek om me heen hangen, belde me iedere avond op de praktijk en iedere dag thuis en vroeg of ik met hem mee wilde gaan naar de fitness, naar een club, of ik hem aan wat meisjes wilde voorstellen en of ik misschien met hem een trektocht wilde gaan maken?

'Dat zou ik best willen, Jerry, maar ik studeer en door dat vrijwilligerswerk heb ik nauwelijks tijd voor andere dingen...' Ik had net een college achter de rug en liep achteruit de gang door.

'Ja, ja, natuurlijk. Ik snap het wel. Waarom zou zo iemand als jij zijn tijd aan mij willen verspillen? We hebben een totaal verschillende achtergrond. Jij hebt alles en ik heb niks. Als ik jou was, zou ik ook niets met mij te maken willen hebben. Ik bedoel maar, wat heeft zo'n vent als ik zo'n knul als jij te bieden?'

Ik kneep mijn ogen dicht in de hoop dat ik automatisch zou weten wat ik moest doen als ik ze weer opendeed.

'Zei je niet dat je graag een trektocht wilde maken?'

'Jezusmina, kun je wat langzamer lopen? Probeer je soms indruk te maken? Dit zijn de Olympische Spelen toch niet?' zei Jerry. Het zweet liep hem over zijn gezicht terwijl hij waggelend en hijgend naar adem snakte.

'Ik loop normaal,' zei ik een metertje voor hem, terwijl ik met moeite mijn geduld bewaarde. 'Maar als we nog langzamer gaan lopen, zullen we wortel schieten.'

'Makkelijk gezegd,' zei Jerry. 'Wat moet het fijn zijn om vol-maakt te zijn. Waar zijn we trouwens, verdorie? Is er een reden waarom we ons basiskamp aan de voet van Mount Everest hebben opgeslagen? Weet je soms niet wat een gezellig wandelingetje is?'

'We zijn in het arboretum van het natuurreservaat, op tien mi-nuten lopen van het hoofdgebouw. Bejaarden en kleuters laten ons hun hielen zien. Waar heb je het over? Jij bent degene die zo graag een trektocht wilde maken. Dit is maar een flauwe afspiegeling daarvan.'

'Ik had niet verwacht dat we de dodenmars van Bataan nog eens dunnetjes over zouden doen.'

'Wil je dan terug?' vroeg ik, terwijl ik me omdraaide en hem aankeek.

'Terug? Dat kun jij makkelijk zeggen, hè? Wat heb ik dan om naar terug te gaan?'

'Volgens mij is dit een vergissing,' voegde ik hem over mijn schouder toe, draaide me weer om en liep verder. Een vergissing? Het was verdomme een catastrofe. Ik begon te denken dat mensen alleen maar zo'n hekel hadden aan ivoren torens omdat ze er nooit in slaagden die te beklimmen.

'Nee,' zei hij in paniek en ging wat sneller lopen. 'Nee, dat meen-de ik niet. Zei je niet dat je straks wilde gaan tennissen?'

De volgende ochtend hoorde ik rond een uur of twee, drie een af-schuwelijk gekrijs alsof er een enorme krolse kater in de buurt was en vervolgens riep iemand mijn naam. Ik viel uit bed en strompel-de het balkon op en daar stond Jerry met een luchtbuks in de hand en dreigde zich voor zijn kop te schieten als ik hem niet binnenliet.

'Ga weg,' schreeuwde ik. 'Bel me maar op de praktijk.'

'Hé,' schreeuwde een van de buren die genoeg had van de herrie. 'Kunnen jullie ophouden met dat gekissebis?'

Uiteindelijk belde iemand de politie, die hem vervolgens afvoerde terwijl hij wild om zich heen sloeg, mijn naam schreeuwde en iets riep over verontschuldigen, maar dat kon ik niet goed verstaan.

24

Na die zoveelste mislukking voelde ik me rusteloos en besloot om voor een weekend naar huis te gaan. De blaadjes vielen van de bomen en er stond een stevige wind van zee toen ik langzaam over de lange oprijlaan naar het huis liep en halverwege Bachelor en Sykes tegenkwam. Hun geblaf alarmeerde de andere honden en het hele uitbundige stel tolde om me heen als herfstbladeren in de wind. Het leek wel alsof ik op serpentines en confetti werd onthaald. Ik kreeg het gevoel dat ik net Parijs had bevrijd in plaats van gewoon een weekendje naar huis te komen.

'O, ben jij het,' zei oom Tom vanaf de verandatrap. Hij keek straal langs me heen.

'Hallo, oom Tom,' zei ik glimlachend vanaf het pad.

'Goed, we hebben stamppot,' zei hij. 'Als je tenminste nog steeds van stamppot houdt.'

'Ja, ik hou nog steeds van stamppot,' zei ik.

'Mag ik alsjeblieft nog een beetje stamppot, oom Tom?' vroeg ik, toen we met ons drieën in de keuken zaten te eten.

'Nee, je krijgt niets meer. Ik heb de rest aan Gilda beloofd,' zei oom Tom, vanaf zijn eigen tafeltje in de hoek van de keuken, een plekje dat hij 'de bistro' noemde. Een zeldzame uitnodiging om bij hem te komen zitten gold binnen onze familie als een hoge onderscheiding. Gilda was zijn akita.

'Je mag mijn portie wel hebben,' zei pa, die me zijn onaangeroerde bord wilde geven.

'Nee, pa, ik wil jouw eten niet.'

'Geeft niks, hoor.' Pa wilde van geen weigering weten.

'Je bent toch niet van plan om het eten van je vader op te eten?' vroeg oom Tom terwijl hij toekeek hoe pa zijn stamppot op mijn bord overhevelde. 'Wie ben je? De Dauphin?'

'Probeer jij hem maar eens tegen te houden,' zei ik met een hulpeloos gebaar.

Oom Tom deed een beetje zout op zijn eten.

'Ook in dat opzicht begin je op je grootvader te lijken. Je weet toch nog wel wat je moeder heeft gezegd? Toen ze opgroeide, kreeg haar vader altijd het grootste stuk vlees, zogenaamd omdat hij superieur was,' zei hij. 'Solipsistische duivel.'

Nu ma dood was, greep oom Tom, de eeuwige dwarsligger, elke gelegenheid aan om haar te citeren.

'Zo ging dat ook bij al mijn vriendjes,' zei ik. 'Ma deed net of het iets heel bijzonders was, maar het was juist doodgewoon. De vader kreeg biefstuk en de kinderen hotdogs.'

'Dat is de omgekeerde wereld,' zei pa. 'De kapitein van het schip moet offers brengen. Wat is er gebeurd met het begrip leiderschap?'

'Moet ik jullie er soms aan herinneren dat ik het oudste lid van de familie ben? Dus als er al sprake is van een voorkeursbehandeling kom ik daar als eerste voor in aanmerking,' zei oom Tom.

'Volgens mij is het juist de jongste die daar recht op heeft en niet de oudste,' zei ik om hem te plagen.

'Hé, Tom, ik heb een nieuwtje voor je. Vandaag heb ik van James gehoord dat ze bij Gerald de stekker eruit hebben laten trekken. Moet je je voorstellen, die was even oud als wij. Dan ga je toch wel even nadenken,' zei pa. Hij had het over een voormalige buurman die een hartaanval had gehad.

'Het kan me niet schelen wat de dokters zeggen, maar ik wil niet hebben dat ze er bij mij ooit de stekker uit trekken. Hebben jullie dat gehoord? Zelfs als het elektriciteitsbedrijf over de kop gaat, zorgen jullie er maar voor dat de stroom gewoon aangesloten blijft, begrepen?'

'Wil je dan als een plant voortleven?' vroeg ik.

'Er is niets mis met planten. Zet me maar lekker in het zonnetje en geef me water,' zei oom Tom.

'Waar is pa?' vroeg ik de volgende dag aan oom Tom. Ik trok een stoel achteruit en ging aan de keukentafel zitten terwijl hij bij het fornuis met een grote roestvrijstalen lepel in een pan havermout stond te roeren. Een stel honden zat kwijlend in een halve kring om zijn voeten. Het was vroeg in de middag en ik had net een lange strandwandeling gemaakt.

'Hij is boodschappen gaan doen met je nieuwe broer.'

'Mijn nieuwe broer? Wat heeft dat nou weer te betekenen?'

'Je ziet eruit alsof je magerder bent geworden,' zei hij en zette een groot bord havermout voor me op tafel. 'Je bent altijd al zo'n dunne sliert geweest.'

Toen ik het gedempte geluid van een auto op de oprijlaan hoorde, stond ik op en liep naar het raam. Mijn oude Volvo kwam naar het huis toe, omringd door meehollende en blaffende honden. Ik zag pa op de passagiersstoel zitten, geanimeerd gebarend.

'Wie rijdt daar in mijn auto?' vroeg ik. Ik liep naar de hordeur en stapte de veranda op.

'Kijk eens wie we hier hebben, Collie,' zei pa, terwijl hij met een paar boodschappentassen in zijn handen het portier dichtgooide. 'Help eens even een handje.'

De hordeur viel met een klap dicht toen oom Tom achter me opdook. Vanuit mijn ooghoeken zag ik Jerry achter het stuur zitten.

'Welkom thuis, Collie,' zei hij met een spottende grijns.

Pa's beruchte pragmatisme had de kop weer opgestoken. Hij had Jerry als chauffeur gebruikt en hem allerlei boodschappen laten doen. Je kon het rustig aan de Fantastische Flanagan overlaten om een stalker te gebruiken alsof hij zijn persoonlijke bediende was.

'We kunnen toch net zo goed gebruik van hem maken als hij hier eeuwig rondhangt? Als iemand je koppijn bezorgt, kun je daar maar beter je voordeel mee doen,' zei pa schouderophalend en met een flauw glimlachje toen we eindelijk alleen waren in de woonkamer. Hij liep naar de open haard.

'Je schijnt het niet echt te begrijpen. Hij is geobsedeerd door mij, pa. Hij is stapelgek. Hij volgt me overal en houdt precies in de peiling wat ik doe. Hij is zelfs achter me aan naar huis gekomen! Hoe wist hij trouwens dat ik hier zou zijn?' Ik stond bij de deur, een paar meter van pa af met het gevoel dat mijn armen door de lucht maaiden. Maar toen ik keek, zag ik ze gewoon langs mijn zij hangen.

'Omdat ik hem dat heb verteld,' zei pa opgewekt. Hij pookte in het vuur en legde nog een houtblok in de vlammen.

'Heb jij hem dat verteld? Hoe heb je hem dan leren kennen?' Ik viel neer in een sjofele leren stoel, die door de honden bijna kaal gekrabd was.

'Hij belde me een paar weken geleden om te zeggen dat hij zich zorgen over je maakte en ik dank God dat hij dat heeft gedaan. Hij heeft me op de hoogte gehouden van je geestelijke toestand. Hoe moet ik anders weten hoe het met je gaat?' Pa hield op met het gerommel bij het vuur, draaide zich om en keek me aan.

'Maar je belt me al vijftig keer per dag, pa! Het is niet gezond voor een ouder om zich zo druk te maken over een kind. Wat haal je je in je hoofd? Er is iets mis met hem. Hij heeft een psychiater nodig,' zei ik en stak wanhopig mijn handen op.

'De enige mensen die psychiaters nodig hebben zijn psychiaters,' zei pa, die de pook gebruikte als aanwijsstok. 'Het enige wat ik weet, is dat hij een enorm hoge dunk heeft van mijn zoon en dat is wat mij betreft meer dan genoeg. Je zult wel zo overdreven reageren vanwege al die geestelijke schade van de laatste tijd.' Er blonken tranen in pa's ogen en hij kon zich maar met moeite beheersen.

Ik wendde mijn ogen af en moest iets wegslikken… De vervelende brok die telkens in mijn keel zat. Ineens kwam Sykes de hoek om zeilen.

'Wat heb jij uitgespookt?' zei pa vol genegenheid en Sykes lachte hem toe en kwispelde voordat hij bij mij op schoot sprong. Ik knuffelde hem, blij met de afleiding.

Ondertussen draaide oom Tom om Jerry heen, die op zijn hoede in een houten leunstoel in de keuken met zijn honkbalpetje zat te spelen.

'Zeg eens, weet jij toevallig hoe je melancholiek spelt?' vroeg oom Tom.

'Pardon?' zei Jerry.

'Oom Tom,' zei ik waarschuwend toen ik de keuken binnenstapte.

'Hoeveel weeg je eigenlijk, twee- of driehonderd pond?' ging oom Tom gewoon door.

'Wat? U hebt zeker een bril nodig. En het gaat u trouwens niks aan.'

'De dag dat jij voor het eerst al het licht van de zon wegnam, was de dag waarop je gewicht niet langer alleen maar jouw persoonlijke probleem was, maar een zaak die ons allemaal aangaat. Als ik naga hoe Collie eruitziet, zul je het eten wel van zijn bord hebben gejat. Vroeger thuis heb ik ook eens iemand gekend zoals jij. We noemden hem Liam de Dikzak. Op een keer gingen we een dagje uit en toen we verdwaalden, raakte hij al na een paar uur in paniek en wilde ons allemaal opvreten, te beginnen met de jongste en de zwakste. Kijk maar uit, Collie, aan alles is te zien dat dit exemplaar binnen de kortste keren een kannibaal wordt. Een lekke band op een zandweg zou al genoeg voor hem zijn om zijn fileermes tevoorschijn te halen. Wat ruik ik trouwens?' Oom Tom stond met zijn neus in de lucht en een betrokken gezicht te snuffelen. Vervolgens verdween hij om vrijwel meteen weer op te duiken met een bus lysol in zijn hand die hij om Jerry heen leeg begon te spuiten.

Oom Tom nam gasten altijd onder handen met een spuitbus. Hij had de Valk ooit met insecticide besproeid.

'Jerry, het spijt me maar ik wil echt dat je weggaat,' zei ik vechtend tegen de doordringende dennenlucht.

'Prima. Ik begrijp de hint best. Ik veronderstel dat ik dit van tevoren had kunnen verwachten. Ik ben zeker niet goed genoeg voor je, hè?' zei hij, wentelwiekend als een losgeslagen helikopter.

'Die vraag zal ik wel beantwoorden,' viel oom Tom hem in de rede. 'Nee, dat ben je niet en dat is een behoorlijk beangstigend idee, want God weet dat mijn neef niet veel te betekenen heeft.'

'Hé, Jerry,' zei pa, die achter mij aan de keuken was in gelopen. Hij klonk bijna weemoedig. 'Zou je het erg vinden om voordat je ervandoor gaat nog even de schone kleren van de stomerij te halen? En als je dan toch onderweg bent, zou je dan misschien een lekkere pizza mee kunnen brengen? Wat zeg jij daarvan, Collie? Lijkt je dat wat?'

'Geweldig pa,' zei ik. Ik was ineens zo moe dat het leek alsof mijn botten wegsmolten. De laatste splintertjes kwamen in mijn bloedsomloop terecht zodat er geen zuurstof meer naar mijn hersenen kon stromen.

'En laat die ansjovis maar zitten, goed?'

Jerry stond me bij de deur op te wachten toen ik later die week mijn vrijwilligerswerk weer oppakte.

'Ik dacht dat jij anders was, maar dat is dus niet zo. Je bent net als iedereen,' zei hij en gebruikte zijn vette lijf om me tegen de hoek van het gebouw te drukken. Hij was zo walgelijk dichtbij dat ik zo'n beetje gemarineerd werd door de knoflooklucht die hij uitademde. Zijn paarse gezicht zag eruit alsof het ieder moment als een ballon uit elkaar kon spatten.

'Het is heel vervelend dat je er zo over denkt, maar jouw probleem is zo groot dat ik er geen weg mee weet,' zei ik en glipte langs hem heen toen hij probeerde te voorkomen dat ik naar binnen zou gaan.

'Het komt omdat ik niet van jouw slag ben, hè? Je wilt me geen kans geven vanwege mijn uiterlijk en omdat ik naar jouw idee niet chic genoeg ben.'

'Ik heb geen flauw idee waar je het over hebt. Wat bedoel je met "chic"? En je uiterlijk heeft er niets mee te maken. Geloof me, je uiterlijk is niet wat de mensen afstoot.'

'Maak je geen zorgen, meneer de Grote Pief, meneer de Knappe Jongen, meneer Geld-Zat, je zult over mij niet meer in hoeven te zitten, want ik maak er toch een eind aan. Ik drink gewoon een liter bleekwater op...'

'Ja, vast. Maar tot ze bleekwater maken dat naar chocolademelk smaakt, zal ik me over jou geen zorgen hoeven te maken,' zei ik terwijl ik me omdraaide.

Hij pakte mijn arm vast.

'Hoezo geen zorgen maken... wat een rotopmerking van zo'n vuile lafbek als jij. Per slot van rekening ben jij dezelfde knul die gewoon niets deed toen je broer daar voor je ogen op die spoorbaan werd doodgereden. Je liet hem gewoon achter terwijl zijn voet vastzat en bracht jezelf in veiligheid.'

'Zo is het helemaal niet gegaan...'

'Maakt niet uit. Maar het ging jou om al dat geld, hè? Is je dat goed bevallen, slapjanus? Misschien vind je het dan ook wel leuk om mee te gaan en toe te kijken hoe ik mezelf voor de ondergrondse gooi, zodat jij gewoon verder kunt genieten van je volmaakte wereldje zonder lastig te worden gevallen door uitschot zoals ik.'

'Dat zal niet nodig zijn,' zei ik tegen hem.

'Hoezo? Geef me eens één goeie reden waarom ik mezelf niet om zeep zou brengen?'

'Omdat ik je daar wel een handje bij zal helpen,' zei ik.

Er moesten twee kerels aan te pas komen om me van hem af te trekken.

25

Jerry diende een aanklacht in die uiteindelijk werd geseponeerd. Daarna spande hij een proces aan, waarbij hij miljoenen dollars schadevergoeding eiste en vervolgens belde hij iedere journalist in het land op om te vertellen dat ik hem wekenland had lastiggevallen, dat ik hem enorme bedragen had toegestopt in een poging zijn 'vriendschap' te kopen, en toen dat op niets uitliep, had ik besloten om zijn leven te ruïneren.

Op de vlucht voor al die publiciteit ging ik voor een paar dagen terug naar Boston, maar pas toen Ingrid het sein op veilig had gezet omdat de Valk voor zaken in Engeland zat. Op zaterdag kwam hij echter onverwachts midden in de nacht opduiken.

Ik had tv liggen kijken op de bank in de studeerkamer en was in slaap gevallen. Cromwell lag languit op zijn rug naast me met zijn poten in de lucht. Hij snurkte zacht en lag lekker warm tegen me aangedrukt toen ik de Valk binnen hoorde komen. Ik had het gevoel alsof iemand een lucifer had aangestreken op een van mijn voetzolen en paniek gierde als kortsluiting door me heen. Cromwells staart begon bij wijze van welkom te roffelen.

'Stil,' fluisterde ik bijna smekend met mijn hand op zijn snuit.

De Valk trok zijn jas uit, waarbij de witte gardenia die hij altijd als corsage droeg, losraakte en vlak voor de deur van de studeerkamer op de grond viel. Daarna trok hij zijn das af en gooide die over de trapleuning waar iemand zich er meteen over ontfermde. Hij liep de trap op en begon op mijn slaapkamerdeur te bonzen waarbij hij luidkeels mijn naam riep.

'Wat is er in vredesnaam aan de hand?' Ingrids deur vloog open.

'Waar is Collie, verduiveld nog aan toe?' vroeg de Valk.

'Is hij dan niet in zijn kamer?'

'Is hier dan niemand die alles op een rijtje heeft?' brulde hij.

'Collie!' Hij liet mijn naam klinken alsof het zijn favoriete vloek was, draaide zich om en schopte plotseling een antieke vitrinekast om, waardoor de inhoud, schitterende cranberry agaat, kobalt en amethist, als scherpe tandjes op het tapijt in scherven viel.

Doodsbange personeelsleden slopen uit hun kamers op de tweede verdieping, bleven staan en snakten naar adem toen ze zagen wat hij had gedaan.

Maar hij was nog maar net begonnen.

Cromwell likte mijn gezicht en ging lekker opgekruld naast me op de bank liggen, met opgestoken oren terwijl hij luisterde naar de borden die in de keuken gebroken werden. De Valk brak al het serviesgoed dat in het huis aanwezig was, elk bord, iedere schaal, elk schoteltje, en liep vervolgens via de achtertrap naar boven. Ik riep hem, maar hij hoorde me niet. Hij trok alles uit mijn kasten, gooide de lades leeg, smeet al mijn kleren van de trap af en begon vervolgens aan het meubilair. Kasten moesten het ontgelden, nachtkastjes, stoelen, bureaus, lampen, geluidsapparatuur en zelfs mijn mountainbike. Jezus christus, hij vermoordde elk levenloos ding dat hij in handen kreeg en eerlijk gezegd beviel de manier waarop hij naar me keek me helemaal niet.

'Ik neem aan dat u gehoord hebt wat er is gebeurd,' zei ik en dook weg toen hij me een van de concurrerende New Yorkse kranten naar mijn hoofd smeet. Het enige wat ik kon zien, was de naam 'Peregrine Lowell' in vette zwarte letters.

'Erotomanie? Wie is die vette klootzak trouwens? Ben je nou helemaal gek geworden? Komt er dan geen eind aan al die gênante vertoningen waarmee je mij opzadelt?'

Ik keek vanaf mijn plek op de bank naar hem op, stomverbaasd om een uitdrukking als 'vette klootzak' over zijn lippen te horen komen. Jezus, ik had het gevoel dat het einde van de wereld voor de deur stond en verwachtte half en half dat hij me een oplawaai zou geven of op me zou pissen of allebei. Hij tolde als een tornado door de kamer en zijn huid had een kleur die in de natuur nergens voorkomt. Met mijn hand op Cromwells brede rug hees ik mezelf overeind, me scherp bewust van het feit dat dit me een zeldzame kans bood.

'Volgens mij kan ik u dan nu ook net zo goed vertellen dat ik niet bij een van uw kranten wil gaan werken.'

Hij leek op een enorme cobra zoals hij plotseling naar me uitviel en toesloeg... mijn haar werd van mijn voorhoofd geblazen door de woede die hij uitbraakte en die mij van top tot teen bedekte met een laag glazuur van zijn eigen persoonlijke gif.

'God helpe me, jij bent mijn enig overgebleven erfgenaam. Je hebt me nooit enige reden gegeven om je ook maar enigszins serieus te nemen, dus waarom zou ik daar nu mee beginnen? Je bent van top tot teen de zoon van Charlie Flanagan. Collie Flanagan,' zei hij sissend, waardoor mijn naam klonk als een heet bijtend zuur dat op de straatstenen terechtkomt. 'En bespaar me alsjeblieft dat pathetische vertoon van onafhankelijkheid. De enige manier waarop jij ooit iets zult bereiken, is als je het op een presenteerblaadje aangereikt krijgt. Ik ben de enige die nog voorkomt dat jij de rest van je leven in een gecapitonneerde cel moet doorbrengen om een enorme bal van zilverpapier te produceren.'

Hij verdween ineens, als een vuur dat geen zuurstof meer krijgt, maar de lucht knisperde en kraakte nog steeds van de spontane elektriciteit die zijn woede had veroorzaakt. Ik sloeg mijn armen om Cromwells nek en knuffelde hem.

'Het is maar goed dat jij zijn lievelingetje bent,' zei oom Tom toen ik hem vertelde wat er was gebeurd.

26

*B*egin december belde pa me op en zei dat hij erop stond dat ik de kerstvakantie thuis doorbracht. Ik vond dat wel het minste wat ik kon doen, hoewel ik me eigenlijk helemaal niet feestelijk voelde. Ik was eigenlijk van plan geweest om gedurende de feestdagen in een stoel te blijven zitten en voor me uit te staren.

'Waar is oom Tom?' vroeg ik aan pa vlak nadat hij was opgestaan. Ik wierp een blik op de keukenklok. Het was zaterdagmiddag twee uur. Ik was de avond ervoor laat thuisgekomen en had Tom nog niet gezien.

'Hij laat Gilda en Nuala uit,' zei pa die zonder een verdere verklaring wegdook achter zijn geliefde New York Times en zich afwezig verdiepte in zijn lectuur, alsof het de meest normale zaak ter wereld was om twaalf uur lang taal noch teken te vernemen van iemand die een akita en een bostonterriër uitlaat.

Tom was al eens anderhalve dag verdwenen omdat hij achter zijn kribbige oude cockerspaniël Fagan aan het halve eiland had rondgelopen. Ik was al een tiener toen het eindelijk tot me doordrong dat andere mensen gewoon zelf bepaalden wanneer er een eind aan een wandeling was gekomen in plaats van dat aan hun hond over te laten.

Uiteindelijk hoorden we de zijdeur opengaan en weer dichtvallen toen het licht van de late middagzon tussen de kieren in de luxaflex naar binnen viel. Oom Tom begon vanuit de keuken meteen te foeteren.

'Gilda had geen zin om naar huis te gaan,' zei Tom terwijl hij de kraan opendraaide en hun bakken vulde met fris water. 'Als Nuala haar niet had overgehaald om terug te gaan, zouden we nu nog steeds buiten lopen.'

'Het is maar goed dat je thuis bent, oom Tom, want er wordt zwaar weer verwacht,' zei ik, terwijl de wind door de slecht sluitende ramen floot.

'Had je het over zwaar weer?' Pa legde zijn krant opzij en keek me aan. 'Waar haal je dat vandaan?'

'Dat wordt door alle weermensen gezegd, pa.'

'Nou, dat betekent dat je het maar beter kunt negeren. Als die het ergens over eens zijn, dan kun je er donder op zeggen dat ze het mis hebben,' zei oom Tom terwijl hij een stapel boterhammen met boter besmeerde voor de honden die zich om hem heen verdrongen in afwachting van hun dagelijkse traktatie. 'Ik verlaat me liever op Gilda. Zij weet onveranderlijk wat voor weer het wordt en ze schijnt zich nu niet echt druk te maken.'

'Kunnen we alsjeblieft toch een paar voorzorgsmaatregelen nemen voor het geval ze zich toevallig vergist?' vroeg ik, omdat ik wist dat het geen enkele zin had om die opvatting over Gilda's meteorologische kennis in twijfel te trekken.

'Als je zo bang bent, dan kun je in de gangkast een paraplu vinden,' zei oom Tom.

'Pa,' zei ik smekend. Je bent pas echt wanhopig als je een beroep doet op het gezond verstand van de Fantastische Flanagan.

'Is de voorraadkast gevuld, Tom?' vroeg pa, die hun geheimtaal gebruikte om zich ervan te vergewissen dat er voldoende alcohol in huis was om een nucleaire winter te overbruggen.

'Wat denk jij dan?'

'Zie je wel, Collie, aan alles is gedacht. Sjonge jonge, je begint steeds meer te piekeren. Dat heb je van je grootmoeder Monahan. Die kreeg het altijd helemaal op haar zenuwen als ze logés kreeg, want dan moest alles tot in de puntjes geregeld zijn. Ze was al over de tachtig en rende door het huis om alles in orde te maken voor het bezoek dat zou komen, toen ze in de badkamer haar evenwicht verloor, struikelde en viel. Toen ze haar vonden, lag ze met haar hoofd in het toilet. Verdronken,' zei pa en concentreerde zich weer op zijn lectuur.

'En vergeet niet dat ze alleen maar haar ondergoed aan had toen ze werd gevonden,' zei oom Tom met een strakke blik op mij, waaruit ik kon opmaken dat mij wellicht hetzelfde lot wachtte.

Pa, die zich altijd opwierp als de vertegenwoordiger van de morele herbewapening, fronste en er verscheen een herderlijk rimpeltje op zijn voorhoofd. 'Dat hoeft Collie niet te weten,' zei hij galmend.

'Ik ga even een frisse neus halen,' zei ik en liep hoofdschuddend naar de veranda.

'Pas maar op voor de regen,' zei oom Tom.

Het slechte weer bereikte ons een paar uur later, toen een heftige storm boten deed kapseizen, elektriciteitsmasten naar beneden haalde en bomen bijna dubbel liet buigen, met bladeren die wapperden als vlaggetjes.

'Jammer van Gilda,' kon ik niet nalaten te zeggen toen ik naast oom Tom op de bank in de woonkamer zat.

'O, maar ze wist het best, hoor. Ik heb er gewoon geen rekening mee gehouden dat ze af en toe behoorlijk ondeugend is. Ze heeft een pervers gevoel voor humor, maar dat maakt haar ook zulk uitdagend gezelschap,' zei oom Tom toen het licht uitviel en moest worden vervangen door kaarsen op de salontafel en de schoorsteenmantel.

'Wat ga je doen, pa?' vroeg ik toen hij even later in het kaarslicht opdook met een bijl in zijn handen en op weg ging naar de deur.

'Ik ga de garage omhakken,' zei hij met een felle uitdrukking op zijn gezicht.

'De garage omhakken!'

'Denk eens na, Collie. We zitten hier midden in een noodtoestand. Geen stroom, geen verwarming. We zullen brandhout nodig hebben als we niet aan de elementen ten prooi willen vallen. We moeten water kunnen koken.'

'Vind je zelf ook niet dat je een tikje overdrijft, pa? Doe maar gewoon wat extra kleren aan. Morgenochtend zal alles wel weer opgeklaard zijn. Het is toch vrij drastisch om bij een gewone stroomstoring meteen gebouwen tegen de grond te gooien en in de hens te steken.'

'Hoe vaak moet ik dat nou nog tegen je zeggen, Collie? Een echte man wacht niet af, hij voegt de daad bij het woord. Heb jij warm bloed in je aderen of lammetjespap?'

'Geen van beide is goed genoeg voor onze sufkop. Bij hem bruist dure champagne door de aderen,' zei oom Tom. 'Moet je die brede grijns van Gilda zien. Ze vindt dit echt leuk. Ik heb nooit een andere hond gekend met zo'n gevoel voor humor. Ze zou op de begrafenis van haar vader nog moppen staan te tappen.'

Gelukkig werd pa voordat hij zich op de garage kon storten weer net zo hard door de wind naar binnen geblazen. 'Jezus, het is daarbuiten echt een gekkenhuis,' zei hij met wangen die even rood waren als zijn haar. Uit zijn kleren dropen straaltjes water op de keukenvloer. 'Ik heb geen gevoel meer in mijn handen en voeten. Dat is geen goed teken. Toen je oudoom Patrick ook geen gevoel meer in zijn handen en voeten had, was hij binnen twee uur dood. Tom, hebben we iets in huis dat mijn bloedsomloop weer op gang kan brengen?'

Binnen de kortste keren lagen pa en oom Tom alweer overhoop over iets wat Walter Cronkite ooit had gezegd. Het werd knokken in de woonkamer waarbij het meubilair in de rondte vloog, alle honden op hun achterste poten stonden en alle boeken van de planken op de grond vielen. Ik holde ernaartoe om hen uit elkaar te halen en het duo verdween nog harder bulderend dan de wind naar verschillende delen van het huis. Pa liep naar boven en Tom waggelde naar de tv-kamer en liet het aan mij over om de schade op te nemen en te herstellen.

Midden in de nacht, om een uur of drie, werd ik met een schok wakker. Ik was meteen op mijn hoede, gewaarschuwd door een plotselinge dranklucht die zich onzichtbaar aan me opdrong en als een ochtendnevel door de kamer rolde. Pa stond als een geurend silhouet over me heen gebogen. Met een verrast kreetje vloog Nuala van het bed, de dwergpoedels gromden en grauwden en deden vergeefse pogingen om pa te bijten toen hij zich bukte, een kus op mijn voorhoofd drukte en vervolgens zonder iets te zeggen weer de gang in wankelde.

Even later schrok ik op van een bons en een dreun, gevolgd door een gebonk dat geleidelijk aan naar beneden verdween. Ik holde mijn kamer uit en vond pa onder aan de trap, buiten westen en met een bloedende wond op zijn voorhoofd.

'Het komt wel weer in orde,' zei de dokter. 'Hij heeft geluk gehad. Maar een dezer dagen zal het niet zo goed aflopen. Je vader zal zichzelf om het leven brengen als hij niet ophoudt met drinken.

Praat er maar eens met hem over. Je moet een manier zien te vinden om hem te laten stoppen.'

Ik knikte bevestigend. Gewoon uit beleefdheid. Pa's drankmisbruik was net zoiets als een ongewenst familielid. We brachten het eten op zolder en af en toe mocht het zich aan tafel vertonen, maar we praatten er nooit over. Zelfs ma hield haar mening over dat onderwerp voor zich.

Pa, die zijn mond nooit opendeed over dingen die hem niet bevielen, vond het niet alleen onmannelijk en een teken van zwakte maar zelfs bijna heiligschennis om over persoonlijke zaken te praten. En volgens zijn eigenaardige opvattingen vielen daar onder meer drankmisbruik, doodgaan en gezinsplanning onder. Zijn broer William stierf aan kanker, maar tijdens zijn laatste bezoek aan de Vineyard werd er met geen woord over zijn naderende dood gesproken. In plaats daarvan brachten hij en pa hun laatste uurtjes samen door met het kibbelen over wie qua stijl de beste zanger was, Rosemary Clooney of Perry Como. Het scheelde maar een haar of ze waren met elkaar op de vuist gegaan.

'Al die onzin over "zorgen dat je je zaakjes in orde hebt",' zei pa altijd. 'Je kunt je dood net zomin plannen als je leven. Waarom zou je dat trouwens willen? Onzekerheid houdt een mens scherp. En het is overigens ook godslasterlijk. Als Onze Lieve Heer wilde dat we alles van tevoren planden, had Hij ons bij onze geboorte wel een agenda meegegeven.'

Ik zat alleen in de wachtkamer bij de spoedeisende hulp te wachten tot de dokter de wond in pa's voorhoofd gehecht had. De vroege ochtendzon overgoot alles met een wazige gouden glans en in de lucht om me heen kon ik stofdeeltjes zien dansen. Ik zat op de bank toen mijn ogen langzaam dichtvielen, terwijl mijn hoofd tegen een vieze groene muur rustte. Ik kon de warmte van de zon op mijn gezicht voelen.

Mijn lichaam deed zeer van fantoompijn. Ik miste iets en ik wist wie het was. Bingo had ons vast wel een halve lachstuip bezorgd over dit gedoe met pa. Maar ik wist niet meer hoe ik om dingen kon lachen.

Ik leunde achterover in de kussens en zakte helemaal in mezelf weg, tot ik een bodemloos ravijn was, verloren maar toch duidelijk te zien, net als die bevroren doden die op de hellingen van

Mount Everest liggen, met de zon op hun gezicht, de zon op mijn gezicht. Ik wilde langs mijn bevroren stoffelijke resten lopen en mezelf achterlaten als een waarschuwing voor anderen.

Ik moet in slaap gevallen zijn, maar ik schrok wakker van de hand die even mijn schouder aanraakte.

'Collie Flanagan, ik kan mijn ogen niet geloven. Ik zou je echt overal herkend hebben. Je bent helemaal niet veranderd, je hebt nog steeds dat lieve smoeltje en diezelfde uitdrukking. Je ziet er nog precies zo uit als toen je bij mij op St. Basil's in de klas zat. Je was altijd al een buitenbeentje.'

'Zuster Mary Ellen?' Ik stond op en streek met mijn vingers door mijn haar. 'Wat een verrassing.'

'Dat geldt ook voor mij! Ik ben op bezoek bij een vriendin in het ziekenhuis, zuster Mary Aquinas, het hoofd van de afdeling spoedeisende hulp. Daar hoorde ik dat je vader een ongeluk had gehad en ik vroeg me meteen af of jij hier zou zitten, en ja, hoor, daar ben je dan. Wat geweldig om je weer te zien.'

'Dat geldt ook voor mij,' zei ik.

'O, Collie, ik vond het zo erg toen ik hoorde wat Bingo was overkomen – die ondeugd – en die arme moeder van je ook nog. Wat moet jij de afgelopen paar maanden een vreselijke tijd hebben gehad en nu moet je je weer zorgen maken over je vader. Zullen we even gaan zitten?'

'Prima. Ja, laten we maar gaan zitten.'

'En hoe is het met jou?' informeerde ze terwijl ze tegenover me ging zitten, haar stoel iets dichter bij de mijne schoof en mijn hand pakte. Ze droeg een habijt, waardoor haar lichtbruine haar alleen aan de slapen en bij haar voorhoofd te zien was. Haar ogen hadden dezelfde kleur als haar haar. Ze leek ergens in de veertig te zijn, al durfde ik daar geen vergif op in te nemen.

'Goed hoor, echt waar.'

'Iemand heeft me verteld dat je op Brown zit. Ik ben zo blij dat je verder bent gaan studeren. Je was de beste leerling die ik ooit heb gehad. Wat zijn je plannen, Collie?'

'O, dat weet ik niet. Volgens mij heb ik helemaal geen plannen.' Ik was me ervan bewust dat ik haar niet aankeek.

'Maar dat horen mensen van jouw leeftijd toch te doen? Plannen maken voor de toekomst?'

'Ik denk dat ik alleen maar hoop dat ik het er beter af zal brengen dan ik tot nu toe heb gedaan. Dus dat zou je vrij bescheiden ambities kunnen noemen.'

'Ik heb zo'n gevoel dat je de lat voor jezelf een beetje te hoog hebt gelegd, Collie.'

Ik lachte, voornamelijk omdat ik niet wist wat ik daarop moest zeggen.

'Lieve hemel, hoe oud ben je nu helemaal? Net twintig. Je moet niet zo streng zijn voor jezelf.' Ze glimlachte me vriendelijk toe en nam me met een moederlijke blik op. 'Je was altijd zo hulpvaardig toen je nog klein was, echt een lief ventje. Maar je had zelfs als kind al een ingetogen en serieuze instelling.'

'Ik…' Ik hield mijn mond. Ik had geen flauw idee hoe ik daarop moest reageren.

'Ja. En nu denk je alleen nog maar aan de doden, dat zie ik aan je ogen. Maar die moet je loslaten, als je de draad van het leven weer wilt oppakken.'

'Ik red me best, zuster.' Voorovergebogen, met mijn ellebogen op mijn knieën en mijn handen in elkaar geklemd, concentreerde ik op mijn schoenen. Ik probeerde weerstand te bieden aan haar doordringende blik, maar ze was vastbesloten om tot de kern van de zaak door te dringen. Mijn voet tikte nerveus en ik zat met mijn knieën te wippen. Bestonden er dan geen gezellige babbeltjes meer? Het leek net alsof iedereen mijn ribbenkast per se met een kettingzaag te lijf wilde gaan.

Het bleef even stil en ik kon voelen dat ze me zat op te nemen.

'Tja,' zei ze aarzelend, maar waagde meteen daarna de sprong in het diepe. 'Ik weet misschien wel iets voor je, als je geïnteresseerd bent.' Ze keek me vanuit haar ooghoeken aan.

'O?' Ik trok een beleefd gezicht.

'We hebben een missie in El Salvador en we kunnen wel wat lekenvrijwilligers gebruiken. In feite heb ik al een groep studenten geregeld die ons tijdens de kerstdagen komt helpen. Daar kan ik nog wel een plaatsje bij vrijmaken als je dat zou willen. Het zou je echt goed doen en je afleiding bieden voor al je zorgen.' Ze sprak zo snel dat ik haar nauwelijks kon volgen.

'Ik? Wat zou ik dan kunnen doen? Ik kan niets bijzonders… ik zou alleen maar in de weg lopen.'

'Je hebt keurige manieren, Collie, en je bent erg prettig in de omgang,' zei zuster Mary Ellen. Haar stem werd zachter toen ze de zwarte rozenkrans die aan haar gordel hing door haar vingers liet glijden. 'En je bent ook aantrekkelijk om te zien,' zei ze. Haar stem sloeg over en ze liet haar kralenketting vallen om haar hand met gespreide vingers op haar borst te leggen. 'Eigenlijk hoor ik dat niet op te merken, maar ik ben er een beetje te laat achter gekomen dat kuisheid helemaal niet zo geweldig is als wel eens wordt beweerd... O neem me niet kwalijk, daar moet je van blozen... Maar een mens knapt al op als jij een kamer binnenkomt. En je kunt ook luisteren, dat is vrij zeldzaam. Heb je een rijbewijs?'

'Jazeker.'

'Nou, kijk eens aan,' zei ze triomfantelijk, alsof alles al was geregeld. 'We hebben altijd chauffeurs nodig. Geloof me, als je recht van lijf en leden en bereidwillig bent, ben je voor ons al een aanwinst.'

'Ik wil u best financieel steunen als dat helpt.' Ik voelde me niet op mijn gemak en deed mijn best om haar vurige enthousiasme een beetje af te remmen.

'Dat zou heel fijn zijn,' zei ze effen. Maar ze was duidelijk niet voldaan, ze wilde een toezegging van me en legde haar hand op mijn knie. 'Maar waarom steun je ons niet in eigen persoon? Weet je, Collie, als ik ergens echt over inzat toen ik nog jong was, zei mijn moeder altijd tegen me dat ik de vloer maar moest gaan boenen. Destijds verzette ik me daartegen, maar zal ik je eens iets vertellen? Ze had gelijk. Hard werken is de oplossing voor veel van de kwalen die de wereld kent. Dan hou je op met steeds aan jezelf te denken.'

'Ik zal er eens over nadenken,' zei ik en keek toe hoe ze op een papiertje schreef waar en wanneer ze te bereiken was. Ze drukte me het in de hand.

'Ik denk dat je meer moet doen dan er alleen maar over nadenken,' zei ze ferm en bijna afkeurend. Ik keek wezenloos naar haar op en schaamde me een beetje omdat mijn aandacht niet zozeer in beslag genomen werd door haar woorden, maar door de lege plekken op haar voorhoofd waar haar wenkbrauwen hadden moeten zitten. 'Je bent een bijzonder bevoorrecht mens. De hele wereld ligt voor je open. Vind je niet dat het zo langzamerhand tijd wordt dat je iets terug gaat doen? Je wilt toch niet dat God spijt krijgt van

Zijn vrijgevigheid, hè? En zou je grootvader niet trots op je zijn? Denk je dat je hem zou kunnen bewegen om wat aandacht te schenken aan ons werk?' Ze sperde haar ogen open en lachte stralend. Het was een blik die ik al heel vaak had gezien.

'Alles is mogelijk,' jokte ik. Ik was niet boos of teleurgesteld, nou ja, misschien een beetje teleurgesteld, maar dat gevoel verdween al snel. Ik heb nooit een van die rijke mensen willen zijn die zich hun leven lang afvragen waarom mensen zoveel interesse voor ze hebben.

'Goed,' zei ze terwijl ze opstond. 'Dan wacht ik tot je iets van je laat horen. Stel me niet teleur, Collie.'

Ik stond op, gaf haar glimlachend een hand en zei dat ik er echt over na zou denken. Daarna stopte ik het papiertje in mijn achterzak zonder er nog een blik op te werpen. Volgens mij was ik niet van plan om het nog ooit weer tevoorschijn te halen. Ik was geen goede katholiek.

Pa had hoofdpijn, maar voor de rest mankeerde hij niets en hij zat in de auto opgewekt te kletsen over de artsen, de verpleegkundigen, de andere patiënten, vreemden die hij in de gang was tegengekomen en jezus, hij had zelfs een afspraakje met de nachtverpleegster gemaakt om ergens te gaan eten. 'Helaas gaat het leven gewoon verder, Collie,' zei hij.

Toen ik geen antwoord gaf, merkte hij op: 'Niemand zal in mijn hart de plaats van je moeder innemen. Ik zweer je dat ik nooit zal hertrouwen, als je je daar soms zorgen over maakt.'

'Ik wil graag dat je gelukkig bent, pa. Alleen...' Alleen wilde ik écht niet denken aan pa met een andere vrouw.

'Ja, ik weet het,' zei hij.

Het feit dat hij ladderzat van de trap was gevallen kwam niet eens ter sprake.

'Oom Tom?' riep ik toen we de keuken in liepen. Omdat ik geen antwoord kreeg, gooide ik mijn autosleuteltjes op tafel en vroeg of pa een kopje thee wilde.

'Waar zijn de honden?' vroeg ik, verrast door het feit dat we zonder hindernissen naar binnen konden stappen.

'Tom zal het hele stel wel meegenomen hebben naar het strand, om de schade van de storm op te nemen,' zei pa.

De ketel op het gas begon net te fluiten toen de telefoon ging. Het was een van de buren, die een kleine kilometer verderop woonde. Hij belde om te vertellen dat oom Tom voor zijn huis buiten westen op het strand lag, omgeven door een overdreven hoeveelheid honden terwijl boven zijn hoofd een vlucht duiven als gieren rondcirkelde.

'Zou je hem even kunnen ophalen?' vroeg de man, die zijn ergernis niet onder stoelen of banken stak.

Later die avond, toen het ziekenhuis alleen nog maar een herinnering was, bleek pa weer helemaal opgeknapt. Weliswaar zag hij wat bleker dan anders, maar zoals gebruikelijk had hij er niets aan overgehouden. Ik had oom Tom opgehaald en die lag inmiddels buiten westen in bed. Toen pa en de honden eindelijk ook allemaal sliepen, pakte ik in het rustige huis met mijn ene hand het papiertje en met de andere de telefoon. Zo heb ik een uur gezeten voordat ik eindelijk zuster Mary Ellen belde om te zeggen dat ik eigenlijk best wel de kerst in El Salvador wilde doorbrengen.

'Hebben ze daar trouwens niet een soort burgeroorlog?' informeerde ik.

'Maak je daar maar geen zorgen over, Collie. We zitten in een redelijk beschermd gebied. Er is uiteraard erg veel armoede, maar slechts sporadisch geweld. De mensen zijn fantastisch, hartelijk en gastvrij. We zullen goed voor je zorgen. Je komt echt niet in de buurt van de ongeregeldheden. We hebben tot op heden nog niet één student verloren,' voegde ze er opgewekt aan toe. 'En we doen dit al een hele tijd. Beschouw het maar als een cultureel uitwisselingsprogramma met corvee.'

Ik verbrak de verbinding en leunde achterover. De oude leren stoel zuchtte vredig toen ik achteroverleunde en met iets dat verdacht veel op opluchting leek, nadacht over vakantievieren in een oorlogsgebied.

27

*I*k spelde pa en oom Tom op de mouw dat ik van plan was om de feestdagen door te brengen bij vrienden in het Caribische gebied. Dat maakte geen indruk.

'Laat ze maar goed controleren of er onder je matras geen rondzwervende erwten liggen,' zei oom Tom.

De Valk vond de waarheid al even weerzinwekkend. Ik was helemaal niet van plan geweest om hem iets te vertellen, maar hij hoorde toevallig wat ik zei toen ik met zuster Mary Ellen zat te bellen.

'Dus dit is een of andere obscure katholieke poging tot missiewerk... Lieve hemel! Zeg maar niets en laat me raden. Ze hebben tegelijkertijd het beheer over een modellenbureau. Hoe betrouwbaar kunnen die nonnen zijn als ze jou vrolijk in dienst nemen om... ja, wat moet je eigenlijk doen? Zorgen dat je er goed uitziet op de foto's en ze de kans geven om munt te slaan uit mijn lucratieve achternaam? Je weet toch wel dat er daar een oorlog aan de gang is, of was dat aan je aandacht ontsnapt? Die katholieke organisatie van jou... die zou het prachtig vinden als jij werd gedood, zodat zij het volle pond aan publiciteit kunnen halen uit jouw gehavende lichaam. Nou, je moet het zelf maar weten. Ik zal tegen Ingrid zeggen dat ze op de schoorsteenmantel maar vast een plaatsje vrij moet maken voor je urn.'

Zo bleef hij de hele ochtend doorgaan. Dat was waarschijnlijk de keer dat het ineens tot me doordrong dat we weliswaar al jarenlang tegen elkaar praatten, maar dat we nog nooit een gesprek hadden gevoerd.

Op de dag van mijn vertrek zocht ik hem op in zijn kantoor in

Boston. Ik hoopte dat de onpersoonlijke omgeving ons afscheid zou vergemakkelijken. De *Expositor* was zijn eerste krant in Noord-Amerika geweest en hij had nog steeds een kantoor in het historische Winthrop-gebouw dat hij in de jaren veertig had gekocht en dat nog steeds dienst deed als hoofdkantoor van Thought Fox Inc.

Het gebouw had een overvloed aan ouderwetse charme en de ramen konden nog steeds open. 'De laatste keer dat ik het controleerde, zaten we nog steeds niet op de maan,' zei de Valk op de vraag waarom hij zich verzette tegen modernisering. 'We hebben voorlopig nog geen bescherming nodig tegen de atmosfeer van de aarde.'

Ik liep mijn oude nemesis, hoofdredacteur Douglas Pierce, tegen het lijf. Hij onderschepte me op weg naar het kantoor van de Valk. Hij was omringd door een stel redacteuren en had eveneens een afspraak met mijn grootvader.

'Kijk eens aan, als dat Schoenmans niet is. Dus jij komt nu het heft in handen nemen? Is het vandaag de grote dag?' vroeg hij terwijl de anderen in de lach schoten.

'Nee, zo belangrijk is het niet, ik wil alleen even mijn grootvader spreken,' zei ik. Ik deed mijn best om vriendelijk te blijven terwijl de helft van de groep zich aan me opdrong en de andere helft me negeerde, afhankelijk van de vooroordelen waarmee ze behept waren.

De Valk had een assistente, die in haar eigen kantoor als wachtpost voor hem fungeerde. Ik had de deurknop al in mijn hand toen Pierce de gelegenheid aangreep om me eraan te herinneren dat ik een parasiet was.

'En er is nog iets, Schoenmans. Ik heb dit alles,' zei hij met zijn armen theatraal omhooggestoken, alsof hij een gebedsgenezer was die voor de hemelpoort stond, 'niet op een presenteerblaadje gekregen, hoor. Ik heb mezelf verdomme op moeten werken naar de hoogste regionen van de journalistiek, stapje voor stapje, gewoon door hard te werken. Ik had geen weldoeners die me op een satijnen kussentje ronddroegen om me vervolgens de sleutels tot het universum te overhandigen...' Hij fronste zijn wenkbrauwen tot een borstelig v-tje toen ik zijn beledigingen met een flauw glimlachje aanhoorde.

'Wat is er aan de hand, Pierce?' Mijn grootvader dook onverwachts met een strenge blik in de deuropening op.

'Er staat voor vandaag een redactievergadering gepland, met alle afdelingshoofden,' zei meneer Pierce terwijl hij zich een tikje vermoeid omdraaide en naar de anderen wees die zich duidelijk niet op hun gemak voelden. Er barstte een collectieve aanval van keelgeschraap en gekuch los.

'Nou, dat moet dan maar wachten. Zoals je ziet, is mijn kleinzoon hier. Marie zal jullie wel een seintje geven als ik klaar ben,' zei de Valk. 'En tussen twee haakjes, je das zit scheef, Pierce. Ondanks je functie kun je je niet veroorloven er slonzig uit te zien.'

Het kantoor van de Valk was simpel maar aantrekkelijk. De muren waren van gepleisterd baksteen en bedekt met boeken, waaronder een groot aantal van zijn eigen wetenschappelijke analyses van het werk van Dickens. De oude houten vloer kraakte toen we naast elkaar naar binnen liepen en hij achter zijn antieke bureau ging zitten, dat eerder geschikt leek voor een bibliotheek dan voor een bedrijfskantoor. In een koperen kooi zaten twee dwergpapegaaien, Dennis en Beryl. Die had hij, toen we nog klein waren, als kerstcadeautje van Bing en mij gekregen.

'Wat kan ik voor je doen?' vroeg hij terwijl hij zijn handen vouwde en ze voor zich op het bureau legde.

Ik ging tegenover hem zitten. 'Ik vond de manier waarop we de laatste keer thuis met elkaar hebben gesproken niet prettig en ik wilde nog even gedag zeggen. Ik vertrek vandaag.'

'Ik zou er de voorkeur aan geven als je niet ging,' zei hij, terwijl hij een denkbeeldig stofje van zijn revers plukte.

'Dat weet ik, maar ik ga toch.'

'Waarom?' Met stemverheffing. En op dwingende toon. De stem die hij gebruikte om bevelen uit te delen, waarvan hij verwachtte dat ze opgevolgd zouden worden. 'Je hebt nooit zelfs maar een greintje belangstelling getoond voor politiek, de stand van zaken in de wereld of de benarde omstandigheden van je medemens. Is dit een soort vals eerbetoon aan je moeder, die tussen twee haakjes werkelijk niet wist wat er in de wereld te koop was?'

'Dacht u nou echt dat ik dat niet wist? Ik wil me heus niet voordoen als een soort Albert Schweitzer.'

'Ik denk eerder dat Michael Rockefeller een betere vergelijking zou zijn.'

'Luister nou eens.' Ik ging op het randje van mijn stoel zitten. 'Er zal heus niets met me gebeuren. Alles staat onder toezicht. Het is gewoon een soort uitwisselingsprogramma. Ik dacht juist dat u blij zou zijn dat ik eindelijk eens iets serieus ondernam.'

'Er is een groot verschil tussen een weloverwogen besluit om aan een moeilijke reis te beginnen en zomaar pardoes als een soort popster op een avontuurlijke vakantie een oorlogsgebied binnen te huppelen.'

'Is het dan verkeerd om te proberen erachter te komen waartoe ik in staat ben? Misschien wil ik voor de verandering wel eens iets goeds doen.'

'O, lieve hemel, daar was ik al bang voor,' zei hij, terwijl hij achteroverleunde in zijn stoel en met de armen over elkaar geslagen naar boven keek. Hij begon kwaad te worden. Hij pakte een pressepapier op en liet die met een harde klap op het bureaublad neerkomen. 'Je bent kennelijk gehersenspoeld door die non. Waarom vraag je haar niet of ze kan bewijzen dat God belangstelling heeft voor liefdadigheidswerk... en laat je dan niet afschepen met een of ander verdomd bijbelcitaat. Voor zover ik heb kunnen constateren is Hij geen haar beter dan de rest van ons en maakt Hij zich alleen druk over sport, over Hollywood en over hoe Hij Elton John tevreden kan houden.'

'Ik ben hier niet naartoe gekomen om met u te gaan zitten bekvechten. Wat wilt u nou eigenlijk van me? Dat ik gewoon een nutteloos rijkeluiszoontje ben dat door iedereen voor lafaard wordt uitgemaakt? Misschien hebben ze wel gelijk. Ik moet iets doen. Ik wil niet van mezelf denken dat ik net zo ben als zo'n kerel op de *Titanic* die niet bereid was om zijn plaats in de reddingsboot af te staan aan een kind.' Ik begon een beetje wanhopig te klinken omdat het laagje kalmte waarin ik mezelf had gehuld al barstjes begon te vertonen.

'Collie, hou op met die romantische onzin... je zou je moeten schamen. Dat zijn geen vragen die hout snijden. De meeste mensen zijn nog niet eens bereid om in een bus op te staan voor een invalide, laat staan dat ze hun leven opofferen tijdens een scheepsramp.'

'Ach, het heeft toch geen zin. Ik weet niet waarom ik dacht dat ik met u zou kunnen praten. U luistert niet eens naar me. Dat hebt u nooit gedaan en dat zult u ook nooit doen.' Ik stond op. 'Ik zie u wel weer als ik terug ben.'

'Ga zitten. We zijn nog lang niet uitgepraat. Je hebt geen ervaring, geen kennis van zaken, geen inzicht in de cultuur, je hebt niets te bieden en je kunt niet eens op jezelf passen. Je spreekt de taal niet en je hebt er geen flauw idee van wat er daarginds precies aan de hand is.' Hij stond op, boog zich over het bureau naar me toe en stak zijn vinger op. 'Die zogenaamd onpartijdige katholieke organisaties zitten er tot hun nek in...'

'Ik weet meer dan genoeg. Ik ga niet naar het front, ik ga alleen een paar weekjes in een klooster helpen. Windt u niet zo op, u overdrijft ontzettend.' Ik begon nu zelf ook een tikje verhit te raken.

'Misschien vind je het leuk om te horen dat er helemaal geen front is. En neem me niet kwalijk dat ik een tikje heftig overkom. Ik zeg alleen maar waar het op staat. Begrijp je wel? Ik probeer je leven te redden, hoor, dat ragfijne voorbijgaande iets dat je in een onderdeel van een seconde voorgoed kunt verliezen en dat jij kennelijk maar al te graag bij het oud vuil wilt zetten. Hetzelfde wat Bingo door een identieke inschattingsfout is kwijtgeraakt. Kun je echt niet meer wachten tot het hiernamaals voor de deur staat, Collie? Hoe vaak staat er volgens jou een wonder voor je klaar?'

Marie, die al jarenlang assistente van de Valk was, verscheen in de deuropening.

'Meneer Lowell, u bent tot aan het eind van de gang te horen,' zei ze. 'Het begint op te vallen. Is er iets aan de hand?'

'Laten we met jouw goedvinden eens aan Marie vragen wat zij ervan vindt,' zei de Valk. 'Collie heeft besloten om op een vliegtuig te stappen en de kerstvakantie door te brengen in El Salvador.'

'O nee, Collie, dat meen je niet,' zei Marie. 'Wat vindt je vader daarvan?'

'Die vindt het prima,' zei ik, niet op mijn gemak omdat ik moest jokken. Ik besefte dat ik vrij puberaal en verdedigend klonk, want het vuur werd me na aan de schenen gelegd.

De Valk stak zijn handen in de lucht. 'O, maar dat maakt echt een verschil. Waarom heb je dat niet meteen gezegd? Je moet wel erg je best hebben gedaan om zijn toestemming te krijgen, want zoals je weet, neemt je vader dat soort beslissingen pas na lang wikken en wegen. Hoe heb je dat aangepakt? Heb je een briefje op de koelkast geplakt? "Ik ga naar El Salvador om mezelf om zeep te laten helpen. Wees maar niet bang, ik zal de familienaam hoog houden en in het harnas sterven."'

Marie, die feilloos aanvoelde dat de emoties ver boven haar salarisschaal uitstegen, trok zich discreet terug in haar eigen kantoor.

'Ik vraag helemaal niet om uw goedkeuring. Ik vertel u alleen wat ik ga doen, of u dat nou leuk vindt of niet. Dat is alles. Tot ziens, ik ga er nu vandoor,' zei ik, terwijl ik afwezig om me heen keek, op zoek naar mijn jack. 'Ik bel u over een paar dagen.'

'Collie, je hebt geen flauw idee wat je daar te wachten staat. Omdat je het de laatste paar maanden niet gemakkelijk hebt gehad denk je dat je alles aankunt. Maar je kunt je niet eens verweren tegen mensen die kritiek op je hebben. Je bent nog maar een onschuldig bloedje, je weet niet eens dat je nog een heleboel onaangenaams te wachten staat waarbij het verlies dat je nu hebt geleden volkomen in het niet zal vallen.' Hij zweeg even en besloot het toen over een andere boeg te gooien.

'Wat weet jij van de menselijke natuur? Ben je ook maar enigszins voorbereid op het kwaad dat in de mens schuilt? Ik sta nergens meer van te kijken. Ik heb een tijd lang voor een van de kranten van mijn vader als oorlogscorrespondent gewerkt. En toen heb ik gezien hoe een tienjarig meisje dat alleen maar water uit een put schepte in een Frans dorpje door een scherpschutter van de geallieerden willens en wetens werd doodgeschoten. En wij stonden aan de goede kant. Als je mij zou vertellen dat moeder Teresa in Calcutta weeskinderen opat, zou ik alleen maar vragen of ze die liever gekookt of gebakken had.'

'Maar begrijpt u dan niet dat ik dat soort dingen zelf wil ontdekken? Moet ik dan alleen maar alles uit de tweede hand opgelepeld krijgen en van uw geld leven?'

'Het lijkt mij toch een redelijk alternatief. Waarom zou je al dat geld en zoveel macht verwerven als je dat niet gebruikt om je kinderen te beschermen tegen de kwalijke kanten van de wereld? Als ik had gewild dat mijn kleinzoons met een oorlog geconfronteerd werden, had ik mijn geld net zo goed weg kunnen geven om een baantje als nieuwsredacteur te nemen.'

'Nog één keer: ik krijg helemaal niet met die oorlog te maken. Ik ga alleen maar een paar weken lang een stel nonnen door een dorpje rondrijden. Mij zal heus niets overkomen.'

'Ga alsjeblieft niet, Collie.' De stem van de Valk klonk bijna smekend. Hij kwam naar me toe en pakte mijn arm. 'Alsjeblieft niet. Er is daar geen plaats voor amateurs. Als je wel gaat, is de kans groot dat je nooit meer thuis komt.'

Het was een unieke smeekbede. Ik liet me bijna overhalen. Eigenlijk wilde ik niets liever.

'Het spijt me,' zei ik.

Hij liet me los en wreef met zijn handen over zijn gezicht, voordat hij zijn armen liet vallen. Toen liep hij naar het raam en ging in een stoel naast de vogelkooi zitten.

'Goed, ik kan je dus niet tegenhouden, maar luister dan alsjeblieft naar me. Beloof me dat je niemand zult vertrouwen. Denk eraan dat je niemand kunt vertrouwen, Collie.' Hij boog zich naar me toe om zijn woorden nog meer nadruk te geven.

'Behalve vrienden en familie,' vulde ik zelfverzekerd aan.

'Niemand!' herhaalde hij. Het was geen grapje.

'Maar je familie...'

'Vooral niet je familie.' Hij reageerde opvallend geërgerd op mijn naïeve opmerking.

'En hoe zit het dan met u?'

'Zelfs mij niet,' zei hij, terwijl hij achteroverleunde in de stoel.

Volgens mij overdreef hij om mij iets onder de neus te wrijven. Ik ging ervan uit dat het zijn manier was om me duidelijk te maken dat ik voorzichtig moest zijn. Toen had ik nog niet door dat het ook voor mij gold, dat ik mezelf niet eens kon vertrouwen. Ik begreep niet dat het in het leven wemelt van verborgen mogelijkheden en ondoorgrondelijke motieven en dat standvastige karaktertrekken, als daar al sprake van is, alleen maar komen bovendrijven als je leven even niet door persoonlijke wanklanken wordt beheerst.

'Tja...' Inmiddels wist ik echt niet meer wat ik moest zeggen. 'Ik moet er nu echt vandoor.'

'Goed,' zei hij. Hij stond op, even beleefd en formeel alsof hij een jeugdige officier een lintje had opgespeld, en stak zijn hand uit. We keken elkaar even aan, en toen zag ik iets in zijn ogen waardoor ik naar hem toe stapte en min of meer mijn arm om zijn schouders legde. Het was net geen knuffel, maar het leek er verdacht veel op. Hij liep rood aan.

'Ja, nou ja,' zei hij. 'Je moet wel op tijd zijn.'

'We zien elkaar gauw weer,' zei ik terwijl hij ging zitten, zijn leesbril opzette en zich concentreerde op de papieren die hij eerder opzij had gelegd.

'Mmm,' mompelde hij bevestigend. Zijn hoofd was gebogen en hij keek me niet na toen ik wegliep met mijn rugzak over mijn schouder.

Ik weet niet welke dag het meest opmerkelijk was: de dag dat ik besefte dat ma niet van me hield of het moment waarop tot me doordrong dat dat bij de Valk wel het geval was.

Buiten op straat was het koud. De zon werd weerkaatst door de sneeuw en die lag overal om me heen. Het licht was zo fel dat ik bijna niets zag. Een kille winterwind sneed door mijn dunne kleren en zette zich als een ijspriem vast tussen mijn botten.

Alles wat de Valk had gezegd joeg me de stuipen op het lijf, maar ik ging toch. Waarom wist ik niet. Ik wist niet eens wat ik dacht. Ik ging gewoon. Ik had behoefte aan verandering van omgeving, maar dat was het niet. Ik kon er zelf niet eens een verklaring voor vinden. Het was gewoon iets dat ik moest doen, ik moest mijn leven zo grondig veranderen dat er geen spaan van heel bleef. Als ik wegging, bestond de kans dat alles anders zou zijn als ik weer terugkwam. Dat ik zelf anders zou zijn. Destijds dacht ik nog dat het leven een soort puntensysteem was en dat mijn hopeloos verknalde klassement er een stuk op vooruit zou gaan als ik af en toe een goede daad inlaste.

Iedere stap die me verder verwijderde van het kantoorgebouw van de Valk ging vergezeld van een heftig gekraak, een nieuwe gevaarlijke barst in het glas. Ik hou niet van kou. Ik heb een onuitwisbare herinnering in mijn hoofd aan iets wat me als kind in een supermarkt is overkomen. Daar zag ik een jongetje van mijn eigen leeftijd die met zijn tong vastgevroren zat aan een blikje diepvriessinaasappelsap. Ik bleef als aan de grond genageld staan omdat ik niet wist wat ik moest doen. Ik wachtte gewoon op wat er zou gebeuren.

Ik vroeg me af hoe het weer in El Salvador zou zijn.

'Neem me niet kwalijk, meneer.' De stewardess tikte me op mijn schouder. 'Het spijt me dat ik u wakker moet maken.'

'Dat geeft niet,' zei ik terwijl ik rechtop ging zitten en door het raampje naar de lichtjes beneden keek.

'Doe alstublieft uw veiligheidsriem om. We staan op het punt om te gaan landen.'

'Prima. Bedankt.' Ik glimlachte en keek haar na toen ze door het gangpad naar de cockpit liep, gevolgd door een vleugje parfum dat net als de witte stapelwolken buiten in de lucht bleef hangen.

Daarna richtte ik mijn aandacht op de glinsterende grond onder me, voor mijn eerste helder verlichte blik op El Salvador. Het was 1983, het jaar van mijn zogenaamde revolutie.

28

Beto Cruz, een jonge vent van in de dertig, haalde me in San Salvador van het vliegveld. Hij had donker haar en donkere ogen en zo'n energieke uitstraling dat ik die al kon voelen toen er nog ettelijke meters afgetrapt linoleum tussen ons lagen. Hij hield een zelfgemaakt bordje omhoog waarop met een zwarte viltstift CALY FLANGUN was geschreven.

Hij sprak vloeiend en vrijwel accentloos Engels en ik kwam er al snel achter dat hij het grootste deel van zijn leven met zijn moeder in Canada had gewoond. Hij was nog maar een paar jaar terug in zijn eigen land.

'Je logeert vannacht in een hotel hier in San Salvador en dan rijden we morgen naar de kust van de Stille Oceaan. Ik wil je iets laten zien,' zei hij onderweg in het oude VW-busje, waarin ik voorin naast hem zat. Zijn arm lag languit op de rugleuning en zijn vingers raakten mijn schouders bijna aan.

'O, ik dacht dat we naar het... Waar ligt dat klooster eigenlijk? In het noorden?' vroeg ik.

'Ja, ja, het is op weg daar naartoe. Ik neem gewoon de toeristische route,' zei hij lachend en stak een sigaret op met vingers die bruin waren van de nicotine. Hij nam even zijn ogen van de weg om mij aan te kijken. 'Nou ja,' met een nerveus lachje, 'we gaan uiteindelijk naar het noorden, maar eerst een eindje naar het zuiden, een omweg van hooguit een paar uur. Ik maak documentaires en ik dacht dat jij misschien wel belangstelling zou hebben voor mijn werk met betrekking tot kinderarbeid. Daar zijn de nonnen sterk bij betrokken, en zuster Mary Ellen vond het wel een goed idee om je te laten zien hoe dat hier in zijn werk gaat. En wie weet, misschien raak je zelf ook geïnteresseerd. Misschien wil je wel helpen. We kunnen alle hulp gebruiken die ons geboden wordt.'

'Natuurlijk,' zei ik. Ik beet op mijn onderlip en deed mijn best om opgewekt over te komen, ook al voelde ik me lang niet zo zelfverzekerd als ik klonk.

De auto stopte voor het hotel, en ondanks het feit dat het midden in de nacht was, waren er nog steeds honderden mensen op straat die vlak voor ons langs liepen. Ik wachtte tot er een gaatje in de rij viel en stapte met mijn bagage in de hand net van het trottoir af toen ik werd tegengehouden.

Een wildvreemde vent kwam vanuit het niets naar me toe, liep pardoes tegen me aan, stootte met zijn borst tegen de mijne en stapte vervolgens weer een paar pasjes achteruit zodat we elkaar aankeken. Hij tilde zijn hand op naar mijn voorhoofd, maakte een pistool van zijn vingers, raakte met zijn wijsvinger het plekje tussen mijn ogen aan en maakte een gedempt geluidje, precies zoals kinderen doen als ze zogenaamd iemand neerschieten. Daarna liet hij zijn arm zakken en verdween in de broeiend warme mensenmassa.

'Wat was dat nou?' vroeg Beto toen hij naast me opdook. 'Kom op, joh. Je hebt nog tijd genoeg om vrienden te maken.'

'Ja, oké. Die vent overviel me gewoon, dat is alles.' Mijn hart bonsde, mijn maag draaide zich om en ik had het gevoel dat vanbinnen alles ontplofte.

'Het was maar goed dat het geen echt pistool was,' zei Beto toen we in de lift op weg waren naar de bovenste etage. Hij stond er kennelijk van te kijken dat ik in een land waarin vuurwapens talrijker waren dan vingers alleen maar met een imitatie van een pistool was geconfronteerd.

Ik knikte, en terwijl de adrenalinestoot langzaam maar zeker wegebde, besefte ik voor het eerst van mijn leven dat een geluidloze knal en een imaginair pistool dat bestond uit een menselijke duim en wijsvinger bijna even angstaanjagend konden zijn als een echt wapen.

Terwijl we de volgende ochtend onderweg waren in ons krakkemikkige busje keek ik om me heen en probeerde te wennen aan al die felle kleuren: bomen, huizen en de lucht boven ons hoofd. We hadden ongeveer vijfenveertig kilometer afgelegd toen Beto me een met rotsblokken bezaaid terrein aanwees, een 'body-dump' waar de overheid met de regelmaat van de klok de lijken van vermoorde burgers achterliet. Halverwege de ochtend, een stuk verder op het bergachtige platteland, zag ik tot mijn ontzetting langs de rand van de weg lijken die in de zon lagen weg te rotten, met de handen op de rug gebonden. De stank drong tot in de auto door. Er was een jongeman in spijkerbroek bij. Zijn bovenlichaam was bloot en zijn armen lagen languit opzij, maar hij had geen hoofd meer. Ik kon niet eens zien of hij op zijn buik of op zijn rug lag, maar ik was niet in staat om mijn ogen af te wenden en bleef maar kijken. Ik vond het walgelijk, maar tegelijkertijd wilde ik niets van de dood om me heen missen. Ik had nooit andere lijken gezien dan die van ma en Bingo, en die waren een heel andere dood gestorven.

Terwijl ik mijn overhemd over mijn neus trok, gebaarde ik naar Beto dat hij moest stoppen. Hij remde af en ik boog me door het open portier naar buiten en hing kokhalzend boven de berm.

Beto bleef rustig wachten en startte uiteindelijk de motor weer. 'Mensen die betrapt worden op het begraven van de doden lopen het risico dat ze zelf ook vermoord worden.'

'Is dit dan wel zo'n goed idee?' vroeg ik terwijl ik op mijn handen ging zitten om mijn trillende vingers te verbergen. 'Om zo op deze manier rond te gaan rijden?'

'Natuurlijk wel. Waarom niet?' was zijn antwoord terwijl hij strak naar de weg bleef kijken en naar een tegemoetkomende auto die gevaarlijk slingerde met de bedoeling expres een eend die midden op de weg zat te raken. Het was één grote chaos op de wegen en af en toe kwamen we een groep lopende mensen tegen, waarop Beto plichtsgetrouw stopte en vroeg of ze mee wilden rijden. Dan gingen ze allemaal opgepropt achterin zitten, terwijl een enkeling zich boog naar de voorbank om ons met een ferme handdruk te begroeten.

Het was vochtig en warm en nog vroeg in de middag. Met mijn haar op mijn voorhoofd geplakt en de stof van mijn overhemd vastgekleefd aan de kapotte vinyl bekleding van de autostoelen zat ik te zweten terwijl we over oneffen zandwegen hobbelden, langs koffieplantages en suikerrietvelden. Af en toe moesten we even stoppen om de oververhitte motor af te laten koelen. Een noordelijke troepiaal die boven ons in een boom zat te zingen bood op de een of andere manier een geruststellende en vertrouwde aanblik. Een plezierige afwisseling van al die kakelende kippen. In mijn slaap hoorde ik nog steeds hanengekraai.

Uiteindelijk kon ik toch de moed opbrengen om te vragen waar we naartoe gingen.

'Wees maar niet bang. Er is niets aan de hand.' Hij nam een slokje water uit een thermoskan terwijl ik hem argwanend aankeek. Hij grinnikte en gaf me een klap op mijn rug. 'Hé, joh, waar is je avontuurlijke inborst?'

Meteen daarna keken we allebei in de richting van de bergen, afgeleid door het gedempte geluid van machinegeweersalvo's die verdacht dichtbij klonken.

'Ik heb geen avontuurlijke inborst,' zei ik.

'Jezus christus, ik hoop dat je kunt zwemmen! Hou je goed vast.'

Ik zat naast Beto en we waren allebei doorweekt terwijl we ons aan elkaar vastklemden op een houten bank in een overjarige fiberglasboot zonder stoelen. Ik knikte en sloeg mijn armen over elkaar. Mijn knieën trilden en ik moest mijn best doen om niet te klappertanden.

'Ja, ik kan zwemmen,' zei ik en keek om me heen. We waren aan alle kanten omringd door de Stille Oceaan.

Het was vlak na zonsopgang. Nadat we drie slapeloze nachten hadden doorgebracht in het vissersdorpje Ascensia, waar de dorpelingen zorgvuldig elke vorm van oogcontact vermeden, waren we nu op weg naar een visplatform waar kinderen uit de dorpjes in de omgeving werden gedwongen om achttien uur per dag en zeven dagen per week te vissen. Ze kregen nauwelijks te eten, werden gepest, bedreigd en zelfs seksueel misbruikt en waren overgeleverd aan de genade van dieven, slecht weer en zeeslangen. Bij wijze van ontspanning was er de oorlog.

Met behulp van mijn geld hadden we de afgelopen dagen een paar voormannen kunnen omkopen – ik had blauwe plekken op mijn ribben van al die keren dat Beto me een por met zijn elleboog had gegeven – en dat had ons in de gelegenheid gesteld om wat korte opnamen te maken aan boord van de lekkende platforms, die nauwelijks groter waren dan een tennisveld. Ze stonden heen en weer te schudden op wiebelige houten palen die de constante aanslag van de wind en de golven moesten verduren.

Maar nu had onze tocht een ander doel. Beto en ik en een handjevol buitenlandse katholieke hulpverleners waren per boot onderweg om te filmen hoe een aantal van die minderjarige kindarbeiders verlost zou worden.

'Maak je geen zorgen, Collie,' zei Beto op dat geruststellende toontje dat ik inmiddels had leren wantrouwen. 'Alles is onder controle. Het wordt een fluitje van een cent.'

De kustvogels cirkelden luidruchtig boven ons hoofd, wazig in het felle licht en schuin hangend in de stevige westenwind. Golven sloegen over de boot waardoor ik op mijn knieën viel en me aan de zijkant van het krakkemikkige vaartuig vast moest klampen. Ik bukte me en gaf over in het water.

'Weet je zeker dat je niet zwanger bent? Beheers je, Collie, want anders hebben we niets aan je,' zei Beto terwijl er opnieuw een drie meter hoge golf over ons heen sloeg. Hij leek sprekend op een zoutpilaar, met zijn haar dat wit uitgeslagen was en steil overeind stond.

Het was me allemaal veel te veel. Mijn hersens, voor zover ze nog dienst deden, hadden zich overgeleverd aan een doodsbange stagiair. Het water rook zilt, de boot rook naar vis en benzine, mijn kleren stonken... wat mij betrof, was El Salvador een van geuren vergeven hallucinatie minus de hallucinatie. De boot van de hulpverleners lag al naast het platform en ze schreeuwden dat ze van plan waren erop te klimmen. Beto stond te filmen en ik gaf hem zijn apparatuur aan terwijl de vissers armzwaaiend stonden te vloeken en dreigementen schreeuwden.

Een paar van de jongere kinderen huilden. Een van de arbeiders op het platform greep een klein joch bij zijn haar en sleepte hem mee naar de rand van het houten dek. Het was een knulletje van een jaar of elf, twaalf, broodmager en met armen en benen die vol zaten met zweren en blauwe plekken.

De man pakte het kind op, met zijn arm om zijn middel, boog hem bijna doormidden en tilde hem een metertje omhoog. Het jongetje schreeuwde het uit en de vent dreigde om hem overboord te gooien als wij niet maakten dat we wegkwamen.

We voeren verder en ik manoeuvreerde de boot zo dat we vlak

naast de man en het jongetje uitkwamen, net onder de hoek van het platform. Overal om ons heen klonk geschreeuw, gegil en gehuil toen de arbeider het joch ineens met een heftig gebaar in het water smeet. Twee van de hulpverleners sprongen hem na en ze verdwenen alle drie onder water.

Ik hoorde iemand zo zacht lachen dat het bijna op grommen leek, en toen ik opkeek, zag ik recht boven me een andere arbeider als een tandeloze grijns opduiken. Hij liet zijn rechterarm één keer ronddraaien en gooide toen iets naar me toe dat met een zware vochtige plons in mijn schoot belandde.

'Goeie genade!' Ik sprong op en week achteruit, waardoor ik tegen Beto aanbotste die gewoon door bleef filmen. Een zeeslang gleed van mijn schoot op de bodem van de boot en deinsde achteruit voordat hij een loze aanval deed. Daarna rolde hij zich weer op en schoot vooruit om in de strobe-arm van de camera te bijten. Ik was zo bang dat ik niet eens mijn ogen dicht durfde te doen.

'Jezus christus, Collie, gooi dat beest overboord,' schreeuwde Beto terwijl de volwassen arbeiders op het platform lachend naar ons stonden te wijzen.

Ik greep instinctief een van de riemen op om daarmee de slang net zo lang te porren tot hij zich om het eind van de riem kronkelde. Hij bleef maar in het hout bijten, waarbij zijn bek zo wijd openging dat er een soepbord in had gepast. Ik smeet de slang compleet met de riem over de rand van de boot in het water en voelde een warm straaltje pies langs mijn been lopen.

'Laten we maken dat we wegkomen!' hoorde ik de hulpverleners in de andere boten schreeuwen toen ze het jochie veilig aan boord hadden.

Er klonk een treurig gejank toen een handjevol oudere jongens – hooguit zestien of zeventien – in hun handen klapten en naar me zwaaiden. Ze riepen om hulp. Het was duidelijk dat ze met ons mee wilden. Ik viel op mijn knieën op de bodem van de boot.

Inmiddels zat ik zo te beven dat ik het gevoel had dat ik uit elkaar zou vallen, maar ik dwong mezelf toch om nog één keer achterom te kijken terwijl onze boot wegspoot.

'Nou ja, we hebben er in ieder geval één weg kunnen halen. Jammer van die anderen,' zei Beto terwijl hij zat te rommelen in de diverse lenzen voor zijn camera. 'Die zeeslang was wel een leuk extraatje, vind je ook niet? Hé, voel je je wel goed? Je ziet eruit alsof je spoken hebt gezien. Je moet een beetje harder worden, Collie, anders heeft niemand wat aan je.'

Ik schudde mijn hoofd en wreef over mijn oren. Zijn stem klonk gedempt, alsof ik onder een waterval naar hem stond te luisteren.

'Wanneer gaan we naar het klooster?' vroeg ik.

Hij keek me even nadenkend aan en zuchtte. 'Morgen,' zei hij. 'We gaan morgen op weg.'

'Het spijt me,' zei ik met een dankbaar knikje. Ik had het idee dat alles weer in orde zou zijn als ik maar in dat klooster was.

'Hou op met die verontschuldigingen,' zei Beto met een mengeling van minachting en medelijden. 'Waar denk je dat je bent, op een of ander stompzinnig dansavondje?'

Ma had me er ooit van beschuldigd dat ik het leven aanpakte alsof het een dansavondje was.

Zes nonnen, vier Amerikaanse onder wie zuster Mary Ellen en twee Canadese, ontvingen ons hartelijk toen we een paar dagen later in het piepkleine dorpje Adora aankwamen.

'Hallo, hallo!' Ze waren ontzettend blij en knuffelden ons uitgebreid. Ik moest ineens denken aan iets dat pa ooit had gezegd: 'Er is niets dat een non vrolijker maakt dan armoe en ellende.'

De zusters woonden samen met een paar seculaire hulpverleners in een roze met bruin huis dat van gebakken klei en modder was gemaakt. Het dak was van blik en karton. Alles was geïmproviseerd. De meeste mensen in Adora woonden in hutjes die uit hout en plastic waren opgetrokken.

'En is Beto een goede reisgids geweest? Heeft hij je alle bezienswaardigheden laten zien?' vroeg zuster Mary Ellen alsof we een weekendje Palm Beach in het vooruitzicht hadden. Ze stak haar arm door de mijne terwijl ze me mee naar binnen nam. Het huis had drie vertrekken, met inbegrip van een slaapkamer en een rudimentaire keuken. De rest bestond uit een grote woonruimte met een versleten bank waarvan de veren door de kunstleren bekleding staken en een paar metalen stoelen. Etensborden en boeken stonden in stapels op een lange tafel met een glanzend groen blad.

'Waar is de badkamer?' vroeg ik.

'Buiten,' zei zuster Mary Ellen. 'Het spijt me dat het niet is wat je gewend bent, Collie.'

'Dan moet ik er maar aan wennen,' zei ik, hoewel ik daar geen snars van meende.

'Als je je wilt wassen, moet je de weg af lopen naar de bron. Daar is een poel waarin je kunt baden. Maar je moet goed opletten dat je geen water naar binnen krijgt. En als extra bescherming kun je ook maar beter watjes in je neus stoppen. Er zitten allerlei beestjes in die allerlei problemen kunnen veroorzaken,' zei ze lachend.

'Hier slaap jij.' Een jonge non wees naar een hangmat in de woonruimte.

'Dank u wel,' zei ik terwijl Beto zijn spullen in een hoek zette en mijn rugzak opving die ik naar hem toe smeet. Door de openstaande ramen hoorde ik hoe buiten tropische vogels elkaar zaten toe te zingen.

'Het is hier kennelijk heel rustig,' zei ik.

'Dat heb ik je toch gezegd?' zei zuster Mary Ellen, die me een glas limonade aanbood.

'Waar zijn de andere studenten?' vroeg ik. 'U hebt ook gezegd dat er een hele groep vrijwilligers zou zijn.'

'O, die zitten overal en nergens. De meesten zijn bij de priesters in het zuiden, en de paar die bij ons zijn, wonen een kilometer of wat verderop, bij een boer en zijn gezin die ze helpen om een nieuwe bron te slaan.'

De volgende ochtend maakten Beto en ik kennis met een paar van de dorpelingen. Iedereen was vriendelijk en de kleinste kinderen liepen achter ons aan terwijl wij hun huizen bekeken, kleine tweekamerhutjes zonder sanitair of elektriciteit of andere gemakken. Hele gezinnen sliepen op plastic kleden die op de grond waren gelegd.

Een van de meisjes, een kind van een jaar of negen met zwart haar en zwarte ogen, liep vrijwel de hele ochtend achter me aan. Ik gaf haar een briefje van twintig dollar. Ze kreeg ogen als schoteltjes en de tranen liepen over haar wangen, voordat ze haar armen om me heen sloeg en roepend om haar ouders wegholde. Het duurde even voordat ik mezelf weer in bedwang had. Ik wilde nooit meer zo door iemand aangekeken worden.

Na de lunch reden Beto en ik zuster Mary Ellen en een van de hulpverleners, een meisje uit Philadelphia dat Sandy heette, naar het huis van de boerenfamilie. Daar sloten we ons aan bij de twee andere vrijwilligers, die allebei mechanica aan Northwestern studeerden en hielpen met het slaan van de bron. Ze gaven ons een hamer en spijkers plus wat dunne plankjes en een rol kippengaas en ik zag dat ze elkaar even aankeken. Kennelijk waren ze niet overtuigd van mijn vaardigheden.

'Keurige handjes,' zei een van de twee en Beto schoot in de lach.

De volgende paar dagen hielp ik bij het ontwerpen en bouwen van een kippenhok, en dat lukte me zo goed dat ze hun mening over mij haastig bij stelden. Maar ik had gewoon geluk dat ik me die eerste paar dagen met dat kippenhok bezig moest houden. Toen ik nog klein was, had ik oom Tom geholpen bij het bouwen van een uitgebreid onderkomen voor zijn duiven en vergeleken daarbij was dit de moeite niet.

Toen het hok klaar was, kreeg ik van het boerengezin een ei dat door een van hun kippen was gelegd.

Ik hield het bruine ei in mijn hand en voelde de warmte ervan door mijn hele lichaam trekken. Zo voelde het dus om goed te doen, om je in hart en nieren goed te voelen. En een paar dagen lang had ik het idee dat ik had gevonden wat ik zocht in de onbewerkte vorm van een Salvadoraans ei.

Vijf dagen later werden het dorp en de missiepost aangevallen door regeringstroepen die de nonnen een lesje wilden leren. Zuster Mary Ellen en de twee Canadezen waren voor een conferentie naar Bolivia gevlogen en werden op de dag van de aanval terugverwacht. Ik maakte me net op om hen van het vliegveld te gaan halen, toen we geraakt werden door de scherven van een mortiergranaat die naast de auto ontplofte.

Beto sprong naast me in de jeep en we gingen er als een haas vandoor. Toen de benzine op was, lieten we de auto achter.

We hadden twee dagen gelopen, toen ik weer het geluid hoorde van helikopters die akkers en dorpjes onder vuur namen en we sloegen opnieuw op de vlucht. Een vent die ik niet eens kende, greep me bij mijn arm en Beto had mijn mouw vastgepakt. Tussen hen in liet ik me samen met honderden dorpelingen op de grond vallen en begon op handen en voeten tegen de berghelling op te klauteren.

Vulkanisch gesteente brokkelde af en mijn vingers werden lichtbruin, dezelfde kleur als de stenen. Het bloed zat onder mijn nagels. Boven mijn hoofd was de lucht stralend blauw, geen wolkje te zien. Er stond een warme bries en de citroen- en sinaasappelbomen stonden op de groene heuvels om ons heen te deinen terwijl een waterval van lichamen eronderdoor stroomde.

'Doorklimmen, schiet op. Ga verder,' zei Beto terwijl de machinepistolen van de helikopter de grond voor ons, achter ons en naast ons aanharkten. Uit het niets dook ineens een kip op, die op de schouder van de onbekende man landde en hem op het hoofd pikte. Hij probeerde het beest weg te slaan, maar slaagde daar niet in en Beto en ik kregen tegelijk de slappe lach. De tranen liepen ons over de wangen.

Ik leek alleen nog maar te kunnen lachen, zo hard dat het gewoon pijn deed en ik naar adem begon te snakken.

'Hou op, ik stik er bijna in,' zei ik.

Beto was nog steeds kletsnat, omdat hij de hele middag dorpskinderen op zijn rug naar de rivier had gesleept om ze te verbergen voor de regeringstroepen die de dorpjes op het platteland afstroopten op zoek naar rebellen.

De kip vloog ineens kakelend op, met fladderende vleugels, en de onbekende man bleef zonder te bewegen op zijn buik liggen, volkomen roerloos. Hij leek op een stel pasgewassen kleren die in de zon lagen te drogen.

'Doorgaan, Collie,' zei Beto.

'Met lachen?' vroeg ik, terwijl ik verder naar boven klom.

Een paar dagen later, op kerstavond, slaagden we erin ons bij een andere groep katholieke hulpverleners te voegen voordat vijf figuren, die er met hun identieke spiegelzonnebrillen uitzagen als regeringstroepen, ons aanhielden bij een wegversperring vlak buiten een dorpje in Chalatenango, dat grotendeels in handen van de guerrilla's was.

Ze haalden mij uit de laadbak van de open vrachtwagen, zogenaamd om mijn visum te controleren. De anderen kregen opdracht om door te rijden. Beto probeerde nog beleefd maar heftig te protesteren, maar niemand wilde naar hem luisteren. Ik had moeite om te volgen wat er allemaal werd gezegd. Na wat gekissebis haalden ze mijn zakken leeg, pikten het geld uit mijn portefeuille in, en toen ik daar bezwaar tegen maakte, kreeg ik een duw, moest wat handtastelijkheden verduren en werd uiteindelijk op de achterbank van een oude Chevrolet gezet. De deuren gingen op slot en de auto stoof weg. Ik keek om en zag dat Beto me midden op de weg na stond te kijken. Ik heb hem nooit weergezien.

'Wat gaan jullie met me doen?' vroeg ik met meer zelfvertrouwen dan ik voelde.

'We brengen je naar het vliegveld. Je gaat vandaag naar huis,' zei de vent die kennelijk de leiding had. Hij sprak Engels met een zwaar accent.

'Waarom?'

'Je visum is verlopen.'

'Nee, dat is niet...' Ik hield abrupt mijn mond. Ik wilde best naar huis, maar ik wist niet zeker of ze me ook echt naar het vliegveld zouden brengen.

'Het is afgelopen met je visum of met jou. Maakt mij niks uit. Zeg het maar.'

Hij vond zijn opmerking kennelijk zo bijdehand dat hij zich omdraaide en die voor de anderen vertaalde, die erom moesten lachen. Ik lachte mee... ontoepasselijk gelach was een soort handelsmerk van me geworden, ook al vond ik het helemaal niet leuk. Het was niet goed om in El Salvador te verdwijnen.

Twintig minuten later zagen we een brandende bus die op zijn kant dwars over de smalle zandweg lag. Onze chauffeur krabde zich op zijn hoofd en vroeg wat hij moest doen.

'Stoppen natuurlijk. Je kunt toch niet anders?' zei de slimmerik. Hij zei tegen mij dat ik moest blijven zitten terwijl de auto langzaam tot stilstand kwam en hij samen met de anderen met de wapens in de aanslag uitstapte om te kijken wat er aan de hand was.

Ik hoorde een serie harde knallen en de regeringsmensen vielen als tinnen soldaatjes om. Een paar raakten gewond, de rest was dood. Ik voelde een felle pijn in mijn linkerdijbeen. Glas uit de ramen van de auto. Guerrilla's, te veel om te tellen, kwamen in golven uit de omringende jungle tevoorschijn en omsingelden de auto. Terwijl ze in de lucht schoten, sprongen ze op de motorkap en schopten tegen de portieren. Een reus van een kerel pakte een enorme steen op en smeet die dwars door de voorruit. De glasscherven vlogen in het rond toen de steen naast me op de achterbank terechtkwam.

Ik werd uit de auto gesleurd, tegen de grond gesmeten en met de kolf van een semi-automatisch geweer op mijn hoofd geslagen. Ongeveer een minuut lang zag ik sterretjes, daarna kwam mijn gezichtsvermogen langzaam maar zeker terug. Een jonge vent die ongeveer even oud was als ik stond grijnzend op me neer te kijken.

Hij gaf met de bemodderde neus van zijn laars een zetje tegen mijn heup.

'Wat spook jij hier uit? Probeer je de wereld te redden?'

'Jij bent een Amerikaan,' zei ik.

'Nee, maar ik ben in Los Angeles opgegroeid. Daar woonde ik bij mijn grootouders. Toen die doodgingen, werd ik naar huis gestuurd. Wat heb jij bij deze kerels te zoeken?'

'Ik ben bij de laatste wegversperring opgepakt. Ze waren van plan om me op een vliegtuig naar huis te zetten...'

'Waarom?'

'Ze zeiden dat mijn visum verlopen was.'

'Dat klinkt mij als lulkoek in de oren.'

'Het is echt waar.'

'Ben je Amerikaans?'

Ik knikte, kneep mijn ogen dicht en hield mijn adem in.

'Wat doe je hier in El Salvador? Ben je bij de CIA?'

'Nee, ik ben een vrijwilliger van de katholieke missiepost. Ik zou over een paar dagen weer naar huis gaan.'

'De missiepost die aangevallen is?'

Een meute boze gezichten staarde op me neer. Het was rustig; het enige wat ik hoorde, waren het gekreun van de gewonden en een aanhoudend zacht gesis, het geluid van de stoom die uit de kapotte radiator van de bus ontsnapte. Een van de rebellen zette de loop van zijn geweer tegen mijn hoofd, spande de haan en keek schouderophalend naar de jonge knul die me al die vragen had gesteld. Mijn ondervrager – hij heette Aura – stond even op zijn duim te knagen en gebaarde vervolgens ogenschijnlijk onaangedaan dat ze me mee moesten nemen.

'Merci,' zei ik fluisterend in een poging om kracht op te doen uit de Franse taal.

'Gracias zal je toch bedoelen?' vroeg Aura beleefd alsof we bezig waren aan een of andere idiote wereldtaalcursus.

Terwijl ik samen met de twee gewonde soldaten drie dagen lang werd meegesleept op een mars dwars door kilometers moerasland en de dichtbegroeide rimboe – waarop ik in de dikke, plakkerige modder al meteen mijn wandelschoenen kwijtraakte en blootsvoets verder moest – zaten mijn voeten algauw onder de gore, etterende zweren van tientallen soorten wurmen die zich door de huid naar binnen vraten.

Mijn been, dat toch al niet te best was, bezorgde me veel pijn en weigerde op de tweede dag helemaal dienst. Ik viel op mijn knieën en raakte volgens mij even van de wereld. Een van de guerrilla's hees me overeind en gaf me een stevige stok en een zetje in mijn rug om me weer op weg te helpen. Een enorm bladerdak van drie-eneenhalve meter hoge gebedplanten – maranta's – en messcherpe doornstruiken belemmerden de doorgang bij iedere stap terwijl een wolk van door zweet aangelokte insecten en muggen me als een tweede huid omhulde.

Ten slotte kwamen we uit bij wat beter begaanbaar terrein, waar het regenwoud doorsneden werd door een brede, platgetreden baan, een rudimentair pad gemaakt door het plaatselijke wild. Daarna bereikten we een min of meer verlaten dorp, waar we werden ontvangen door een handjevol fluitende en boe-roepende mannen en een paar dorpelingen die hun kamp hadden opgeslagen tussen de platgebrande hutten.

Na een kort overleg holde een van de mannen uit het dorp weg om schoppen te halen. Toen hij terugkwam, deelde hij ze uit aan een kleine groep die ons meenam naar een verderop gelegen deel van het dorp, waar ze begonnen te graven. Iemand duwde mij een zelfgemaakte spade tegen de borst en beval me om een gat te graven. Er waren niet genoeg schoppen voorhanden, dus werden de twee gewonde soldaten gedwongen om op handen en voeten te gaan zitten en met hun blote handen te graven.

Terwijl ik op mijn blote voeten in de vochtige losse aarde stond en de onderaardse wortels van hardnekkige palmen te lijf ging, groef ik verder tot het gat zo diep was dat de rand mijn middel raakte. Toen hoorde ik ineens zonder waarschuwing achter me harde stemmen, een plotselinge heisa en gesmoorde, schrille kreten om genade.

Vlak achter elkaar klonken twee geweerschoten, en in afwachting van een derde klemde ik me met trillende handen stijf vast aan de greep van mijn spade en kneep mijn ogen stijf dicht.

In plaats daarvan werd ik vastgegrepen door ruwe handen die me aan mijn kraag uit het gat tilden waarin ik stond. Mijn benen klapten dubbel en op mijn knieën keek ik toe hoe de levenloze lichamen van de geëxecuteerde soldaten boven op elkaar in het vers gedolven graf werden gegooid. Aura keek me aan en lachte. Zijn blijdschap sneed als een mes door mijn lijf.

'Maak je geen zorgen,' zei hij. 'Misschien hebben we nog wel iets aan jou.'

Een van de kerels kwam van achteren naar me toe, greep me bij mijn arm en sleepte me op mijn buik een paar meter mee. Toen stond hij stil om me in een diepe geul te smijten die al eerder was gegraven en verborgen werd door een dikke laag takken en palmbladeren.

Ik viel in slaap. Ik was bang om wakker te worden.

Het regende, en in de geul waarin ik lag kwam op de bodem een paar centimeter water te staan, waardoor ik doorweekt raakte. Ik hield mezelf bezig met het plukken van glasscherven en maden uit de lukrake verzameling gaten in mijn dijbeen. Toen hoorde ik boven mijn hoofd iets ritselen en rook ineens een doordringende lucht van vochtige dierenpelzen. Ik keek omhoog, en hoewel alles om me heen begon te draaien en ik een waas voor ogen had, zag ik tot mijn verbazing een paar apen die door de takken en de bladeren naar me zaten te gluren.

Nieuwsgierig en zonder ook maar een schijntje angst zaten ze eerst een hele tijd naar me te kijken en tegen elkaar te krijsen. Toen pakte een van de apen een losliggend steentje op en gooide dat naar me toe. Het kwam tegen mijn been en deed behoorlijk pijn. Een paar anderen verzamelden wat losse takjes en smeten die ook naar me toe, maar die voelde ik nauwelijks toen ze me raakten. Omdat ik gewoon stil bleef zitten, kregen ze er algauw genoeg van en gingen ervandoor. Om de een of andere reden voelde ik me op-gekikkerd na de aanval van de apen.

De lucht was bezwangerd van een zware bloemengeur. Terwijl ik naar de donkere lucht staarde, half verdoofd door het peinzende gezoem van insecten, zag ik de spookachtige gestalten van zwarte vogels boven mijn hoofd rondcirkelen. Met zacht fladderende vleugels zongen ze elkaar toe.

'Ma zegt dat ze trots op je is, Collie.' Dat was Bingo, ook al hoorde ik hem alleen in gedachten.

'Nu weet ik zeker dat je niet echt bent,' zei ik. 'Zelfs als ze echt trots op me is, zou ze dat nooit toegeven. Ze zou nog liever dood-gaan.'

'Dat is ze al, weet je nog wel?'

De vogels maakten veel herrie.

'Je luistert toch wel, Collie?' vroeg Bingo.

'Ja hoor.'

'Je moet het niet opgeven, wat er ook gebeurt.'

'Dat doe ik ook niet.'

'Ik ben blij dat je nog steeds op de zwarte vogels let.'

De volgende dag werd het dorp aangevallen door regeringstroepen die systematisch alle dorpen in de omgeving afwerkten. Een of an-dere vent die daar woonde, kreeg gek genoeg medelijden met me nadat hij bijna in mijn gat was gevallen en trok me mee toen hij op de vlucht sloeg. We verborgen ons in het bos, op de vlucht voor mannen die zich door het tropische struikgewas worstelden, op zoek naar menselijke prooi. Ze hadden met spijkers beslagen knuppels waarmee ze op de weerbarstige, spitse plantenbladeren inhakten.

Ik kon niet ophouden met beven en mijn tanden klapperden zo dat ik met al dat door angst veroorzaakte lawaai bijna verraadde waar we ons verstopt hadden. Mijn redder drukte me tegen de grond, drukte zijn hand zo stijf op mijn mond dat ik bijna stikte en duwde me toen met mijn gezicht in de modder tot ik het be-wustzijn verloor.

'Spreek je Engels?' vroeg ik toen ik eindelijk weer bijkwam.

Hij keek me aan en haalde zijn schouders op.

'Ben je katholiek?' vroeg ik. Dat leek me wel een veilige vraag, ook al verstond hij geen woord van wat ik zei. 'Ik ben ook katholiek,' zei ik. Ik kon nauwelijks op mijn benen staan.

'Je zult je wel afvragen wat ik hier uitspook,' zei ik, min of meer ijlend van de koorts toen we samen verder liepen, met zijn hand om mijn middel, mijn arm om zijn schouders en mijn linker voet slepend over de grond, terwijl hij geen woord zei. Daarna vertelde ik hem het hele verhaal. Hoe ik tegen Charlie en oom Tom had gelogen over de kerstvakantie, over de Valk die had geprobeerd me de hele reis uit het hoofd te praten en over het kippenhok dat ik voor het boerengezin had gebouwd.

'Ik ben hier om te helpen,' zei ik, terwijl hij me aankeek alsof ik niet goed wijs was. Mijn knieën knikten. Dat overkwam me om de haverklap.

Mijn been brandde en bonsde. Het was ontstoken en ik verloor voortdurend het bewustzijn. De man uit het dorp wist iemand zover te krijgen dat hij ons naar een geïmproviseerd ziekenhuis reed – een omgebouwd kippenhok – vol jonge kinderen die behandeld werden voor verwondingen die ze hadden opgelopen nadat ze door de rebellen waren ontvoerd en als soldaten waren ingezet. De man die me uit het gat had getrokken liep alle bedden langs, duidelijk op zoek naar iemand. Hij vertrok teleurgesteld zonder afscheid te nemen. Ik heb nooit gehoord hoe hij heette.

Er was maar één dokter, die werd geassisteerd door een handjevol verpleegsters. Hij was Frans, de verpleegsters Belgisch. Een van hen, een zekere Madeleine, had kennelijk de leiding. Ze kon op een charmante manier ontzettend bazig zijn. Ze probeerden als gekken al die kinderen te behandelen en ze bleven maar binnenstromen, het was net alsof je probeerde om met je duim een gat in een dijk te dichten. Nu was het midden in de nacht en ze wisten niet waar ze hen moesten laten en wie er voor hen moest zorgen.

Ze namen mij op en behandelden mijn been en na een paar dagen begon ik weer een beetje op verhaal te komen. Madeleine bood me een primitieve wandelstok aan bij wijze van kruk en vroeg of ik haar wilde helpen met de verzorging van de kinderen. Met mijn overhemd tot over mijn neus – vanwege de stank – glibberde ik rond over een vloer vol met de rotzooi van een knekelhuis. Eén jongetje had een bloedtransfusie nodig, hoewel ik dacht dat hij dood was, maar er was geen bloed voorhanden en geen elektriciteit. De Franse dokter wenkte me, riep me bij zich en zei dat hij me vijfhonderd cc bloed wilde aftappen voor het kind.

'Maar als ik nou niet de juiste bloedgroep heb?' vroeg ik. Volgens mij was het geen onredelijke vraag.

Hij haalde uit en sloeg me in mijn gezicht waardoor ik tegen de muur klapte. Vervolgens sloeg hij me nog een keer toen ik me oprichtte. Ik stak mijn handen omhoog, waardoor de stok tegen de vloer kletterde en zei: 'Mij best, doe het dan maar. Tap mijn bloed maar af als u daar iets aan hebt.'

Hij werd iets kalmer maar niet veel en inmiddels was ik behoorlijk overstuur. Hij sloeg me nog een keer, voor de goede orde, met zijn platte hand op mijn hoofd, en begon toen, geholpen door Madeleine, met trillende handen alles in orde te maken voor de bloedtransfusie.

Bliksemschichten schoten door de zwarte lucht. De nacht was een koud, glanzend meer. Ergens flakkerde het vlammetje van een enkele witte kaars dat volkomen onterecht een gevoel van rust opriep.

De Franse dokter leek een onbeschreven blad, hij was zo in zichzelf gekeerd dat hij me het gevoel gaf dat ik hem uit de verte zag. Hij was omgeven door dode en stervende kinderen, ze bungelden zelfs boven zijn hoofd, even onaantrekkelijk als vliegenvangers en onderdeel van de peilers van zijn roeping. Toen hij met mij klaar was, stond hij gewoon op, zonder een woord te zeggen, duwde me opzij door zijn schouder tegen me aan te zetten en ging verder naar het volgende kind en het daaropvolgende. Ik probeerde op te staan, maar het werd me zwart voor de ogen. Ik viel achterover op de brits en deed mijn ogen dicht.

Na afloop ging Madeleine naast het jongetje op de grond zitten om hem te troosten. Haar handen waren rood van het bloed.

Toen werd er weer een stel kinderen binnengebracht, al snel gevolgd door een volgende groep, en ik was eigenlijk niet meer dan een draaideur, waardoor mensen naar binnen en naar buiten gingen. Ik liep ze niet echt voor de voeten, ik was gewoon iemand van wie niet veel verwacht werd.

De volgende dag leek het jongetje iets opgeknapt te zijn en iets helderder en iedereen was van mening dat hij het wel zou halen. Ik kon mijn ogen niet van hem afhouden. Hij was morsdood geweest.

Een van de broeders in het ziekenhuis, een man die Santo heette, was zo dapper om aan te bieden me naar San Salvador te brengen, naar het vliegveld zodat ik naar huis kon. Hij vroeg of ik kon lopen, en dat ging best met behulp van de stok die eigenlijk nauwelijks meer was dan een T-vormig stuk hout. Ik voelde me belabberd, maar het enige waaraan ik kon denken was dat ik naar huis wilde. We gingen op weg toen het nog licht was, in de hoop dat we daardoor de rebellen en de regeringstroepen konden ontwijken die de nacht onveilig maakten. In die omgeving wemelde het van beide. We waren nog niet lang onderweg toen we gegil en geschreeuw hoorden en vlammen zagen die boven de bomen uitschoten.

Gloeiende rookwolken verduisterden de hemel en verstikten de akkers toen ik in elkaar gedoken en met mijn gezicht tegen de grond de benzinedampen inhaleerde en mijn handen tegen mijn oren drukte.

Regendruppels tikten zacht op enorme lobelia's en maakten een kletterend geluid op de bladeren van de jonge bomen die heen en weer deinden in de vochtige nachtwind. Mijn hart bonsde onregelmatig tegen mijn ribbenkast.

Het was het laatste geluid dat ik hoorde. Ik draaide me om en probeerde iets tegen Santo te zeggen, maar ik kon het geluid van mijn eigen stem niet horen. Hij sleepte me mee door het donker, met zijn hand om mijn pols. Strompelend en tastend zochten we onze weg door de nacht die een wereld zonder grenzen leek. Iedere stap gaf me het gevoel dat ik over de rand van de aarde zou stappen.

Santo slaagde er op de een of andere manier in om zuster Mary Ellen te bereiken, die ervoor zorgde dat ik bij een Amerikaanse priester kon logeren. De priester nam contact op met de Valk, die op zijn beurt zorgde voor een vliegtuig dat me naar huis bracht.

Santo liet me bij de priester achter. Ik omhelsde hem uit dankbaarheid voor alles wat hij voor me had gedaan. Bij wijze van antwoord omhelsde hij me ook voordat hij zich omdraaide en vertrok. Hij ging weer terug naar het noorden, naar het ziekenhuis. Ik weet niet of hij daar ooit is aangekomen.

Ik ben precies één maand in El Salvador geweest. In die tijd heb ik dappere mensen dingen zien doen die tegen alle logica en de omstandigheden indruisten, alleen maar om mijn leven te redden terwijl ze me niet eens kenden. Beto, die mij tegen de regeringstroepen in bescherming probeerde te nemen, de dorpeling die net zo goed alleen weg had kunnen rennen maar mij toch uit die geul trok en naar het ziekenhuis bracht en Santo, die me bij de priester afleverde.

Ik dacht aan de Franse dokter, die net zo goed thuis in Parijs aan de champagne had kunnen zitten.

Ik prentte mezelf in dat ik gelijk had gehad door niet achter Bing aan te springen. Elk verstandig mens zou zeggen dat ik juist had gehandeld. Maar die logica stemde niet overeen met alles wat er voor mij was gedaan in El Salvador, waar mensen iedere minuut van iedere dag werden geconfronteerd met soortgelijke beslissingen en wel genoeg vertrouwen hadden gehad om de sprong te wagen. Santo vertrouwde erop dat hij de tocht naar het vliegveld en terug wel zou overleven.

Ze hadden allemaal de sprong gewaagd en zouden keer op keer hetzelfde doen. Ik klampte me vast aan de overtuiging dat alleen een heel bijzonder mens die dag in de grot willens en wetens achter Bing aan zou zijn gesprongen. Maar in 1983 deden heel gewone mensen iedere dag de dapperste dingen in El Salvador.

Ik was ook maar een gewoon mens. Waarom had ik de sprong dan niet gewaagd?

Ik ging naar El Salvador om een beetje persoonlijke moed op te duikelen.

Moed bestaat, ook al schittert die bij mij door afwezigheid.

29

De Valk regelde met de priester dat ik met een privévliegtuig naar huis zou worden gebracht, samen met een katholieke hulpverlener die rond diezelfde tijd terug moest naar de Verenigde Staten. Van die terugreis herinner ik me niet veel. Ik kon niets horen. Pas na een week of twee op Cassowary begon er weer geluid tot me door te dringen.

'Het wordt tegenwoordig geen hysterische doofheid meer genoemd. Die benaming is kennelijk te stigmatiserend.' De Valk zat naast me te schrijven op een groot blok met gele blaadjes. 'Het is een conversiestoornis. De artsen houden stug vol dat het een gevolg is van je verwondingen, ook al heb ik mijn best gedaan om ze te vertellen dat je wat mij betreft al je leven lang aan een conversiestoornis lijdt. Op onze verhouding zal het in ieder geval geen invloed hebben.'

De hulpverlener had me hoogstpersoonlijk op Cassowary afgeleverd. Hij bracht me thuis en dumpte me op de vloer van de woonkamer alsof ik een hoopje zand was dat hij uit zijn schoen schudde. Nog wekenlang zag ik overal zand, waar ik ook keek. Er zat zand in mijn ogen, in mijn haar en onder mijn vingernagels. Er zat zand in mijn eten en tussen de lakens van mijn bed. Als ik een bad wilde nemen en de kraan opendraaide, vloeide er zand uit.

Het ging niet om het zand van Squibnocket Beach, dit was één grote droogte.

'Voor zover ik weet, is het posttraumatische stress,' zei de hulpverlener tegen Ingrid. 'Ik weet wel zo'n beetje wat hij doormaakt. Dat valt niet mee. Hij verdient veel lof. Jullie moeten trots op hem zijn.'

'Dat zijn we ook,' zei Ingrid. 'Ik ben zo trots als wat op Collie, nog meer dan wanneer hij...'

De Valk, de ongrijpbare hoofdattractie, dook plotseling zonder waarschuwing op door de optrekkende nevelwolken en stak zijn hand uit bij wijze van groet. Het gezicht van de hulpverlener werd ineens vlekkerig rood, een fysieke erkenning van de aanwezigheid van onweerstaanbare grote roem.

'O, hallo...' stamelde hij, zo in de war dat hij zichzelf voorstelde als Peregrine Lowell.

'Geeft niet, hoor,' zei de Valk geruststellend en glimlachte vriendelijk, zichtbaar tevreden met de verontrustende uitwerking die hij had. 'Ik weet wie ik ben. Meestal tenminste... en ja, Brian, Ingrid heeft gelijk. Laat mij haar zin maar afmaken: we zijn zo trots als wat op Collie, nog trotser dan wanneer we van jou te horen hadden gekregen dat hij aan ongeneeslijke gonorroe leed.'

'Pardon?' De hulpverlener snapte er niets van. 'Het spijt me. Kennelijk ontgaat me iets. Ik heb zo'n vermoeden dat er bepaalde zaken zijn waar ik niets van weet.'

Hij vervolgde tactvol: 'Collie heeft een vreselijke tijd achter de rug. Het is volkomen natuurlijk om je dan zo te voelen en te reageren als hij doet. Ik geloof niet dat hij behoefte heeft aan een psychiater. Hij heeft alleen wat tijd nodig en de liefde en steun van zijn familieleden.'

'Die zal hij krijgen... in overvloed.'

De Valk nam het heft in handen.

'Ik dank u voor alle moeite die u hebt gedaan. U hebt schitterend meegewerkt toen er een beroep op u werd gedaan. En uw adviezen worden zeker niet in de wind geslagen. Ik zal nog eens goed nadenken voor ik beslis wat er met Collie gebeurt.'

'Nou, dat klinkt echt geweldig. Ik weet zeker dat u de juiste beslissing zult nemen. Collie is een geluksvogel met zo'n lieve grootvader...' Brian smeerde de stroop er in dikke lagen op.

De Valk lachte toen hij samen met de hulpverlener de kamer uit liep. 'Onze lieve Ingrid zal u wel uitlaten. Hartelijk dank voor uw deskundige advies. We spreken elkaar nog wel.'

'Arrogante klootzak,' zei de Valk terwijl hij mijn begeleider nakeek, die samen met Ingrid door de gang verdween.

Ik kreeg een behoorlijke schok toen ik voor het eerst in een spiegel keek. Mijn huid zag eruit en voelde aan als oud krantenpapier. Mijn ogen waren donker en ingevallen. Mijn haar was dof en slordig, zo lukraak afgebroken en gebleekt in de zon – kort, lang, donker, licht, hier en daar weggeschoren of uitgeplukt – dat ik eruitzag als een vent met een paar honderd woeste kapsels.

Ik deed niets anders dan ijsberen in een poging alles van me af te lopen, hoewel ik daar wel een wandelstok bij nodig had. Volgens de artsen zou ik nooit meer zonder stok kunnen lopen. Maar ik kon niet stilzitten, ik hoorde steeds ineens mortierschoten achter me en moest door kapot geschoten ramen klimmen, lichtspoormunitie ontwijken en opzij springen voor omvallende pick-uptrucks.

Terwijl mijn slaap continu verstoord werd door nachtmerries had ik ook nog eens ergens een vervelend virusje opgepikt. Mijn ingewanden voelden slap en bitter aan, alsof ze in bleekwater werden gemarineerd.

Mijn gehoor kwam even plotseling terug als het was verdwenen. Maar op de een of andere manier vond ik het wel prettig om doof te zijn, ik bleef ook nadat ik mijn gehoor weer terug had nog een paar weken doen alsof ik nog steeds niets kon horen. Het was geen aanstellerij, ik had gewoon wat meer tijd nodig, ik moest nog een beetje sterker worden voordat ik de stortvloed van woorden die me te wachten stond aan zou kunnen.

Studeren was onmogelijk, ik kon het tweede semester op mijn buik schrijven. Pa zeurde me aan mijn hoofd dat ik thuis moest komen, omdat hij zelf voor me wilde zorgen. Dat zei hij tenminste. Uiteindelijk gaf ik toe. Ik heb de winter op de Vineyard altijd fijn gevonden. 's Winters was het strand een verlaten vlakte vol kristallen en kraters, afgelegen als een maanlandschap.

Pa was zo opgefokt over alles wat er was gebeurd dat hij niet alleen de katholieke kerk een proces aan wilde doen, maar ook de regeringen van de Verenigde Staten en El Salvador.

Oom Tom had een minder verheven doel, hij wilde me ontmaskeren. We waren in de buurt van het duivenhok toen hij plotseling naast me opdook en vlak bij mijn oor op een fluitje blies, om te bewijzen dat ik de kluit belazerde.

'Jezus, oom Tom...' Ik drukte mijn hand tegen mijn oor bij die herrie.

'Ik wist het, smerige verrader. Ik had nooit gedacht dat jij zulk slachtoffergedrag zou vertonen, maar je hebt ons allemaal behoorlijk voor joker gezet.'

'Nee, dat is niet waar, oom Tom.' Ik voelde mijn schouders zakken en kromp in elkaar tot ik een soort omgekeerd Y vormde.

'Ja, ja, dat zeg jij. Luister eens goed, uilskuiken, je moet een bepaald type zijn om te doen wat jij wilde doen en zo ben jij toevallig niet. God weet dat je je best hebt gedaan en dat is tenminste iets. Maar daar schiet je niets mee op. Hoog tijd om je het recht in je gezicht te zeggen: je bent veel te slap. Ik heb vanaf het begin geweten dat er van jou niet veel terecht zou komen. Toen je zes was, stond je in de tuin te huilen dat ik de aardappelkevers niets mocht doen. Wie maakt zich nou druk over aardappelkevers? Alleen jij. Snap je wat ik bedoel?'

Terwijl oom Tom aan het woord was, zat ik met gebogen hoofd op de rand van een lege kalkstenen pot, terwijl de ijskoude wind door mijn gescheurde spijkerbroek blies, en speelde met een balpen waarvan ik het plastic dopje steeds opnieuw lostrok en weer vastklikte.

'Hou eens op met dat gedoe,' beval oom Tom. 'Je gedraagt je als een kind. Luister je eigenlijk wel naar me? Heb je gehoord wat ik zei?'

'Zeker.'

'Maar dringt het ook tot je door? Begrijp je de bedoeling?'

'Ja hoor.'

'Wat heb je er dan van opgestoken?'

'Dat ik waarschijnlijk probeer om de wereld veiliger te maken voor aardappelkevers.'

'Je hoeft niet zo gehaaid te doen. Je hebt je al deze moeilijkheden alleen maar op de hals gehaald omdat je zo nodig de slimmerik moest uithangen. Ga maar mee naar binnen, voordat je hier doodvriest. En je moet eens ophouden met constant aan jezelf te denken en aan hoe je je voelt.'

'Ik kom zo,' zei ik. Ik keek hem na toen hij naar het huis liep en liet mijn vinger over het ruwe patroon van de pot glijden.

Ik moest voortdurend aan dat jongetje in El Salvador denken, dat kereltje dat die Franse dokter weer tot leven had gewekt. Ik kon hem niet uit mijn hoofd zetten. En ik dacht ook vaak aan die Franse dokter. Ik wilde zijn taal leren en me de magie ervan eigen maken.

Het had een volwassen beslissing moeten zijn, mijn manier om mezelf nuttig te maken, mijn eerste echte, zinvolle stap op weg naar volwassenheid, maar er kwamen een heleboel waandenkbeelden en hoopvolle gedachten aan te pas.

Zijn er wel mensen die echt verstandige besluiten nemen? Komen de verhalen die we andere mensen voorschotelen wel overeen met de verhalen die we onszelf vertellen?

Hoe kon ik pa of oom Tom of wie dan ook vertellen wat ik van plan was? Want eigenlijk probeerde ik alleen maar een magische truc in de trant van de Fantastische Flanagan uit te halen.

Ik durfde immers niet eens tegenover mezelf toe te geven dat mijn besluit om arts te worden gewoon een poging was om als ultieme goocheltruc mijn broer uit de dood op te laten staan.

30

Ik was niet dapper, maar wel slim. Als je tenminste uitgaat van studieprestaties, ook al wreven pa en oom Tom me om de haverklap het tegendeel onder de neus. Gelukkig was moed geen vereiste om medicijnen te kunnen studeren. En tijdens mijn studie had ik voortdurend bij wijze van inspiratie het beeld van die Franse dokter voor ogen.

Het was de lente van 1991 en ik zat in mijn laatste jaar als co-assistent. Ik had me gespecialiseerd in pediatrische oncologie, het vak dat Collie de jongen het minst had aangetrokken – die ging helemaal voor gynaecologie – maar het zou een pluim op de hoed zijn van mijn stralende, gezonde jonge mannelijkheid.

Het ging uitstekend met me. Ik had besloten om aan Harvard medicijnen te gaan studeren, ook al haalde ik me daarmee oom Toms eeuwige minachting op de hals. Mijn leven lang was ik er door anderen dagelijks op gewezen hoe bevoorrecht ik was. *Jij hebt de hele wereld op een presenteerblaadje gekregen, Collie,* wierpen ze me het liefst voor de voeten. En als ik iedereen zeg, dan bedoel ik iedereen behalve pa en oom Tom, die niets moesten hebben van wijsheid uit de tweede hand, en de Valk, die het idee had dat de wereld van hem was en het niet nodig vond om zich anders voor te doen dan hij was.

Maar de rest leek alleen maar te bestaan uit mensen die het kennelijk nodig vonden dat ik dankbaar en ernstig met die wetenschap omging, en daarvoor bleek een simpel operatiepak de oplossing, want dat stelde iedereen tevreden. Dat ik kreupel was, hielp ook mee: het feit dat ik eeuwig met een wandelstok liep, vestigde de indruk dat ik een boeteling was. En hoewel hij zich nooit helemaal kon neerleggen bij het feit dat ik arts werd – ik had hem net zo goed kunnen vertellen dat ik een bedwants wilde worden – was de Valk zich maar al te goed bewust van het feit dat mijn ster bij Harvard tot steeds grotere hoogte rees.

Het Boston Magazine riep mij uit tot meest begeerde vrijgezel van de stad. In feite zeiden ze letterlijk dat ik een van de beste vangsten ter wereld was, en dat is nogal wat, als je erover nadenkt. Een anonieme bron had hun een foto gestuurd die op een ziekenhuisfeestje van mij was genomen en waarop mijn haar zo zwart en krullerig was dat het net leek alsof ik een Franse poedel op mijn kop had. Ik betrapte mezelf erop dat ik die pagina vervolgens ondersteboven hield en van alle kanten bekeek, waarbij me telkens iets anders opviel. Ik was mijn eigen Rorschachtest geworden.

'Vindt u ook dat ik op een aap lijk?' vroeg ik voor de grap aan mijn grootvader terwijl ik hem de foto over tafel toeschoof.

'Iedere keer als je je mond opendoet,' antwoordde hij met een vluchtige blik.

Pats! Praten met de Valk was nog steeds een labyrint vol gesloten deuren. Ik zorgde er wel voor om een paar keer per maand bij hem langs te gaan. Hij was inmiddels de tachtig gepasseerd, maar hij leek geen dag ouder te worden en werkte nog steeds zonder ook maar over stoppen te reppen. Maar afgezien van incidentele dineetjes en de keren dat ik bij hem op bezoek was, zat hij altijd alleen aan tafel, met uitzondering van Cromwell, die naast hem zat te wachten op zijn toetje.

'Wat zie je er toch knap en trots uit, hè?' zei mijn ouwe vleiend terwijl hij me tijdens de ochtendronde in het ziekenhuis onderschepte.

'Ja, dat zal wel. Wat moet je van me, pa?'

'Als dat niet dokter Collie Flanagan is, het neusje van de zalm...'

Ongeduldig – ik had andere dingen te doen, belangrijke dingen – stak ik mijn hand in mijn achterzak, haalde mijn portemonnee tevoorschijn en gaf hem de inhoud nadat ik de briefjes met een vertoon van minachting had uitgeteld. Ik werd beloond met een doffe klap tegen mijn achterhoofd.

'Hou die smerige Lowell-poen zelf maar,' zei pa, stinkend naar whisky.

'Jezus, pa.' Ik voelde een anti-establishmentscheldkanonnade als een zwerm boze bijen in de lucht hangen.

'Denk je soms dat ik geld wil om in ruil door jou als een soort gore voetveeg te worden gebruikt? Wat ben je toch een verdomde baptist, een verrekte methodistische kontenlikker, een presbyteriaanse klootzak...'

Ik gaf hem al het contante geld dat ik bij me had en zelfs mijn creditcards in een vergeefse poging hem de mond te snoeren voordat hij aan de laatste, vertrouwde scheldnaam toe was...

'Gore afgetrapte protestantse prins...'

Met gebogen hoofd liet ik het laatste boze gezoem voorbijtrekken, terwijl pa met genoegen zijn buit bekeek.

'Mag ik wat geld achterhouden voor de bus?' vroeg ik. 'Mijn auto is naar de garage.'

'Jezus, neem in godsnaam een taxi,' zei hij met wat vertoon van tederheid terwijl hij me een briefje van twintig teruggaf. Maar hij bedacht zich onmiddellijk, griste de twintig dollar terug en gaf me een biljet van tien.

Ik keek hem na terwijl hij slingerend door de gang liep en opgewekt alle knappe verpleegsters groette. Van lelijke vrouwen raakte hij nog steeds uit zijn doen, die waren hem een doorn in het oog.

Soms, zei hij dan, is het een zegen om blind te zijn. 'Heb je dat chagrijnige smoel van dat mens gezien? Waarom het God in al Zijn wijsheid heeft behaagd om vrouwelijke waterspuwers te scheppen is een zaak tussen Hem en Satan. Ik weet zeker dat ze het op een akkoordje hebben gegooid over de tijd die hier beneden op aarde moet worden doorgebracht en dat lelijke vrouwen een groot deel uitmaken van de boete die we moeten doen.'

Hij liep gehuld in een vlaag van vrouwengelach de deur uit en de trap af, terwijl ik me opmaakte om de kamer binnen te gaan van een negenjarig meisje dat op sterven lag. Het was vreemd genoeg een opluchting.

Dus je kunt je wel zo'n beetje voorstellen hoe het was om op mijn achtentwintigste dankzij de medische wetenschap onverwachts het heertje te zijn. Mijn Man-Plan maakte zienderogen vorderingen. Hier en daar stuitte het nog wel op wat draaikolkjes, maar door de bank genomen was het toch in rustig vaarwater. Ik had voor kalmte gekozen, al had ik daar destijds geen idee van. Ik dacht dat alles in orde was met me, weliswaar niet springlevend maar ook niet dood. Geen hoge golven die me dreigden te overspoelen, geen geniepige stromingen die mijn boot konden laten omslaan.

Ik begon langzaam maar zeker te geloven dat het noodlot maar één keer toeslaat en dat je daarna voor de rest van je leven gevrijwaard blijft. De afschuwelijke gebeurtenis en de onuitwisbare naweeën lagen achter me. Ik was vast van plan om geen stap meer buiten de betreden paden te zetten, tot ik zo vastgeroest zat in gewoonten dat ik geen armslag meer nodig had en onverbiddelijk mild was geworden.

Dr. Collie Flanagan, die fatsoen als broekriem gebruikte, adembenemend gewoon als je al dat geld buiten beschouwing liet en een zweempje verveelde trots, even glanzend en saai als een grasveld zonder onkruid.

31

Ik keek om me heen en zag dat iedereen aanwezig was: de jongen, lang, slank en ziek, zijn ongeruste ouders – bleke moeder, strak kijkende vader – een co-assistent en een verpleegkundige. De verpleegkundige had een ladder in haar kous, dat viel me op omdat ik naar haar benen keek. Dikke enkels, jezus, enkels als een trekpaard zoals pa zou zeggen, wat een trekpaard ook mocht zijn. Niet iets waar je 's nachts lekker tegenaan wilt kruipen, Collie, schoot door mijn hoofd.

De jongen heette Gary. Hij was zeventien en zijn leukemie had na een lange periode van remissie weer de kop opgestoken. Ik behandelde hem voor het eerst. Zijn vaste arts lag ziek thuis en ik ergerde me omdat we niet op de afdeling oncologie terecht konden. Daar waren niet genoeg bedden beschikbaar geweest, dus nu waren we op chirurgie en het was zeven uur 's ochtends.

Later zou het officiële rapport melding maken van een opeenstapeling van toevalligheden.

De plaats van handeling was toevalligheid nummer één.

Ik was nieuw in het St. Agnes-Marie Hospitaal en nog niet vertrouwd met hun procedures.

Toevalligheid nummer twee.

Gary was klaargemaakt voor de eerste behandeling van een chemokuur die bestond uit een serie lumbaalpuncties waarbij methotrexaat, cytarabine en hydrocortisone in zijn ruggenmerg ingespoten zouden worden. Ik schudde even mijn hoofd om me te concentreren. Later die dag zou hij nog een intraveneuze behandeling krijgen met een stof die vincristine heette.

Ik was gewend aan de procedure op de afdeling oncologie van

mijn vorige ziekenhuis, waar intraveneuze medicijnen om veiligheidsredenen apart werden opgeslagen. Op oncologie mochten ze niet eens in dezelfde ruimte bewaard worden. En ze waren ook anders verpakt. Middelen als vincristine werden in dubbele zakken gedaan en in handdoeken gerold. Bij andere afdelingen waren ze niet zo zorgvuldig en dat gold ook voor deze afdeling. De ziekenhuisregels schreven dat niet voor – toevalligheid nummer drie. Uiteraard kwam dat niet eens bij me op. Ergens in mijn onderbewustzijn ging ik ervan uit dat de maatregelen met betrekking tot medicijnen overal hetzelfde waren.

Maar zelfs op oncologie had ik altijd de medicijnen zelf gecontroleerd. Zo precies was ik nu eenmaal, zo serieus nam ik mijn verantwoordelijkheid. Ik keek altijd eerst naar de etiketten. Mijn keel zat dicht, al die deugdzaamheid vormde een brok dat ik niet weg kon slikken. Ik was zo vastbesloten om alles op de juiste manier te doen, om de zaak af te ronden en mezelf weer te verbeteren. Die ongrijpbare volwassen mannelijkheid maakte dat ik naar adem stond te snakken.

Dus toen een verpleegkundige de kamer binnenkwam met een tas die volgens mij de drie injectiespuiten bevatte, controleerde ik ook dat voor alle zekerheid. Maar ik haalde de spuiten niet uit de tas, ik raakte die tas niet eens aan. Toevalligheid nummer vier.

De verpleegkundige was niet bekend met de procedures rond een chemokuur. Ze wist niet om welke medicijnen het ging en ook niet hoe ze toegediend moesten worden. Dat zou in mijn oude ziekenhuis nooit gebeurd zijn.

Toevalligheid nummer vijf.

Terwijl ik door het doorzichtige plastic naar de injectiespuiten keek, controleerde ik op het gezicht de inhoud en de labels. Maar er was nog een vierde injectiespuit. Die zag ik niet. Hij zat verborgen onder de andere drie.

Toevalligheid nummer zes.

Ik zat met Gary over American football te praten. Hij was een intelligent, aardig joch, dat altijd opgewekt was. Hij lachte me uit omdat ik er helemaal niet uitzag als een dokter en hij had gelijk. Je ziet eruit als een skater, zei hij en ik haalde mijn schouders op. Maar ik wist dat hij gelijk had.

'Hoe komt het dat je hinkt?' vroeg hij.

'Heli-skiën in Nepal,' zei ik tegen hem. Ik had dat verhaal nu al zo vaak verteld, dat ik het bijna zelf geloofde.

We zaten te lachen en te praten. Het leek alsof we alleen maar plezier maakten. Ik vond het fijn dat we allebei ons best deden om de ernst van de toestand te negeren, dat onze luchthartigheid daar een tegenwicht tegen vormde.

Dat was onwillekeurig al zo geweest vanaf het begin van mijn opleiding: als iets leuk leek – en het was leuk om gekheid te maken met deze knul – dan ging ik ervoor. Ik joeg er achteraan zoals een hond achter een kat aan zit, gewoon puur voor de lol.

Waarom haalde ik die injectiespuiten niet uit de tas om ze te controleren? Omdat ik het te druk had met plezier maken?

De co-assistent haalde automatisch alle injectiespuiten uit de tas en legde ze naast elkaar op het blad. Toevalligheid nummer zeven. En waarom ook niet? Hij had gezien dat ik de inhoud had gecontroleerd en goed bevonden. Hij wist dat ik de reputatie had van een Pietje Precies. Ik vertrouwde zo op mijn vakmanschap en mijn inschattingsvermogen, dat ik bij andere mensen eenzelfde vertrouwen opriep. Iedereen wist dat ik een kei was. In tegenstelling tot Collie, die knul die een volslagen mislukkeling was, maakte ik geen fouten. Dat was verleden tijd.

Ik ging zitten en begon met de behandeling. Het blad bevond zich op schouderhoogte als ik zat. Omdat ik eroverheen keek in plaats van erop neer, zag ik nog steeds niet dat er vier in plaats van drie injectiespuiten op lagen. Nu waren er acht toevalligheden in het spel.

Op hetzelfde moment ging in de gang het brandalarm af. De moeder van de jongen keek geschrokken naar de deur en Gary deed hetzelfde. Ik werd een tikje afgeleid door het geluid en maakte me alleen druk over het feit dat hij doodstil moest blijven liggen. Toevalligheden nummers negen en tien.

De verpleegkundige gaf me de injectiespuiten een voor een aan, een voor een diende ik hem het methotrextaat, de cytarabine en de hydrocortisone toe. En vervolgens spoot ik hem ook de inhoud van de vierde injectiespuit in.

Op dat moment doodde ik hem.

Op hetzelfde moment dat ik de injectiespuit terugtrok, wist ik het al. Een vierde spuit. Waarom wist ik dat pas een seconde erna, in plaats van een seconde ervoor? Ik keek neer op de spuit. Het etiket liet niets te raden over: vincristine, in dikke zwarte letters.

Ik nam onmiddellijk maatregelen om zijn centrale zenuwstelsel door te laten spoelen, maar vincristine rechtstreeks in het ruggenmerg is dodelijk. En dat gold zeker voor Gary.

Zijn lijdensweg duurde drie zenuwslopende dagen. Daarvan kan ik me helemaal niets herinneren.

Het onderzoek pleitte mij vrij. Er waren doorslaggevende getuigenverklaringen over mijn competentie, mijn academische prestaties, mijn onberispelijke opleiding en geloofsbrieven, mijn reputatie met betrekking tot zorgzaamheid en zorgvuldigheid en de samenloop van omstandigheden. Het ziekenhuis besloot de zaak te laten rusten.

Gary's ouders waren dapper genoeg om dat besluit te steunen. Pas later ontdekte ik dat zowel het ziekenhuis als de ouders een grote som geld van de Valk hadden ontvangen.

32

*G*ary's familie was niet rijk. Hardwerkende, nijvere en zuinige mensen in veelgewassen confectiekleding. Mijn kleren waren helemaal fout. Mijn pak, mijn schoenen, mijn overhemd, mijn das... alles aan me was fout. Ik had niet moeten gaan. Ik weet niet wat me bezielde om zo uitgedost op de begrafenis te verschijnen, in die kleren en met die glimmende schoenen.

Ik stond alleen achter in de kerk en doopte mijn vingers in wijwater om een kruis te slaan. Toen ik knielde hoorde ik iemand naar adem snakken en een lang, zacht gekreun. Voor in de kerk keek Gary's vader om. 'Jezus!' zei hij, terwijl zijn vrouw in snikken uitbarstte toen ze mij zag.

Ineens zat iedereen te huilen. De kerk draaide om me heen en het geluid nam in volume en kracht toe bij iedere stap die ik nam, tot het één lange, eindeloze klaagzang werd.

Toen Mambo doodging, heeft Bachelor wekenlang iedere nacht liggen janken. Pa had het me al verteld, maar toen hoorde ik het zelf ook, ik werd er wakker van. Het was een intens verdrietig geluid dat sterker werd en weer afnam en door het hele huis weerklonk. Toen ik het hoorde, had ik het gevoel dat ik tegelijkertijd geboren werd en doodging.

'Heb je het nou gehoord?' vroeg oom Tom me de volgende ochtend. 'Vertel me dan nog maar eens dat God niet bestaat.'

Ik stond onder een oude eik en keek vanuit de verte toe hoe Gary begraven werd. Daarna reed ik naar de grotten waar Bingo was gestorven. Het was de eerste keer dat ik terugkwam nadat hij daar met Rosie en Erica was verdronken. Ik zat daar in het donker tussen de rotsblokken – het was vroeg in de lente en koud – en luisterde naar het geluid van de waterval. Er was niets veranderd. Het afnemende daglicht viel door het gat boven mijn hoofd naar binnen, precies zoals toen. Het stuifwater van de waterval sloeg als regen tegen de bemoste stenen, met randen die zo scherp waren dat ik er mijn handen aan openhaalde. Beneden kolkte het glanzende, zwarte water onder de maan en de sterren, terwijl boven mijn hoofd zwarte vogels rondjes draaiden. Precies zoals toen.

Maar dat deed er niet toe. Waar ik ook keek, vanbinnen en vanbuiten, met mijn inwendige en mijn uitwendige ogen, te midden van een mensenmassa of alleen, overal zag ik hem, in de vertrouwde koppen van de honden, in de vogels die bij het vallen van de avond door de lucht cirkelden, in de ogen van de mensen die naar me keken. Zelfs nu, al die jaren later, schuilt hij nog achter elke boom. Stiekem volgt hij me op de voet. Als ik me omdraai, staat hij daar, hardnekkig en onuitwisbaar, terwijl hij zijn adem inhoudt en wacht tot ik 'ja' zal zeggen, zal knikken of toestemming zal geven. Daar is hij, daar is hij, daar is hij.

Hij was inmiddels al bijna negen jaar dood en af en toe voelde ik diep in mijn hart dat verschrikkelijke verdriet, plotseling en in een flits, dat gevoel dat me achtervolgde, die herkenbare gewaarwording. Niet dat ik hem niet miste, want ik miste hem wel, maar dat ik hem niet meer zo miste als in het begin.

Ik had uit de kerk een ivoorkleurige kaars meegenomen. Die stak ik aan en zat in de nauwelijks verlichte duisternis toe te kijken hoe het vlammetje flakkerde en de warme was er aan alle kanten af droop en smeltend op mijn vingers viel, tot mijn vingers ook op kaarsen leken. Daarna sputterde de kaars en ging uit, waardoor ik onzichtbaar en onopgemerkt in de nacht achterbleef.

Ik had een huis in Boston, maar ik kon het niet opbrengen om daar naartoe te gaan. Ik wilde niet de deur binnen lopen om mezelf tegen te komen, met alle keuzes die ik had gemaakt en de dingen die ik had gekocht. Mijn eigen spullen, mijn leven dat aan de wand hing en in de kasten was gepropt.

Ik reed naar Cassowary. Het was midden in de nacht. Boven op de overloop, voor de slaapkamerdeur van mijn grootvader waar hij altijd sliep, blafte Cromwell, maar hij begon te kwispelen toen hij zag wie het was en begroette me kwijlend. Het licht in de kamer van mijn grootvader ging aan en meteen weer uit toen hij besefte dat ik was thuisgekomen.

De volgende ochtend, versuft en in de roes van alles genezende slaappillen, hoorde ik geschuifel voor de deur van mijn slaapkamer en het vage geluid van harde stemmen die niet zo gesmoord klonken dat ik een ziedende pa niet herkende. De deur ging open en sloeg meteen weer dicht, om vervolgens op een kier te blijven staan, omdat de neus van pa's rubber overschoen als een deurstop fungeerde.

'Wat wil je nou eigenlijk?' Ingrid probeerde te voorkomen dat hij mijn kamer binnen ging.

Ik tilde mijn hoofd van het kussen, richtte me op mijn ellebogen op en zag pa's schouder als een soort wig in de deuropening verschijnen.

'Ik kom mijn zoon halen.'

'Nou, daar moet ik eerst met zijn grootvader over praten...'

'Loop naar de hel!' schreeuwde pa terwijl hij tegen de deur duwde.

'Pa!' zei ik toen hij naar het bed toe stoof. 'Wat doe je nou?'

Hij pakte me bij mijn arm. 'Kom op, Collie, je gaat met mij mee.'

'Collie, je grootvader zal vast met je willen praten voordat je weggaat...' zei Ingrid smekend tegen me. 'We maken ons zorgen over je.'

'Daar heeft zijn grootvader helemaal niets mee te maken. Collie is mijn zoon. Peregrine Lowell heeft niets over hem te vertellen.'

Ik kennelijk ook niet. Het scheen tot niemand door te dringen dat ik geen kind meer was.

'Maar pa...' Ik deed mijn best om helder te worden en de naweeën van te veel valium van me af te schudden.

'Collie is doodmoe. Laat hem nou maar eerst hier een dagje uitrusten... Doe nou in vredesnaam eens redelijk, Charlie,' sputterde Ingrid toen ze besefte dat haar protesten niets uitmaakten.

Maar pa luisterde niet eens, zijn agressieve gebrek aan aandacht had zelfs een crimineel trekje. Hij leek in staat om een grapefruit in haar gezicht uit te persen. Hij trok mijn dekens weg, smeet ze op de vloer en trok me overeind, tot ik daar een tikje pathetisch op blote voeten in mijn pyjama stond. Daarna pakte hij mijn stok en sloeg zijn regenjas om mijn schouders.

'Wat gebeurt hier, verdomme?' De Valk dook op uit zijn slaapkamer, gekleed voor een vroege vlucht naar Vancouver. Door linksaf te slaan liep hij ons recht in de armen.

'Aan de kant, Perry,' zei pa terwijl hij mijn elleboog steviger vastpakte.

'Wat is er aan de hand?' wilde de Valk weten.

'Bel de politie!' riep iemand.

'Niemand belt de politie,' zei ik. 'Waarom zouden we dat doen?'

'Collie, jij gaat nergens naartoe,' zei de Valk, die zijn hand uitstak en zijn vingers om mijn onderarm klemde.

'Blijf met je vuile poten van hem af,' zei pa, terwijl hij me naar zich toe trok.

De Valk rukte me weer terug. Mijn stok viel kletterend op de grond. Ik had het gevoel dat ik het hoofdgerecht was op een feestje van een stel jakhalzen.

'Dronken idioot. Wat denk je dat je aan het doen bent?' riep de Valk met stemverheffing, terwijl hij met pa aan me bleef trekken.

'Rustig aan nou, jongens, doe niet zo mal. Gun me even de tijd om na te denken,' zei ik, maar niemand luisterde naar me.

'Hij is mijn zoon! Laat hem los!' schreeuwde pa om me vervolgens met een flinke ruk los te trekken, zodat ik achter hem terechtkwam, terwijl hij zelf door de kracht van de ruk tegen de Valk aan botste, die een paar stappen achteruit wankelde. Ze stonden met hun borst tegen elkaar terwijl pa probeerde op de been te blijven door zich vast te klampen aan de gestrekte arm van de Valk. De gezamenlijke zucht van ontzetting van het voltallige personeel was in het hele universum te horen.

'Rennen, Collie, gauw!' schreeuwde pa, terwijl hij de Valk losliet. 'De trap af naar beneden. Ik kom achter je aan!'

'Jezus,' zei ik verbijsterd terwijl ik zag hoe de Valk achteruit wankelde met ogen vol ongeloof, de handen voor het gezicht. Zijn woede droop als bloed tussen zijn gespreide vingers door.

'Moet je zien wat ik heb,' zei pa grinnikend toen we door de voordeur het zonlicht in stapten. Hij hield de antieke geldclip van de Valk omhoog, gevuld met een centimeterdikke laag contant geld.

'Je hebt zijn zakken gerold!' Ik kon mijn ogen niet geloven.

'Helemaal niet. Gewoon wat goochelarij. Vingervlugheid. Dat

had ik jaren geleden al moeten doen. Toen je moeder en ik net getrouwd waren, liet hij als we hier logeerden altijd stapels geld
rondslingeren in de hoop dat ik dat zou stelen en op die manier
zijn donkerste vermoedens over mij zou bevestigen. Maar ik had
hem te pakken... ik snoot mijn neus in zijn kamerjas.'

'Pa, dat is stelen...'

'Vergeet het maar. Ik heb iedere cent verdiend. Jezus, Collie, je
moet financiën echt eens in een ander perspectief gaan zien. Het is
maar geld,' zei hij berispend terwijl we het bordes af liepen. 'Ben
je soms bang dat hij je toelage zal stoppen?'

'Pa! Je hebt hem vernederd in het bijzijn van zijn personeel. Je
hebt zijn geldclip gestolen! Van de Valk! Wat haal je je in je hoofd?'

'Het is een zonde om alle hoop te verliezen, Collie,' zei hij plechtig. 'En van een beetje vernedering is nog nooit iemand doodge-
gaan. Ik verzeker je dat je grootvader me binnen de kortste keren
dankbaar zal zijn. Je mag niet trots zijn, Collie. Bestaat er een grotere zonde dan trots? Niet in mijn ogen.'

Toen waren we bij de oprit. Verdorie, waarom verzette ik me niet?
De wachtende taxichauffeur keek verbijsterd op toen hij zag dat
ik in pyjama was, en aarzelde. Zijn vingers dansten over het stuur,
en toen hij ook nog met zijn voet begon te tikken leek hij sprekend
op de chauffeur bij een ontvoering.

'Ik weet niet of dit wel mag,' zei hij terwijl hij iets wegslikte. 'Is
dit geoorloofd?'

'Lieve hemel, man, dit is mijn zoon,' zei pa terwijl hij voorin
stapte. 'Hij is geen ontsnapte gevangene.'

'Het is in orde, hoor,' zei ik en ging achter de chauffeur zitten.

'Als u het zegt,' zei de chauffeur met een gelaten hoofdschudden.

'Nu moet je ons maar naar de pont brengen en dan wil ik ook
dat je mee naar het eiland gaat om ons naar huis te rijden. Je kunt
vragen wat je wilt, geld is niet belangrijk. En maak je geen zorgen,'
zei pa tegen de chauffeur, terwijl hij zich vertrouwelijk naar hem
toe boog en een paar fikse biljetten van de buit van de Valk pakte,
'je krijgt een mooie fooi van me.'

Pa zat gezellig voorin te kletsen en slaagde erin om geleidelijk aan
steeds meer steun van de chauffeur te krijgen voor zijn plan om de
volgende dag samen met mij naar het buitenland te gaan. 'Je hebt

wel iets van een aristocraat in je, Collie. Hooguit een vleugje hoor, we hoeven niet meteen de guillotine te gaan slijpen, maar je bent gewoon een tikje anders. En je hebt de neiging om het "op je zenuwen" te krijgen, zoals mijn tante Margaret dat noemde. Zij was er vast van overtuigd dat het strand een genezende uitwerking had op mensen zoals jij. En met een aangetrouwde familie die zo nerveus is als de Lowells moet ik haar wel gelijk geven. Je moeder werd ook kalmer van het strand, niet veel, maar zonder dat zou ze als een op hol geslagen vlieger boven de dampkring van de aarde zijn uitgestegen. Een mondvol zand is de beste remedie voor mensen met geld in de familie. Jij en ik gaan terug naar Ierland... daar hebben ze pas stranden! En vervolgens breng je de rest van de zomer bij Tom en mij door, dan ben je rond de herfst weer helemaal boven Jan.'

Ik nam gedurende een lange tijd onbetaald verlof op. En maandenlang was het laatste woord dat ik iedere avond in mezelf mompelde ook het eerste woord dat me door het hoofd schoot als ik de volgende ochtend wakker werd. *Vincristine.*

Volgens mij zal dat woord mij eeuwig in de macht hebben.

En in gedachten ging ik gewoon verder met de liederlijke gewoonte om de doden te bedekken met een laag ongebluste kalk.

33

*I*erland is een rare plek om naartoe te gaan als je op zoek
bent naar rust en stilte of een reden om het leven niet op te
geven. Het is een land waarin iedereen elkaar voortdurend tegen-
spreekt en dat mij het gevoel gaf dat ik constant op mijn tenen
moest lopen en meestal struikelde. Daardoor voelde ik me eigenlijk al meteen thuis toen ik op Shannon uit het vliegtuig stapte.

Het landschap was spectaculair, wild en afgelegen, in ieder geval
in het noorden van Clare, waar pa en oom Tom vandaan kwamen.
We logeerden bij tante Brigid in het huis waarin ze opgegroeid
waren, een verweerd oud landhuisje, met bladderende witgekalkte
muren onder een met stro bedekt dak en een hemelsblauw ge-
schilderde deur. Het lag op een winderige klif boven de oceaan bij
de Burren en met uitzicht op de in nevels gehulde Cliffs of Moher
en de Aran Islands.

Op een paar minuten rijden lagen diverse dorpjes waarvan de in-
woners voornamelijk oude vrijgezellen of onverstaanbare boeren
waren. De helft ervan bestond uit achtergebleven kerels met tandeloze grijnzen, maar de rest was een vreemd en beschaafd soort land-
adel op rubberlaarzen, die bijna aan staatslieden deed denken.

Vlakbij lagen nog een paar landhuisjes, maar de mensen die
daarin woonden, zag ik zelden. Hun gezichten tenminste. Voor mij
zal Ierland altijd een land blijven van opzijgeschoven gordijnen
met daarachter in schaduwen gehulde buren die achter de kozij-
nen bleven en stiekem langs de vitrages gluurden als ik 's ochtends
in mijn eentje op pad ging voor een lange wandeling. Maar al die
mensenhaat om me heen werkte verfrissend. Ik hoefde geen vriend-

schap met mensen te sluiten of me gezellig te gedragen en praatjes aan te knopen met vreemdelingen.

De plaatselijke bevolking bekeek mij met een mengeling van afkeer en argwaan, omdat het agressieve protestantisme van de Valk wijd en zijd bekend was. De IRA had zelfs een keer gedreigd om zijn huis in Londen op te blazen. Daarentegen kostte het pa twee uur om honderd meter af te leggen.

'Je vader zou een doof paard nog de oren van de kop kletsen,' zei tante Brigid terwijl ze toekeek hoe hij zwaaiend met zijn handen om zijn woorden te onderstrepen stond te debatteren met mensen die hij al sinds zijn jeugd had gekend. Hij had moeiteloos de draad opgepakt waar hij die tientallen jaren eerder had laten liggen.

'Ik vind het wel jammer dat oom Tom niet mee is gekomen. Hij zei dat hij er geen behoefte aan had om Ierland weer te zien. Daar snap ik echt niets van,' zei ik op een dag. Ik zat op het trapje naar de achterdeur terwijl zij de was ophing.

'O, dat kan ik je zo uitleggen,' zei tante Brigid terwijl ze gewoon doorging met haar werk. 'Hij heeft zichzelf hier erg impopulair gemaakt na wat er met Ellen O'Connor is gebeurd. Die woonde een eindje verderop. Ze was hier in de buurt bekend als de bonte hond, omdat ze meer dan twintig pogingen tot zelfmoord had overleefd... O...' Tante Brigid werd vuurrood en sloeg haar hand voor haar mond.

'Geeft niet, tante Brigid, ga maar gewoon verder,' zei ik geruststellend. 'Dat is al zo lang geleden, dat ik daar volgens mij inmiddels wel overheen ben.'

'Nou ja, in haar geval was het moeilijk om het serieus te nemen. We begonnen te denken dat het een soort gewoonte van haar was, iets wat je regelmatig deed, zoals naar de kapper gaan of je auto wassen,' zei tante Brigid. 'Ze wilde helemaal niet dood. Ze vond het leuk om in het centrum van de belangstelling te staan.'

Volgens tante Brigid zorgde ze er altijd voor dat ze haar pillen nam vlak voordat haar man van zijn werk thuiskwam. 'Op tijd zijn was voor die man een soort religie. Dertig jaar lang kwam hij iedere dag precies om tien voor halfzes de deur in, daar kon je de klok op gelijk zetten. Dus kleedde ze zichzelf mooi aan, maakte haar haar op en nam dan een fles vol pillen in, een voor een, ervan overtuigd dat hij op tijd thuis zou zijn om haar met een noodgang naar het ziekenhuis te brengen.'

Maar op die ene avond liep hij om kwart over vijf oom Tom tegen het lijf en die hield hem twee uur lang aan de praat.

'De rigor mortis was al begonnen toen hij haar in de slaapkamer vond.'

'Dus ze was overleden! Hoe reageerde oom Tom daarop?' vroeg ik.

'Ach, nou ja, hij had altijd al een hekel aan haar gehad.'

'Waarom?'

'Je kent je oom Tom toch. Ze was een dikke vrouw en hij zei altijd dat ze zich moest schamen. Hij kon zijn ogen er niet van afhouden als ze zich achter het stuur van haar autootje probeerde te wurmen en iedere ochtend liep hij naar buiten om dat te zien. Dan stond hij daar aan een kop koffie te lurken en hardop vervelende opmerkingen te maken. Ze reed in een mini en volgens hem was dat de ijdelheid ten top, hetzelfde als een vrouw met schoenmaat veertig die per se haar voet in een maatje zevenendertig probeert te persen. En dat vertelde hij haar ook. Dan schreeuwde ze terug dat ze niets anders dan sla at, waarop hij antwoordde: "Nou, dan eet je dat net als een koe hooi vreet."'

'Ik snap het.' Af en toe had ik ook wel het gevoel gehad dat ik tijdens een van die scheldkanonnades van pa of oom Tom dood in elkaar kon zakken zonder dat ze dat in de gaten zouden hebben.

'Ja, vreselijk, hè? Maar hij zei altijd dat het hem pijn aan zijn ogen deed als hij naar haar keek en daar zal wel iets waars in hebben gezeten. Voor zover ik wist, had hij nooit hoofdpijn, maar die zomer had hij daar voortdurend last van, dus misschien kun je hem dat niet helemaal kwalijk nemen.'

'Collie, kom eens hier!' Ik keek op. Pa stond bij de buren. Hij riep me, om me bij het gesprek te betrekken, maar ik glimlachte alleen maar, zwaaide en stond op om een eind te gaan lopen. Dat was het enige wat ik deed, wandelingen maken, en ik wilde ook niets anders. Alleen maar een eind lopen en niet denken aan wat me voortdurend door het hoofd speelde.

De fluwelen koeien waren schitterend en de enige met wie ik in Ierland vriendschap sloot. Maar zelfs zij duldden mijn aanwezigheid nauwelijks. Ze stonden naar me te kijken terwijl ik langsliep en hielden me bij elke stap in de gaten, eerder met argwaan dan met belangstelling, net zo Iers als de mensen. Af en toe hoorde ik hen als ik langsliep in mijn verbeelding tegen elkaar fluisteren: 'Daar heb je die chagrijnige vreemdeling weer. Je kunt de klok op hem gelijkzetten.'

Eén keer bleef ik zelfs zeven uur lang doorlopen, net zolang tot zelfs mijn stok moe was en ik pijnscheuten kreeg in mijn zwakke been. Op mijn rubberlaarzen dwaalde ik over de rotsachtige bodem van de verlaten Burren zonder zelfs maar een levende ziel tegen te komen, ook al klaagde tante Brigid steen en been dat de omgeving door al die Amerikaanse toeristen op een dierentuin begon te lijken.

De grauw met groene Burren was even verlaten als een lege planeet, zo uitgestrekt en saai van kleur dat je nauwelijks afstand kon schatten. Plekken die ver weg lagen, leken binnen handbereik. De vochtige lucht was fris en koel en het bleef bijna de hele dag regenen, een motregentje dat je nauwelijks voelde, maar waar je wel doorweekt van raakte. Ik bleef dan ook tot op het bot verkild.

Ik ging het liefst in koud en nat weer naar buiten om urenlang door de regen te lopen. Naderhand bleef ik nog uren koud en probeerde ik vergeefs me voor de open haard te warmen. Het was prettig om koud en nat te zijn, want dan had ik iets banaals om me op te concentreren en daar was ik dankbaar voor.

Maar ik was niet helemaal alleen. De honden volgden me op de voet. Honden zonder eigenaar liepen los op het Ierse platteland, mager en op een zorgeloze manier pezig. Een klein mormel dat ik Jack noemde, hield me vrijwel dagelijks gezelschap. Op een dag kwam hij van een akker af met een kattenskelet, waarvan de bek openhing in een eeuwige snauw.

In het dichtstbijzijnde dorp werd ik als een rariteit beschouwd met mijn lange, krullende haar en mijn witte overhemd. De wolvenroedels die op de hoeken van de straten rondhingen, staarden me grommend na, duidelijk uit hun evenwicht gebracht. Met hun kaalgeschoren koppen, stinkende overalls en ontbrekende tanden stonden ze constant te roken, terwijl de vijandigheid van hun lippen droop. Ze vilden me levend met hun felle blikken, sloegen lege bierblikjes plat op hun voorhoofd en vloekten om het andere woord, grauwend als het kattenskelet en pezig als de zwerfhonden.

Soms hoopte ik gewoon dat ze me zouden bespringen om er een eind aan te maken, zo ellendig voelde ik me.

Tante Brigid, die haar bezorgdheid over mijn geestestoestand niet onder stoelen of banken stak – ook al was ze veel te beleefd om over ma en Bing te beginnen, of over de ellende in El Salvador en de tragische dood van Gary – kwam met haar eigen remedie door me te koppelen aan een meisje dat Mary Margaret Fanore heette en als belangrijkste aanbeveling had dat ze de plaatselijke schoonheidskoningin was.

'Maar ze is niet alleen maar mooi, Collie – ze hoeft haar kraan maar open te zetten en het talent loopt eruit,' zei ze. 'Ze heeft ook de talentenjacht gewonnen.'

'Waar is ze dan goed in?' vroeg ik terwijl we met ons tweeën in de grote open keuken waren. Ik zat tegenover haar, terwijl zij stond te strijken en af en toe haar vingers in een bakje water stak om dat over het wasgoed te sprenkelen. Ze sprong om met de schone was alsof het haar religie was.

'Tja,' zei ze terwijl ze even nadacht met haar vinger tegen haar lippen. 'Ik geloof dat ze heel erg lenig is,' vervolgde ze, terwijl de damp van haar tafelkleed af sloeg.

Toen hield ze even op en stond na te denken, hoewel ze kennelijk iets aan me kwijt wilde. Ik bleef geduldig wachten zonder haar aan te kijken. 'Is het eigenlijk niet raar, Collie, dat iemand nooit kapot gaat van verdriet of van de pijn van het verlies? Zal ik je eens vertellen wat het ergste is? De geestelijke schade. Je grootmoeder was de tachtig al gepasseerd toen ze aan keelkanker overleed. Toen ik haar vond, lag ze dood op de grond in de badkamer, helemaal leeggebloed. Nou, je kunt je wel voorstellen hoe dat eruitzag.'

Ze begon stil te huilen. 'Het zijn de beelden die je blijven achtervolgen, Collie, die foto's in je hoofd die maar niet willen verbleken.' Maar ze hervond zich meteen en streek het haar van haar voorhoofd met haar handpalm, plat tegen haar slapen. 'Dus ik wil je één raad geven, voor wat het waard is.' Ze boog zich voorover met een uitgestrekte arm die bijna mijn knie raakte. 'Berg al die foto's op, doe ze achter slot en grendel en geef nooit en te nimmer toe aan de verleiding om ze nog eens te bekijken.'

Ik wist niet hoe ik onder mijn afspraak met Mary Margaret uit moest komen zonder tante Brigid te beledigen, dus verklaarde ik me bereid om haar gezelschap te houden als ze met de pont naar de Aran Islands ging waar haar moeder woonde. Tante Brigid had geregeld dat ze me een rondleiding zou geven.

Het eerste wat tot me doordrong toen ik Mary Margaret bij de pont in Doolin ontmoette, was dat tante Brigid en ik verschillende opvattingen hadden over het begrip schoonheid. In feite durf ik wel te beweren dat tante Brigid, toen ze het woord schoonheid in haar mond nam, specifiek refereerde aan iemand die haar gebrek aan kin compenseerde met een overdosis voorhoofd.

Ik stelde mezelf voor, maar daar schonk ze nauwelijks aandacht aan. Haar lippen waren gebarsten en ze bleef er maar op bijten. Haar gezicht was rauw en schilferig, alsof het te vaak was gewassen met bijtende zeep. Haar handen trilden zenuwachtig terwijl ze aan een klein pakje in een stoffen tasje bleef frunniken.

'Mijn moeder is vandaag jarig,' legde ze uit.

'O, wat leuk,' zei ik en bood aan om haar tas te dragen.

'Eh, o ja, dat is wel goed. Neem me niet kwalijk, maar ik moet heel even telefoneren,' zei ze en wees naar de telefooncel naast ons.

'Ga je gang,' zei ik. Ze stapte in de open cel en begon luidruchtig een nummer te draaien.

'Met mij, mam. Ja mam, we hebben wat vertraging. Een beetje vertraging. Ongeveer een halfuur.'

Het bleef even stil, toen begon ze weer te praten, met een stem waarin de spanning en de emoties steeds duidelijker doorklonken en uiteindelijk als een zwerm zeevogels krijsend boven ons hoofd bleven rondcirkelen.

'Mam, begrijp het nou, het gaat om de benzine. De boot wordt nu volgetankt en we mogen nog niet aan boord...' Ze begon te snuffen terwijl ze kennelijk stond te luisteren, tot ze plotseling uitriep: 'Mam, heb je vertrouwen in me? Heb je dat, mam? Als je me niet je vertrouwen geeft, heb ik niets, mam.'

Ze legde de hoorn op de haak en kwam huilend naar me toe. Ze depte haar ogen terwijl de tranen haar over de wangen biggelden.

'Is alles in orde?' vroeg ik wezenloos, zonder te weten wat ik moest doen. Haar overduidelijke verdriet werd door iedereen om ons heen genegeerd. Ieren hebben veel begrip voor hysterie.

'Ik voel me best. Wil je me alsjeblieft nog even excuseren?' Ze gedroeg zich eng beleefd en liep terug naar de telefoon om haar moeder opnieuw te bellen.

'Mam, ik heb je verjaardagscadeautje bij me. Dat leg ik wel bij de achterdeur neer, daarna ga ik er meteen weer vandoor.' Ze begon heftig met haar hoofd te schudden. 'Nee, ik kom niet naar binnen. Ik breng je cadeautje en de kranten wel naar de achterdeur. Daar zal ik ze stilletjes neerleggen en dan maak ik meteen rechtsomkeert.'

Nu begon ze pas echt te huilen en hard ook. 'Mam, als je maar enig idee had van wat ik heb doorgemaakt.'

Ze bleef huilen, terwijl ik met mijn arm om haar heen in de motregen bleef wachten. Toen een roestige vissersboot genaamd 'De Ouwe Scheet' vlak bij ons afmeerde, regende het inmiddels pijpenstelen. Verbijsterd zag ik mensen de loopplank op gaan.

'Dit kan de pont toch niet zijn?' vroeg ik, maar Mary Margaret knikte, klemde haar tas vast en begon opnieuw te janken.

Ik liep over het verlaten strand bij Inisheer, nadat ik Mary Margaret bij het huis van haar zus had afgezet. Het laatste wat ik van haar zag, was dat ze elkaar in de voortuin huilend in de armen vielen. En ondertussen bleef ik me maar afvragen of er iemand was die vertrouwen in mij had.

Toen ik terugkwam in het huisje zat tante Brigid met het eten te wachten. Pa kwam niet eens opdagen. 'O, maak je daar maar niet druk over, Collie,' zei ze later op de avond en nam vol begrip een slokje thee, terwijl ze met haar veel te dikke lapjeskat die Dorothy heette op schoot in haar schommelstoel voor de open haard zat. 'Hij is vast naar Dublin gegaan om troost te zoeken in een hotel. Je weet toch hoeveel je vader van goede hotels houdt. Dat heeft hij van mijn vader, die altijd de benen nam naar het Gresham Hotel als iets hem overstuur had gemaakt. Toen je tante Rosalie vertelde dat ze verloofd was, pakte hij een bijl, sloeg de hele schuur kort en klein en verdween een week lang. Uiteindelijk kwam hij terug met een wagonlading handdoeken met monogram. En die gebruiken we nog steeds.'

Ze wist precies hoe ze moest lachen om mij gerust te stellen, zodat we allebei konden denken dat in dit geval het hotel een echte plek was en niet alleen een synoniem voor Guinness.

De volgende dag vond ik 's avonds, toen ik terugkwam van een dagje Galway, een briefje van tante Brigid op de deur. Pa had gebeld en gevraagd of ik ook naar Dublin wilde komen. Hij logeerde in het Gresham en 'zo te horen bevalt het hem daar best' schreef tante Brigid in een breedvoerig epistel vol uitroeptekens gevolgd door drie puntjes die een beetje cartoonesk aandeden omdat het in feite drie ballonnetjes waren. Mijn hart begon te bonzen in een soort morse, waarbij iedere klop me een groeiend gevoel van onheil bezorgde.

Als het om pa ging, konden zelfs leestekens me doodsbenauwd maken.

Omdat een tocht over de smalle wegen van het Ierse platteland me totaal niet aantrok, stapte ik in Lisdoonvarna op de bus en zakte onderuit voor de zes uur durende rit naar Dublin, waarbij we onderweg zouden stoppen in Ennis, Shannon en Limerick. De bus vulde zich met een mengeling van mensen uit de buurt en een stel uitgelaten Amerikaanse toeristen die onmiddellijk in gesprek raakten met de buschauffeur die zijn beste imitatie van Pat O'Brien ten beste gaf. 'Morgen, meisjes.' Hij tikte tegen zijn pet voor de vrouwen die onmiskenbaar van middelbare leeftijd waren en meteen gecharmeerd begonnen te giechelen.

Hij bleef gezellig met ze kletsen, met zo'n vet accent dat zelfs een Ierse kabouter ervan zou blozen. Hij gaf antwoord op vragen, vertelde grappige folkloristische anekdotes en wees ze de plaatselijke feeënstruiken aan. Ze genoten met volle teugen. Maar tegen de tijd dat we bij Ennis waren, ongeveer dertig kilometer onderweg, begon zijn stem een tikje gespannen te klinken, alsof de vereiste Ierse charme een iets te grote aanslag pleegde op zijn normale, heel wat stuggere aard. De toeristen leken niets in de gaten te hebben en negeerden zijn steeds nadrukkelijker klinkende gezucht. Maar toen zijn aandacht werd afgeleid door een stel dronken tieners die in Shannon lawaaierig instapten, ging ik rechtop zitten.

Vijftien kilometer verder kregen de jongelui mot met hem omdat hij niet wilde stoppen voor een plaspauze. Binnen de kortste keren was het op een regelrechte ruzie uitgedraaid, waarbij de chauffeur hen de huid vol schold en de jongelui hem uitlachten en treiterden. De toeristen keken elkaar bezorgd aan. De plotselinge gebeurtenissen hadden hen de mond gesnoerd. Een van de jongens smeet een leeg bierblikje tegen het achterhoofd van de chauffeur en de bus kwam met piepende remmen tot stilstand, waardoor een paar mensen in het middenpad belandden en mijn rugzak vanuit het bagagerek op mijn schoot plofte.

'Iedereen uitstappen! Deruit! Schiet op, anders gooi ik jullie eruit!' De buschauffeur was opgestaan en stond tegen ons te schreeuwen, met gebalde vuisten en een vertrokken mond die een strakke lijn vormde.

'Dat meent u niet!' Een van de Amerikaanse mannen stond op en probeerde hem op andere gedachten te brengen, terwijl de lokale passagiers zonder veel misbaar hun spullen pakten en zich opmaakten om uit te stappen. 'Wees nou niet onredelijk. We zitten hier midden in de rimboe.'

'Och, meneer, u moet aan hem geen woord verspillen. Hij is een echte smeerlap en hij doet dit immers altijd als hij er zin in heeft. Trekt u zich daar nou maar niks van aan,' zei een van de Ierse vrouwen tegen de Amerikaan. 'Het duurt toch niet lang tot de volgende bus eraan komt.'

Samen met mijn medepassagiers die niet uit de buurt kwamen, keek ik vanuit de berm van de verlaten plattelandsweg ongelovig toe hoe de chauffeur zijn middelvinger naar ons opstak en met piepende banden wegreed, waarbij het grind opspatte. Na ongeveer een uur kwam er eindelijk een andere bus aantuffen en daar stapten we in.

Deze chauffeur, met dat benauwde lichaamsluchtje dat ik inmiddels als het parfum van het Ierse platteland was gaan beschouwen, deed geen moeite om charmant te zijn. Toen ik hem vroeg hoeveel haltes er nog waren voordat we in Dublin aankwamen, gebaarde hij boos dat ik moest doorlopen. 'Schiet op,' snauwde hij. Ik ging naast een Ierse vrouw zitten, die haar ogen ten hemel sloeg en hoofdschuddend meteen begon in te hakken op de buschauffeur – een Ierse vorm van behulpzaamheid. Bovendien moest ze haar ei kwijt.

'O, dat is echt een gemenerik. En hij slaat niet alleen regelmatig die arme vrouw van hem in elkaar, maar ook de kinderen als je de waarheid wilt weten. Je had je niet zo moeten laten afkafferen. Je hebt toch voor je kaartje betaald en bovendien ben je een gast in dit land!' Ze kneep haar lippen op elkaar en haar hoofd wiebelde op haar rimpelige nek heen en weer. 'Het is verdorie gewoon een schande en eigenlijk moet er een klacht over hem worden ingediend. Als meer mensen iets tegen dat soort tirannen zouden ondernemen, zou de wereld er een stuk beter uitzien. Je laat het toch niet gewoon over je kant gaan, hè? Maar misschien denken mensen in Amerika daar heel anders over. En per slot van rekening gaat het mij niets aan.'

Gedurende de rest van de reis bleef ze op dezelfde manier doorgaan. Halverwege kreeg de bus panne, en wat een reis van zes uur had moeten worden werd een tien uur durende ramp, terwijl de buschauffeur, Cerberus in een militair jack, ons helemaal niets wilde vertellen. Tegen de tijd dat de bus Limerick binnenreed, was ik al behoorlijk over mijn toeren terwijl we nog heel wat kilometers voor de boeg hadden. Met het gevoel dat ze haar doel bereikt had, moedigde mijn metgezellin me aan om met de baas van de chauffeur te gaan praten.

We moesten twintig minuten wachten in Limerick, dus ik stapte uit en liep vrijwel meteen de toezichthouder tegen het lijf. Ik sprak hem vriendelijk aan, beleefd zelfs, omdat ik toch maar had besloten geen klacht in te dienen maar een taxi naar Dublin te nemen. Ik was inmiddels zover dat ik bereid was geweest om ter plekke een auto te kopen en zelf naar Dublin te rijden.

'Neem me niet kwalijk,' zei ik en hij keek me duidelijk geërgerd aan en wuifde me opzij.

'Laat maar zitten. Vertel me alleen maar waar je naartoe wilt.'

'Naar Dublin,' antwoordde ik, terwijl een vlaagje woede in me opwelde. 'Ik vroeg me af of u, als u even tijd hebt, misschien een taxi voor me zou willen bestellen?'

'Ga daar maar zitten en wacht,' zei hij, terwijl hij rood aanliep van ergernis en naar een paar stoelen wees. Woest beende ik het kantoor binnen om een klacht in te dienen over hem en de beide buschauffeurs. De mensen daar waren al net zo chagrijnig en reageerden gealarmeerd, niet omdat ik zo slecht was behandeld, maar omdat ik het lef had om me daarover te beklagen. Ze vonden kennelijk dat ik een Amerikaans kruidje-roer-me-niet was die een speciale behandeling eiste, waardoor ze meteen een spontane hekel aan me kregen.

'Ja, nou goed, we zullen uw klachten in beraad houden,' zei de vrouw die de leiding had snuivend en zonder van haar papieren op te kijken. Ik draaide me om en hoorde haar iets mompelen over 'arrogante emigranten'. Ik liep weer naar buiten, naar de stoelen, en even later kwam de toezichthouder als een boze horzel het kantoor uit gevlogen. Kennelijk hadden ze daar geen minuut kunnen wachten om uit de school te klappen. Hij stoof naar me toe, stak zijn vinger op en eiste op een hoog jengeltoontje dat ik mijn verontschuldigingen aan zou bieden.

'Waar hebt u het over? Moet ik me tegenover ú verontschuldigen?' vroeg ik ongelovig, terwijl ik mijn handen opstak.

'Zeker weten,' verklaarde hij en bleef met over elkaar geslagen armen wachten.

'Dat is belachelijk. Ik heb u gewoon een vraag gesteld en u maakte me meteen met de grond gelijk. Ik heb het volste recht me over uw houding te beklagen.'

'O, nou, neem me niet kwalijk dat ik niet meteen alles uit mijn handen liet vallen om voor uwe majesteit te zorgen. Ik was bezig met mensen die mijn hulp écht nodig hadden, maar kennelijk wordt van mij verwacht dat ik meteen in de houding ga staan voor iemand die zo belangrijk is als u.' Hij draaide zich om en prikte me met zijn vinger in mijn borst.

'Bied uw verontschuldigingen aan. En wel meteen!' foeterde hij. Hij was hels.

Ik kon mijn oren niet geloven en staarde naar zijn borstelige wenkbrauwen en zijn schouders die kennelijk alleen maar dienden om het roos uit zijn haar op te vangen. Hij was kleiner dan ik en kwam vlak voor me staan om naar me op te kijken. Zijn starende ogen, waarvan alles wat wit behoorde te zijn geel was, waren zeker tien centimeter van de mijne verwijderd.

'Vooruit! Verontschuldig je! Nu!' Zijn stem was gezakt tot een gefluister.

Jezus, ik kon nauwelijks geloven dat ik zelfs met het idee begon te spelen om me te verontschuldigen, alleen maar om een eind te maken aan deze vertoning. Een deel van me wilde niets liever dan duizendmaal pardon roepen tegen het hele universum terwijl een ander deel ernaar snakte om hem met een dreun naar de andere wereld te helpen, maar in plaats daarvan viel ik hem bedrieglijk

kalm in de rede en zei dat ik er niet over piekerde om mijn verontschuldigingen aan te bieden, dus kon hij er net zo goed over
ophouden.

'Nou vooruit,' zei hij, terwijl hij zich in zijn volle lengte oprichtte en met weidse armgebaren om zich heen keek naar de
meute die vol lof zijn gedrag had gadegeslagen, 'voor deze keer zal
ik een taxi voor u bestellen, maar alleen voor deze keer. Daarna
zal ik mijn leven lang nooit meer een taxi voor u laten komen.'

Zijn mededeling werd met applaus ontvangen en een bejaarde
man met een pet op stapte naar voren en zei: 'Geen mens hoort
zich te goed te voelen om iemand zijn spijt te betuigen. Denk je
soms dat je door die dure bagage meer recht hebt op een speciale
behandeling dan de mensen die tweede klas moeten reizen?' Hij
wees naar mijn leren rugzak.

'Me verontschuldigen? Hoezo?' zei ik zonder me te laten aflei-
den. Ik richtte me tot de groep bijstanders die zich beschermend
rond de toezichthouder hadden opgesteld en die me met samengeknepen lippen verwijtend en afwachtend aankeken. 'Waarom?
Wat heb ik dan gedaan? Vertel me nou eens wat ik heb gedaan?'
hield ik vol.

'Nou ja,' zei een vrouw van middelbare leeftijd in een doorzichtige plastic regenjas. Ze had een doekje op haar hoofd dat onder
haar kin was dichtgeknoopt. 'Waarom betrek je ons erbij? Wat
hebben wij ermee te maken? Zeg nou maar dat het je spijt, dan
ben je ervan af. Je zult zelf best weten wat je hebt gedaan.'

34

*V*oor pa waren die drie weken in Ierland waar onder elke steen een kroeg verborgen zat een soort intraveneuze Budweiser-kuur, maar omdat hij constant laveloos rondzwalkte, tante Brigid haar onschuldige koppelpraktijken gewoon doorzette en oom Tom om de haverklap urenlang aan de telefoon hing, besloot ik om de vakantie af te breken en eerder naar huis te gaan dan we aanvankelijk van plan waren.

Op de vlucht terug naar de VS moest ik in het door turbulentie geteisterde vliegtuig mijn uiterste best doen om te voorkomen dat pa in een menselijke, met alcohol gevulde ballon veranderde. Tegen de tijd dat we landden, was hij niet alleen dronken maar ook strijdlustig en weigerde onmiddellijk om gehoor te geven aan de opdracht om rustig te blijven zitten terwijl een of andere Britse VIP de machine uitgeloodst werd.

'Dat weiger ik!' riep pa woest en stond op om zijn tas uit het bagagerek te pakken.

'Ga alstublieft zitten, meneer,' beval de stewardess kalm en vastberaden.

'Ga zelf maar zitten! Ik mag verdomme hangen, maar ik ga hier niet als een slaaf zitten wachten tot een of andere derderangs pasja in zijn draagstoel naar buiten is gebracht.' Hij keek om naar de andere passagiers die kennelijk verbijsterd waren door die uitbarsting. 'Wat mankeert jullie? Om je dat soort feodale onzin te laten welgevallen... zijn jullie dan allemaal gediplomeerde kolonialen?'

Een handjevol anderen begon hun instemming te betuigen terwijl de stewardess, die meteen begreep dat de oproerklok geluid was, haastig naar de cockpit liep om versterking te halen.

Mijn eerste impuls was om hem te dwingen weer te gaan zitten, het gewoon te vergeten en alles over zijn kant te laten gaan, maar toen ik hem daar rebels en agerend in het gangpad zag staan – pa stond altijd meteen op zijn achterste benen – nou ja, dat had toch wel iets. Ik stond op, hing mijn tas om mijn schouders, liep naar hem toe en zei: 'Kom op, we gaan.'

Er liepen nog een paar andere passagiers mee toen we op weg gingen naar de uitgang, waar met tegenzin werd besloten ons te laten gaan. Pa stak triomfantelijk zijn vuist in de lucht.

'Zo,' zei hij toen hij het portier van de taxi opentrok, terwijl de chauffeur zijn bagage in de auto zette. 'Ik neem aan dat je nu meteen naar het huis van je grootvader gaat.'

'Nee, ik denk dat ik maar een tijdje thuis kom wonen,' zei ik. Ik zette mijn koffers op de achterbank en ging ernaast zitten, zodat pa zijn favoriete plekje naast de chauffeur kon nemen.

We waren inmiddels al een paar dagen thuis. Het was half mei, laat op de avond, rond elf uur, en oom Tom en ik stonden op het noordelijkste puntje van het eiland en luisterden of we gebieden konden horen met laagfrequente geluiden die door het magnetische veld van de aarde werden veroorzaakt.

'Daar is het. Hoor je het?'

'Ik hoor helemaal niets, oom Tom.'

'Moet ik daar nou echt van opkijken? Je weet niet eens wat luisteren is – dat is een kunst, hoor. Als het op luisteren aankomt, ben jij maar een doorsnee kracht, uilskuiken. Ssst... stil...'

Hij verstarde, met zijn holle hand ergens halverwege zijn schouder en zijn oor. Hij zat naast me op de passagiersstoel van de auto. Net als pa zat hij nooit achter het stuur. Oom Tom had nooit leren rijden en pa was zijn rijbewijs al jaren eerder kwijtgeraakt wegens rijden onder invloed. In gedachten zie ik hem nog steeds achter het stuur in slaap sukkelen, met dichtvallende ogen, terwijl ik de opdracht had om hem iedere keer als hij in slaap viel te knijpen.

'Zo duidelijk als een stemvork. Perfect. Dit is de plek waar we morgenochtend onze eerste trainingsvlucht gaan maken,' zei hij.

'"We"? Wat bedoelt u?'

'Ik heb je hulp nodig als we voor de wedstrijd in vorm willen zijn. We hebben niet veel tijd meer, net een maand, maar ik heb het gevoel dat we een geweldige ploeg hebben.'

'Oom Tom, ik ben niet geïnteresseerd in duivensport.'

'Gaat het om geld? Is dat wat je bedoelt? Wil je soms dat ik beloof om de prijs met je te delen? Tienduizend dollar, mij best, maar de helft krijg je niet van me. Je kunt een derde van tien procent krijgen.'

'Doe me een lol. Het gaat helemaal niet om geld. Ik zie gewoon de lol niet in van het houden van duiven...'

'O, neem me niet kwalijk. Ik was even vergeten wie je bent. Dr. Collie Flanagan is veel te goed voor een stelletje duiven. Jij valt alleen maar op kanaries, hè? Net zoals toen je nog klein was en me niet wilde helpen om groente te planten, omdat jij vond dat in een tuin alleen maar bloemen hoorden te staan. Weet je dat nog?'

'Vaag.'

'En je zou nog steeds liever een tulp planten dan een aardappel, hè?'

'Ja, volgens mij wel.'

'Nou, als het die snobistische inslag van je goed zal doen, wil ik je het volgende wel even vertellen. Er is een tijd geweest dat de gewone man geen duiven mocht houden, dat recht was voorbehouden aan de hoogste kringen. Stelt dat je tere gestel misschien gerust?'

'Dat maakt me allemaal niets uit. Ik kan gewoon niet opgewonden raken over een stelletje vogels...'

'En wat spreekt je dan wel aan, uilskuiken? Zit je liever te piekeren? Te mokken? Spelen zich in jouw hoofd allemaal grote drama's af, met jezelf als hoofdpersoon?'

'Goeie genade, oom Tom, zou je dan meer respect voor me hebben als ik alles wat er is gebeurd schouderophalend af zou doen? Door mijn schuld is een jonge knul overleden. Wat moet ik dan doen? Mijn ogen ten hemel slaan, zeggen dat dat soort dingen nou eenmaal gebeurt en het van me af zetten?'

'Nou nou, maak je niet zo druk! Het enige wat ik weet, is dat de doden geen cent te makken hebben bij de levenden. Je kunt net zo goed over kaboutertjes gaan lopen piekeren als jammeren over de doden. Je bent mij, de persoon die naast je zit, meer verschuldigd dan al die beminde overledenen. En nu we het er toch over hebben, je bent mij heel wat verschuldigd. Het is hoog tijd dat je me eens gaat terugbetalen voor alles wat ik voor je heb gedaan, maar in plaats daarvan zit je tandenknarsend aan een wildvreemde te denken en je weigert ook maar een greintje dankbaarheid te tonen voor alles wat ik heb gedaan. Maar ik neem aan dat je ook wel tranen met tuiten zult staan te huilen op mijn begrafenis en voor een dure doodskist zult zorgen, hè?'

'Zo gemakkelijk is het niet, oom Tom. Mijn onzorgvuldigheid heeft een zeventienjarige jongen het leven gekost.'

'Dat is inderdaad allemaal heel triest, maar het heeft geen zin om de ellende nog te vergroten door het mij moeilijk te maken.'

We draaiden vanaf de weg de oprit op en reden langzaam door de lange laan naar het huis. Brendan en Kerry, twee Ierse wolfshonden, doken op uit het duister. Het waren de honden van pa en oom Tom, hun favoriete ras en het enige soort hond waarvan ma nooit had gehouden. Ze holden blaffend om de auto heen en zetten hun voorpoten tegen de voorruit, waardoor ze boven het dak uit torenden. Ik zette de motor af en deed het portier open. Tom tikte me op mijn schouder.

'Trouwens, we hebben meer dan genoeg over jou gezegd. De wereld is echt niet alleen voor jou gemaakt, Collie. Ga nu maar gauw slapen. Ik kom je om halfzes wakker schudden. We moeten die vogels om klokslag zeven in de lucht hebben.'

De volgende ochtend maakte oom Tom me om vijf uur wakker op dezelfde manier als toen ik nog een jochie was. Hij gooide me een glas ijskoud water in het gezicht.

'Godverdomme!' zei ik.

'Hé, hé, let op je woorden, Collie! Dat soort taal is al zo oud als Adam en Eva,' schreeuwde pa vanuit zijn kamer aan de andere kant van de gang.

'Heb je dat soort gevloek op Brown geleerd of op Harvard?' vroeg oom Tom voordat hij in de schemering verdween en met zware passen de trap af liep.

'Goed. Hoog tijd om je aan de ploeg voor te stellen. We zullen eens zien wat zij van je vinden. Dit is Francis en daarnaast zitten Patsy, Raymond, Joe en Martin. Verderop zit Kevin, dan Kieran, Thomas en Michael en...'

'Ja, ik weet het. Bobby Sands,' zei ik met een plagende blik.

Oom Tom weigerde me aan te kijken. 'Ik neem aan dat je nu denkt dat je echt slim bent.'

'Ik herkende toevallig de namen van al die hongerstakers...'

'Denk er alleen maar aan dat je nooit te slim bent om iets van een duif te leren... Dat is een filosofie waarvan ik mijn leven lang de vruchten heb geplukt. Hou dat maar in je achterhoofd, als je jezelf weer eens schouderklopjes geeft omdat je zo intelligent bent, uilskuiken.'

'Wie is dit?' vroeg ik en bleef staan voor een roodgekleurde vogel, waarvan het rossige verenpak glansde in het vroege ochtendlicht dat het hok binnenstroomde.

'Dat is de kampioen. Een vogel uit duizenden. Ik noem hem Bingo...'

'O, dat zou Bing vast prachtig hebben gevonden volgens mij. Denkt u ook niet?'

Oom Tom sloeg zijn ogen ten hemel. 'Hé, gebruik je verstand. Hoe moet ik dat weten? En wat maakt het trouwens uit?'

'Nou niets, als u het zo stelt...'

'Hij is vernoemd naar het spel, niet naar de neef. Mijn leven draait heus niet alleen om jullie twee sukkels, hoor. Als ik hem Collie had genoemd, zou je dan ook denken dat het ter ere van jou was?'

'Niet meer, nee.'

'Je zou wel een paar lessen in subtiliteit kunnen gebruiken... en als we het daar toch over hebben, hou dan eens op met het trekken van voor de hand liggende conclusies,' zei oom Tom. Hij stak zijn ergernis niet onder stoelen of banken.

De duiven van Tom stamden allemaal af van een geslacht dat jaren geleden uit Holland was geïmporteerd. Hun voorouders konden teruggeleid worden op de vaak genoemde, legendarische Michael Collins, de duif die naar huis was komen lopen nadat hij zijn vleugel had gebroken. Oom Tom was van plan om ze in te schrijven voor de prestigieuze Chilmark Classic, een wedstrijd over zevenhonderdvijftig kilometer van Rogue Bluffs in Maine naar Martha's Vineyard. Aangezien ik de enige was die kon rijden en hem kon helpen de vogels veilig te vervoeren, benoemde hij me tot assistent-trainer en stelde me aan zijn collega-duivensporters voor als Barney Fife, wat op de een of andere manier verbasterd raakte tot Harvard Barney, mijn officiële duiventrainersnaam.

Mijn dure universiteitsopleiding was bij de maatjes van oom Tom altijd goed voor grappen en grollen.

In feite bleek mijn taak er voornamelijk op neer te komen dat ik tweemaal per dag het duivenhok schoonmaakte en ondertussen luisterde naar verhandelingen over de verzorging, de voeding en de omgang met sportduiven, samen met ingewikkelde preken over de aerodynamica van het vliegen.

En hij kwam steeds weer met quizvragen op de proppen, precies zoals hij had gedaan toen ik nog klein was.

'Hoe heette de duif die het Franse Oorlogskruis kreeg uitgereikt omdat hij dapper zijn opdracht voor de Amerikaanse verbindings-troepen uitvoerde ondanks het feit dat hij twee keer werd bescho-ten?' vroeg hij op een ochtend toen hij koffie zat te lurken terwijl ik in het hok de duivenpoep van de houten vloer schraapte.

'Cher Ami.'

'Kunnen duiven lezen?'

'Nee.'

'O nee? Leg dan eens uit hoe het komt dat ze alle zesentwintig letters van het alfabet kunnen onderscheiden?'

'Hoe moet ik dat weten?'

'Dat lijkt me nogal logisch: om richtingaanwijzers te kunnen lezen en af en toe een biografie. Ze houden ook van limericks en handleidingen.'

Oom Tom stelde een trainingsschema van achtentwintig dagen op en op de eerste dag reden we naar het uiterste puntje van Vineyard Haven, waar we ze loslieten. Ze deden er ongeveer twee uur over om de dertig kilometer naar huis te vliegen. Bingo was de eerste die terug was in het hok, gevolgd door Bobby en Patsy. Na een week van trainen, met inbegrip van een paar vrije dagen, waren ze in staat om de weg naar huis in dertig minuten af te leggen.

Bobby, Patsy en Bingo waren altijd het eerst terug.

'We weten nu wie onze drie belangrijkste deelnemers zijn,' zei oom Tom toen we per boot de oceaan op voeren, waar we ze vrij zouden laten voor een langere vlucht: zestig kilometer.

'Prachtige vogels, Tom,' zei pa, die ons gezelschap hield op de tocht. Hij pakte Patsy op en hield hem voorzichtig in zijn beide handen. 'Collie heeft me verteld dat je verwacht dat ze bij de wedstrijd hoge ogen gooien.'

'Ja, dat klopt. Dit is een bijzonder stel... de beste vogels die ik ooit gefokt heb.'

Pa en oom Tom konden om onduidelijke redenen ongelooflijk formeel met elkaar omgaan. Ik had Bingo in mijn handen en zat op het dek naar hen te luisteren terwijl ze bijna koerend over hun gezamenlijke liefde voor vogels en andere dieren praatten.

'Zeshonderd hartslagen per minuut en dat zestien uur lang... met vleugels die zeker tien keer per seconde slaan,' somde oom Tom zijn favoriete statistische gegevens op voor pa, die aandachtig luisterde.

'Welke vogel is het snelst?' vroeg hij.

'Bingo,' zei ik.

'Wat is zijn hoogste snelheid?'

'Honderdvijfendertig kilometer per uur,' zei ik.

'Hé, uilskuiken, hou eens op met voor je beurt te praten,' zei oom Tom. 'Dat soort dingen hoor ik te vertellen. Ik ben de hoofdtrainer.'

'Neem me niet kwalijk,' zei ik terwijl Bingo voorzichtig in de knokkels van mijn andere hand pikte.

'Heb je veel aan Collies hulp gehad? Vast wel,' zei pa tegen oom Tom die behoorlijk chagrijnig keek.

'Helemaal niet. Ik heb constant het gevoel dat ik met een gehoorgestoorde amateur te maken heb.'

'En jij schijnt je als hulpduiventrainer ook best te amuseren, Collie,' zei pa.

'Helemaal niet,' zei ik terwijl ik Bingo in de lucht gooide en toekeek hoe hij met een vaartje omhoogvloog, achternagezeten door Patsy en Bobby, terwijl ze met hun drieën aan hun mysterieuze thuisvlucht begonnen.

35

Het was mijn eerste bezoek aan Cassowary sinds de reis naar Ierland en ik trof de Valk aan bij de stallen waar hij een nieuw veulentje bekeek dat de nacht ervoor was geboren. Hij leek een beetje verbaasd om me te zien, sloeg onhandig zijn arm om me heen en deed toen een stapje achteruit waardoor hij met zijn rug tegen de staldeur terechtkwam.

'Je ziet er goed uit, Collie. Mooi overhemd,' zei hij. 'Een mooi wit overhemd komt altijd van pas. Waar heb je dat vandaan? Brown & Thomas?'

Ik knikte. 'Hoe wist u dat?'

'Ik heb oog voor dat soort dingen.'

Ik stak mijn hand in mijn zak. 'Hier is uw geldclip,' zei ik schaapachtig. 'Het spijt me van pa.'

'Dan kunnen we elkaar een hand geven,' zei hij, terwijl hij de clip in de zak van zijn colbert stopte. 'En hoe vond je jullie land van herkomst? Was het even uitdagend en charmant als je had verwacht?'

Ik lachte. 'Ja, dat zou je wel kunnen zeggen.'

'Ik hoop dat je niet ineens een sentimenteel verlangen hebt ontwikkeld om daar te gaan wonen...' zei hij met een licht bezorgde blik.

'O nee. Geen denken aan.'

'En je voelt je alweer een stuk beter, hè?' vroeg hij zonder me aan te kijken.

'Ja, ik voel me best, opa.'

'Ik heb van Ingrid begrepen dat je samen met Tom Flanagan aan duivensport bent gaan doen,' zei de Valk, die een tikje ontspande en me met een scheef hoofd aankeek terwijl hij zijn armen over elkaar sloeg.

'Ik help hem alleen maar een handje. Zo belangrijk is dat niet. Hij wil een paar van zijn vogels inschrijven voor een van de grote wedstrijden die voor de deur staan.'

'Je kunt je met ergere dingen bezighouden,' zei hij. 'De wedstrijdduif is een opmerkelijk dier.'

'Nu klinkt u net als oom Tom,' kon ik niet nalaten op te merken.

'Ja, nou... lieve hemel,' zei hij een beetje uit het veld geslagen. 'Kom op, dan gaan we even naar het nieuwste lid van de familie kijken.' Hij opende de deur van de box en gebaarde dat ik achter hem aan moest lopen.

'Hoe heet hij?' vroeg ik, terwijl ik mijn hand uitstak om het veulentje te strelen. Het had een diep roodbruine vacht.

'Mr. Guppy,' zei de Valk, die de merrie op het hoofd krabde en haar een wortel aanbood die hij uit zijn binnenzak haalde.

'Je moet eens een paar van jullie duiven meebrengen naar Cassowary. Die zou ik graag willen zien,' zei hij.

'Goed. Ik kom volgende week wel een keer langs met Bobby Sands, als ik hem tenminste langs oom Tom kan smokkelen.'

'Bobby Sands? Natuurlijk, hoe zou hij anders moeten heten? Dat zou je moeder zeker hebben toegejuicht, hè? Arme meneer Sands, ik heb begrepen dat hij erg veel van vogels hield. Nou ja, misschien zijn er in de hemel ook wel vogels. Dat moet haast wel, want anders zou het de hemel niet kunnen zijn, hè? Zonder vogels.'

'Dat zei ma altijd over honden,' zei ik.

'Echt waar? Heeft ze dat gezegd? Daar had ik geen flauw idee van,' zei hij terwijl hij nog een wortel uit zijn zak trok.

'Blijf je eten?' vroeg hij aan mij.

'Ja, graag. Dank u wel,' zei ik.

'Goed,' zei hij. 'Laten we dan maar hopen dat je na drie weken in Ierland niet ineens je doperwtjes met een mes bent gaan eten.'

De volgende ochtend, een dag voor de postduivenwedstrijd, werd ik vroeg wakker. Het was de bedoeling dat oom Tom en ik samen naar Maine zouden rijden.

'Pa, heb jij oom Tom gezien?' Ik liep vanuit de gang naar de openstaande deur van zijn slaapkamer, dezelfde kamer die hij zo lang met ma had gedeeld.

'Pa?'

'Lieve hemel, Collie, je maakt me wakker. Hoe laat is het?' Hij lag onder een dikke laag dekens, hoewel het behoorlijk warm was.

'Zeven uur. Oom Tom is niet in zijn slaapkamer. Ik kan hem in huis nergens vinden. Ik ben al in het duivenhok geweest, maar daar is hij ook niet...'

'Zeven uur! Wat haal je je in je hoofd? Dat is midden in de nacht.' Hij wreef in zijn ogen en klopte op zijn borst voordat hij zich op zijn ellebogen oprichtte. 'Wacht even tot ik mijn gedachten op een rijtje heb.'

'Schiet nou op, pa, het is belangrijk...' Ik kon zien dat hij met opzet tijd lag te rekken en bij voorbaat genoot van de chaos die zijn mededeling zou veroorzaken.

'Nu weet ik het weer... Ik ben bang dat ik slecht nieuws voor je heb. Swayze kwam langs toen jij al naar bed was...'

'O nee. Nee! Nee! Jezus.' Het nieuws was een klap in mijn gezicht en ik liet me in de dichtstbijzijnde stoel vallen. 'Je houdt me voor de gek. Dat is echt geweldig. We zouden vandaag naar Maine vertrekken...'

'Nou, als ik iets van het verleden heb geleerd, dan zal je oom Tom zijn gezicht voorlopig niet meer laten zien...'

'Ik geloof er niets van.' Ik sprong weer op. 'En morgen is de wedstrijd. Waarom ben ik ook zo stom geweest om me ermee te bemoeien. Ik dacht echt dat het dit keer anders zou gaan.' Ik begon te ijsberen. Ik wist niet of ik bedroefd was, of boos, of allebei. Tegelijkertijd probeerde ik erachter te komen waarom ik zo overstuur was in plaats van opgelucht. Het idee van de wedstrijd had me vanaf het begin tegengestaan en nu kreeg ik het perfecte excuus op een presenteerblaadje aangeboden.

'Ga zitten, Collie. Waarom zo heetgebakerd? Waar komt dat vandaan? Een echte man hoort niet in paniek te raken.' Pa liet nooit een kans voorbijgaan om een preek te houden. 'Wat had jij dan verwacht? Je kent je oom Tom toch.' Hij genoot kennelijk van het feit dat Tom weer eens gespijbeld had en stapelde de kussens achter zijn hoofd op, om zich vervolgens in de puinhoop te laten zakken alsof het een veren bed was. 'Wat ga je nu doen?'

'Hoe bedoel je? Wat zou ik dan moeten doen? Hij is met dat stomme project begonnen. Het enige wat ik kan doen, is hopen dat hij vandaag nog komt opdagen voordat het te laat is... Woont Swayze nog steeds in Chilmark?'

'Nee, in Edgartown, bij zijn zus en haar man...'

'Oké. Ik ga wel even kijken of oom Tom daar is... of misschien weten zij waar dat duo uithangt... Verdomme...'

'Is het echt nodig dat je vloekt, Collie? Daarvoor heb ik je van jongsaf aan op je vingers getikt. Vloeken maakt een man zo gewoontjes.'

'Ik ben ook maar gewoontjes, pa.'

Swayze lag uitgeteld in de woonkamer van het huis van zijn zus in Edgartown. Ze hielp me om hem tijdelijk bij zinnen te brengen.

'De laatste keer dat ik je oom Tom zag, was hij op weg om de duiven in Victoria Park te gaan voeren,' zei hij met vochtige ogen die niet meer dan spleetjes waren.

'Wanneer was dat?' vroeg ik.

'Geen idee,' antwoordde Swayze voordat hij als een leeg pak in elkaar zakte.

Hij lag op een hoopje toen ik hem vond, in die bekende houding met zijn gezicht op de grond. Twee duiven zaten op zijn schouders en een derde had zich in zijn taille genesteld. Oom Tom was eindelijk een levend standbeeld geworden. Ze vlogen met tegenzin op toen ik dichterbij kwam.

'Oom Tom.' Ik kneep hem in zijn arm. 'Wakker worden. Oom Tom.'

Hij deed zijn ogen open en mompelde iets onverstaanbaars. Ik bukte me, pakte hem bij zijn armen en probeerde hem overeind te hijsen. Hij gaf geen millimeter mee. Ik kon hem niet dragen en ook niet meeslepen. Uiteindelijk slaagde ik erin hem zo ver bij zijn positieven te brengen dat hij rechtop bleef staan, met mijn armen om zijn middel, zijn rug tegen mijn buik en zijn voeten boven op de mijne zodat ik samen met hem naar de auto kon schuifelen, worstelend met mijn stok en mijn slechte been.

Hij sloeg voorover en sleepte mij mee tot hij languit op zijn buik op de grond lag met mij boven op hem, worstelend om los te komen. Ik trok hem weer overeind en dit keer vielen we achterover, waarbij hij met een klap boven op mij landde.

Hij woog een ton en ik voelde hoe mijn longen onder zijn gewicht in elkaar klapten. Heel even overwoog ik om daar maar gewoon voor eeuwig te blijven liggen, verpletterd door de puinhoop die Tom Flanagan heette, begraven onder een lawine van drank en mooie praatjes.

Daarna kroop ik onder hem weg en pakte hem bij zijn enkels om hem mee te slepen naar de auto, waar ik een weerspannige Barmhartige Samaritaan zover kreeg dat hij me hielp om hem in de auto op de achterbank te leggen.

'Pa! Hé, pa!' riep ik vanuit de keuken, terwijl een namiddags juniwindje allerlei geluiden door het open raam naast me naar binnen blies. 'Waar zit je? Kun je me een handje helpen met oom Tom? Ik red het niet alleen.'

Ik liep achter Brendan en Kerry aan naar de woonkamer, waar ik pa languit op de houten vloer zag liggen, in de vorm van een kruis. De honden likten zijn gezicht en lieten er een dun laagje slijm op achter.

'Kan er nog een kusje bij, Miriam, mijn liefje?' zei hij grijnzend en maakte smakkende geluidjes terwijl hij zijn armen om Brendan sloeg.

Ik liet mezelf langzaam in de dichtstbijzijnde stoel zakken. Kerry kwam kwispelend naar me toe en legde zijn pezige kop op mijn schoot. Hij lachte me toe. Ik keek op hem neer en zag hem naar me opkijken.

'Bid voor me, Kerry,' zei ik.

Een paar minuten later stond ik op, ging naar buiten en slaagde erin oom Tom met belachelijk veel moeite het huis in te krijgen, waar ik hem naast pa op de vloer legde. Ik ging naar boven om een paar dekens te halen die ik over hen heen legde, voordat ik opnieuw de trap op liep om me te wassen en om te kleden.

Toen ik terugkwam in de woonkamer was oom Tom rechtop gaan zitten. Hij zat tegen de bank geleund, met gesloten ogen en zijn hoofd achterover.

'Bedankt,' zei ik, terwijl ik op de drempel bleef staan. 'Ik had hier helemaal geen zin in. Ik geef niets om de duivensport. Maar jij hebt me overgehaald. Ik deed het alleen voor jou. Alles voor jou. Je hebt het me gevraagd. Je wilde dat ik je hielp. Dat weet je best, ook al ontken je dat nu misschien. Je had me nodig. Je had mijn hulp nodig. Dus gaf ik toe en heb wekenlang samen met jou die vogels getraind en voor ze gezorgd. Ondertussen kletste jij me de oren van het hoofd over dit belangrijke weekend. Moet het dan zo aflopen? Wat verwacht je nu van mij?'

'Waar maak je je zo druk over?' vroeg pa vanaf zijn plek op de grond naast Tom. Hij drukte zich omhoog op zijn ellebogen en keek me lang met samengeknepen ogen aan.

'Jullie zijn hopeloos, allebei, jullie veranderen nooit. Als ik naar jullie kijk, vraag ik me maar één ding af. Wat is er voor nodig om jullie hiermee te laten ophouden? Jezus, wat heeft me bewogen om te denken dat het dit keer anders zou aflopen? Hoe kon ik zo stom zijn? Wat is er met me aan de hand?'

Waarschijnlijk voor het eerst van hun leven moesten pa en oom Tom allebei het antwoord schuldig blijven en in pa's ogen stond een blik waar volgens mij zelfs even iets van schaamte in oplaaide.

'Nou,' zei pa ten slotte, terwijl hij met zijn hand over zijn gezicht wreef, een gebaar dat hij altijd maakte als hij zichzelf vermande. 'Dat komt hard aan.'

'O nee, dit keer ga je me echt niet de zwarte Piet toespelen,' zei ik, hoewel ik me al bijna schuldig begon te voelen.

'Het is één ding om een man de waarheid te zeggen, Collie,' zei pa. 'Maar het is iets heel anders om hem volkomen de grond in te boren en geen spaan van hem heel te laten. Zijn wij niets? Alleen maar omdat we af en toe in de fout gaan? Nou, goed dan...' Hij haalde zijn schouders op terwijl een onwaarschijnlijk soort waardigheid als een soort van verminkte regenboog boven zijn hoofd en dat van oom Tom leek te hangen. 'Je zult wel gelijk hebben.'

Geheel tegen zijn gewoonte in deed oom Tom zijn mond niet open. Dronken of nuchter, hij had altijd het hoogste woord, maar nu zat hij alleen maar met zijn rug tegen de poten van de bank, met zijn kin in zijn hand, de andere hand tegen zijn wang en zijn elleboog op zijn borst. Hij keek me niet aan.

Toen pa uitgesproken was, dwaalde oom Toms blik eindelijk in mijn richting en heel even vond er een soort wisselwerking plaats. Heel even, maar lang genoeg.

Ongeveer een uur later was ik onderweg naar Maine met Patsy en Bobby in een reismand op de achterbank. Bingo zat de volle zevenhonderdvijftig kilometer naar Rogue Bluffs op mijn schouder te koeren.

Tegen de tijd dat ik bij het wedstrijdterrein aankwam, kon ik nauwelijks verklaren waarom ik daar eigenlijk was. Ik ondervond zelf kennelijk ook de gevolgen van het magnetische veld van de aarde dat me dwong een voorgeschreven route te volgen, en hoewel ik niet begreep waarom, deed ik ook geen pogingen om daar achter te komen.

Ik kwelde mezelf door me in gedachten voor te stellen hoe Bingo door een havik of een valk uiteengereten zou worden. Duiven zijn zo ontzettend kwetsbaar als ze alleen zijn. Het postduivenseizoen moest voor de roofvogels een soort vogelkermis zijn en Patsy, Bobby en Bingo begonnen steeds meer op suikerspinnen en kroketjes te lijken.

Ik bleef in dubio tot het moment dat ze vrijgelaten werden, maar uiteindelijk liet ik ze toch gaan.

Ik hield Bingo een seconde langer vast dan ik eigenlijk had moeten doen, maar toen gooide ik hem toch omhoog en keek toe hoe hij zijn pootjes achteruit vouwde, tegen zijn korte staartveren aan, omdat hij op die manier energie spaarde voor de lange tocht. Daarna verdween hij in een grijze wolk van duiven die heel even de zon verduisterde. Eén grote vlucht, honderden vogels die allemaal zouden proberen om thuis te komen en stuk voor stuk precies wisten op welk punt ze zich van de groep zouden scheiden om alleen verder te gaan.

'Jij moet Harvard Barney zijn,' zei iemand in een overall en kwam naast me staan. Zijn honkbalpet zat onder de duivenpoep terwijl we samen onder de wolk van vertrekkende vogels stonden.

'Ja, dat klopt. Hoe weet u dat?'

Hij lachte. 'Zo zie je eruit. Hoe gaat het met de hiëroglyfen?'

Ik onderdrukte de neiging om mijn keel af te snijden met mijn zakmes. 'Prima. Leuk dat u ernaar vraagt.'

'Mooi zo. Waar is Tom?'

'Hij voelde zich niet lekker.'

'Jammer. Ik heb gehoord dat hij dit jaar een verdomd goeie vogel heeft, die hoge ogen gaat gooien. Een rossig beestje...'

Ik knikte bevestigend en bleef ondertussen naar de lucht staren. We hielden allebei zonder iets te zeggen de vogels in de gaten en bleven ze nakijken tot ze uit het zicht verdwenen. Dat moment, waarop je een duif uit het oog verliest, heeft een speciale naam: het wordt het verdwijnpunt genoemd.

Twee weken later was er nog steeds taal noch teken van onze kleine Bingo.

'Het heeft geen zin, hij komt niet meer thuis,' zei ik tegen oom Tom toen ik de keuken binnenkwam nadat ik voor honderdste keer die ochtend het duivenhok had gecontroleerd. Bobby en Patsy waren al op de dag van de vrijlating teruggekeerd en op de vierde en vijfde plaats gekomen.

'Wat zijn dat nu voor praatjes?' wilde oom Tom weten. 'Je weet maar nooit. Denk maar aan dat verhaal over Michael Collins, die naar huis is gelopen.'

'Alsjeblieft, oom Tom, dat fabeltje over Michael Collins hangt me de keel uit. We moeten de waarheid onder ogen zien: Bingo heeft de gevaren van de terugvlucht niet overleefd.'

'En waarom zou dat zo zijn?' Oom Tom gebruikte zijn kin als een soort wig tussen hemzelf en mijn pessimisme. 'Omdat jij het zegt? Jij hebt het nooit bij het rechte eind, uilskuiken, dus waarom denk je dat dat nu wel ineens het geval is? En trouwens, het was mijn duif. Ik ben degene die een verlies heeft geleden. Wat denk je daarvan? Je probeert altijd om haantje de voorste te zijn. Waarom doe je voor de verandering niet eens iets nuttigs en ga je niet gewoon op pad om hem te zoeken, in plaats van alleen maar aan jezelf te denken?'

'Te zoeken? Waar moet ik hem verdomme op die hele weg tussen hier en Maine gaan zoeken?'

'Jij bent toch zo slim, zeg jij het maar. Je hebt zoveel jaren dure opleiding in dat kersenpitje van je opgeslagen dat je niet eens normaal meer kunt nadenken. Als je maar half zo intelligent was als een duif zouden we veel meer aan je hebben.'

'Jezus,' zei ik, terwijl ik op de keukenstoel neerviel en mijn hoofd in mijn handen liet zakken.

'Om te beginnen zou je de belangrijkste snelwegen kunnen volgen, want het staat vast dat Bingo hetzelfde zal doen. Richt je maar op de bergen. Gebruik je reukvermogen en laat de zon en de magnetische krachten van de aarde op je inwerken. Met andere woorden: probeer een hoger intellectueel niveau te bereiken en doe je best om als een duif te denken. Als je daar niet te veel hoofdpijn van krijgt.'

Inmiddels zat ik naar hem te kijken alsof hij een termietenheuvel was. Of een wolk muggen, vlooien of bedwantsen. Wat had God zich in vredesnaam in Zijn hoofd gehaald?

'Ik geef je wel een lunchpakket mee.' Oom Tom trok de deur van de koelkast open en bekeek de inhoud. 'Lekker vers zuurdesembrood, tonijn en zoete augurken. Hoeveel boterhammen wil je hebben?'

'Oom Tom, dat laat me ijskoud.'

'Nou, dat is ook een mooie houding,' zei hij.

'Goed dan, een stuk of drie, vier...'

'Drie of vier! Denk je soms dat ik hier een snackbar run? En dat zonder dat er ook maar een bedankje af kan? Twee is meer dan genoeg. Wat een veelvraat. Wanneer word je nu eindelijk eens volwassen genoeg om voor jezelf te zorgen?'

36

'Nog één ding, uitkuiken...' zei oom Tom toen ik al halverwege de keukendeur was.

'Ja?' Ik bleef staan met één voet op de veranda, draaide me om en keek hem aan.

'Vergeet niet om dat deuntje te fluiten dat ik je geleerd heb. Bingo is dol op dat liedje.'

'Ik zal eraan denken,' zei ik. En terwijl ik het hele eiland rondreed, werd ik zelf stapelgek omdat ik steeds opnieuw 'Bye, bye, blackbird' zat te zingen terwijl ik vergeefs op zoek was naar Bingo. Ik volgde dezelfde weg als ik op de dag van de wedstrijd had gedaan en stroopte alle wegen en weggetjes af op zoek naar een kleine rossige vogel. Het leek een stompzinnige onderneming, ik wist niet eens waarom ik eraan begonnen was, ik voelde me volslagen nutteloos, maar het was mijn schuld dat hem iets was overkomen. Ik had hem laten gaan en dat had ik niet moeten doen. Hij was tevreden in zijn eigen kleine wereldje. De grote wereld is niet altijd zo fijn als wel eens beweerd wordt.

De raampjes zaten dicht en de airconditioning stond aan, want het was warm voor juni, het leek meer op juli. Ik reed langzaam, maar de Vineyard zat barstensvol toeristen en achter me bleven mensen toeteren die vervolgens vol afkeer langs me reden. Ik controleerde onder het rijden beide kanten van de weg en vroeg me af hoe het zover had kunnen komen.

Ik had met oom Tom zitten bekvechten over de zoektocht naar Bingo. 'Lieve hemel nog aan toe, oom Tom, het is maar een duif.'

'Maar een duif?' Hij keek me ongelovig aan, de vingers om de armleuningen van zijn stoel geklemd terwijl hij omhoogstaarde. 'Zei je dat echt? Het is maar een duif? Verdorie, ik kan je wel vertellen dat duiven over een afstand van vijftienhonderd kilometer de wind kunnen horen blazen. Ze hebben een gezichtsvermogen dat bijna veertig kilometer omspant. Kun jij daar zelfs maar bij in de schaduw staan?'

Niemand weet hoe duiven de weg naar huis vinden. Hoe spelen ze dat klaar? Waarom doen ze dat eigenlijk? Trouwens, waarom doet iemand iets?

'Iedereen is altijd op zoek naar een beetje magie, Collie,' zei pa altijd als hij het lijstje om zijn Karl Malden-handtekening oppoetste.

'Behalve Collie,' antwoordde Bingo dan. 'Hij gelooft niet in wonderen.'

Maar als ik niet in wonderen geloofde, zou ik hier toch niet rondrijden?

Nadat ik een paar uur van en naar de kust was gereden, raakte ik een beetje ontmoedigd. Ik was moe en herinnerde me ineens dat oom Tom me een lunchpakket had meegegeven. Vandaar dat ik een beschermd natuurgebied langs de kust in reed tot ik bij een open plek in de duinen kwam, waar drie of vier picknicktafels stonden voor dagjesmensen.

Ik zette de auto in de schaduw van een gigantische boom, maakte de veters van mijn sportschoenen los, trok ze uit en liep met mijn zelfgemaakte boterhammen op blote voeten het strand op.

Binnen de kortste keren doken al zeemeeuwen op die krijsend hun aandeel eisten. Terwijl ik aan de tafel zat, gooide ik ze grote stukken witbrood toe en keek toe hoe ze erom begonnen te kibbelen.

Oom Tom had altijd maar drie soorten boterhammen gemaakt, met tonijn, met zalm en met eiersalade en hij maakte ze altijd op precies dezelfde manier. Ik nam een hap van mijn eerste dubbele boterham, aan beide kanten besmeerd met een dun laagje boter en daartussen een tweeëneenhalve centimeter dikke laag van een mengsel van tonijn, mayonaise, zoete augurken en fijngesneden uitjes, en die smaakte precies zoals toen ik nog klein was. Hij kon ook zalige chocoladepudding maken. Ik liet mijn gedachten gaan over nog een paar van mijn favoriete gerechten en bedacht dat ik hem, als ik weer thuis was, misschien wel zover zou kunnen krijgen om te maken wat Bingo en ik altijd vol eerbied zijn 'groene salade' hadden genoemd. Ineens drong het tot me door dat eten misschien wel het enige in het leven was dat nooit teleurstelt.

'En dat,' zei ik tegen een van de meeuwen die aarzelend binnen grijpafstand van het restant van mijn boterham op het tafelblad was neergestreken, 'is eigenlijk verdomd teleurstellend.'

Toen viel mijn oog op iets aan de rand van het water en ik kneep mijn ogen samen om het beter te kunnen zien. De zeemeeuwen vlogen op toen ik opstond en naar de waterkant jogde, waar een grote steur aan land was gespoeld en in de zon lag te sterven. De olijfbruine vis, die ongeveer een meter lang was, snakte naar adem en de rubberachtige lange snuit klapte nerveus open en dicht. Ik pakte hem bij de staartvin – het was een zwaar beest, minstens achttien kilo – en sleepte hem terug in het water om zijn einde te verlichten. Hij bleef aan de oppervlakte drijven en liet zich door de stroom meevoeren. Hij had geen kracht meer om zich te verzetten.

Het was jaren geleden dat ik zo'n grote steur had gezien. Hij moest zeker vijftig jaar oud zijn. Steuren zijn bodemvissen. Pa had me verteld dat ze honderd jaar kunnen worden en soms zelfs wel tweehonderd. Ik keek toe hoe de grote vis het onvermijdelijke accepteerde, zacht wiegend op het water.

Honden beginnen na tien jaar af te takelen. Bingo was pas achttien toen hij stierf. Ma was vijftig. Een mensenleven wordt op een jaar of tachtig geschat. En toch had God het om de een of andere reden belangrijk gevonden om de steur praktisch onsterfelijk te maken.

Ik liep terug naar de auto, trok mijn schoenen weer aan, zette de auto in zijn achteruit en besloot om nog wat langer naar Bingo te blijven zoeken.

Toen ik de pont op reed, vroeg ik me af wat ik zou gaan doen: de hele weg naar Maine terugrijden in de hoop dat ik hem onderweg ergens zou zien? De kans was groot dat hij dood was, dat een roofvogel hem te pakken had gekregen, of een kat. Of dat hij door een auto was geraakt. Hij kon tegen een winkelruit gevlogen zijn of een of ander eng jongetje had hem doodgeschoten met een luchtbuks.

Naarmate er meer voorbeelden van het droevige einde van Bingo door mijn hoofd schoten, nam mijn voornemen om hem te vinden alleen maar toe.

Ik reed een paar uur rond over het vasteland. Op een gegeven moment vloog vlak voor me een treurduif op en ik trapte met twee voeten op de rem omdat ik, wankelend tussen hoop en doelloosheid, dacht dat hij het was.

Inmiddels zat ik al bijna de hele dag achter het stuur, de zon begon onder te gaan en ik overwoog net om er de brui aan te geven, maar jezus, toen zag ik hem ineens. Daarginds, en hij was het echt, Bingo, geen twijfel mogelijk. Ik kon mijn ogen niet geloven.

Ik had hem bijna gemist, omdat ik op een smal landweggetje reed. Het was rustig, lieflijk, dichtbegroeid en het rook naar klaver. Ik zou niet eens kunnen zeggen wat me bewoog om dit rare zijweggetje in te slaan, maar ik zag hem. Hij liep, vastberaden en met de blik recht vooruit, over de treinrails, en hoewel hij af en toe even bleef staan om iets van de grond op te pikken schoot hij behoorlijk op. Zijn vleugel sleepte als een half geopende waaier naast hem over de grond.

We waren ongeveer veertig kilometer van huis. Hij marcheerde zonder aarzelen over deze in onbruik geraakte spoorbaan, die helemaal overwoekerd was en omringd door korenvelden en weilanden. Het enige wat je hoorde, was het gezoem van insecten en het gekwinkeleer van vogels. Hij had geen veiliger weg kunnen uitzoeken, hier was in geen jaren een trein langsgekomen.

De zon brandde op mijn hoofd toen ik op het gras naast de grindweg stapte en voorzichtig het portier sloot. Ik wilde hem niet laten schrikken, want ik had echt geen zin om een vogel achterna te zitten door een wildernis vol onkruid en stenen. Ik liep langzaam naar hem toe terwijl ik zijn naam riep en 'Bye, bye, blackbird' floot om zijn aandacht te trekken.

Hij bleef staan toen hij dat bekende deuntje hoorde en koerde, terwijl hij allerlei dingen van de spoorbaan bleef oppikken. Hij keek pas op toen ik naar hem toe kwam. Ik wachtte heel even voordat ik me bukte en hem met twee handen oppakte. Hij ontspande meteen, en terwijl ik terugliep naar de auto hoopte ik van harte dat er niemand in de buurt was, niemand die zich zou af-vragen wat ik in vredesnaam uitspookte.

Ik zette hem naast me op de rechtervoorstoel en deed de reis-mand open die ik van oom Tom had moeten meenemen voor het geval ik hem zou vinden.

Ik zette hem erin en zijn tevreden gekoer werd luider. Hij was vei-lig. Hij wist dat hij naar huis ging. Ik draaide op de smalle twee-baansweg, en nadat ik de airco had uitgezet en het raampje liet zak-ken om de warme lucht binnen te laten die me als een deken omhulde, bleef ik heel even – half huilend, half lachend – zitten om de geruststellende geuren van een volmaakte junidag op te snuiven.

'Misschien moeten we je voortaan maar Karl Malden noemen,' zei ik.

Boven mijn hoofd hing de schemering, waarin de zwarte vogels als in een woest gebed rondcirkelden.

37

'Oom Tom, ik weet heus wel hoe ik een gebroken vleugel bij een duif moet zetten.'

'Hoogmoed komt voor de val,' zei oom Tom. 'Denk erom, geen enkele man is een held in de ogen van zijn oom.'

We zaten op de veranda, terwijl het water de ochtendzon weerkaatste. Oom Tom had Bingo vast die een beetje zacht zat te koeren en te pikken terwijl ik controleerde of het gebroken gedeelte van zijn vleugel nog warm aanvoelde.

'Niets mis met zijn bloedsomloop,' zei ik. 'Volgens mij is de kans groot dat die vleugel weer geneest.'

'Hoe weet jij dat nou? Wanneer heb je voor het laatst een vogel behandeld?'

'Een kwestie van toegepaste wetenschap, oom Tom,' zei ik.

'Blaas niet zo hoog van de toren,' zei hij. 'Ik vond je veel aardiger toen je nog één grote mislukkeling was.'

Oom Tom bleef tegen Bingo keuvelen terwijl ik de dunne botjes voorzichtig tegen elkaar drukte en vervolgens de vleugel in een natuurlijke ruststand tegen zijn lijfje bond.

De zondag daarna ging ik bij de Valk op bezoek. Het begon een routine te worden om op zondag samen te eten. De Valk had eindelijk zijn gewoonte om de hele wereld rond te vliegen en zijn personeel de stuipen op het lijf te jagen wat ingetoomd. Hij ontving nog maar zelden bezoek, en hoewel hij zijn sociale contacten wel per telefoon bijhield, was ik de enige die regelmatig bij hem langs kwam.

Hij was ouder geworden, net als ik. De spanningen die zo kenmerkend waren voor onze relatie bestonden nog steeds, maar waren eerder geruststellend dan razend makend. Dat ik had geleerd om te gaan met pa, oom Tom en de Valk had veel problemen opgeleverd maar was tegelijk mijn grootste prestatie. Het was eindelijk tot me doorgedrongen dat het Man-Plan meer te maken had met het accepteren van de diverse manieren waarop zij hun mannelijkheid tentoonspreidden, dan met het vormgeven van mijn eigen, verzwakte imitatie daarvan.

De Valk en ik zaten op onze gebruikelijke plek aan het uiteinde van de lange eetkamertafel, waar de grote staande klok luidruchtig op de achtergrond stond te tikken en de kanaries elke tiktak met gekwetter begroetten.

'En wat ga je nu met je leven doen?' vroeg de Valk. Het was dezelfde vraag die hij me bij elke ontmoeting voorlegde. Waarschijnlijk had hij me dat al duizend keer eerder gevraagd en had ik duizend keer een antwoord ontweken.

'Weet ik niet.' Ik pakte een glas water op en nam een slokje.

'Ben je van plan om je beroep als arts weer op te pakken?'

'Dat weet ik echt niet.'

'Maar vind je dan niet dat je daar eens over na moet gaan denken?'

'Heb nou een beetje vertrouwen in me,' zei ik. Ik schoot in de lach. 'Heb je wel vertrouwen in mij, opa? En hoe zit het met jou, Cromwell?' Hij keek me vol verwachting aan. 'Heb jij vertrouwen in me?'

'Collie, waar heb je het in vredesnaam over?' De Valk legde zijn vork en mes neer en keek me met grote ogen aan. Voor het eerst leek hij zich niet wild te ergeren, hij kwam alleen een tikje geïrriteerd over. Hij snapte er echt niets van.

Ik lachte opnieuw. 'O, laat maar zitten. Het heeft niets te betekenen. Het is maar een grapje. Iets dat iemand een keer tegen me heeft gezegd.'

'Nou, je schiet er meer mee op als je geen wartaal uitslaat, en de laatste keer dat ik het controleerde, was het nog steeds de bedoeling dat grapjes leuk waren. Lieve hemel, je begint toch geen rare trekjes te krijgen, hè? Je moet zorgen dat je jezelf weer in de hand krijgt. Ik bedoel, ben je bijvoorbeeld van plan om te trouwen? Voor mijn gevoel ben je al een stuk of zes keer verloofd geweest, voornamelijk met geschikte meisjes. En toch loopt het steeds op niets uit. Je dreigt een soort pervers aftreksel te worden van Porfirio Rubirosa. Wil je geen gezin stichten? Je moet iets zinnigs gaan doen, of wil je alleen maar op het strand rondhangen en bier hijsen met de gebroeders Flanagan?' Hij nam een slokje water alsof hij zijn verhemelte wilde schoonspoelen nadat hij het spookbeeld van pa en Tom had opgeroepen.

'Om te beginnen ben ik maar twee keer verloofd geweest. Maar het loopt niet altijd zoals je gepland hebt. Het waren geweldige meisjes, maar ik wil het gevoel hebben...'

'...dat je niet zonder haar kunt leven,' maakte de Valk mijn zin af. Hij staarde naar het plafond. 'Heer, sta me bij.'

'Maakt u zich maar niet ongerust, ik verzin wel iets. Ik weet gewoon nog niet wat het zal worden. Het leven verloopt niet altijd volgens vaste patronen. En trouwens, waarom zou u zich daar druk over maken? U ergert zich kennelijk wild aan mij. Waarom al die belangstelling voor mijn leven?' Eigenlijk vond ik het helemaal niet zo erg dat hij me dat soort vragen stelde, ik begreep alleen niet wat de reden ervoor was. Misschien zou ik daar achterkomen als ik het rechtstreeks vroeg.

'Omdat je mijn kleinzoon bent,' zei hij en legde het servet op zijn schoot recht. Ik bleef strak naar mijn bord kijken. Cromwells zware gehijg was het enige geluid dat er te horen was.

Ik nam nog een beetje salade. 'Hoe is het met uw been?' vroeg ik.

'Die verrekte artritis,' zei hij terwijl hij over zijn bovenbeen wreef. 'Ze willen dat ik me aan mijn knie laat opereren, maar ze kunnen me nog meer vertellen. Maar het ziet er wel naar uit dat ik een stok nodig heb.'

'Dan kunnen we elkaar een hand geven,' zei ik opgewekt.

'Hou je gemak, Collie,' zei hij en wees naar mijn been. 'Heb je er vaak pijn aan?'

Ik keek omlaag. 'Eigenlijk merk ik er nauwelijks iets van. Je staat ervan te kijken waar een mens aan kan wennen.'

Daar moest hij even over nadenken. 'Ja, dat zal wel. Denk je er nog wel eens aan? Over alles wat er in El Salvador is gebeurd?'

Ik streek met mijn vlakke hand het tafellaken plat. 'Ja, daar denk ik nog wel eens aan.'

'We willen graag koffie,' zei hij tegen Ruby, die al heel lang deel uitmaakte van zijn huishoudelijke staf. Zij diende het eten op.

'Dank je wel,' zei ik toen ze een kop koffie voor me had ingeschonken. Ik pakte room en suiker.

'Jonge mannen zijn sinds het begin der tijden op zoek geweest naar glorie en heldendom om zichzelf en hun karakter te testen,' zei de Valk terwijl hij me aankeek. Hij nam een slokje koffie. 'Als ze geluk hebben, blijven ze in leven. Heb ik je wel eens verteld dat ik in de jaren vijftig in Afrika ben geweest, tijdens de dekolonialisering?'

Ik keek hem verrast aan, niet omdat hij daar was geweest, maar omdat hij dacht dat hij me dat had verteld. En dat hij er nu over begon, was een nog grotere verrassing.

'Nee,' zei ik. 'Maar er is zoveel wat ik niet over u weet.'

'Ik ben niet altijd een oude man geweest, Collie,' zei hij bitter. 'Jij en ik verschillen niet zoveel van elkaar als je denkt.'

Ik probeerde niet verbaasd te kijken, maar dat valt niet mee als je net je tong hebt ingeslikt.

'Ik heb ooit gezien hoe een man probeerde te voorkomen dat een groep doodsbange meisjes door rebellen uit zijn dorp werd ontvoerd. Ze werden achter in een vrachtwagen geladen. De meisjes gilden en schreeuwden om hulp. Het was een afschuwelijke toestand. Iedereen stond ernaar te kijken. We wisten allemaal wat er met hen zou gebeuren, al wilden we dat destijds niet toegeven.' Hij zweeg even en schraapte zijn keel. Daarna pakte hij een glas water en nam een slokje voordat hij zijn verhaal vervolgde.

'Ze zouden verkracht en vermoord worden. En dat kon niemand tegenhouden.' Hij schudde zijn hoofd en haalde zijn schouders op. Ik knikte vol begrip.

'Toen dook er vanuit de menigte ineens een of andere gek op. Afgaand op zijn uiterlijk en zijn gedrag was hij een onopvallende vent, waarschijnlijk begin veertig. Hij moet hebben geweten dat hij geen schijn van kans had, maar hij dook op uit de menigte en viel een van de soldaten aan die hielp een nieuwe lading meisjes in de vrachtwagen te laden. En pang! Ze schoten hem gewoon neer. Hij viel voorover, maar hij gaf het nog steeds niet op. Hij klauwde met zijn vingers in de modder en sleepte zichzelf naar de achterkant van de vrachtwagen, waar de meisjes zaten. Zijn vingers lieten diepe sporen na.' De Valk gebaarde met zijn handen, stak zijn vingers uit en klauwde ze over het tafelblad.

'Hij sleepte zichzelf op die manier een meter of zo verder en toen stapte iemand – een van de rebellen – naar voren en schoot hem een kogel in zijn achterhoofd. De vrachtwagen met de meisjes reed weg terwijl hun ouders stonden te huilen. Er klonk een afschuwelijk gejammer toen de mensen zich langzaam verspreidden. Later kwam de zon op, waardoor de modder opdroogde en de voren die hij in de grond had gemaakt bewaard bleven. De opgedroogde modder leek op cement en je kon nog heel lang daarna de sporen van zijn klauwen op de grond zien, als een gedenkteken voor hem en een reprimande voor de rest van ons die niets had ondernomen.'

Hij knipte even met zijn vingers. Cromwell, die naast de deur op de grond zat, keek op en kwispelde.

'Wat is er met die meisjes gebeurd?'

'Ik heb geen flauw idee,' zei hij en stak zijn hand uit om Cromwell te aaien. De hond stond op om bij zijn hand te komen.

Op dat moment kwam Ingrid binnen. 'Even lachen,' zei ze grinnikend terwijl ze een foto van de Valk en Cromwell maakte.

'Kijk eens wat ik van je grootvader voor mijn verjaardag heb gehad,' zei ze en liet me haar nieuwe camera zien.

'Daar had ik al meteen spijt van,' zei hij hoofdschuddend. 'Wacht even…' met een gebaar in mijn richting. 'Collie, kom eens naast me staan. Neem nu maar een foto van ons beiden, Ingrid, en zorg ervoor dat je scherpstelt.'

Hij zat in zijn stoel aan het hoofd van de tafel. Ik ging achter hem staan en wachtte terwijl Ingrid stond te friemelen.

De Valk maakte aanstalten om op te staan en wees op de plek naast hem.

'Kom naast me staan,' zei hij.

'Goed,' zei ik en gehoorzaamde. Hij stak zijn hand uit en pakte de mijne terwijl Ingrid ons opdracht gaf om te lachen en de camera klikte.

'Laat Ruby nog wat koffie brengen,' zei de Valk tegen Ingrid terwijl hij mijn hand losliet en gebaarde dat ik mee moest gaan naar de woonkamer.

Daarna begonnen we over andere dingen te praten, over Mr. Guppy, over de stand van zaken bij het Londense kantoor, over de duivenwedstrijd, over de treurige lengte van mijn haar en over hoe mijn moeder eruitzag toen ze als tiener op haar fiets over de rondlopende oprit van Cassowary reed, terwijl haar geliefde honden achter haar aan renden. Terwijl we zaten te praten, klonk het slaan van de Westminster klok, die al vanaf mijn jeugd de tijd op dezelfde manier had aangegeven.

Ik kan nog steeds de warmte van mijn grootvaders hand om de mijne voelen.

'Tom heeft tegen me gezegd dat het uitstekend gaat met Bingo,' zei pa een paar dagen later tijdens de lunch.

'Dat hoop ik van harte,' zei ik.

'Dat heb ik helemaal niet gezegd,' protesteerde oom Tom vanachter het fornuis. 'Ik heb gezegd dat hij niet achteruitging, en dat is heel iets anders dan uitstekend.'

'Is er nog meer kip, oom Tom?' vroeg ik, om over iets anders te beginnen.

'Nee.'

'Hier, neem die van mij maar,' zei pa en bood me zijn bord aan. 'Niets is te goed voor de man van de dag.'

'Nee, pa, dank je. Ik heb genoeg.'

Toch bleef hij volhouden en ik bleef weigeren, maar ach, je kon het nooit van pa winnen, dus gaf ik uiteindelijk maar toe.

'Ik had nog iets wat ik aan je kwijt wilde,' zei oom Tom ineens. 'Swayze heeft een zere keel en oorpijn...'

'Wat vervelend,' zei ik. 'Daar moet hij maar gauw naar laten kijken.'

'Dat is heel gul aangeboden,' zei hij sarcastisch.

Ik stopte met eten. 'Wou je dan dat ik Swayze behandel?'

'Dat weet ik eigenlijk niet. Kun je dat wel? Ik wil hem geen valse informatie geven.'

'Ik ben geen huisarts, maar ik denk dat ik een simpele oor- en neusinfectie wel aan kan.'

'Dat waag ik te betwijfelen. Door te zeggen dat het een simpel geval is, heb je kennelijk je diagnose al gesteld...'

'Het is geen diagnose, oom Tom. Ik probeerde een zwak excuus te vinden...'

'Misschien zou je in plaats van meteen in de verdediging te gaan en al je vergaarde kennis voor je te houden, eens aan je medemens moeten denken.'

Pa leunde nadenkend achterover in zijn stoel. 'Ik vind dat Tom een punt heeft, Collie. Wat heeft het voor zin om een astronautenopleiding te volgen als je niet van plan bent om de landsgrenzen over te gaan?'

Ik klemde mijn vingers om de rand van de tafel en keek strak naar de muur tegenover me. 'Ik wil met plezier even naar Swayze kijken.'

'Gratis?' vroeg oom Tom.

'Ja, natuurlijk. Goeie genade, oom Tom, dacht je nou echt dat ik Swayze om geld zou vragen?'

'Hoe moet ik dat weten? Ik acht je tot alles in staat.'

Uiteindelijk bleek dat Swayze inderdaad een eenvoudige infectie had. Ik schreef antibiotica voor – dat wil zeggen dat ik uiteindelijk met hem en oom Tom naar een apotheek in Edgartown reed waar ik de medicijnen voor hem kocht en de rest van de dag als chauffeur voor het duo optrad.

'Swayze zei dat ik je moest vertellen dat hij weer helemaal beter is,' zei oom Tom ongeveer een week later.

'Mooi.'

'Ik weet het niet. Ik zit te overwegen of ik me ook bij jou onder behandeling zal stellen, maar eigenlijk weet ik niet zeker of je dat wel aan kunt.'

Ik haalde mijn schouders op.

Hij kneep zijn ogen samen en bekeek me van top tot teen. 'Hoe heet een aanklacht wegens professionele nalatigheid?'

Drie weken later stonden pa, oom Tom en ik samen op de vuurtoren van East Chop. De late middagzon verdween achter de wolken. Ik had Bingo vast en drukte hem tegen mijn borst.

'Laat hem nu maar los, Collie, dan kunnen we zien hoe het met hem gaat,' zei pa, die bij voorbaat al in zijn handen wreef.

'Waar wacht je op?' zei oom Tom terwijl hij met zijn voet tegen het puntje van mijn stok tikte.

'Oké, vooruit met de geit,' zei ik en gooide Bingo omhoog de lucht in. We hielden alle drie tegelijk onze adem in toen hij zijn vleugels uitsloeg, waardoor de lucht eronder kwam en hij door de druk steeds verder omhoogsteeg. Volkomen in balans ging hij rechtstreeks op weg naar huis.

'Je moest eigenlijk maar dokter worden,' zei oom Tom.
'Goed gedaan, kerel!' zei pa.

Weer thuis keek ik uit over het open water. De zon werd weerkaatst door het oppervlak en alles om me heen was zo rustig dat ik de aarde kon horen zoemen.

Ik heb ooit gelezen dat de aarde achter in de middag het luidst zoemt, trillingen die worden opgeroepen door de golven van de oceaan of stormen op grote afstand, een gigantische windharp met zulke lage frequenties dat het gezoem van de aarde klinkt alsof een metalen deksel op de weg valt.

Toen ik me omdraaide en het pad opliep naar de achterdeur, wakkerde de wind aan, de golven werden hoger en een los stuk van het golfplatendak van de stal kletterde melodieus tegen de oude balken. De hele wereld met alles wat erop leefde, ramde zo heftig op metalen deksels dat de doden ervan zouden herrijzen.

Later die avond lag ik in bed te luisteren naar de bekende muziek uit mijn jeugd. Pa die beneden zachtjes platen draaide en mee zat te zingen, het heen-en-weer geluid van water dat op de rotsen en het zand klotste, het stille gefluister van een landafwaarts briesje en een hardnekkig getik tegen mijn raam.

'Bingo!' Ik deed het raam wijd open, streelde zijn zijdezachte veren en keek toe hoe hij alle insecten en steentjes van de houten vensterbank pikte. Terwijl hij net deed alsof hij me niet zag – duiven zijn een tikje achteloos met het geven van aandacht – hipte hij de kamer in en ging op zijn gemak op de armleuning van een rieten stoel zitten.

Bing had de gewoonte om ver de oceaan op te zwemmen. Op een keer was ik samen met vrienden aan het zeilen toen we hem midden op de woelige Atlantische Oceaan op zijn rug zagen dobberen. Een van mijn maatjes van Andover werd helemaal opgewonden bij het idee dat we iemand hadden gevonden die overboord was gevallen en meteen gered moest worden. 'Collie!' schreeuwde hij en wees. 'Moet je zien! Daarginds!'

Ik stond op het dek en schudde mijn hoofd toen ik die slonzige bos roodbruin haar op en neer zag deinen. Toen we naast hem voeren, stak ik mijn hand uit.

'Als je het lef hebt om me in het water te trekken...' waarschuwde ik.

'Nee hoor,' zei hij met opgetrokken wenkbrauwen en grinnikte me toe.

'Kom op,' zei ik. 'Doe niet zo stom. Klim aan boord.' Maar hij dook diep onder water en verdween.

'O, mijn God, waar is hij?' Mijn vrienden raakten in paniek en begonnen hun schoenen al uit te trekken om hem na te springen.

'Laat maar,' zei ik. 'Hij redt zich best.'

'Hoe weet je dat?' vroeg iemand.

'Omdat het mijn broer is. Hij heeft bij zijn geboorte kieuwen meegekregen... en tomatensoep tussen de oren.' Ik kon het niet laten.

Drie minuten gingen voorbij, vier en zelfs vijf, voordat hij plotseling opdook en wuifde. Daarna ging hij op zijn zij liggen en begon belletjes te blazen voordat hij wegggleed van de boot en met soepele ritmische slagen op weg ging naar huis.

'Hemeltjelief,' zei mijn vriend.

'Zeg dat wel,' zei ik.

Ik sloot mijn ogen en ineens verschenen al die beelden: de Valk in zijn eentje midden tussen de kranten terwijl hij Cromwell spritsjes voert en met hem de toestand in de wereld bespreekt terwijl de dag wegebt. Thuis rent Bingo de veranda af, bleek en glanzend in het maanlicht terwijl hij al hollend en blèrend zijn kleren uittrekt en zijn schoenen uitschopt, de honden op zijn hielen als hij met een plons in het water springt. Pa zit met zijn lievelingsliedjes mee te zingen 'always true to you in my fashion, always true to you in my way'. Dan is Bingo weer terug van zijn nachtelijke zwemtocht, met zijn natte haar achterover, terwijl oom Tom roereieren maakt en ma en Bingo samen dansen op pa's muziek en in steeds groter wordende cirkels van ons wegdrijven. Gelach in de keuken en honden die zoetjes meedraaien.

Door het raam ving ik een glimp op van bewegende gestalten die van het donker naar het licht en van het licht naar het donker bewogen, in slowmotion en keurig achter elkaar op weg naar het strand. Op mijn knieën, voor het raam met uitzicht op de oceaan, leunde ik voorover op mijn ellebogen om beter te kunnen zien en ik probeerde met licht samengeknepen ogen te onderscheiden wat zich daar beneden tussen de grijze schaduwen afspeelde.

Turend in de duistere nacht, verlicht door het felle schijnsel van een maansikkel waarin zwarte vogeltjes en insecten ronddartelden, zag ik oom Tom, blootshoofds en alsof het de gewoonste zaak van de wereld was, als middelpunt van een plechtige processie.

Gilda liep voorop en Nuala was naar de zijkant uitgeweken, de statige Ierse wolfshonden met hun lange, spits toelopende snuiten. Brendan en Kerry volgden als een stel misdienaars, terwijl de geur van de vroege zomer op violette golven binnen rolde. Het begon nog donkerder te worden, het zwart verlicht door de maan en de sterren, oom Toms oude rode trui glanzend als een robijn en afgezet met het licht van de sterren. Zijn grijze haar leek ineens zilver, de honden in gouden schaduwen gehuld en stil.

Ik kan de wind horen blazen in de bergen van meer dan duizend kilometer afstand.

Dankwoord

Dit boek had in de huidige vorm nooit uitgegeven kunnen worden zonder de geweldige bijdragen van een groot aantal mensen, om te beginnen Emily Heckman, een geweldige eerste lezer, eindredactrice en vriendin, en mijn wonderbaarlijke agente, de niet kapot te krijgen Molly Friedrich, die het hele proces amusant, leerzaam en leuk maakte. Speciale dank gaat uit naar Paul Cirone en Jacobia Dahm. Ik ben ook ontzettend veel dank verschuldigd aan mijn redacteur bij Twelve, Jonathan Karb, voor zijn intelligentie, zijn inzicht en zijn gulle geest, en aan Angelika Glover, Diane Martin, Susan Traxel, Michelle MacAleese en Louise Dennys bij Knopf Canada voor hun briljante tekstuele suggesties, hun steun en hun enthousiasme. Samen met de hardwerkende, getalenteerde leden van hun teams hebben zij deze hele onderneming tot een groot plezier gemaakt.

Ik wil ook graag dank zeggen voor de hulp en de belangstelling die ik al doende heb ondervonden van James D. Hornfischer, Jeff Gerecke en Leigh Feldman. Ook Deone Roberts, van de American Racing Pigeon Union, wordt bedankt voor haar hulp bij de research en het verstrekken van anekdotisch bewijsmateriaal met betrekking tot duiven die wellicht inderdaad naar huis zijn gelopen. Verder heb ik ook gebruikgemaakt van 'The Planet that Hums', een artikel dat in september 1999 in de *New Scientist* verscheen.

Ik wil hier ook graag blijk geven van mijn liefde en dankbaarheid voor mijn moeder, Doris Nightingale Kelly, die het schip altijd drijvende hield ongeacht het weer, voor mijn broers en zusjes, Virginia, Susan, Arthur en Rooney, en voor mijn schatten van kinderen, Caitlin, Rory en Connor. Speciale dank gaat uit naar mijn zwagers, Andrew Judge en Robert Armstrong, mijn schoonzusje, Marilyn Pettitt, en mijn vriendin Debora Kortlandt.

Ik sta voor eeuwig in het krijt bij de families Kelly, Monahan en Nightingale, die mijn leven op een typisch gecompliceerde manier hebben verrijkt en die me hebben geleerd dat we net zoveel van mensen houden om hun zwakheden als om hun sterke kanten. De wereld is een stuk stiller zonder hen.

Dit boek is een eerbetoon aan het hart, de geest en de opmerkelijke redactionele gaven van mijn dochter Flannery Dean, mijn felste criticus en fanatiekste supporter. En aan mijn man, George Dean, de grotendeels onbezongen held van mijn leven, hartelijk dank.

Ten slotte heeft ook mijn geliefde hondje Marty, dat mij constant gezelschap hield bij het schrijven, recht op eerbetoon.